本书系教育部人文社会科学基金青年项目（17YJC752022）

"文化记忆视阈下的英国历史编纂元小说研究"的阶段性成果

本书受北京第二外国语学院出版基金资助出版

罗晨◎著

程序诗学视阈下英国历史小说文类的发展与嬗变

The Study of
the Development and Change of
British Historical Novel
as a Genre from
the Perspective of Poetics of Device

社会科学文献出版社
SOCIAL SCIENCES ACADEMIC PRESS (CHINA)

序

罗晨，现在北二外的青年学者，当年是我最得意的博士生，也是我现在的挚友。她从毕业后不仅教学兢兢业业，而且科研一直笔耕不缀，已有多篇论文在核心期刊发表，还有多个国家级项目正在进行。看到她修改后的博士论文就要问世，我深感欣慰，欣然提笔为她的著作作序。

罗晨是我从山东大学调到福建师范大学任教授的第一批本科生之一。时年，她已经进入毕业前的最后一个学期。在毕业季的繁乱和喧闹中，她对学习的执着和对文学的热爱给我留下了深刻的印象。毕业一年后，她考上了我的硕士研究生。就读期间，她不仅勤奋刻苦，努力弥补自己理论知识的不足，而且积极拓展自己的知识面，博览群书。同时，她还积极参与老师的科研工作，不以事小而不为，帮助编辑、校对文本，热心帮助同学，赢得了大家的称赞，最后以优异的学业成绩顺利毕业，其论文获得了学校的优秀硕士论文奖项。2011 年，她成为我从应届硕士生通过考试直接招收的唯一一个博士生。

博士就读期间，罗晨延续了其良好的学风，表现出科研方面的巨大潜力。她思维严谨，对文本条分缕析。她不仅领悟力极强，而且能敏锐地捕捉到文学领域的新思想、新动向，取得了不俗的科研成绩。其博士论文《程序诗学视阈下英国历史小说文类的发展与嬗变》就是她几经打磨，精心锻造的学术成果。

作者关注了西方学界目前正在关注而国内学界尚未充分关注的一个议题，即历史小说文类研究。就目前的状况而言，国内针对英国历史小说的研究共时性居多，历时性较少；小说文本关注多，文类理论探讨少，且研究难

1

度较大。在这种情况下，作者知难而进，潜心揣摩，旨在厘清模糊的文类认知，恢复连贯的文类发展路线，最终完成整体性、系统性的文类嬗变阐释，弥补了这方面研究的不足，加深了理论探讨。

这部书稿以俄国形式主义程序诗学为观测角度，结合英国社会文化背景以及西方文史理论思潮，对现实主义、现代主义以及后现代主义三种历史小说典型文类形态的发展和嬗变做出了系统论述，选题新颖，具有很高的学术价值和理论意义。该书的阐述逻辑明晰，举证适当。作者熟练借鉴相关西方文学理论和中国当前学者的理论，在开阔的历史和比较视野中论述文类形态的嬗变过程，看得出作者对国内外相关研究现状和进展有精准的把握，对历史小说文类发展背后的社会意识形态以及诗学理论发展的评述，具有相当的理论深度，增加了书稿的含金量，体现了作者坚实的理论基础和广博的知识视野。其中，作者通过细致的文本分析和翔实的理论阐释得出了一些具有新意的观点，颇有价值。比如，对于历史小说读者的划分，一类属于专业读者，对历史事件有着较深的掌握；另一类则属于普通读者，对历史事件一无所知，需要通过阅读小说才能知晓事件原委。而历史小说读者的独特性在于，这两类读者之间可以相互转化，普通读者可以通过实际的阅读和调研行为转化为专业读者，文类的社会价值和意义在此过程中得到实现。还有，本书的结论认为，"可信性"是历史小说文类的"核心程序"，它是在同历史想象的真实性产生张力的时候得以凸显的。无论是传统历史小说中历史想象的真实性，现代主义历史小说中心理真实与历史想象的统一，还是后现代主义历史小说含有主观意义的真实，都依赖于"可信性"的建立。"可信性"这一核心程序的挖掘，对文类研究理论有一定的创新价值，也是对俄国形式主义程序诗学的完善和补充。不过，目前作者的研究仅限于英国历史小说，至于其他国家的历史小说，特别是中国历史小说是否也遵循着同样的文类规则，则是作者需要继续努力探讨的方向。

当初罗晨的博士论文在匿名盲审时曾得到几位外审专家的很高评价，其中几位还将其推荐为优秀论文，这已经肯定了论文的学术价值。在毕业后的几年里，她进一步对论文做了增补和修订，更新了参考文献和引用数据，拓宽了论证思路，丰富了论证过程，使博士论文逐渐成为一部理论深度和文本质量都颇为上乘的佳作。如今，书稿终于付梓出版，我为她感到高兴，这不仅是她博士三年辛勤汗水的结晶，也是对她繁忙工作之余仍能坚持学术梦想的鼓励。当然，作为青年学者，她的研究能力在很多方面还有提升的空间，本书的出版只是她学术生涯另一个新的开端。学海无涯，愿她再接再厉，耐得住寂寞，为我国外国文学研究的深入增砖添瓦。

王丽丽

2018 年 9 月于北京金山

前 言

本书以英国历史小说文类为研究对象，将俄国形式主义程序诗学作为研究工具，结合西方文史理论，从文类演变的角度阐释了英国历史小说历时性的嬗变过程。通过对英国历史小说文类建构、文类价值以及文类主体等方面的分析，本文详细展示了在不同的社会文化思潮下英国历史小说文类变迁的主要表现，并指出核心程序的"可信性"是历史小说文类保持其品质的主导因素。

绪论部分首先描述了当代英国文坛历史小说创作的复兴与相关评论的缺失这一极不相称的文学现象。通过分析，本研究认为，当代英国历史文学创作的普遍化、历史小说文类概念的模糊，以及相关研究理论的贫乏是造成上述文评落差的主要原因。而详细的文献追踪也清晰地表明国外历史小说共时性研究多、历时性研究少，国内相关研究尚处"混沌状态"的现状。鉴于以上问题，本书提出从文类演变的角度，对英国历史小说文类的嬗变过程进行研究，注重文类发展过程中所展现出的整体性、连贯性和演变性，以期恢复文类概念的清晰度以及填补整体性研究的缺失。俄国形式主义程序诗学的文类理念对本研究具有重要的意义，该诗学强调以发展的眼光看待文类的演变。它不仅承认文类嬗变过程中产生的新的文本形式，而且以"程序"为单位对文类内涵的传承做出清晰的说明，为当下的研究寻找了最佳观测视角，是本书进行英国历史小说研究的重要切入点和研究工具。

第一章主要阐明了在俄国形式主义程序诗学视阈下英国历史小说文类研究的基本理论。"天时""地利""人和"三大有利因素造就了司各特历史小说里程碑式的重要地位，也标志着历史小说开始作为独立文类登上西方主流文学的殿堂。然而，历经近两个世纪的发展，"历史小说"一词在20世纪中后期出版的权威文学术语词典中依然同瓦尔特·司各特（又译沃尔特·司各特）小说有显著的能指和所指关系。文类内涵的阐释出现了明显的停滞现象。此时，俄国程序主义诗学为研究提供了观测历史小说文类内涵嬗变的重要视角。以反对外部文学研究、提倡回归诗学语言本身研究为目的的俄国形式主义者将艺术作品的组织形式划分成情节、细节、语言、主题、材料、人物等诸多程序。在活的文学中，不同的程序会发生类聚的现象，形成集中并存的系统。作品由于使用程序的不同产生了不同的分化。俄国形式主义将文类的特征程序称为"规范程序"，即特定时期内一种文类的内涵以及对其内涵的阐释。规范程序是与时俱进的程序，它不是静止不变的，而是随着理论思潮、社会环境、文化背景的变迁不断改变。这样一来，文类就不是僵硬不变的规约法则，而是随着社会和文化的发展而不断改变的文学表征。

在俄国形式主义程序诗学的视阈下，英国历史小说文类的发展和嬗变清晰可见。按照文类发展阶段性的叙事特征，英国历史小说展现出三种文类形态，即19世纪传统历史小说、现代主义历史小说，以及后现代主义历史小说。对于文类形态在转变过程中所出现的特征变化，俄国形式主义强调，由于自然倾向的作用，人们习惯于将新生作品纳入统一体裁，保留其习惯名称。根据以上表述，本研究拟将这些"习惯"和"自然倾向"统称为"通约程序"或者"共同程序"。通约程序是相对于随时期变化的规范程序而言的。规范程序是一定题材和一定时代文类所必有的程序，它们随时代发生改变，从而表现出文类发展进化的过程；而通约程序则代表了文类本体论层面上的固有成分。这些固有成分是文类能够保持习俗特质，以及与读者达成阅读契约的条件。通过梳理英国历史小说文类规范程序在不同时期的内涵，本研究找到其中几道重要的通约程序，即史料运用程序、历史想象程序、时距采纳程序以及主体建构程序。从这几道通约程序出发，本书继而整合出研究英国历史小说文类嬗变的三大维度：真实性和虚构性维度、时代性维度以及个人与历史的关系维度。

第二章主要就英国历史小说文类在真实性和虚构性维度上的嬗变特征，即文类的建构问题进行讨论。受童庆炳先生"历史1"、"历史2"和"历史

3"划分的启发，本文将以上三种历史规定为"原本客观存在的真实的历史存在"、"对历史的撰述和记载"以及"艺术创作与历史语境的关系"。19 世纪传统历史小说创作受到西方批判求真的史学传统影响，在处理史料过程中表现出肯定、自信和谨慎的态度。小说家承认"历史 2"的真实性，认可"历史 2"对"历史 1"的反映，并在小说中对还原"历史 2"做出努力。小说家对"历史 2"的遵从使得历史想象不仅符合"历史 2"的记载，还受到"历史 2"所容纳的整个社会内部规律的制约。因此，在英国传统历史小说中，"历史 3"所包含的"历史 2"与艺术想象之间是统一的关系，艺术想象是"历史优先原则"之下的合理想象。进入 20 世纪，西方批判历史哲学开始对历史知识客观性产生质疑，完成了史学理论从 19 世纪科学主义向 20 世纪人文主义的现代转变。在这种转变中，一些在传统史学中极少涉及的词语，如精神、思想、体验、理解、偶然、情感等开始取代诸如真实、客观、必然、规律等描述，成为 20 世纪史学认识论中重要的表述。与此同时，英国历史小说也开始对历史真实客观性产生质疑。《诺斯托罗莫》中线性时间的破碎、《奥兰多》中自揭虚构的行为以及《幕间》中拉特鲁布女士个人版本的历史剧等都体现了现代主义历史小说对"历史 2"的否定。代表主观真实的"历史 2'"取而代之成为创作的指向。历史小说开始由"客观地反映历史现实"转向"客观地反映历史意识"。叙述的历史由人物史和事件史转向心灵史和心理史。与之相关联，新生成的"历史 3"则为历史（主观）真实和历史想象统一的产物。现代主义历史小说中的想象为"心理真实（历史 2'）优先原则之下的合情想象"。20 世纪中后期，西方史学的叙事主义转向使历史的话语本质得以重视。以海登·怀特为代表的后现代主义史学家从历史情节化的角度出发，否认了历史真实的唯一性，认为历史的意义是由不同的基本素材通过嵌入不同的故事类型结构获得的。历史知识的话语本质在英国后现代主义历史小说中表现在"历史 1"的不可及性和"历史 2"的虚构性。通过对《福楼拜的鹦鹉》中两份年表的分析，本研究指出后现代主义历史小说并未否认"历史 2"存在的合法性，否认的是其唯一性、独特性。通过对诸多可能"历史 2"的展示，后现代主义历史小说中的"历史真实"已被"历史 2*"，即"可能的真实"或"多维的真实"所取代。

　　第三章关注的是英国历史小说文类的价值，即社会时代意义的实现。西方史学自希罗多德时起就强调"经世致用"的社会功能，认为史学必须具备"保存功业，垂训后世"的实际作用。作为同历史素材发生关联的文学类别，历史小说也具备一定的社会实践功能。19世纪，英国传统历史小说在历史进步观的影响下，对解决当时经济快速发展造成的复杂社会矛盾，以及缓解新旧制度转接时造成的自由和传统思想的矛盾具有一定的实践意义。无论是走"中间道路"的保守主义者司各特、站在资产阶级人道主义立场的狄更斯，还是孜孜不倦探索人类精神信仰的艾略特，这些传统历史小说家都有着强烈的"以史为鉴"的目的和意识。他们立足现世重访过去，通过讲述一个发展完全的故事为现代困境寻找出路，或向现代危机发出警示，体现了历史小说"以史为鉴"的社会功用。20世纪，西方史学开始对线性进步史观产生质疑。休谟、叔本华、尼采等非理性主义哲学家对机械论科学的批判和否定，打击了科技理性为人们带来的乐观态度。加之世纪之交的英国危机重重，人们开始对原本深信不疑的西方文明产生强烈的怀疑，幻灭感和没落感取代了自信和骄傲。在这种情况下，英国现代主义历史小说在实际产生的时代性价值同小说家预设的时代意义之间出现了偏差。对主观精神世界的重视、新颖的创作技巧，以及历史小说文类本身社会意义的指向让现代主义历史小说在实现其时代性功用的过程中产生了三种规避效果，从而导致小说新的社会意义的形成。这一新的意义就在于，英国现代主义历史小说指向静止系统、凝滞时空和艺术本身所产生的一种超越理性的、不受时间限制的、永恒的凝聚力让读者在阅读的过程中获得了安慰性的力量，为焦虑悲观的时代搭建起临时的心理避难所。后现代历史观拒斥了自文艺复兴和启蒙运动以来形成的代表终极理想的"宏大叙述"，并将其所遮掩、拒斥和抑制的边缘话语翻转过来，当成建构社会科学知识的基石。在这种情况下，历史知识的多元化开始生成，边缘话语的地位逐渐得以凸显，最终实现了后现代主义理论在政治维度上的意义。战后，英帝国的没落、移民的涌入、女性的崛起为历史小说提供了崭新的写作素材和目标。这些边缘化的群体在后现代主义思潮下终于发出长久被压抑的声音。后现代历史小说家让历史知识中的叙述成分现身于创作的前台，破坏了历史话语真实可信的权威，从而让历史具有了多维性、多元化的特征。"反客为主"的边缘化文学形象颠覆了以往主流文学中相关的记载和描写，让读者看到了与普通大众历史知识不一样的解释。严肃的读者极有可能以实际行动去查阅资料、考证历史，探究真正的历史真相。而这也是后现代历史小说时代性的重要意义所在。

第四章着重分析英国历史小说文类个人和历史关系的嬗变。这是由历史小说文类通约程序之主体建构程序引申出的研究维度之一。英国历史小说兴起之初，司各特将个人和历史之间的关系诠释为一种"舞台对演员的掌控"。换言之，即小说中的个人在宏大历史背景中演绎自身的命运故事。个人的命运走向受制于重大历史事件的发展进程。他们贴着时代性的分类标签，服务于历史的广阔图景，用自己的命运和发展阐释历史的线性进程。在维多利亚中后期，英国历史小说中的人物不再是历史的附庸，而是更为独立地在历史长河中演绎自己的命运。历史小说文类开始从描述历史中的个人向讲述个人化的历史转变。一度受制于历史发展的个人命运也开始脱离历史的桎梏，具备了自我展现的能力。与此同时，小说中历史成分相比传统历史小说开始缩水，让位于个人意识的成长。在后现代主义历史小说中，非理性成分的突出使以因果逻辑关系为串联符码的大情节让位于由人物的主观感受导致的私语化的个人倾诉。历史的欲望书写让后现代主义者对历史事件的起因做出了世俗化的解释，从而解构了被宏大话语把持的历史规律。历史不再是宏大正义、客观公正的，而是隐匿了人性中最为根本的诉说欲望。于是，大写的、唯一的历史被小写的、多元的历史取代，历史叙述完成了由宏大化、公共性向个人化、私密化的转变。

通过以上对英国历史小说表面可察程序的分析，本研究进一步提炼出历史小说文类的核心程序，即"可信性"。正是这道核心程序规范着历史小说在真实性和虚构性维度上对"历史3"的建构，也促使历史小说社会意义的生成，是文类品质和价值的重要保证。这从一定程度上也是对俄国形式主义程序诗学理论的完善和补充。

目 录

绪　论

　　历史小说在当代英国文坛已经复兴。对此，小说家及文学批评家拜厄特（A. S. Byatt）指出："能够意识到（历史小说）在英国的突然繁荣是一件很有价值的事情。当代的历史小说内容与形式丰富多样，充满了文学的生命力和创造力。"① 持此观点的还有英国著名学者布拉德伯里（Malcolm Bradbury），他认为，"20 世纪末英国小说重要的主题便是回归历史"。② 此复兴趋势在统计数据中得以更清晰地展现。根据相关研究，截止到 2009 年，英国最负盛名的文学奖项——曼布克奖③ 43 部获奖小说中有 15 部为历史小说。④ 其中首部获奖小说《给某事一个交代》（*Something to Answer for*，1969）以及历史上唯一的"失落的曼布克奖"（The Lost Man Booker Prize）⑤ 均情归历史小说。

　　不过，令人困惑的是，面对历史小说的卷土重来，国内外文学评论界呈现的却是另外一幅景象。在中国期刊全文数据库（CNKI）中，以"英国历

---

① A. S. Byatt, *On Histories and Stories*: *Selected Essays*, London: Chatto & Windus Random House, 2000, p. 9.

② Malcolm Bradbury, *The Modern British Novel*, *1878 - 2001*, Beijing: Foreign Language Teaching and Research Press, 2005, p. 527.

③ 曼布克奖（Man Booker Prize）是当今英语小说界最重要的奖项之一，它是由最初的布克奖（Booker Prize）经 2002 年更换出版商之后易名而来。作为英国本土奖项，其评选范围只面向英联邦国家、爱尔兰和津巴布韦。因此它的评选已经成为当代英国文学的风向标，预示英国文坛的现状和发展方向。

④ 刘国清：《曼布克奖与当今英国历史小说热》，《外国文学动态》2010 年第 6 期，第 47 页。

⑤ 自 1971 年始，曼布克奖颁发给当年最佳英语小说，取代此前颁发给前一年最佳小说的做法，因此 1970 年没有当年小说获奖。直到 2010 年，评奖委员会才将 1970 年"失落的曼布克奖"颁发给 J. G. 法雷尔（J. G. Farrell）的《麻烦》（*Trouble*）。

史小说"（British Historical Novel）为篇名核心词的精确匹配对象仅为个位数；[①] 国外硕博论文库（PQDT）相应的研究论文也寥寥无几。当然，这只是非常粗略的搜索结果，我们不能排除在其他数据库存在相关研究成果的可能，也不能排除单部历史小说研究或者冠之以其他名称的相关研究，但以篇名核心词搜索的文章数量在以上两大重要数据库的严重不足至少可以表明英国历史小说文类辨识度的低微以及文类整体性研究在批评界的冷遇。这种现状正是本书进行英国历史小说文类研究的起点。

第一节　选题的缘由

如前所述，英国历史小说丰富的创作与匮乏的整体性批评之间的反差足以引起评论界的深刻反思：是什么样的原因造成当代英国历史小说整体性批评如此贫瘠？本书认为，当代历史文学创作的普遍化、历史小说文类概念的模糊不清，以及相关研究理论的系统性断裂是导致当代英国历史小说整体性研究缺失的几大重要原因。

一　当代英国历史文学创作的普遍化

在当代英国，"过去"（the past）不断成为英国文化的审美目标（aestheticized object）。[②] 书写历史、重述历史已经成为一种广泛而普遍的文学现象。可以看到，几乎所有英国当代最具号召力的小说家，如麦克尤恩（Ian McEwan）、巴恩斯（Julian Barnes）、拜厄特（又译拜雅特，A. S. Byatt）、拉什迪（又译鲁西迪，Salman Rushdie）、斯威夫特（Graham Swift）、石黑一雄（Kazuo Ishiguro）等，其作品对历史题材均有涉及。通过历史文本，作家或追忆往昔盛世的繁荣景象，或反思两次世界大战造成的人间疾苦，或追溯国家民族身份的起源、重塑帝国归来的信心，或清算殖民时期遗落的诸种不公，或找寻当代英国走出社会困境的可能等。历史已经成为当代英国小说创

---

① 数据搜索时间为 2018 年 3 月。

② Ryan S. Trimm, "Belated Englishness: Nostalgia and Post Imperial Identity in Contemporary British Fiction and Film," Ph. D. Diss. of the University of North Carolina, 2001, p. 1.

作的重要主题。

　　当然，这种现象同当代英国社会经济的巨大变革密不可分。二战以来，英属殖民地纷纷独立。从 20 世纪 50 年代的印度，到 60 年代的非洲、拉丁美洲各国，直至 20 世纪末的香港，各殖民地接连从英国手中夺回领土和主权。这让强盛百年的大英帝国已近强弩之末，逐渐沦落到依附于美国，落后于德国、法国等国的地位。而伴随着英国国际地位的下降，其国内形势也不容乐观。进入 20 世纪 60 年代，英国经济状况日趋紧张。战后工党推行的以"福利国家"和国有制为主要内容的财政政策虽然在一定程度上改善了人民的生活，推动了战后经济的发展，但是也出现了很多负面问题。比如，劳资纠纷并未真正缓解，社会阶层关系日趋紧张，贫富悬殊依然明显存在。①　特别是到了 20 世纪 60 年代后期，英国的经济遭遇了前所未有的寒冬，多年积攒的经济诟病暴露无遗。通货膨胀、失业率倍增、贸易逆差、海外市场的萎缩等诸多经济低迷现象，无一不把英国财政推向崩溃的边缘。另外，战后移民潮的到来、女性运动浪潮高涨、种族问题激化、民族矛盾持续不止、中产阶级日益庞大等一系列政治经济形势的变动使英国社会的组织结构发生了剧烈变化。人们不明白，20 世纪 20 年代鲍德温首相还在发表演说，骄傲地解释英格兰民族比其他民族更加伟大的原因，但是为何仅仅几十年之后英国就从如日中天的巅峰一下跨入了日薄西山的低谷。②　这种局势的深刻动荡让英国人产生了无法弥补的心理落差，更无法对昔日帝国的辉煌轻易忘怀。特别是 20 世纪 70 年代撒切尔政府对"回归维多利亚价值观"的呼唤，更让追忆历史成为当代英国文坛的重要主题。

　　与此同时，当代西方文学以及史学理论的发展也吸引作家以崭新的目光重新审视和记述历史。比如，德里达（Jacques Derrida）所提出的"文本之

①　兰道·斯蒂文森（Randall Stevenson）在《帝国的没落》（*The Last of England*）一书中引用《经济学家》统计的数据，指出 1971 年 84% 的国有资产掌握在 7% 的人手中，充分说明了当时贫富悬殊现象之严峻。

②　1924 ~ 1925 年，时任英国首相斯坦利·鲍德温（Stanley Baldwin）在其发表的两篇关于"英国性"的演讲中认为，在海外扩大殖民地是英国民族最突出的典型特征："在海外领土上寻找家园……建设新的家园，是我们民族的特征，也是我们民族之所以伟大的地方。"（Tseng Ching Fang, "The Imperial Garden: Englishness and Domestic Space in Virginia Woolf, Doris Lessing, and Tayeb Salih," Diss. University of Wisconsin-Madison, 2003, pp: 1 - 2. ）

外，一无所有"、巴尔特（Roland Barthes）的"历史真实是语言的建构"，以及怀特（Hayden White）持有的"元历史"（metahistory）概念等许多较有影响的理论话语极大地颠覆了传统的历史书写理念，也激发了人们重述过去的欲望。因此，无论是当代英国社会历史的变迁，还是文史理论的重要成果，都吸引了众多小说家介入历史领域。当历史成为小说创作普遍的取材对象时，这一曾经具有鲜明特点、独立于其他小说类别之外的文类题材的轮廓特征逐渐模糊，创作规约逐渐丧失效力，犹如涓涓细流融入大海，不见踪影，难以区分。

二 历史小说文类概念的模糊不清

也许正是由于英国历史文学创作的普遍化，研究者时常将注意力放在当代历史话语的运作方式上，以此探讨历史文本性与虚构性的特征，这就必然会导致历史小说文类的独特性被忽视。不过，从根本上说，造成这种情况的主要原因还是历史小说文类概念在传承和发展过程中本身既存的模糊性。

模糊性来自文类的划分。对一种文学类别进行确认在文学行为中并非易事，因为文类规约的确定方式和文类本身的历时性演变过程都有可能引起争议。目前，视历史小说为小说亚文类是文学界比较普遍的做法，但这并不代表在批评实践过程中确定该小说文类属性时就不会遇到问题，因为不同的划分标准会导致不同的划分结果。① 比如，从内容上可以把戏剧划分为悲剧、喜剧，从形式上可以把诗歌分为十四行诗和叙事诗，从形态和内容的双重考虑上可以把小说分为科幻小说、侦探小说等。而文类界定的困难在于"混合文类"的存在，比如，不同的文类却可能拥有同样的文本特征，很难通过表面的形式确定其文类属性。另外，文类的不断发展和变化还会造成文类之间的一些相互交叉重叠和借用。这就造成了某一文类的划分和界定并不是唯一的，同一文本可同属不同的文类。不过，这也是很正常的现象。因为很少有作家特别是当代作家会在一部作品中从一而终地使用同一种文类规约，文本

---

① 胡全生：《文类、读者与后现代小说》，《英美文学研究论丛》2008年第2期，第295～311页。

中时常会出现文类交叉重叠的现象。

从这一点出发，本书的研究对象——英国历史小说同样也存在类似的问题。如果说19世纪传统的历史小说具有足以辨认的文类特征，如重大历史事件、著名历史人物、相当长的时间距离，那么当代英国小说中历史书写的丰富和文类交叉重叠情况的频繁出现则从某种程度上模糊了历史小说文类独立的文本特征，致使针对文类的相关研究泛化为针对历史话语的使用研究，从而割裂了历史小说文类的整体性研究。

另外，英国历史小说文类本身在历时性发展过程中不可避免地会发生形式和内容上的变化，使当代历史小说同传统文本之间产生很大的差异。若非以发展性的眼光看待此问题，便很容易造成学界对文类演变过程认识的不足。这也是英国历史小说文类概念模糊，从而致使文类研究缺失的重要原因。

三 历史小说文类研究理论的系统性断裂

若研究再往前推进一步，导致历史小说文类概念模糊的主要原因便确凿无疑地落在研究理论的匮乏上。就笔者目前所掌握的资料来看，在历史小说研究领域里存在两种理论对立的现象。一方面，卢卡奇（Georg Lukács）等传统历史小说理论家对文类规约的阐释在当代依然具有显著的影响力，从而影响了评论者对当代新发生的历史小说文类属性的判断；另一方面，后现代主义者对历史文本性和虚构性的阐释虽然为研究当代历史小说提供了与时俱进的有利视角，但其很难对传统历史小说做出解释。两种理论一经相遇便尴尬地割裂了历史小说文类的整体性发展，从而导致相关研究的缺失。对此，本书认为，为了恢复历史小说的整体性研究，研究采纳的理想理论应为：既要注重文本的历时性演变，又要避免忽略在此过程中文类规约的传承，从而实现连续性、辩证性研究的目的。

综上所述，当代英国历史文学创作的普遍化离散了评论界对历史小说文类研究的聚焦，文类概念本身在发展过程中发生的模糊现象和相关研究理论的系统性断裂是造成这一现象的主要原因。鉴于以上分析，本书提出从文类演变的角度，对英国历史小说文类的嬗变过程进行研究，以期恢复文类概念的清晰度以及弥补整体性研究的缺失。

第二节　英国历史小说国内外研究现状

一　国外研究现状

在西方，早在 19 世纪中期，也就是英国历史小说诞生不久，就已经出现了相关的评论文章，如 1859 年刊登在《本特利氏杂志》（*Bentley's Miscellany*）上的《历史的和说教的：历史小说》（*Of Novels*, *Historical and Didactic*：*The Historical Novel*），1887 年刊登在《麦克米兰杂志》（*Macmillan's Magazine*）上的《历史小说》（*The Historical Novel*）等。但这些论述主要是介绍性的，或透露作者创作时的细节问题，或描述某几部历史小说的文本特征，如尼尔德（Jonathan Nield）的《最佳历史小说和故事导引》（*Guide to the Best Historical Novels and Tales*, 1902）等，尚未达到"历史小说批评"的层面。而真正出现有关英国历史小说系统性的批评研究，还是 20 世纪的事情。

弗莱希曼（Avrom Fleishman）指出，最早有关英国历史小说的批评来自 1932 年沃波尔（Hugh Walpole）的《自司各特之后的英格兰历史小说》（*The Historical Novel in England since Sir Walter Scott*）一文。[①] 在文章中，作者关注了司各特之后（post-Scott）英国历史小说的发展，并将其划分为四个阶段，即"简单的传奇小说家时代"（Simple Romancers, 1830~1840）、"严肃的维多利亚时代"（Serious Victorians, 1840~1870）、"真正的浪漫精神时代"（Real Romantic Spirit, 1870~1910），以及"现代的现实主义时代"（Modern Realism, 1910~1930）。对此，本书认为，这篇文章是否为最早的历史小说批评并不重要，重要的是它呈现了西方历史小说批评所具有的典型的共时性特征。换言之，在早期直至目前的西方历史小说批评中，大部分如上述研究一样，是共时性研究。"分阶段""分类型"的研究在数量上要远远多于

---

① Avrom Fleishman, *The English Historical Novel*：*Walter Scott to Virginia Woolf*, Baltimore and London：The Johns Hopkins Press, 1971, pp：ⅩⅤ－ⅩⅥ.

"整体性""历时性"的研究。① 鉴于此，本书将目前西方有关英国历史小说的研究划分成三个部分做更进一步的说明。

1. 司各特之前历史小说的研究

目前，有两大观点已经广泛为西方历史小说研究领域接受：第一，瓦尔特·司各特爵士开创了欧洲历史小说之先河；第二，真正的欧洲历史小说是19世纪的产物。这两个观点经过几代人提出、论证之后，被很多历史小说研究者采用，成为他们进一步论述的前提。然而，被广泛接受并不意味着它们从未受到过质疑。目前出现的针对19世纪之前的历史小说研究就是很好的证明。比如，斯蒂文森（Anne H. Stevens）在《司各特之前的英国历史小说研究》（*British Historical Fiction before Scott*，2010）一书中指出，早在18世纪后半叶，英国就兴起了编年史的热潮，催生了历史小说。可惜的是，由于"司各特对于之后历史小说的创作影响甚为广泛"，② 对其之前历史小说的研究颇为稀少。为了进一步详细说明，斯蒂文森概览了1762～1813年英国出版的85部历史小说，并分析了历史小说文类经过模仿和实验两个阶段的发展过程。

同斯蒂文森一样，麦斯威尔（Richard Mexwell）也提出历史小说比普遍认为其产生的年代要久远得多。在《欧洲历史小说1650～1950》（*The Historical Novel in Europe 1650－1950*，2009）一书中，麦斯威尔将17世纪的法国

---

① 当然，这并非代表着整体性研究的完全缺失。就目前笔者所掌握的资料来看，有关英国历史小说的整体性研究有杰·格鲁特（Jerome de Groot）的《历史小说》（*The Historical Novel*，2010）一书。该书纵览了自司各特时期到20世纪后现代时期的欧洲历史小说，论述具有一定的整体性和连贯性。然而较为遗憾的是，该书的篇幅不长，论述较为简略，在探究历史小说的演变方面也不够翔实，其中英国历史小说部分只是该书所关注的欧洲历史小说的一个组成部分，并没有成为独立的研究目标。另外还有一部论著是安东尼·葛拉弗顿（Anthony Grafton）的《历史是什么？早期现代欧洲的历史艺术》（*What Was History? The Art of History in Early Modern Europe*，2010）。在书中葛拉弗顿探讨了文学和艺术的关系问题。他解释了古代诗人如何通过艺术理论生产诗学艺术，并指出直到意大利文艺复兴时期才出现历史艺术。这标志着历史和文学之间开始分化，直到19世纪这一过程得以完成。虽然这部论著也算得上是历史小说的整体性论著，但由于其文本选择的泛化，同本书的研究还是有相当大的差异。

② Anne H. Stevens，*British Historical Fiction before Scott*，Houndmills, Basingstoke, Hampshire；New York：Palgrave Macmillan，2010，p. 2.

视为欧洲历史小说最初的发源地，并在此基础上分析了众多小说，其中文本涉猎范围之广成为此书最为突出的特点之一。① 不过虽说如此，麦斯威尔并没有否认司各特对历史小说发展所做出的卓越贡献和产生了广泛的影响力。在此书的第一部分"时间的洪流：司各特对历史小说的改造"（Inundations of Time：Scott's Reinvention of the Historical Novel）以及论文《时间的洪流：论司各特的原创性》（Inundations of Time：A Definition of Scott's Originality，2001）中，麦斯威尔都明确强调了司各特对欧洲历史小说所做的巨大贡献，表示司各特对情节和人物类型的描写对后来的历史小说产生了重要的借鉴作用。

当然，针对19世纪之前的历史小说研究也并非都是为了证明司各特是欧洲历史小说"第一人"。历史和小说之间的结合、历史书写的真实与虚构以及历史观的发展和演变等问题也是其中比较重要的研究主题。比如，齐默尔曼（Everett Zimmerman）的《小说的边界：历史和18世纪的英国小说》（The Boundaries of Fiction：History and the Eighteenth-Century British Novel，1996）以笛福（Daniel Defoe）、菲尔丁（Henry Fielding）、斯特恩（Laurence Sterne）等18世纪英国著名小说家的作品为样本，探讨了英国小说和历史书写之间的关系，其中还援引了洛克（John Locke）、本特利（Richard Bentley）、吉本（Edward Giben）等18世纪重要思想家的理论来讨论18世纪的小说创作对司各特小说的影响。再比如，奥特（Monika Otter）的《12世纪英国历史书写中的虚构和指涉》（Inventions：Fiction and Referentiality in Twelfth-Century English Historical Writing，1996）探讨了英国中世纪拉丁语历史书写中的虚构。奥特认为，虽然历史小说在12世纪的英国尚未成形，但在罗曼司等虚构的文学形式中，人们已经开始使用虚构和自我指涉等技巧。这些研究在探究历史小说的成因和内部理论问题方面做出了创新性的贡献。

2. 19世纪英国历史小说的研究

针对19世纪历史小说的研究基本上都将司各特视为欧洲历史小说的开创者，并以此为立论基础。这部分研究中最为重要的一部论著当属卢卡奇的

---

① Jonathan Dent, "Rev. of The Historical Novel in Europe, 1650 – 1950," *Women's Writing*, 2012 (3), pp: 372 – 374.

《历史小说》（*The Historical Novel*, 1937）一书。这部成书于 20 世纪 30 年代的研究论著自 20 世纪 60 年代被译成英文以来，一直保持着广泛的影响力，可以说开启了西方历史小说批评的新时代。卢卡奇明确指出，英国真正的历史小说始于司各特的《威弗利》（又译《威弗莱》）系列小说。换言之，在拿破仑战败（1815）之前，欧洲并没有真正的历史小说。那些 17、18 世纪所谓的历史小说（so-called historical novels），只是在"主题和服饰上是'历史的'，而人物的心理和行为还停留在作者所处的时代"，① 并不具有某一历史时代的特殊性。他认为，法国大革命之后，人们意识到历史在社会变革中的巨大力量。因此，历史小说的形成与资产阶级历史意识的兴起密不可分，而司各特正是传达这一意识的典型代表。卢卡奇赞赏了司各特在历史小说创作过程中所保持的客观性："司各特既不属于狂热的运动派，也不属于悲观愤怒的保守派。他试图从历史的角度彻底了解整个英国的发展过程，以便从两个极端之中找寻一条中间道路（a middle way）。"② 由此，卢卡奇认为，历史小说家可以抛开个人意识形态的偏见来客观公正地反映历史变迁中普通人的生活。

卢卡奇对于司各特文学地位的论证事实上已经得到了广泛的认可，但同时他的论述也饱受争议。其中广受诟病的一点就是他本人的意识形态立场所导致的批评视角的独断化。已经不止一人指出，卢卡奇在称赞司各特客观性的同时，自己却没能避免主观意识形态的过多浸入。③ 也有人指出，卢卡奇对于现实主义手法的强调让他忽视了很多不满足此条件的小说家，比如安斯沃斯（Harrison Ainsworth）、艾略特（George Eliot）等。④ 虽说如此，卢卡奇

① Georg Lukács, *The Historical Novel*, trans. Hannah & Stanley Mitchell, Lincoln & London: University of Nebraska Press, 1983, p. 19.

② ibid, p. 32.

③ Patricia A. Barker, "The Art of the Contemporary Historical Novel," Ph. D Diss. of the University of Texas at Dallas, 2005, p. 2; Avrom Fleishman, *The English Historical Novel: Walter Scott to Virginia Woolf*, Baltimore and London: The Johns Hopkins Press, 1971, p. 50; David Cowart, *History and the Contemporary Novel*, Carbondale and Edwardsville: Southern Illinois University Press, 1989, p. 4, etc..

④ Andrew Leonard Sanders, *The Victorian Historical Novel 1840 – 1880*, New York: St. Martin's Press, 1979, p. 10.

对于欧洲历史小说的论述，特别是他提出的"历史小说的经典形式"还是颇值得本书在分析传统历史小说时借鉴的。

另外一部重要论著当属弗莱希曼的《英国历史小说：从瓦尔特·司各特到弗吉尼亚·伍尔夫》（*The English Historical Novel：Walter Scott to Virginia Woolf*，1971）。同卢卡奇的涉猎范围之广不同，弗莱希曼将视角集中在英国的历史小说创作上，系统论述了司各特、狄更斯（Charles Dickens）、萨克雷（William Thackeray）、哈代（Thomas Hardy）、康拉德（Joseph Conrad）和伍尔夫（又译伍尔莱，Virginia Woolf）等人的历史小说创作。作者不仅关注了传统历史小说的创作特征，而且承认了伍尔夫等人对历史小说的创造性实验，给历史小说的定义增添了新的内涵，也让历史小说的批评视角变得更加广阔。这或许是该书最大的创新和价值所在。

还有一部分研究属于司各特影响研究的范畴。其中一些关注了司各特对于本国（英国）历史小说创作的影响，探讨了司各特之后英国历史小说的继承、发展与革新。比如桑德斯（Andrew Leonard Sanders）在《维多利亚历史小说：1840~1880》（*The Victorian Historical Novel 1840 – 1880*，1979）中就聚焦了司各特去世后 50 年之内的历史小说。桑德斯认为，这些小说或多或少受到了司各特的影响，但 1852 年出版的《亨利·艾斯芒德的历史》（*The History of Henry Esmond*）是偏离《威弗利》小说形式最为明显的历史小说。萨克雷在书中并不将历史视为"绘制好的河流"（charted stream），[①] 而是将其视为"缓慢前行的流水和旋涡"。[②] 但萨克雷对司各特的真正挑战则是"选择了一位自传式的叙述者，一位郁郁寡欢、多愁善感，只能从自己的视角观察事物的叙述者"。[③] 邓肯（Ian Duncan）的《司各特的影子》（*Scott's Shadow：The Novel in Romantic Edinburgh*，2007）则关注了 1802~1832 年苏格兰小说的发展。邓肯认为，司各特的《威弗利》系列小说展现了民族主义意识形态的兴起。正因为这样，司各特将国家、民族的历史生活同小说这一文

---

① Andrew Leonard Sanders，*The Victorian Historical Novel 1840 – 1880*，New York：St. Martin's Press，1979，p. 20.

② ibid.

③ Andrew Leonard Sanders，*The Victorian Historical Novel 1840 – 1880*，New York：St. Martin's Press，1979，p. 20.

类结合起来，开创了苏格兰小说的新时代。

肖（Harry E. Shaw）的《历史小说的形式：司各特爵士以及他的继承者》（*The Forms of Historical Fiction*：*Sir Walter Scott and His Successors*，1983）则以法国等其他国家的历史小说为参照物，考察了司各特之后的历史小说书写状况。肖最重要的贡献在于提出了"标准历史小说"（standard historical novel）的概念，并将历史在小说中的使用划分为三种情况，即"作为牧歌的历史"（history as pastoral）、"作为戏剧来源的历史"（history as a source of drama），以及"作为主题的历史"（history as subject）。该书因提出这一概念而成为目前为数不多的对历史小说定义内涵进行讨论的佳作。其中对于"标准历史小说"所隐含的问题，即如何处理个人特殊性和群体普遍性的关系也为本书的研究提供了有益的启示。比较重要的还有奥瑞尔（Harold Orel）的《从司各特到萨巴蒂尼：针对文类态度的改变 1814 ~ 1920》（*The Historical Novel from Scott to Sabatini*：*Changing Attitudes toward a Literary Genre 1814 – 1920*，1995）。在书中，奥瑞尔考察了司各特之后欧洲历史小说的变迁，分析了 19 世纪 80 年代历史小说复兴的原因，为历史小说的研究打开了新的视角。

还有一些研究探讨了以司各特为代表的历史小说对其他国家历史小说创作的影响，比如，莫斯利（William W. Moseley）的《智利历史小说的起源》（*Origins of the Historical Novel in Chile*，1958）描述了司各特历史小说在智利的接受情况，沃尔什（Catherine Henry Walsh）的《历史小说中的崇高：司各特和吉尔·伊·卡拉斯科》（*The Sublime in the Historical Novel*：*Scott and Gily Carrasco*，1990）分析了司各特对于西班牙历史小说创作的影响，施密特（Peter Schmidt）的《瓦尔特·司各特、殖民地理论以及新南方文学》（*Walter Scott*，*Postcolonial Theory*，*and New South Literature*，2003）论证了司各特对于美国南方文化的重要性等。

3. 20 世纪英国历史小说的研究

如前所述，历史小说在当代英国复兴已是不争的事实。20 世纪以来社会和文化思潮的冲击赋予了历史小说文类创新和实验的成分。首先是针对 20 世纪早期现代主义思潮下历史小说的研究。相对于二战后历史小说的大量涌现，20世纪初并没有太多历史小说问世。究其原因，这个时期的作家在历史怀疑论和艺术自足性的影响下将历史视为梦魇，较少涉及历史文本。因此，针对这一阶段的历史小说研究比较匮乏。根巴赫（James Longenbach）选择了"曲线救国"的研究策略——从现代主义诗人入手分析历史书写。他在《现代主义历史诗学：庞德、艾略特及过去的意识》（*The Modernist Poetics of History: Pound, Eliot, and the Sense of the Past*, 1987）一书中以庞德（Ezra Pound）、艾略特（T. S. Eliot）和詹姆斯（Henry James）三位现代主义诗人的作品为样本，探讨了现代主义语境下历史撰述的特点。根巴赫的研究价值在于他十分重视20世纪早期哲学家的思想对于诗人书写历史的影响，而其中精妙的诗歌赏析也丰富了文学对于历史意义的解析。同根巴赫一样，威廉（Louise Blakeney William）也在《历史中的现代主义和意识形态：文学、政治和过去》（*Modernism and the Ideology of History: Literature, Politics, and the Past*, 2002）中关注了叶芝（Willian Butler Yeats）、庞德、艾略特等现代主义诗人以及福特（Ford Madox Ford）、劳伦斯（D. H. Lawrence）等现代主义小说家。其中，威廉以一个现代主义者的视角密切关注了历史的所指——历史意义的生成、历史中的因果关系、历史的发展线路等主题，并指出这些现代主义者虽然在19世纪历史观的影响下开始创作，但他们已经对历史进步观提出了质疑，历史中蕴含的政治因素也昭然若揭。

欧莫利（Seamus O'Malley）的博士论文《我们如何书写历史？——约瑟夫·康拉德、福特·马多克斯·福特和丽贝卡·韦斯特的现代主义历史撰述》（"*How Shall We Write History?*" *The Modernist Historiography of Joseph Conrad, Ford Madox Ford and Rebecca West*, 2011）则是为数不多的关注现代主义历史小说的研究之一。他在文中专门探讨了康拉德、福特、韦斯特三位英国现代主义小说家的历史创作，力图弥补受詹姆逊（又译詹明信）"现代性危机"影响导致的现代主义历史小说研究的空缺。欧莫利详细论证了三位小说家在现代主义运动中的地位以及对历史的兴趣，确认了三人在历史小说发展过程中承前启后的重要作用，有力反驳了现代主义时期英国历史小说缺失的判断。

虽然以上几部论著在一定程度上弥补了现代主义历史小说研究的不足，

但对于丰富的战后历史小说研究来说，还是显得捉襟见肘。战后逐渐兴起的后现代主义思潮为历史小说的创作注入了崭新的思维活力，使其无论在创作理念还是在文本形式上都展现了新的面貌，成为后现代评论家话语理论实践的重要基地。在这些评论中，笔者观察到一个现象，即在 1988 年哈琴（Linda Huthcheon）的《后现代主义诗学：历史·理论·小说》（*A Poetics of Postmodernism*：*History*，*Theory*，*Fiction*）出版之前，针对后现代语境下的（英国）历史小说研究几乎没有什么太大进展。即便有一些相关专著出版，其研究方式依然摆脱不了前人的影响，创新方面略欠缺。比如，尼尔·麦克尤恩（Neil McEwan）将弗莱希曼研究的结论作为自己研究的起点，在其博士论文《英国小说家的历史小说研究 1953～1983》（*Perspective in Historical Fiction by British Writers 1953 – 1983*，1984）以及在此基础上修改而成的《今日英国历史小说研究》（*Perspective in British Historical Fiction Today*，1987）一书中关注了 20 世纪 50 年代之后英国历史小说创作。虽然作者在书中意识到 20 世纪以来历史小说在历史真实性问题认识上的改变，也对后现代主义者提出的"小说之死"和"过去之死"做出了反驳，但由于缺乏有力的理论支撑，论述过程稍显薄弱。而柯沃特（David Cowart）的《历史和当代小说》（*History and the Contemporary Novel*，1989）以及斯坎伦（Margaret Scanlan）的《时间的痕迹：战后英国小说中的历史和政治》（*Traces of Another Time*：*History and Politics in Postwar British Fiction*，1990）几乎和哈琴的著作同一时间出版，似乎并没有受到哈琴的影响。柯沃特和斯坎伦都意识到了后现代语境下宏大历史遭受的质疑和当下历史小说创作中新的文本形式，前者将"展现未来的小说"划入历史小说的范畴，而后者则提出了"当代怀疑历史小说"（the contemporary fiction novel）的概念。即便如此，有评论者还是认为二者"忽略了历史小说的典型特征"，也"没有检验该文类同后现代主义的关系"。①

　　真正实现系统论述当代历史小说同后现代语境关系的还是哈琴的著作《后现代主义诗学：历史·理论·小说》。该书一经出版，便得到了广泛的关注和讨论，极大地丰富了当代历史小说的研究面貌。特别是哈琴提出的"历

---

① 　Mariadele Boccardi, *The Contemporary British Historical Novel*：*Representation*，*Nation*，*Empire*, Palgrave Macmillan, 2009, p. 6.

史编纂元小说"（historiographic metafiction）概念,① 使之后的相关研究几乎就没有撇开对这一术语的讨论。所谓"历史编纂元小说"是指那些"著名的、广为人知的小说。它们具有强烈的自我指涉性,又自相矛盾地宣称同历史事件和人物有关"。② 哈琴的最终目的是要揭示后现代主义的本质是"矛盾性、坚定不移的历史性以及不可避免的政治性"。③ 虽然哈琴这一术语同历史小说之间关系的认同需要得到进一步的讨论,但这无疑是对詹姆逊认为的后现代主义无历史性以及卢卡奇等人认为的"历史小说在当代已经消亡"的有力驳斥。

同时,哈琴的理论也引起了不少的质疑和补充。比如,韦瑟琳（Elisabeth Wesseling）在《作为预言家的历史书写:后现代主义对历史小说的改造》（*Writing History as a Prophet*: *Postmodernist Innovations of the Historical Novel*, 1991）一书中认为,哈琴的"历史编纂元小说"虽然体现了后现代主义历史小说的政治意图,但没能提供解决问题的途径。巴克尔（Patricia A. Barker）的博士论文《当代历史小说的艺术》（*The Art of the Contemporary Historical Novel*, 2005）详细对比了以卢卡奇为代表的现实主义诗学和以哈琴为代表的后现代主义诗学分别对于经典历史小说和历史编纂元小说的论述。在此基础上,巴克尔反驳了卢卡奇认为的"历史小说家可以超越意识形态的影响表述历史",以及哈琴认为的"历史编纂元小说是 20 世纪 60 年代独有的"的论断,因为早在 16 世纪末,莎士比亚的《亨利五世》（*Henry V*, 1599）以及伍尔夫的《幕间》（*Between the Acts*, 1941）、《奥兰多》（*Orlando*, 1928）等小说就或多或少地体现了历史编纂元小说的特征。不仅如此,巴克尔还阐述了历史编纂元小说的两种情节组织方式:题铭式（epigraphic）和插话式（episodic）。这无疑在一定程度上丰富和扩展了哈琴的后现代诗学理论。博卡尔迪（Mariadele Boccardi）在《当代英国历史小说:再现·民族·帝国》（*The Contemporary British Historical Novel*: *Representation*, *Nation*, *Empire*,

---

① 该术语在国内也被译成"历史书写元小说""历史元小说""史纂元小说""历史编纂元小说"等多种名称。为统一起见,本书统称为"历史编纂元小说"。后文不再标注。

② Linda Hutcheon, *A Poetics of Postmodernism*: *History*, *Theory*, *Fiction*, New York and London: Routledge, 1988, p. 5.

③ ibid, p. 4.

2009）中也指出，哈琴所谓的自我指涉在最早的历史小说中就已出现，这让她"错失了更好探究后现代小说书写过去的良好时机"，也忽视了对"特殊文学和文化背景下英国历史小说回归的研究"。①

当然，围绕后现代语境下针对历史和小说相结合的探讨并非只出现了"历史编纂元小说"这一概念，很多后现代理论家都尝试提出过类似的术语，只不过同哈琴的影响力比起来稍显薄弱。比如，麦克海尔（Brain McHale）的"后现代修正主义历史小说"（postmodernist revisionist historical novel）、②伊莱亚斯（Amy J. Elias）的元历史罗曼司（metahistorical romance）、③斯坎伦（Margaret Scanlan）的"当代怀疑历史小说"（the contemporary skeptical historical novel），④以及巴克尔的"编纂元小说罗曼司"（historiographic metafictional romance）⑤和"传记元小说"（biographic metafiction）⑥等，都反映了各评论家对后现代小说中历史书写的不同理解，也为本书的研究带来很多启示。

二 国内研究现状

在中国，当代英国历史小说的复兴引起了一些长期关注英国文学的学者的关注和讨论。比如，2005 年，曹莉在《历史尚未终结——论当代英国历史小说的走向》一文中针对这一现象指出了英国当代历史小说的两个走向，即历史元小说和后殖民历史重写，并分析了其中深刻的历史背景与成因。⑦

① Mariadele Boccardi, *The Contemporary British Historical Novel*：*Representation*，*Nation*，*Empire*，Palgrave Macmillan，2009，p. 9.

② Brain McHale, *Postmodernist Fiction*，London and New York：Methuen & Co. Ltd.，1987，p. 90.

③ Amy J. Elias, *Sublime Desire*：*History and Post – 1960s Fiction*，Baltimore and London：The Johns Hopkins University Press，2001，p. 46.

④ Margaret Scanlan, *Traces of Another Time*：*History and Politics in Postwar British Fiction*，Princeton：Princeton University Press，1990，p. 3.

⑤ Patricia A. Barker, "The Art of the Contemporary Historical Novel," Ph. D Diss. of the University of Texas at Dallas，2005，p. 102.

⑥ ibid, p. 144.

⑦ 曹莉：《历史尚未终结——论当代英国历史小说的走向》，《外国文学评论》2005 年第 3 期，第 136 ~ 144 页。

杨金才教授2008年和2009年接连在两篇论文《当代英国小说研究的若干命题》和《当代英国小说的核心主题与研究视角》中指出，当代英国小说家"对过去所采取的态度也因市场影响而发生了变化，出现一种'向后'（retro）的文学消费要求"，① 以及"对历史话题的关注并不亚于二战后的20世纪60年代"，② 以此来呼吁国内学界对该现象的重视。2010年，由《当代外国文学》编辑部主办的"当代外国文学的历史书写与叙事格调"学术研讨会成功举办，将国外（英国）历史文学的创作现状大规模引入国内学者的视域。然而，即便如此，国内针对英国历史小说的批评现状看上去也并不十分明朗。除去针对司各特及其作品的相关研究，③ 研究者很难发现其他有关英国历史小说研究的专著。甚至在一些权威的英国文学史的编著中，也很难寻觅到关于英国历史小说发展的只言片语。对此，笔者认为，之所以较难总结国内英国历史小说的研究现状，是因为其总体呈现混合研究的态势。所谓混合研究，指的是研究者将英国历史小说研究同其他小说文类的研究混合在一起，或进行相互间的比较，或混为一谈进行整体性论述，从而未能对英国历史小说进行独立的、系统性的研究。具体而言，有以下三种情况。④

1. 同中国历史小说研究的混合

目前，中国历史小说研究在国内的成果之丰硕、文本之广泛、程度之深刻，都是西方历史小说研究远不能及的。在众多中国历史小说研究中，有一类就是混合了西方（英国）历史小说的研究，特别是司各特小说的研究。在这类研究中，研究者时常将中国和西方的历史小说进行平行比较和影响阐

---

① 杨金才：《当代英国小说研究的若干命题》，《当代外国文学》2008年第3期，第65页。
② 杨金才：《当代英国小说的核心主题与研究视角》，《外国文学》2009年第6期，第58页。
③ 我国20世纪初就开始了司各特作品的译介工作，随后有零星评论作品问世。自1979年之后，对司各特的研究开始进入繁荣阶段，并有文美惠的专著《司各特研究》（1982）问世。据吴镝在《我国对沃尔特·司各特研究的初步述评》（2010）一文中的统计，截至2008年，我国共有63篇相关论文问世，其中博士论文1篇（高灵英的《苏格兰民族形象的塑造：沃尔特·司各特爵士的苏格兰历史小说主题研究》），硕士论文11篇（万信琼的《司各特小说的历史叙事研究》、李晚婷的《司各特历史小说的传统道德观微探》等），其余为期刊论文。
④ 此处只是大致的研究情况，并不是绝对的划分，不排除有例外的存在，如针对某一部历史小说的研究，针对某一位作家的研究等。

释，一方面丰富和发展了中国历史小说研究理论，另一方面对西方历史小说创作进行了探讨。比如，易新农早期在《中西历史小说比较初探》（1989）中以《三国演义》《水浒传》以及司各特的系列小说为例，比较了不同文化传统下历史小说的兴起、发展和内涵，就是这种混合研究的范例。再比如，孙建忠在《司各特与中国近现代文学》（2008）中探讨了《艾凡赫》等作品对中国文学观念和创作的影响。还有张亚的《挂小说的钉子——以司各特为例看中西历史小说》（2010）通过对司各特小说的解读，探讨了中西历史小说在流变中呈现的不同面貌。

相对于以上零散的研究，21 世纪初由童庆炳先生等人合著的《历史题材文学创作重大问题研究》（2011）一书则是探讨中国以及西方历史文学创作的比较全面的著作之一。该书是 2004 年教育部哲学社会科学研究重大课题攻关项目"历史题材文学创作和改编重大问题研究"的最终研究成果。编委会以近年来国内历史题材文学创作呈现繁荣局面为契机，讨论了历史题材文学创作理论中出现的"十大问题"和"八大现象"。[①] 全书分为上、中、下三篇，分别关注了历史文学创作的理论问题、中国当代历史题材文学的创作与改编以及中外历史题材文学的传统与经验。下篇的最后三章特别关注了英国历史小说的三个方面，[②] 分别是"十九世纪历史小说的特征"、"司各特

[①] 童庆炳等：《历史题材文学创作重大问题研究》，经济科学出版社，2011。其中"十大问题"是指：①历史研究与文学研究的联系与区别问题；②文学叙事与历史叙事的异同及其关联问题；③政治视野和美学视野中历史题材文学创作问题；④历史题材文学中历史、艺术和时代三向度问题；⑤历史题材文学创作中的重建、隐喻和暗示三层面问题；⑥历史题材文学的艺术理想即历史真实与艺术真实的统一问题；⑦历史题材文学的类型及其审美精神问题；⑧历史题材文学中人民取向问题；⑨历史题材文学中封建帝王的评价问题；⑩当前历史题材创作的发展趋势问题。"八大现象"是指：①历史题材文学的现代性追求现象；②历史题材文学承载中华民族之根的现象；③当代历史题材文学创作中的"盛世情结"现象；④历史题材文学中的人民性缺失现象；⑤历史题材创作中的"戏说"现象；⑥历史题材文学中历史人物的"翻案"现象；⑦历史题材创作中红色经典的改编现象；⑧历史题材作品的生产与消费现象。

[②] 鉴于书中一些篇章已经成文发表，为避免重复，已发表的学术论文不再重复提及，如刘洪涛、丹凌在《湖南大学学报（社会科学版）》发表的《19 世纪英国历史小说简论》，以及在《楚雄师范学院学报》发表的《20 世纪英国小说中的历史叙述策略》即为本书第 31 章和第 33 章内容。

的叙事模式"以及"二十世纪小说的历史叙述策略"。不过，该书无论在理论上还是文本上均以中国的历史文学创作为主，针对国外创作的研究在篇幅和内容上只能算作对前者进行补充和丰富，但最后三章的讨论还是为本书的研究提供了有关英国历史小说特别是英国传统历史小说整体创作面貌的相关参考。

2. 同西方历史小说研究的混合

毋庸置疑，英国历史小说是西方历史小说的重要组成部分，因此我国出现了一些将英国历史小说同其他国家历史小说（特别是美国）混合起来，以西方历史小说为整体进行讨论的研究论述。比如，高继海在《历史小说的三种表现形态：论传统、现代、后现代历史小说》（2006）一文中将西方历史小说看成一个整体，从小说发展的三个时期全面讨论了历史小说的文类特征。彭青龙的《历史小说的嬗变与文学性特征》（2010）指出西方历史小说区别于其他文学形态的四个方面，即历史性、时代性、虚构性和寓言性，其中历史性是历史小说的根本性特征。作者通过对西方历史小说整体嬗变的概括，对历史小说批评者提出了文学思想和文学艺术融合统一的要求。赵文书的《再论后现代历史小说的社会意义——以华美历史小说为例》（2012）以华美历史小说为研究样本，着重探讨了后现代历史小说社会意义的产生这一重大问题，强调了历史小说的文学性以及其对大众历史知识传播的重要作用。这对本书的研究具有重要的参考价值。还有王建平的《美国后现代小说与历史话语》（2012）考察了当代文学与史学理论背景下美国后现代文学与历史的关系，指出后现代作家对重构历史和知识的普遍关切。

3. 同后现代小说研究的混合

随着西方后结构主义以及解构主义等后现代理论被源源不断地引入，国内学者针对德里达、福柯、詹姆逊、鲍德里亚、哈琴、怀特等人所提出的后现代文史理论展开了广泛的探讨。早在世纪之交，国内一批关注西方文论的学者就已经发表一系列的论文和出版一系列的著作对西方后现代主义文学和文化的现状进行引介，掀起了国内对西方后现代主义理论关注的热潮。其中，有关后现代主义语境下对于历史主义的重新阐释吸引了很多学者的注意，如盛宁的《文本的虚构性与历史的重构——从〈法国中尉的女人〉的删节谈起》（1991）、《历史·文本·意识形态——新历史主义的文化批评和文学批评刍议》（1993）、《新历史主义》（1995）、《新历史主义·后现代主义·历史真实》（1997），王宁的《后现代主义之后》（1998）、《叙述、文化定位和身份认同——霍米·巴巴的后殖民批评理论》（2002）、《德里达与结构批评的启示：重新思考》（2005），陈晓明的《历史颓败的寓言——先锋小说的后历史主义倾向》（1991）、《最后的仪式——先锋派的历史及其评估》（1991）、《过渡性状态：后当代叙事倾向》（1994）、《历史的误置：关于中国后现代文化及其理论研究的再思考》（1997），赵一凡的《后现代主义探幽——兼论西方文学应变与发展理论》（1989）、《利奥塔与后现代主义论争》（1990）、《福柯的知识考古学》（1990）等。这些论作引起了国内对新历史主义理论的关注，也对当时中国先锋小说的创作产生了巨大的影响。也许正因如此，国内后来学者对于当代西方历史文学理论的阐述同后现代主义理论有了密不可分的关系。比如，林庆新的《从后现代历史小说的指涉问题看有关欧美文论》（2004）通过分析历史小说是否已经衰亡这一问题，探讨了后现代语境下史篡元小说与替换史的书写，从而对后现代历史小说的创作情况做了很好的总结。洪罡的《三张面孔：当代英国元小说中的历史》（2011）针对历史在当代英国元小说中的犹豫、对立和个人化的三张面孔，分析了"历史"在元小说中所扮演的复杂角色和造成这种情况的原因。此外，还有很多针对哈琴后现代诗学的研究，既有理论方面的探讨，如杨春的《历史编纂元小说——后现代主义小说新方向？》（2006）、陈后亮的《历史书写元小说：再现事实的政治学、历史观念的文体学》（2010），也有文本分析的实例，如李丹的《从历史编纂元小说的角度看〈法国中尉的女人〉》（2010）、翟亚妮的《虚构与真实——从历史元小说角度解读〈福楼拜的鹦鹉〉》（2010）等。

三 问题的提出

文献综述表明，战后英国历史文学创作的普遍化、历史小说文类概念的模糊不清，以及相关研究理论的系统性断裂导致西方（英国）历史小说共时性研究多、历时性研究少，以及国内相关研究处于"混沌状态"，甚至尚未展开。由此可见，无论是在创作实践还是在理论分析中，英国历史小说文类的整体性始终都没能获得广泛的认同，因而直接引发了学界对历史小说文类历时性发展审视的断层。其中最典型的表现就是对"历史小说"这一最基本文类概念的考量出现了错位。传统历史小说、现代主义历史小说以及后现代主义历史小说研究者们常常只关注本领域的文本特征，割裂了本应连贯、系统的阐述过程。

这种割裂行为的一个后果便是当代研究对于历史小说文类传统的忽视，继而导致文类生命力的减弱。以文类名称为核心关键词的检索结果就是一个很好的说明。鉴于此，本书将英国历史小说的历时性发展嬗变作为研究对象，在研究过程中明确历史小说的文类特征，注重其发展的整体性、连贯性和演变性，一方面弥补国内外在英国历史小说整体性研究上的缺失，另一方面在一定程度上丰富文类研究的理论和样式，以期对其他文类的研究起到借鉴和反思作用。

第三节　研究内容、策略及意义

一　研究内容及策略

首先，从上文的分析可知，目前历史小说研究中存在的文类概念的模糊和文类整体性研究的缺失等问题要求本书选取的研究理论需要同时满足两个条件：一是能够强调文类内部机制的独立性和特别性，二是承认文类在历时性发展过程中所表现出的连续性和传承性。基于此，俄国形式主义程序诗学的文类理念对本研究具有重要的意义。该诗学强调以发展的眼光看待文类的演变，它不仅承认文类嬗变过程中产生的新的文本形式，而且以"程序"为单位对文类内涵的传承做出了清晰的说明，为当下的研究找到了最佳观测视角，是本书进行文类研究的重要切入点和研究工具。在接下来的章节中笔者将对其进行详细阐发。

其次，在确认理论切入点的基础上，本书选取英国历史小说文类为主要研究对象,① 力求对其整体性的嬗变过程做出系统性阐释。当然,针对小说文本的分析是本研究的重要部分,但并非全部。毋庸置疑,文类的嬗变是社会思想文化变迁在文本实践中的具体成像。因此,在进行历史小说文本分析的同时,研究更要注重对"潜文本"的阐释,即要将文学与历史的关系放入西方文学和史学理论思潮中考察,且对文本背后所隐含的社会意识形态、文化传承模式、权利运作方式、文类社会责任等进行揭示和探析,以期梳理出丰满、连续的文类发展路线。

再次,注重社会文本的研究并非意味着对两个世纪以来英国思想文化无所挑拣的涉猎,篇幅和时间的限制使得当前的研究必须针对历史小说相关的文化理论背景。因此,史学理论、文学理论以及社会历史发展等内容是本研究在文本分析之外所要纳入的重要信息。当然,鉴于本书的研究对象英国历史小说是西方历史小说的重要分支,以上所涉及的理论基本来自西方相关领域,在涉及国内理论时会做出特别说明。

从次,需要划定具体的研究对象。英国历史小说历经近两个世纪的发

---

① 在阐释之前,仍有一个问题要说明,即"历史小说是否存在",或者说"历史小说是否独立存在"。这是我们立论的根基。以常理来看,历史小说在许多文学批评场合都被作为独立的文学类别,但对此的再次确认并非多此一举,因为的确存在对历史小说作为独立文类的否定。比如,卢卡奇将历史小说同欧洲现实主义小说联系起来,视其为现实主义小说的分支。卢卡奇理论中浸透的意识形态偏见和对现实主义小说的过分张扬自不必多言,但他所阐明的历史小说同现实主义小说之间存在密不可分的关系也不无道理。而到了哈里·肖这里,历史小说甚至沦落为现实主义小说的附庸,因为它"依赖于更广阔的(现实主义)小说传统"。看来,历史小说并不仅仅受到现实主义思潮的影响,它本身也在深刻影响着现实主义小说的发展。它们之间的确有着颇深的渊源。然而,一个事实是,自英国小说诞生的那一刻起,现实主义便如影随形,贯穿了英国小说的整个发展过程。照此说来,几乎所有的小说类型都无法摆脱现实主义手法和理念的影响,那么,我们分类别研究的意义何在?情况当然不是这样。虽然现实主义无论作为风格还是术语,在各个时代的英国文学中都可以觅其影踪,但也应注意到,若将诸如历史小说之类的小说类型都视为现实主义小说的分支或者附属品,那么必定会忽略其本身所具有的独特性质。而也正是这些独特性,让历史小说有了成为独立文学的前提。这些独特性同现实主义结合会产生"经典历史小说"(卢卡奇语),同罗曼司结合会产生"历史罗曼司",同后现代主义结合会产生"历史编纂元小说"。正如杰罗姆·德·格鲁特(Jerome de Groot)所说,"历史写作可以发生在许多虚构的场合:罗曼司的、侦探的、惊悚的、反事实的、恐怖的、文学的、哥特的、后现代的、史诗的、科幻的、神秘的、西方的,以及儿童书籍"。因此,即使历史小说与现实主义小说有密切的关联,也并不妨碍该文类具有独立的辨识特征。从这个意义上来说,历史小说作为独立的文类是存在的。

展，形成了数量庞大的文本群，本书无法也不可能囊括所有的历史小说文本，因此需要恰当地确定有代表性的研究文本。另外，文类研究仍是一个较为宽泛的视角，所以确定具体的研究议题至关重要。而这两项研究任务需要运用文类的相关理论来完成。

最后，需要明确的是，历史小说虽然同历史有着密切的关系，但终归属于文学类别，因此本书在研究中要特别强调历史小说的文学性属性，防止将对其的研究同历史研究混淆，从而导致研究方向和目标偏离。

二 研究之意义

首先，本研究选取英国历史小说为研究对象，力求厘清模糊的文类认知，恢复被割裂的文类发展路线，最终完成连续性、系统性的历史小说文类研究。针对目前国内外普遍存在的历史小说共时性研究多、历时性研究少的状况，本研究能够起到一定的填补空白的作用。

其次，本研究从文类视角讨论英国历史小说的嬗变，有效地弥补了历史小说理论研究的不足。在俄国形式主义程序诗学的指导下，研究既承认历史小说在发展过程中新发生的文本形式，又注重传统程序的传承和连续，辩证地看待文类内部的发展嬗变，同时也不忽略文本背后思想意识形态的重要作用，为相关文类研究提供了一定的借鉴价值。

最后，通过文本实践反观理论，本研究对于文类理论具有一定的创新和补充作用。在研究过程中，实际的文本分析和阐释必定会促进理论的丰富和发展。因此，本研究对于俄国形式主义诗学文类理念的反方向阐发也具有一定的参考意义。

第一章
程序诗学视阈下英国历史小说文类研究的基本理论问题

本章属于英国历史小说研究的理论基础部分，是本书进行文类嬗变研究的基本前提。本章将对英国历史小说的整体性概观、俄国形式主义程序诗学的文类理念、历史小说定义内涵的发展进程，以及历史小说形式和研究维度的划定等重要理论问题逐一进行阐明。

第一节　英国历史小说的滥觞

在西方，历史和文学相结合的创作现象自古有之。古希腊的史诗将英雄神话故事和人民的世俗生活融为一体，讲述了神话时代之后英雄的历史。最具代表性的《荷马史诗》就是一种将"史"与"诗"相融合来表现历史的文学形式。文艺复兴时期莎士比亚（William Shakespeare）、马洛（Christopher Marlowe）、琼森（Ben Jonson）等剧作家热衷于以戏剧的形式展现历史。《亨利六世》（*Henry Ⅵ*，1590）、《理查三世》（*Richard Ⅲ*，1592）、《亨利五世》（*Henry V*，1590）、《爱德华二世》（*Edward Ⅱ*，1592）、《西亚努斯的覆灭》（*Sejanus His Fall*，1603）以及《卡塔林的阴谋》（*Catiline His Conspiracy*，1611）等都是杰出的历史剧作。17 世纪，弥尔顿（John Milton）的《失乐园》（*Paradise Lost*，1667）、《复乐园》（*Paradise Regained*，1671）以及《力士参孙》（*Samson Agonistes*，1671）则将诗歌同历史相结合，成为"以诗言史"的绝佳典范。

小说虽然没有戏剧和诗歌历史久远，但其发展变化和流传速度远胜之。历史同小说的结合其实自小说萌芽之时起就已经发生。有关考证指出，早至伊丽莎白时期盛行流浪汉小说时［如纳什尔（Thomas Nashe）的《不幸的旅行者，或杰克·威尔顿的生活》（*The Unfortunate Traveler, or the Life of Jack Wilton*, 1594）］，作家就已经实现了"巧妙地将历史的事实和虚构的时间交织一体"。① 然而，此处需要注意的是，"历史和虚构交织一体"与"历史小说"是不同的概念。"历史小说"一词的出现，标志着一种新的小说文类的产生，也暗示一种系统性、规范化的文类传统的生成。因此，从这个角度来看，英国历史小说文类的生成并初具规模应是 19 世纪之后的事情。

之所以说是 19 世纪之后，是因为众多评论家均认可瓦尔特·司各特爵士 1814 年创作的《威弗利》系列小说开创了英国乃至欧洲历史小说的先河。对此，普遍的解释不外乎司各特"开创了历史书写的新样式""改变了小说创作的现状"等。然而，近些年来，随着人们对历史小说文类认识的不断加深，第一部历史小说出自何人之手、始于何年被提出来讨论。各种质疑司各特历史小说地位的声音层出不穷。比如，有研究认为法国拉斐特夫人（Madame de Lafayatte）以亨利二世为背景创作的《克莱芙王妃》（*The Princess of Cleves*, 1678）是历史小说最初的雏形。② 也有观点认为，自现实主义小说诞生之时历史小说就已出现，如笛福（Daniel Defoe）的《大疫年的回忆》（*A Journal of the Plague Year*, 1722）和《骑士回忆录》（*Memoirs of a Cavalier*, 1724）是"历史小说的胚胎之作"。③ 还有人将盛行于 18 世纪后半叶的哥特式小说视为"历史小说的重要形式"，④ 如沃尔波（Horace Walpole）的《奥特兰托堡》（*The Castle of Otranto*, 1764）作为第一部哥特小说，其中"古代和现代罗曼司在封建背景下的融合"⑤ 创造了历史小说的新形式。或者，将

① 侯维瑞、李维屏：《英国小说史》，译林出版社，2005，第 55 页。

② Richard Maxwell, *The Historical Novel in Europe, 1650–1950*, Cambridge University Press, 2009, p. 2；Margaret Cohen and Caroline Dever, "Introduction," in Margaret Cohen and Coraline Dever ed., *The Literary Channel: The Inter-National Invention of the Novel*, Princeton University Press, 2002, p. 8；Maurice Samuels, *The Spectacular Past: Popular History and the Novel in Nineteenth-Century France*, Ithaca: Cornell University Press, 2004, p. 153.

③ 侯维瑞、李维屏：《英国小说史》，译林出版社，2005，第 95 页。

④ Jerome de Groot, *The Historical Novel*, London and New York: Routledge, 2010, p. 14.

⑤ Fred Botting and Townshend Dale, "*Introduction*" in Gothic: *Critical Concepts in Literary and Cultural Studies*, London: Routledge, 2004, p. 2.

历史小说视为"哥特小说的后代"（*a descendant of the Gothic novel*）。①

事实上，这些观点的提出，有很多是出于对"过分重视司各特而忽视其他小说家"做法的不满。② 比如，研究者对拉斐特夫人的强调就是因为卢卡奇"对 17 世纪法国缺少兴趣"，③ 忽略了欧洲其他国家早期历史小说的创作。然而，照此看来，如果为了避开司各特的过分影响而强调其他历史小说也许远早于 19 世纪的话，那么我国元末明初小说家罗贯中的《三国演义》（1522）岂非更胜一筹？这部在中国有着广泛而深刻影响的历史巨著却在西方历史小说研究的主流视域中鲜被提及，甚至被完全忽略，不能不说这从侧面反映了西方历史小说研究中"欧洲中心主义"（Eurocentric）色彩之浓厚。④

另外，大部分评论家在对司各特提出质疑的同时并没有否定其在历史小说发展中的重要地位。无论是笛福的"历史小说的胚胎之作"，还是 17 世纪"所谓的历史小说"（the so-called historical novel），⑤ 或者 18 世纪将"历史"当作"装饰"⑥ 成分的哥特式小说，它们对于"历史"的使用都是比较肤浅和表面的，"历史"在其中只是一种外部的因素。这些小说在处理个人和历史关系时，并没有从历史真实性的角度贴近人物的日常生活，⑦ 只是采取一种旁观者的视角，在主题或者人物的衣着外貌方面是"历史的"，人物的心理和行为还都停留在作者所处的时代，因此不能称之为名副其实的"历史小

---

① Judith Wilt, "Walter Scott: Narrative, History, Synthesis," in John Richetti ed., *The Columbia History of the British Novel*, Beijing: Foreign Language Teaching and Research Press, 2005, p. 319.

② Jerome de Groot, *The Historical Novel*, London and New York: Routledge, 2010, p. 12; Richard Maxwell, *The Historical Novel in Europe*, *1650 – 1950*, Cambridge University Press, 2009, p. 2.

③ Richard Maxwell, *The Historical Novel in Europe*, *1650 – 1950*, Cambridge University Press, 2009, p. 2.

④ Eileen Julien, "The Extroverted African Novel," in Franco Morett ed., *The Novel: History, Geography, and Culture*, Princeton University Press, 2007, p. 670.

⑤ Georg Lukács, *The Historical Novel*, 1962, trans. Hannah & Stanley Mitchell, Lincoln & London: University of Nebraska Press, 1983, p. 19.

⑥ ibid.

⑦ Avrom Fleishman, *The English Historical Novel: Walter Scott to Virginia Woolf*, Baltimore and London: The Johns Hopkins Press, 1971, p. 20.

说"。① 直到 19 世纪司各特《威弗利》系列小说出现，欧洲历史小说才逐渐形成气候。特别是在受众影响力和创作规模上，司各特的历史小说确实做到了"前无古人，后无来者"。当然，与任何文学作品一样，司各特的创作也吸收了很多前人如乔叟、莎士比亚、埃奇沃思（Maria Edgeworth）等人的经验。正如麦斯威尔所说，司各特是一个受前人影响的"伟大综合体"（a great synthesister of what everyone before him had done）。② 因此，即便无法确定司各特在世界范围内历史小说之鼻祖地位，也可以肯定其在英国历史小说发展过程中所做出的里程碑式的贡献。纠结于司各特是否为历史小说第一人的意义并不十分重大，而探究为何他开创了历史小说的新局面却深意存焉。

司各特的成功是各种因素综合作用的结果。概括起来，"天时""地利""人和"三方面的显著优势为其历史小说的盛行和发展提供了必要的前提和做了必要的准备。所谓"天时"因素，指的是相对于动荡不安的 17 世纪，18 世纪之后的英国进入一个稳定的发展时期。17 世纪由詹姆士一世和查理一世引起的宗教和政治斗争让整个英国社会卷入无休止的革命和战争之中。革命造成了巨大的社会动荡，未能为文化的发展营造一个良好的外部环境。直到 1688 年"光荣革命"成功，1689 年《权利法案》通过之后，英国从君主专制过渡到君主立宪制，才逐渐获得了相对安定的政治环境。而进入 18 世纪，特别是 1714 年之后，英国终于迎来了一个"稳定、胜利帝国及思想开明的时代"。③ 彼时国家政权相对集中，地方政府高效运转以及沃尔波爵士（Sir Robert Walpole）一党政府治理有方，稳定的社会态势得以形成。1760 年，乔治三世（George Ⅲ）上台，持续了政治上的稳定局面。在这一时期英国发生了两项重要的社会变革。其一是人口迅速增加。医疗条件的相对良好、生存环境的逐渐改善以及食物供应的较为充足等因素促进了英国人口的

① Georg Lukács, *The Historical Novel*, *1962*, trans. Hannah & Stanley Mitchell, Lincoln & London：University of Nebraska Press, 1983, p. 19.

② Richard Maxwell, "The Historical Novel," in Richard Maxwell and Katie Trumpener eds., *The Cambridge Companion to Fiction in the Romantic Period*, Cambridge：Cambridge University Press, 2008, p. 75.

③ Clayton Roberts and David Roberts, *A History of England：1699 to the Present*, *Vol. 2*, trans. Jia Shiheng, Tai Bei：Wu-Nan Publishing Co., 1986, p. 587.

高出生率和低死亡率。1760 年至 1820 年，英国的人口由 6500000 人增加到 12000000 人，① 实现了英国史上少有的惊人猛增。其二是工业革命。人口的剧增、生产原料的充足、较开放的经济政策以及对制造业旺盛的需求直接催生了工业革命。英国进入了快速发展的机械化工业时代。因此，社会的稳定加上工业革命为英国带来的经济快速发展和人民生活水平的明显提高，让法国大革命以及启蒙运动所唤起的人们积蓄的历史之感（the feeling of history）② 获得了以艺术形式表达的机会。这也为司各特历史小说的迅速传播和成长提供了良好的政治气候，是谓"天时"因素。

所谓"地利"因素，指的是在政治环境稳定的情况下，司各特历史小说盛行的理论支持。这里的理论，主要指的是历史学的发展。卢卡奇曾指出，司各特的小说出现在"独一无二的历史时刻"。③ 18 世纪末的法国大革命和拿破仑战争让欧洲各国经历了前所未有的历史巨变，资产阶级以崭新的面貌登上了历史舞台。这种巨变让历史开始受到重视并进入公共视域，第一次成为大众经验（mass experience）的一部分。④ 对此，卢卡奇从资本主义经济认知发展入手，讨论了这一历史感产生的过程。他指出，18 世纪 70 年代，斯图亚特（James Steuart）考察了农业生产中生产条件和劳动能力的分离过程，而真正制造业的产生正是基于这一分离过程之上。这一过程在斯密（Adam Smith）的著作中得以完成。这种基于经济条件下的无意识的历史之感（historical sense）让当时的小说家开始注意到"时空中人物和环境的重要性"。然而，卢卡奇同时指出，这在斯图亚特的经济学理论中只是一种"现实主义本能的产物"（a product of realistic instinct），并未达到将历史作为过程（process）来理解的高度，也未能将历史视作现在的前提条件。⑤ 进

① Clayton Roberts and David Roberts, *A History of England: 1699 to the Present*, *Vol. 2*, trans. Jia Shiheng, Tai Bei: Wu-Nan Publishing Co., 1986, p. 626.

② Georg Lukács, *The Historical Novel*, *1962*, trans. Hannah & Stanley Mitchell, Lincoln & London: University of Nebraska Press, 1983, p. 32.

③ Jerome de Groot, *The Historical Novel*, London and New York: Routledge, 2010, p. 24.

④ Georg Lukács, *The Historical Novel*, *1962*, trans. Hannah & Stanley Mitchell, Lincoln & London: University of Nebraska Press, 1983, p. 23.

⑤ Georg Lukács, *The Historical Novel*, *1962*, trans. Hannah & Stanley Mitchell, Lincoln & London: University of Nebraska Press, 1983, p. 21.

一步解释就是，启蒙运动之前，"历史"并未以普通人可以理解的形式存在。人们没有进步（progress）和改变（change）的观念，① 直到启蒙运动的最后一个阶段，对过去的反思才成为文学的中心问题。②

启蒙运动开启了人类理性主义的新时代。法国大革命之后，理性主义已然因在西方社会得到广泛的认可而盛行。18世纪末至19世纪初，潘恩（Thomas Paine）、戈德温（William Godwin）、欧文（Robert Owen）等理论家对人权、政治、宗教等范畴的理性主义进行解读，让19世纪40年代的英国人"民智大开"，③ 带动了一系列学科的发展。曾经与文学混为一谈的历史学，也借此得天独厚的优势迅速发展为一门独立的学科，"跃居人文科学之首"。④ 随着历史学专业化的日渐升温，历史研究也开始逐渐细化，历史学相关专业的杰出人才被大学聘用，相关课程的开设和设置成为国民教育的重要内容，各地相继成立"公共记录所"以推动历史资料的编纂和整理工作，各类杂志等传媒也成为宣传历史知识的有力手段。综合而言，历史学在19世纪的英国乃至整个欧洲都得到了前所未有的快速发展和重视。19世纪是近代史学的全盛时代，也被称为"历史学的世纪"。⑤ 因此，在历史学受到重视的大环境下，司各特历史小说的创作契合了维多利亚时代英国人对历史的浓厚兴趣和探究欲望，其迅速传播和盛行自然在情理之中。可以说，19世纪历史学科的迅速发展为司各特小说的成长提供了优质的生存土壤，是谓"地利"因素。

至于"人和"因素，笔者意将其归结为18世纪至19世纪大众阅读的兴起。英国自1695年废除了实行多年的《出版物许可证法》之后，出版权归地方商人所有，一举打破了伦敦单独掌控全国出版业的垄断，从而极大地鼓励了英国出版业及印刷业的蓬勃发展，对18世纪英国文学的崛起也具有一

---

① Jerome de Groot, *The Historical Novel*, London and New York：Routledge, 2010, p. 25.
② Georg Lukács, *The Historical Novel*, *1962*, trans. Hannah & Stanley Mitchell, Lincoln & London：University of Nebraska Press, 1983, p. 21.
③ Clayton Roberts and David Roberts, *A History of England*：*1699 to the Present*, *Vol. 2*, trans. Jia Shiheng, Tai Bei：Wu-Nan Publishing Co., 1986, p. 689.
④ 张广智：《西方史学史》，复旦大学出版社，2012，第165页。
⑤ 同上书，第164页。

定的历史意义。① 时至 18 世纪末，英国已经成为一个真正的阅读之邦。据埃里克森（Lee Erickson）的统计，英格兰书籍出版总量从 1740 年的 1800 种上升为 1780 年的 3000 种，到 1792 年增至 6000 种。② 书籍出版总量的增长同出版技术的革新密不可分。随着第一台铁架印刷机、长网造纸机，以及铅板印刷等技术的问世，书籍的印刷和出版更为方便快捷，书籍的售价也日渐低廉，更多的读者可以享受阅读。③ 这些生产者将自己的读者群定位在中下层民众，④ 大量出版期刊、小说、历史书、歌谣集以及各类小册子等廉价读物，"以前求之不得的'经典读物'或'高尚著作'，现在人们唾手可得"。⑤

与此同时，固定图书馆、流动图书馆（circulating libraries）等借阅机构以及家庭藏书也开始迅速发展。有关资料表明，1725 年至 1760 年，英格兰及苏格兰建立的图书馆不少于 15 座，⑥ 流动图书馆则在 1740 年之后迅速普及，订阅费也十分公道。⑦ 到 18 世纪末，流动图书馆在地方有近 1000 个，仅伦敦就超过了 100 个。⑧ 此举让许多贫困读者仅用极少的钱就可以参与阅读，从而带来了文化消费群体的急剧扩大。可以说，18 世纪是民众阅读兴起的世纪。⑨ 在各类借阅书籍中，小说无疑是最具有吸引力的类型。因此，这些图书馆的发展使得 18 世纪虚构故事的读者最显著地增多。⑩

---

① Thomas Macaulay, *The History of England from the Accession of James the Second*, Cambridge: Cambridge University Press, 1960, p. 394.

② Lee Erickson, *The Economy of Literary Form: English Literature and the Industralisation of Publishing, 1800 – 1850*, Baltimore: Johns Hopkins University Press, 1996, p. 7.

③ Lucy Newlyn, *Reading, Writing, and Romanticism: The Anxiety of Reception*, Oxford University Press, 2000, p. 7.

④ 李斌:《18 世纪英国民众阅读的兴起》,《历史教学》2004 年第 7 期，第 30 页。

⑤ 张鑫:《英国 19 世纪出版制度、阅读伦理与浪漫主义诗歌创作关系研究》,复旦大学出版社，2012，第 27 页。

⑥ 赵惠珍:《变迁·耦合·共生——论 18 世纪英国妇女及其文学》,《科学经济社会》2008 年第 1 期，第 28 页。

⑦ Ian Watt, *The Rise of the Novel: Studies in Defoe, Richarson and Fielding*, Berkeley and Los Angeles: University of California Press, 1957, p. 43.

⑧ John Brewer, *English Culture in the Eighteenth Century*, New York: Farrar Straus Giroux, 1997, p. 178.

⑨ 李斌:《18 世纪英国民众阅读的兴起》,《历史教学》2004 年第 7 期，第 32 页。

⑩ Ian Watt, *The Rise of the Novel: Studies in Defoe, Richarson and Fielding*, Berkeley and Los Angeles: University of California Press, 1957, p. 43.

大众读者群的形成同民众受教育程度的上升也有着密切的关系。18 世纪，英国经济发展迅速，印刷技术水平快速提高，推动了民众文化程度的上升。这一现象到 19 世纪表现得更为显著。19 世纪普及教育的兴起，是知识界最有意义的大事之一。① 学校逐渐扩张，教学方法也不断革新，民众识字率大幅提高。到了 19 世纪，小说的阅读逐渐从精英学者的奢侈享受转变为普通大众的日常消遣。这种现象为司各特小说的出版和快速盛行奠定了潜在的读者基础。加之司各特小说本身具有引人入胜、惊险刺激以及对历史的全新书写等特征，能够吸引读者和评论家自然在情理之中。因此，大众阅读的兴起是谓司各特小说盛行的"人和"因素。

综上而言，在"天时""地利""人和"三大有利因素的影响下，司各特小说本身所具备的独特的主题和创作技巧为历史小说的形成和发展奠定了良好的环境基础。不论是否承认司各特开创了历史小说之先河，他打开了历史小说书写和阅读的新局面确是毋庸置疑的。

第二节　俄国形式主义程序诗学的文类理念

司各特承"天时""地利""人和"三大有利因素，开创了英国乃至欧洲历史小说的新局面，其作品在西方历史小说的发展中具有里程碑式的重要意义，因为它们标志着历史小说得到公众的认可并作为独立的小说亚文类登上了主流文学的殿堂。至此，历史小说在整个欧洲开始快速盛行。司各特的历史小说的写作风格不仅具有开创性，还影响了如巴尔扎克（Balzac）、库柏（Fenimore Cooper）、大仲马（Dumas）、梅里美（Merimee）和托尔斯泰（Tolstory）等一批世界著名作家的创作。② 甚至我国的鲁迅和郭沫若等作家也从司各特小说中汲取过创作养分。可以说，司各特之后有一大批小说家对其写作风格既继承发扬又不断开拓创新，从而保证了历史小说这一文类具有

---

① Clayton Roberts and David Roberts, *A History of England*: *1699 to the Present*, Vol. 2, trans. Jia Shiheng, Tai Bei: Wu-Nan Publishing Co., 1986, p. 689.

② John McCormick, *Catastrophe and Imagination*: *English and American Writing from 1870 - 1950*, New Brunswick: Transaction Publisher, 1998, p. 160.

源源不断的生命力，焕发新的生机。

　　然而，自《威弗利》系列小说出版至今已有整整两个世纪的漫长时间，如今的英国历史小说呈现出何种面貌？它们同司各特时代的小说有何不同？它们的地位和作用又是怎样的？这一系列问题，实际上是在将英国历史小说视为一个独立、完整的文类前提下，对其特征的历时性发展进行的考量。因此，为了能够阐明英国历史小说文类的发展进程，本书需要特别关注文类理论，尤其是阐释小说历时性发展变化的文类理论，从而顺利找到解决以上问题的研究视角。

　　文类（literary genre）作为文学研究的基本问题，在文学理论中具有悠久的历史。古希腊哲学家亚里士多德在《诗学》开篇就指出："关于诗艺本身和诗的类型，每种类型的潜力，应如何组织情节才能写出优秀的诗作，诗的组成部分的数量和性质，这些，以及属于同一范畴的其他问题，都是我们要在此探讨的。"[1] 贺拉斯在《诗艺》里也指出："喜剧的主题决不能用悲剧的诗行来表达；同样，堤厄斯忒斯的筵席也不能用日常的适合于喜剧的诗格来叙述。每种体裁都应该遵守规定的用处。"[2] 这种恪守成规的文类思想一直统领着西方文类理论的发展，也成为各种文学创作遵循的规约。然而，到了18世纪末19世纪初，浪漫主义思潮的狂澜让个人的主观能动性得到了极大的褒扬和发挥。华兹华斯（William Wordsworth）一句"所有的好诗都是强烈情感的自然流露"（Poetry is the spontaneous overflow of powerful feelings），让诗人长久被压抑的创作自由迅速找到了突破樊笼的可能。"翻身做了主人"的文学创作终于逮到机会站到古典文类理论的对立面，对其进行口诛笔伐，一报禁锢之仇。这自然也在意料之中。一霎时，文类理论背上了抹杀文学个性、压制作者创造力、将文学生产僵硬模式化等诸多罪名。而意大利美学家克罗齐的一番论述可谓压垮古典文类理论合法性的最后一根稻草。在《美学原理》中论及艺术技巧时，克罗齐指出：

　　　　所谓"各种艺术"并没有审美的界限，如果有，它们也就应各有各

---

[1] 〔古希腊〕亚里士多德：《诗学》，陈中梅译注，商务印书馆，1996，第27页。
[2] 〔古希腊〕贺拉斯：《诗艺》，杨周翰译，人民文学出版社，1962，第141～142页。

的审美的存在。我们已经说明过，各种艺术的区分完全起于经验。因此，就各种艺术做美学的分类的一切企图都是荒谬的。它们既没有界限，就不可以精确地确定某种艺术有某种特殊的属性，因此，也就不能以哲学的方式分类。讨论艺术分类与系统的书籍若是完全付之一炬，并不是什么损失。①

这一通犀利的批判似乎要将文类理论彻底打入文学批评的冷宫。然而，事情往往在将抵至极端的时候出乎意料地走向反面——或许也正是克罗齐等人过于偏激的言辞，"反而唤起了人们进一步关注和研究文类的兴趣"，② 也让后克罗齐时代的文类理论成为众人关注的焦点。

20 世纪初，俄国形式主义流派的诞生，③ 始料未及地让文类理论重新焕发出勃勃生机，顺利完成了文类理论从古典主义向现代的转型。具体说来，俄国形式主义对濒临危机的文类理论之救赎来自"程序诗学"的理论主张。形式主义流派中的"程序"④ 一词作为诗歌语言研究的术语，同雅各布森所谓的"文学性"（literariness）以及什克洛夫斯基的"作为手法的艺术"（art

---

① 〔意〕克罗齐：《美学原理·美学纲要》，朱光潜等译，外国文学出版社，1983，第 124 ~ 125 页。

② 陈军：《文类基本问题研究》，北京大学出版社，2013，第 2 页。

③ 什克洛夫斯基的《作为技巧的艺术》（1917）和艾亨巴乌姆的《果戈理的〈外套〉是如何创作出来的》（1919）等文被视为俄国形式主义的奠基之作，也宣告了俄国形式主义文学流派的诞生。

④ 国内学者陈军在论文《新变与救赎：俄国形式主义文类思想研究》中对"程序"一词的中文译法进行了详细的归纳和讨论。他指出，"程序"一词对应的俄语为"приём"，实则为"手法"之义。之所以会造成中文语境中概念的分歧，主要是因为学界对该词的译法没有统一。为此，陈军综合了多部著作如托多洛夫编选的《俄苏形式主义文论选》、J. M. 布洛克曼的《结构主义：莫斯科 - 布拉格 - 巴黎》、佛克马与易布思的《二十世纪文学理论》、罗里·赖安与苏珊·范·齐尔的《当代西方文学理论导引》、伊格尔顿的《二十世纪西方文学理论》《文学原理引论》、巴赫金的《文艺学中的形式与方法》、张隆溪的《二十世纪西方文论述评》等中文译本后，指出"приём"可以用 device、artifice、procedure、procédé 等多种英文译法。为了统一概念，布洛克曼建议将其翻译成"程序"，而非"设计"（device）、"技巧"（artifice）等词。本文综合陈军先生的分析和论述，亦将"приём"译成"程序"（陈军：《新变与救赎：俄国形式主义文类思想研究》，《文艺理论研究》2015 年第 3 期，第 145 页）。至于"程序"的英文释义，本文拟参照莱蒙（Lee T. Lemon）和瑞斯（Marion J. Reis）在《俄国形式主义批评》（*Russian Formalist Criticism：Four Essays*，1995）一书中的译法，即"device"。

as technique）有着近乎等同的内涵和一脉相承的关系：

> 雅各布森："文学科学的对象不是文学，而是'文学性'，也就是说使一部作品成为文学作品的东西。"①
>
> 什克洛夫斯基："对一部既成作品赋予其艺术性是我们感受方式所造成的结果。所谓'艺术的作品'，从狭义上理解，是指通过特殊的技巧创造出的具有明显艺术性的作品。"②
>
> 日尔蒙斯基："将艺术作品视为审美对象，并以其本质特征为基础，划分出材料与程序的对立……艺术用其特有的程序对这一材料进行特殊的加工……把自然界的原材料与加工过的艺术材料加以比较，我们就能发现艺术的加工程序。艺术研究的任务就在于从历史的角度……对某部作品、某个诗人或整个时代的各种艺术程序进行描述。"③

俄国形式主义从"文学性"到"艺术手法"再到"程序诗学"的阐释过程，充分表明了该流派发展性、历史性的文学理念。的确，长久以来，人们对俄国形式主义普遍存在一种偏见，认为它代表"不能反映堡垒上空旗帜颜色"的封闭、僵化的文学内部研究。凡事一旦被扣上"形式主义"的帽子便如同被贴上了刻板、教条的标签，同外部世界脱离了一切关系。为此，站在"程序诗学"的立场上，陈军为俄国形式主义的正名显得十分必要且理据充分：

> 如果仅仅停留在静态地寻找艺术之所以为艺术的"程序"，则又落入了象征派对于形式与内容二分的窠臼……为此，包括艾亨鲍姆、迪尼亚诺夫在内的一批人纷纷强调历史因素……（认为）"发展的因素对行

---

① 〔俄〕罗曼·雅各布森：《序言：诗学科学的探索》，载茨维坦·托多罗夫编选《俄苏形式主义文论选》，蔡鸿滨译，中国社会科学出版社，1989，第 24 页。

② Victor Shklovsky, "Art as Technique," trans. Lee T. Lemon & Marion J. Reis, *Russian Formalist Criticism: Four Essays*, Lincoln and London: University of Nebraska Press, 1995, p. 8.

③ 〔俄〕维克托·日尔蒙斯基：《诗学的任务》，载什克洛夫斯基等《俄国形式主义文论选》，方珊等译，生活·读书·新知三联书店，1989，第 213 页。

事方法的历史是非常重要的"……"形式"即内容，本身就具有独立价值。可见，俄国形式主义紧紧围绕"程序"展开的理论阐述，亦可谓一种"程序诗学"，且是一种"历史性程序诗学"。①

以上对于俄国形式主义"程序诗学"的论述表明，俄国形式主义并不是僵死不变的"形式主义"，而是发展变化的"动态的形式主义"。也恰恰正是这种动态性，让俄国形式主义程序诗学的理念和现代文类理论找到了恰如其分的结合点，让"文类"这一曾经僵硬固封的静态概念具有了历史性的发展意义。

托马舍夫斯基认为，"程序"作为艺术作品的组织形式包括情节、细节、语言、主题、材料、人物等诸多方面。在活的文学中，不同的程序会发生类聚的现象，形成集中并存的系统。作品由于使用程序的不同产生了不同的分化。造成程序分化的原因有很多，比如"某些易于相配的程序之间的内在共同性（自然分化）、某些作品的目的、作品的诞生环境、使命和感受条件（文学生活的分化）、对于旧作及其派生文学传统的模仿（历史分化）"等。②每一种程序都有该体裁特有的程序聚合。正是这种"特有的程序"的聚合才成为一种文类之所以成为其自身的根据所在，也是程序诗学阐释文类理论的独特视角。

俄国形式主义将每一种文类的特征程序称为"规范程序"（conventional device），是"一定体裁和一定时代所必有的程序"。③换言之，规范程序即特定时期一种文类的定义内涵以及对其内涵的阐释。比如，17世纪所有的悲剧具有不变的活动地点和严格的故事时间限制等特点，喜剧以爱情完满为结局，悲剧以角色死亡来收场等。这是一种可察的、表面的程序，决定了一种文本在特定时期的类别归属。之所以强调是"特定时期"，是因为俄国形式

---

① 陈军：《新变与救赎：俄国形式主义文类思想研究》，《文艺理论研究》2015年第3期，第140页。

② 〔俄〕鲍里斯·托马舍夫斯基：《主题》，载什克洛夫斯基等《俄国形式主义文论选》，方珊等译，生活·读书·新知三联书店，1989，第143~144页。

③ Boris Tomashevsky, "Thematics," in Lee T. Lemon & Marion J. Reis, *Russian Formalist Criticism: Four Essays*, Lincoln and London: University of Nebraska Press, 1995, p. 92.

主义诗学并未将这一"规范程序"视为僵死不变的既定规则，而是肯定了其随历史不断变化发展的特性：

> 规范程序经常自己会衰败。文学的价值在于独出心裁的创新。在追求创新的过程中，文类本体的、传统的、守旧的程序常常会遭到攻击，使它们从必有的程序转变为禁止出现的程序。然而，新生成的传统和技巧并无法阻止被禁止的程序在经过两三代文学传统之后还会复归。①

也就是说，"规范程序"不是静止不变的，它是与时俱进的程序，随着理论思潮、社会环境、文化背景、时代背景的变迁而不断改变。这一理念同古典主义文类理论因循守旧的作风形成鲜明的对比。"历史性程序诗学之于文类的意义不是仅仅止于简单地获得重生，更在于以历史性动态发展之眼深入文类堂奥，窥测并呈现规范程序自身的嬗变性"。② 这样一来，文类就不是僵硬既定的规约法则，而是随着社会和文化的发展而不断改变的文学表征。

第三节　历史小说文类规范程序在不同时期的表现

前面提到，虽然对于司各特是否为西方历史小说第一人这一问题尚存争议，但历史小说自司各特之后在西方打开了新局面是不争的事实。19 世纪以来，司各特的作品，如《威弗利》系列小说、《艾凡赫》、《昆汀·达沃德》等，已经成为阐释历史小说"规范程序"的典型样本。比如，我们可以在各种场合见到以这些典型样本为参照而做出的对"历史小说"名词的界定：

> 历史小说是背景设置在特定的历史时期的小说。它试图用现实主义的细节和对历史事实的忠实来展现过去的精神、行为以及社会条件。小说涉及

---

① Boris Tomashevsky, "Thematics," in Lee T. Lemon & Marion J. Reis, *Russian Formalist Criticism*: *Four Essays*, Lincoln and London: University of Nebraska Press, 1995, p. 93.
② 陈军:《新变与救赎：俄国形式主义文类思想研究》,《文艺理论研究》2015 年第 3 期,第 141 页。

真实的历史人物或者混合了虚构和真实的历史人物。(《大英百科全书》)

A historical novel is a novel that has as its setting a usually significant period of history and that attempts to convey the spirit, manners, and social conditions of a past age with realistic details and fidelity (which is in some cases only apparent fidelity) to historical fact. The work may deal with actual historical characters…or it may contain a mixture of fictional and historical characters. (*Encyclopedia Britannica*)[1]

历史小说设置在明确的历史背景下,一般在作者自己的时代之前(因此它的创作不基于作者自身的经验,而是依靠其他的资源,如文学或历史)。历史小说一般都要包括真实的历史事件和人物、社会习俗、衣着装饰以及建筑等方面的描写,尽量营造逼真的环境。在英国,瓦尔特·司各特爵士推动了这种小说形式的流行,其他的小说家,如查尔斯·狄更斯、乔治·艾略特以及托马斯·哈代等人也是著名的历史小说家。(《布鲁姆斯伯里英国文学词典》)

A novel set in a well-defined historical context, generally before the author's own life (and therefore, in that sense at least, not based on the author's own experience, but on other sources, whether literary or historical). Historical novels often include versions of real events and persons and descriptions of social customs, clothing, buildings etc. to give an effect of verisimilitude…In Britain it was Sir Walter Scott who established the popularity of the form, but there are examples by such novelists as Charles Dickens, George Eliot and Thomas Hardy… (*Bloomsbury Dictionary of English Literature*)[2]

历史小说是背景设定在过去而不是当下的小说文类的一种。在西方,瓦尔特·司各特开启了该文类的现代传统。他对历史细节的使用以

---

[1] *Encyclopedia Britannica*, http://global.britannica.com/EBchecked/topic/267395/historical-novel.

[2] *Bloomsbury Dictionary of English Literature*, http://www.credoreference.com/entry/blit/historical_novel.

及欧洲作家对其写作技巧的模仿推动了该文类的兴起。(《哈钦森百科全书与阿特拉斯和天气指南》)

　　Genre of fictional prose narrative set in the past. Literature set in the historic rather than the immediate past has always abounded, but in the West, English writer Walter Scott began the modern tradition…his use of historical detail, and subsequent imitations of this technique by European writers, gave rise to the genre. (*The Hutchinson Unabridged Encyclopedia with Atlas and Weather Guide*)[①]

　　以上关于历史小说的定义均来自 20 世纪中后期出版的权威文学术语词典。这些针对"历史小说"的权威解释基本上都将司各特及其同类作家的作品视作历史小说的典型形式，即便有，也很少提到历史小说在当代的变化。这一现象十分值得反思：若这些解释出自 19 世纪的文学批评家，尚可被接受和理解，因为 19 世纪正是西方现实主义思潮风起云涌之时，将司各特的历史小说视为文类的圭臬自然无可厚非。但是这些解释是来自 20 世纪中后期的权威学术机构，这是否意味着历史小说经过两个世纪的发展并未有太大的变化？这显然是同俄国形式主义历史性程序诗学相悖的。再者，历史小说首先是小说的亚文类，"历史"是"小说"一词的定语。如果承认小说文类受到各种文化思潮的冲击，已经旧貌换新颜，那么就无法否认历史小说在历史长河中逐步改变这一事实。

　　目前，之所以会出现历史小说文类内涵阐释停滞的情况，笔者认为主要有两方面的原因。其一自然来自司各特小说对同时代以及后续作家广泛而深刻的影响力。自《威弗利》出版以后，历史小说在欧洲迅速流行，影响了一大批当代作家。桑德斯（Andrew Leonard Sanders）甚至认为司各特对欧洲文化的影响一度超过了莎士比亚。[②]因此，将司各特作品作为历史小说文类的

[①]　*The Hutchinson Unabridged Encyclopedia with Atlas and Weather Guide*, http://www. Credore ference. com/ to p ic/historical_ novel.

[②]　Andrew Leonard Sanders, *The Victorian Historical Novel 1840 - 1880*, New York: St. Martin's Press, 1979, p. iv.

范例自然在情理之中。其二则要归结于卢卡奇《历史小说》一书在历史小说批评界中难以撼动的经典地位。在这部 1937 年出版、1962 年译成英文发行的著作中，卢卡奇提出了著名的"历史小说的经典形式"（the classical form of the historical novel）。第一，主人公必须是"中间类型"（middling type），是普通的男人或女人，在特殊情况下承担起保卫国家、家庭或者理想的使命。第二，比起忠实于历史原貌的、精确的细节描写，人物心理描写的历史真实性更为重要。第三，在历史小说中，世界著名的历史人物如拿破仑必须处于次要的地位，否则普通人的生活场景会被打乱。[①] 在卢卡奇看来，具备以上条件的小说才能够算得上是"真历史小说"（true historical novel）。

"真历史小说"内涵的提出，仿佛一盏明灯，点亮了历史小说研究领域众说纷纭、模糊不清的黑暗角落。各历史小说研究者迅速跟在卢卡奇之后站好队伍，极少出现反对意见，顶多出现对于卢卡奇理论的补充与发展。如肖（Harry E. Shaw）就肯定了卢卡奇对于历史小说同现实主义小说之间关系密切的观点，但进一步强调两类小说之间不可避免地存在分歧。他将始于理查逊，至艾略特、巴尔扎克以及托尔斯泰到达顶峰的这一类现实主义小说称为"标准小说"（standard novels），从这一部分小说中分离出来的历史小说则为"标准历史小说"（standard historical novels）：

> 在标准小说里，主人公位于一切的中心。背景、次要角色以及情节化的行为（plotted action）是为阐释这一中心服务的。这种安排有很多的好处，但同历史小说的编排顺序有冲突。历史小说经常使用角色来表现历史背景。在最伟大的历史小说中，角色和叙述顺序都被用来阐释历史过程。[②]

尽管诸如此类的许多研究者对卢卡奇理论进行了各方面的发展，而且卢

---

① Patricia A. Barker, "The Art of the Contemporary Historical Novel," Ph. D Diss. of the University of Texas at Dallas, 2005, p. 2.

② Harry E. Shaw, *The Form of Historical Fiction: Sir Walter Scott and His Successors*, Ithaca and London: Cornell University Press, 1983, p. 49.

卡奇本人的意识形态偏见也已引起了广泛的批判，但他对于历史小说的阐释深入了后续研究的各个层面，致使随后的相关研究基本上没有离开卢卡奇所铺设的理论框架。从此，历史小说同司各特作品之间在构成一对稳定的能指和所指的同时，排除了异己的存在。

然而，时过境迁，"历史小说"一词在当代逐渐陷入了尴尬的境遇。在英国，二战以后对于过去（the past）的书写蔚然成风，对于历史的追溯也占据了文学创作的显著位置。当下对于历史的书写同 19 世纪有很大的不同，这一次它已经从中规中矩的传统面孔摇身变成了充满生气的新颖模样。后现代历史观及后现代写作技巧的使用，让当代英国历史小说具有了质疑历史、重写历史的勇气。但这一现象所带来的后果是，评论者对于历史小说的研究集中到由文本衍生出的一系列创作理论问题，比如历史的真实与文学的真实、历史事实与文学想象（虚构）、历史的重写和建构、历史的文本书写特征等。这些问题从本质上来说属于"认识论"范畴，即"文学如何呈现历史过程"，而对于"为什么这部小说属于历史小说"这样一个"本体论"问题，当代评论家们几乎做出了同样的选择——避而不谈。[①]

一方面，很明显，面对现存历史小说定义同司各特作品之间的等同关系，后现代历史小说研究者无法撇清经典历史小说同后现代历史书写之间的共通之处（如历史人物的参与、历史资料的使用、历史细节的描写等），因而直接用"后现代主义历史小说"框定研究对象；另一方面，以司各特作品为代表的经典历史小说的特征无法涵盖后现代语境下小说中历史的表达方式，导致研究者又必须不停地强调当代小说历史书写与传统之间的不同。因此，与其让自己陷入这样的矛盾之中，不如将这一纠缠不清的文类属性证明过程省略，直接进入讨论的主题。这已成为当下历史小说研究的普遍做法。只不过面对随处可见、随意出现的"后现代主义历史小说"一词，若稍稍深究一下，便会有这样的疑惑：既然同司各特式的历史小说不同，为何又叫"历史小说"？既然有着"历史小说"的普遍成分，为何又特别强调其不同

---

① 　当然，还是有个别研究对此进行了阐述的，如陈榕在《历史小说的原罪和救赎——解析麦克尤恩〈赎罪〉的元小说结尾》（2008）一文中，专辟章节来证明《赎罪》的历史小说属性，从而打消了读者的阅读疑虑，也在一定程度上验证了文类属性证明的必要性。

于传统的地方？

其实，如果站在俄国形式主义程序诗学的视阈下，就会发现这些问题并没有那么难以解释。规范程序的历史性变化提醒研究者，"文学流派的迅速更替……证明企图找到一种普遍的规范诗学是痴心妄想。被一种潮流推动的种种文学规范，总要遭到对立文学流派的否定。现在，无论建立何种追求稳固性的规范诗学都是徒劳，因为仍然避免不了表现为文学潮流迅速更替和变动布局的艺术危机"。① 因此，综合来说，目前"历史小说"一词同司各特式小说之间固定的能指和所指的关系是造成当下历史小说理论焦虑的根源所在。那么，以程序发展的眼光来看，其实完全没有必要为历史小说传统和现代之间不同的表象感到矛盾，因为这本身便是文类进程中的自然规律。研究者可以大方地承认现代历史小说与传统历史小说之间一脉相承却又与时俱进的二元关系。

俄国形式主义文类发展观表明，要以开放的眼光看待并承认历史小说文类的发展和变化。这样，历史小说文类规范程序在不同时期的呈现便清晰可见。在卢卡奇对经典小说的特征进行总结之后，亦有其他评论者针对 19 世纪以来历史小说的内涵演变做出过相应的总结。弗莱希曼（Avrom Fleishman）就是其中突出的一位。

同卢卡奇、肖一样，弗莱希曼研究的起点也设定在司各特的作品，并明确划出了历史小说的定义标准：

> 大部分背景设定在过去的小说——超过一定的年代，也就是 40~60 年（两代人）——一般被认为是历史小说……其情节必须包含一定数量的"历史的"事件，特别是那些公共历史事件（战争、政治、经济等）同个人命运的结合……至少包含一位真实的历史人物……小说的背景是现实主义的……②

---

① 〔俄〕鲍里斯·托马舍夫斯基：《诗学的定义》，载什克洛夫斯基等《俄国形式主义文论选》，方珊等译，生活·读书·新知三联书店，1989，第 81 页。

② Avrom Fleishman, *The English Historical Novel*: *Walter Scott to Virginia Woolf*, Baltimore and London: The Johns Hopkins Press, 1971, p. 3.

　　然而，弗莱希曼更进一步地将研究的出发点延长到康拉德和伍尔夫的作品，并肯定了实验在历史小说创作中的地位：

　　　　尽管现在许多历史小说家取得了值得肯定的进步，但他们缺少方法上的自觉意识（self-consciousness），这让他们深陷现实主义小说的传统中。犀利的读者会将他们的努力视作表面现象。我们时代的历史小说或许需要参与到现代小说的实验运动中来……如同历史本身一样，历史小说也应该不仅有过去，而且要开辟新的领域……①

　　由此，历史小说的规范程序在这里发生了一次明显的转变。由于不满意卢卡奇"回归经典现实主义"的论断造成历史小说发展的停滞，弗莱希曼将历史小说的未来视为伍尔夫等现代主义作家的实验小说。这一论断体现了批评家看待历史小说的发展性眼光，也为历史小说文类的发展掀开了新的一页。

　　随后，沿着弗莱希曼对于历史小说中实验技巧的肯定的方向，柯沃特（David Cowart）对历史小说文类的理解又有了新的进展。首先，柯沃特驳斥了卢卡奇意识形态所造成的文化偏见，认为若真按卢卡奇的论述，"所有没有通过历史辩证法验证的小说都会因被当作'资产阶级堕落'的产物而遭到排除"。② 这导致了卢卡奇对历史小说艺术审美的轻视。其次，柯沃特对弗莱希曼过分挑剔的划分标准也不认同，尤其是需要"追溯两代以上""一系列历史事件""至少一位真实人物"等划分标准。③ 因此，不同于卢卡奇意识形态的偏见以及弗莱希曼严格的划分标准，柯沃特对历史小说做了如下阐述：

　　　　任何一部通过人物或行为展现出强烈历史意识的小说，都可以被称

---

① Avrom Fleishman, *The English Historical Novel*: *Walter Scott to Virginia Woolf*, Baltimore and London: The Johns Hopkins Press, 1971, p.255.

② David Cowart, *History and the Contemporary Novel*, Carbondale and Edwardsville: Southern Illinois University Press, 1989, p.4.

③ ibid, p.5.

为历史小说。许多背景设置在当下的小说也可以满足这一标准，因为作者关注的是当下现实的历史背景，如托马斯·品钦（Thomas Pynchon）的《V》（*V*, 1963）、威廉·斯泰伦（William Styron）的《苏菲的选择》（*Sophie's Choice*, 1979）等，因为作者关注的是当前现实的历史背景……①

柯沃特对历史小说文类的阐述在弗莱希曼基础上又往前推进了一步。在这里，历史小说不仅容纳了现代主义的实验派小说，还包括了后现代主义的自我指涉性小说。不仅如此，柯沃特还进一步意识到当代小说所体现出的历史知识的"欠缺性"（incomplete）、"倾斜性"（slant），以及不可避免的"不准确性"（imprecision）等特征，②指出历史知识从来都不是客观、中立的，过去（past）只能以想象的方式知晓。同样有此意识的还有玛格丽特·斯坎伦（Margaret Scanlan）。她将当代历史小说称为"怀疑历史小说"（contemporary skeptical historical novel），③因为这类小说意识到了"过去"记录中所隐藏的建构和虚假的本质，融合了事件的真实和叙述的自我指涉特性，其目的是重新展现真实事件和人为记录之间不可弥合的裂痕。

柯沃特和斯坎伦虽然并未用"后现代主义"一词对历史小说加以限定，但二者的论述中已经明确指出了当代历史小说对官方史料所持的怀疑态度、自我指涉的基本特征，以及事件真实和想象建构之间的关系。而真正意义上针对后现代历史小说的系统研究，也基本围绕这些方面展开。

加拿大文学理论家琳达·哈琴（Linda Hutcheon）是对后现代状况下历史书写研究最有影响力的理论家之一。她的研究是从反对詹姆逊、纽曼、伊格尔顿等人所认为的后现代"非历史"（ahistorical）和"非政治"性开始的。詹姆逊等人认为，"历史的再现，正如其远亲线性小说（the lineal no-

① David Cowart, *History and the Contemporary Novel*, Carbondale and Edwardsville：Southern Illinois University Press, 1989, p. 6.

② David Cowart, *History and the Contemporary Novel*, Carbondale and Edwardsville：Southern Illinois University Press, 1989, p. 14.

③ Margaret Scanlan, *Traces of Another Time：History and Politics in Postwar British Fiction*, Princeton：Princeton University Press, 1990, p. 3.

vel）一样，正处于危机状态"。① 而这一状态的产生正是由于"后现代社会
中过去意识的消失、历史感的消失"。② 詹姆逊援引卢卡奇将历史小说的产生
同资产阶级革命密不可分这一论断，说明在资产阶级发展到晚期已经"不知
道自身正向何处去""失去了历史感"。③ 他还断言，科幻小说将取代历史小
说，成为"新的对时间意识的表达"。④ 哈琴则辩驳之："认为后现代把历史
归入'废弃知识的垃圾箱'，并兴高采烈地认为历史脱离了文本不会存在，
这是十分错误的。历史并没有被抛弃，只是作为人为建构之物被重新思
考。"⑤ 为此，她认为，"后现代主义"具有下列基本特点：矛盾性、坚定不
移的历史性、不可避免的政治性。⑥ 此外，哈琴还强调了"质疑"在后现代
主义中的地位："后现代主义的存在宗旨是要质疑一股一统化力量——大众
文化日趋增强的一体化趋势。只是质疑，并不是否定。"⑦ 而这种质疑的典型
文本样式，便是历史编纂元小说（historiographic metafiction）：

> 所谓历史编纂元小说是指那些颇具盛名的、被世人广泛知晓的小
> 说。它们既具有强烈的自我指涉性，又矛盾地承认同历史事件和人物的
> 关系，如《法国中尉的女人》（*French Lieutenant's Woman*）、《午夜的孩
> 子们》（*Midnight's Children*）、《拉格泰姆》（*Ragtime*）、《怪腿》（*Legs*）、
> 《加》（*G*）、《著名的遗言》（*Famous Last Words*）。大部分后现代主义的
> 批评关注的是文学、历史和理论中的叙事，而历史编纂元小说将三者融
> 合在一起，也就是说，它在理论上认识到历史和小说都是人为建构之

---

① 〔美〕詹明信：《60 年代：从历史阶段论的角度看》，吴敏译，载张旭东编《晚期资本主义
的文化逻辑》，生活·读书·新知三联书店，1997，第 342 页。
② 〔美〕弗雷德里克·杰姆逊：《后现代主义与文化理论——杰姆逊教授讲演录》，唐小兵译，
陕西师范大学出版社，1987，第 179 页。
③ 同上书，第 180 页。
④ 同上。
⑤ Linda Hutcheon, *A Poetics of Postmodernism*：*History*，*Theory*，*Fiction*，New York and London：
Routledge, 1988, p. 16.
⑥ Linda Hutcheon, *A Poetics of Postmodernism*：*History*，*Theory*，*Fiction*，New York and London：
Routledge, 1988, p. 4.
⑦ ibid, p. 5.

物。这为它重新思考和书写过去的形式和内容奠定了基础。①

哈琴提出的这种"历史编纂元小说",在很多人看来,是历史小说在后现代呈现的全新面貌。它体现了后现代小说对于已知事实的强烈怀疑和自我指涉式的解构,郑重指出了官方所记载的历史知识的主观性和选择性。

同哈琴一样,韦瑟琳(Elisabeth Wesseling)也认为后现代历史小说并非历史虚无主义,而具有强烈的政治性。但她并不认同哈琴的解构式研究框架(deconstructive framework),因为"它只是颠覆了现状,并没有提出解决的可能性",② 只能算得上是一种"夭折的政治"(aborted politics)。为此,韦瑟琳提出了同哈琴"解构式"历史相反的"重建式"历史——"替换史"(alternate history)来说明后现代历史小说的政治意义。韦瑟琳认为,后现代历史小说正如众人所说,嘲弄了经典化的历史(canonized history),但这种嘲弄并非随意而为。传统的历史小说对已经建立起来的历史框架具有补充、丰富的作用,而"替换史"小说则是要重新建立起这一框架。正是在重建历史知识的过程中,"替换史"小说才具有了强烈的政治意义。"对于过去的历史记载并不能被当作客观中立的知识来源,最好视其为权力斗争的结果。"③"替换史"小说所要做的就是描述没有被记载的历史,从而实现对历史知识的重建,因此也染上了乌托邦的色彩。因此,"韦瑟琳所理解的后现代主义历史小说并没有怀疑小说叙事的意识形态及历史意识功能"。④

伊莱亚斯(Amy J. Elias)对后现代历史小说的理解则综合了以上的观点。她认同将后现代主义视为边缘话语(border discourse),即后现代是相对主义的,又是政治的;是虚无主义的,又是乌托邦的,并指出历史小说作为小说亚文类的三个主要特征:第一,详尽而显著的历史细节对情节和人物的

---

① Linda Hutcheon, *A Poetics of Postmodernism*: *History*, *Theory*, *Fiction*, New York and London: Routledge, 1988, p. 5.

② Elisabeth Wesseling, *Writing History as a Prophet*: *Postmodernist Innovations of the Historical Novel*, Amsterdam and Philadelphia: John Benjamins Publishing Company, 1991, p. 12.

③ Elisabeth Wesseling, *Writing History as a Prophet*: *Postmodernist Innovations of the Historical Novel*, Amsterdam and Philadelphia: John Benjamins Publishing Company, 1991, p. 168.

④ 林庆新:《从后现代历史小说的指涉问题看有关欧美文论》,《欧美文学论丛》2004 年第 00 期, 第 184 页。

发展以及实验性的叙述再现有十分重要的作用；第二，历史感在小说的建构中无处不在（从权威的观点到角色的发展再到地点的选择）；第三，这种历史感是从文本中出现并由文本建构的，而且需要文本参与以及将其同其他的历史对话区别开来。① 伊莱亚斯对后现代历史小说的定位是"元历史罗曼司"（metahistorical romances）。这一类型的小说不仅继承了司各特历史小说中罗曼司和现实主义之间的互动形式，而且掺杂了后现代对待历史的矛盾态度。

尝试对后现代历史书写进行归类的还有麦克海尔（Brain McHale）。他将后现代语境下的历史小说称为"后现代修正主义历史小说"（postmodernist revisionist historical novel）。所谓的"修正主义"主要体现在两个方面：第一，后现代历史小说修正并重新阐释了历史记录的内容，经常揭穿正统记录的虚假面具；第二，后现代历史小说修正并真正改变了历史小说的传统和标准。② 这两方面含义融合在后现代伪造史（apocryphal history）和替换史（alternative history）之中，成为后现代历史小说的典型样式。

通过以上对西方历史小说概念历时性发展的梳理，在程序诗学视阈下，历史小说文类的发展和嬗变清晰可见。这就提醒研究者在分析小说文类特征时要以实际情况之下的小说文本为准，按照小说不同的表现形态进行分析，注重文类内涵的演变。

第四节　英国历史小说文类的表现形态

历史小说文类规范程序历时性的改变表明它有阶段性的典型叙事特征，而这种叙事特征与几次大规模的西方文化思潮，即现实主义、现代主义以及后现代主义密切相关。可以说，以这三大思潮为标志，历史小说文类的规范程序发生了三次重要的转变。在每一次思潮转变期，评论家对历史小说内涵的阐释都具有明显的演变痕迹。从这个角度出发，本书将历史小说的发展演

---

① Amy J. Elias, *Sublime Desire: History and Post – 1960s Fiction*, Baltimore and London: The Johns Hopkins University Press, 2001, pp: 4 – 5.

② Brian McHale, *Postmodernist Fiction*, London and New York: Routledge, 1987, p. 90.

变过程划分为三种形态，即传统历史小说、现代主义历史小说以及后现代主义历史小说。自然，"对历史之流不能'抽刀断水'（卞之琳语），武断的时代分期往往使人误读文学作品。文学史上没有地理学上的海岸线和分水岭"，① 但文化思潮背景与文学文本之间的对应关系并不是"先有鸡还是先有蛋"的问题，而是一套稳定的能指与所指的符号系统。举例来说，即便不用"后现代主义历史小说"来对当代具有后现代书写特征的历史小说进行框定，我们也无法否认这些文本同后现代思潮之间对应的关系，即能指是以所指为基础的。理想情况下，"当符号系统形成时，能指与所指的关系就不再是任意的了"。② 换句话说，思潮与文本形态之间的指涉关系具有同时性，而非因果性。作为文学作品的类型之一，某种形态的历史小说文本与同一时期其他文本之间具有某种共通性。

另外，正如詹姆逊在《现实主义、现代主义、后现代主义》一文中指出的，"应该把这三种现象辩证地看作同一过程中可以任意交换位置加以排列的阶段；换言之，应该把它们置于一个更大的，更抽象的统一的模式中"。③ 因此，本文对三种形态小说的划分并不具有形式上的递进性，后发生的形式并非比此前的形式更为进步和优越，它们从一个更为广阔的模式中看来是三种并列并可以相互替换的关系。这就从某种程度上宣告了每一种形式的独立存在性和价值重要性。然而，詹姆逊随后也对自己的分期理论进一步阐明，提出这一理论是一种"能够把各个文学时期辩证地联系起来的在结构上有所变化的叙述形式，可以采用某种语言的尺度加以判断，同时又指明了其特定的社会和历史发展的叙述形式"。④ 这就表明，三种形式在平等共生的同时具有一定的社会发展先后顺序，无论是"规范解体时代"的现实主义、"规范重建时代"的现代主义，还是代表"患精神分裂症要求回归到原始流时代的理想"的后现代主义，都是特定社会和历史发展到一定阶段的必然产物。

因此，本书对英国历史小说文类三种形态的划分，在强调相互之间独立

① 陆建德：《现代主义之后：写实与实验》，中国社会科学出版社，1997，第 1 页。
② 赵毅衡：《文学符号学》，中国文联出版公司，1990，第 14 页。
③ 〔美〕詹明信：《现实主义、现代主义、后现代主义》，刘象愚译，载张旭东编《晚期资本主义的文化逻辑》，生活·读书·新知三联书店，1997，第 279 页。
④ 同上书，第 282 页。

性的同时也应明确其在社会历史发展长河中确切的位置，注重历史变迁对文类形态形成的重要影响。如果我们将文类视为随时间改变的文学形式，那么每一个独立时期的小说文本结合起来便成为体现文类历时性发展的典型样式。① 由此，本书可将英国 19 世纪在现实主义创作理念下产生的历史小说划定为传统历史小说，将 20 世纪初期在现代主义思潮中创作的历史小说视为现代主义历史小说，将 20 世纪中叶以后具有后现代创作特色的历史小说归为后现代主义历史小说。"传统"、"现代主义"以及"后现代主义"分别是"历史小说"一词的定语，它们既表明不同历史小说形态独立的典型性特征，又限制和强调了各形态历史小说的生产语境。

毋庸置疑，三种形态历史小说生产语境的划分虽然具有时期上的先后关系，但并无法囊括某一时期全部历史小说的生产面貌。比如，英国当代著名文学评论家洛奇（David Lodge）曾明确地指出，20 世纪英国小说的发展是现实主义和现代主义相互交替的摆锤状运动，即 20 世纪初、30 年代以及 50 年代，现实主义成为创作主流；20 年代、40 年代后期、60 年代以及 70 年代前期，现代主义主宰文坛。② 这一钟摆理论就明确表示了现实主义和现代主义创作特征的相互交叉和重叠。以某一种小说形态代表某一时期的创作特征本身就是十分片面的做法，极易忽略时期内丰富的文本呈现面貌。然而，针对本书的研究对象——历史小说，情况又有所不同。

作为与历史知识有紧密关联的特殊文学类别，生产历史小说的语境除去社会、文化和思想之外，还同史学理论的发展密切相关。与文学创作和文化思潮之间的契合关系一样，史学理论和历史文学创作之间也不存在孰先孰后的问题，时常相互影响和吸收。比如，卡莱尔时常在史学论著中提到司各特历史小说对历史记述的重要贡献，狄更斯公开承认卡莱尔对其历史小说创作的影响，怀特的元史学理论影响了一大批的后现代历史小说创作，等等。也就是说，在大多数情况下，同一形态的历史小说和历史理论均为相应的历史观念下的产物，它们都是历史观念在文学和史学中的反映。这就意味着，20

---

① Elisabeth Wesseling, *Writing History as a Prophet*: *Postmodernist Innovations of the Historical Novel*, Amsterdam and Philadelphia: John Benjamins Publishing Company, 1991, p. 17.

② David Lodge, *Working with Structuralism*, London: Routledge & Kagan Paul, 1981, pp: 13 – 16.

世纪的现实主义历史小说同 19 世纪传统历史小说有本质的区别，因为二者产生于不同的史观之下，具有不同的生产文化和历史语境。以提出"如实直书"的利兰克（Leopold von Ranke）为代表的传统史学派理论家将客观公正地记述历史视为至高无上的责任，他们没有否认过去可以通过努力准确地得以再现，也没有对官方记载的历史提出严峻的挑战，更没有质疑历史知识的本质。因此，在客观主义的传统历史观影响下，小说家在处理历史素材的时候表现出了极大的忠实和自信。即便意识到虚构情节的存在，他们也不会让其同历史知识之间产生明显的矛盾，而最终达到符合历史真实的目的。这些特点在以司各特为代表的传统历史小说中有着十分鲜明的表现。

而进入现代主义时期，特别是后现代主义之后，史学理论完成了由实证体系到话语体系的转变，史学界开始了对历史知识从未有过的深刻审视和反思。以海登·怀特为代表的历史哲学分析派对历史书写与文学创作之间等同关系的确定，让历史学科的性质和任务得到了几乎颠覆式的改变：具体的历史研究不是来自对某些已发生事实的需要，而是来自历史事件对群体、社会或者文化的任务以及对其未来发展具有何种意义的需要。① 在这种情况下，文学与史学之间的界限被打破，小说与历史之间具有了异质同构性。因此，质疑历史真实、重建历史事实、虚构历史事件的情况在当代历史小说创作中比比皆是。小说与传统历史分庭抗礼，小说中的历史明目张胆地承认同虚构的姻缘关系。于是，在这样一种历史观念下，小说家从事传统历史小说创作是一件十分矛盾的事情：明明意识到历史的虚构性，还要"真实地再现历史"，这无异于把头插进沙子里的鸵鸟，有自欺欺人之嫌；而抛弃后现代的创作手法，回归现实主义的传统理念，又无法对当下历史观的改变视而不见，因此还要有一定程度的呼应。所以，即便是当下从事传统现实主义历史小说创作的作家，他们的作品也不会与司各特的作品的理念完全相同，否则就违背了事物发展的客观规律。在这种情况下，改写、重写、重建在当代现实主义历史小说中俯拾皆是。比如，2009 年曼布克奖获得者曼特尔（Hilary Mantel）的小说《狼厅》（*Woolf Hall*）并没有以往当代后现代文本之中对历

①　Hayden White, "Historical Pluralism," *Critical Inquiry*, 1986（3）, pp: 480 – 493.

史的质疑和颠覆，历史细节处理的方式同传统模式极为相像，透露出对史料很强的自信。但尽管如此，作为生存于后现代语境下的历史小说家，曼特尔也深知传统历史小说的写实主义在当代已经失去了强大的气场。当代读者见多识广，可没有 19 世纪读者"那么好骗"，随时都可以揭穿其中的谎言与情节逻辑。因此，曼特尔并非对现实主义的传统亦步亦趋。比如，她通篇采用现在时进行书写，将历史直接拉到读者眼前，体现了不同于传统的讲述方式。另外，她将边缘化的历史人物托马斯·克伦威尔（Thomas Cromwell）扶正，重写了都铎王朝时期一段经典历史，这本身就需要有颠覆正史的勇气。再比如，石黑一雄（Kazuo Ishiguro）获曼布克奖的《长日留痕》（*The Remains of the Day*, 1989）也采用了现实主义的创作手法，但是又有所发展和突破。不可靠叙述者的回忆、过去与现在之间不停转换以及主观而破碎的叙述，都是作者对当下历史观的潜在呼应。

既然英国历史小说文类的三种形态得以确定，接下来就需要大致确定三种形态历史小说所含的代表性文本。这些小说也是本书进行实际分析过程中主要的文本来源。

19 世纪的维多利亚时代是英国现实主义创作的高峰期，也是客观主义史学"如实直书"理念盛行的时期。因此，19 世纪传统历史小说普遍采用现实主义的创作手法和理念，最大限度地尊重历史事实，以尽可能地以还原历史场景为目的进行创作。其中最有代表性的自然是被看作"欧洲历史小说之父"的司各特的作品。司各特的 27 部历史小说的创作时期大致可以被分成三个阶段。前期以描写苏格兰历史风情为主题，主要包括《威弗利》系列小说、《古董家》（*The Antiquary*, 1816）、《罗比·罗伊》（*Rob Roy*, 1818）、《中洛辛郡的心脏》（*The Heart of Midlothian*, 1818）以及《雷特冈托利特》（*Redgauntlet*, 1824）等；中期主要以英格兰历史为主题，时间横跨中世纪至17 世纪，主要包括《艾凡赫》（*Ivanhoe*, 1819）、《修道院》（*The Monastery*, 1820）、《肯尼威斯城堡》（*Kenilworth*, 1821）以及《贝弗利尔·皮克》（*Peveril of the Peak*, 1823）等；后期主要作品均以法国等其他国家的历史为素材，包括《昆汀·达沃德》（*Quentin Durward*, 1823）、《巴黎的罗伯特伯爵》（*Count Robert of Paris*, 1831）、《危险的城堡》（*Castle Dangerous*, 1831）等。

在这些作品中，《威弗利：六十年的事》（又译《威弗利或六十年的事》）、《艾凡赫》以及《昆汀·达沃德》被认为是三个阶段最优秀的代表作品。司各特的小说创作于英国浪漫主义运动的高峰期，时常将历史素材同罗曼司相结合，因此又被称为"历史罗曼司"。

进入维多利亚时期，英国文坛见证了历史小说的辉煌。许多著名的小说家在创作现实主义小说的同时涉足历史小说领域，创作了许多经典历史小说文本，如狄更斯（Charles Dickens）的《巴纳比·拉奇》（又译《巴纳比·鲁吉》，*Barnaby Rudge*，1841）、《双城记》（*A Tale of Two Cities*，1859），威廉·萨克雷（William Thackeray）的《亨利·艾斯芒德的历史》（*The History of Henry Esmond*，1852），查尔斯·里德（Charles Reade）的《修道院和家》（*The Cloister and the Hearth*，1861），乔治·艾略特（George Eliot）的《罗慕拉》（又译《罗摩拉》，*Romola*，1862），以及被弗莱希曼称为"喜剧"（comic）和"象征"（symbolic）历史小说的托马斯·哈代（Thomas Hardy）的《号兵长》（*The Trumpet-Major*，1880）和《德伯家的苔丝》（*Tess of the d'Urbervilles*，1891）等。[①]

进入现代主义时期，[②] 英国历史小说的创作进入低潮，许多理论家甚至对现代主义历史小说的存在表示了怀疑。詹姆逊将历史小说视为资产阶级价值体系的表征，晚期资本主义文化存在于人们同公众历史关系之中的"无深度感"（depthlessness）和"愈渐微弱的历史性"[③] 使得历史小说成为一种不

---

① 现实主义历史小说文本确定依据主要来源自 Avrom Fleishman, *The English Historical Novel: Walter Scott to Virginia Woolf*, Baltimore and London: The Johns Hopkins Press, 1971; Jerome de Groot, *The Historical Novel*, London and New York: Routledge, 2010; Georg Lukács, *The Historical Novel*, *1962*, Lincoln & London: University of Nebraska Press, 1983; Harry E. Shaw, *The Form of Historical Fiction: Sir Walter Scott and His Successors*, Ithaca and London: Cornell University Press, 1983; Andrew Sanders, *The Victorian Historical Novel 1840－1880*, New York: St. Martin's Press, 1979 等。

② 关于英国现代主义小说的分期，本书采用学者李维屏、戴鸿斌在《什么是现代主义文学》一书中提到的，也是被大多数评论家认可的分法，即将现代主义分为三个阶段：初期（early modernism）、鼎盛期（high modernism）以及后期（late modernism）。初期是指19世纪最后10年到20世纪最初10年，代表人物是詹姆斯以及康拉德；鼎盛期从1910年至第二次世界大战爆发，代表人物有艾略特、乔伊斯、劳伦斯、伍尔夫等；后期则指第二次世界大战之后到20世纪60年代前后的文学改革运动。

③ Fredric Jameson, *Postmodernism, or, the Culture Logic of Late Capitalism*, Durham: Duke University Press, 1991, p. 6.

复存在的文学形式。

詹姆逊将历史意识同资产阶级革命联系起来的理论基础来自卢卡奇。后者在《现代主义的意识形态》（*The Ideology of Modernism*，1964）一文中否认了现代主义历史小说的存在。他指出，现代主义从两方面表现出对历史的否定。其一，主人公被严格限制在自身的经验中。对于主人公——当然也是对于作者来说，除了自身之外没有任何既存现实同其发生关联。其二，人物本身没有历史。他被"抛入世界"（thrown into the world），没有任何意义的生成，而且深不可测。人物的发展并非通过与外界的关联获得，他同外在世界没有任何关联：既非其组成部分，亦非其塑造的结果。[①]

而约瑟夫·弗兰克（Joseph Frank）在《现代文学的空间形式》（*Spatial Form in Modern Literature*，1991）一书中则通过对现代文学空间形式的转向说明历史感的消失。他认为，现代主义将过去和现在并置（juxtaposition）的行为否认了线性历史，降低了历史的纵深感，使历史变得平面化，从而消解了历史意义，因此现代主义是"非历史的"（ahistorical）。现代主义文学中历史不再是客观的、偶然的线性进程；过去和现在均被视为空间上的概念，相互之间没有区别。这一空间转向抹掉了现代文学中时间流逝的过程，也降低了纵深感，从而让历史成为永不消逝的神话。[②]

当然，也有人为现代主义小说辩护。弗莱希曼首先肯定了世纪之交英国历史小说的实验和革新，认为法国自然主义和印象主义"为作家描述过去提供了新的主观理念，从而为康拉德和伍尔大的现代历史小说打开了局面"。[③]比如乔治·摩尔（George Moore）的《爱洛绮思和阿贝拉》（*Heloise and Abelard*，1921）、莫里斯·休利特（Maurice Hewlett）的《热爱森林的人》（*The Forest Lovers*，1898）等作品就是受这两种创作手法影响，从传统向现代主义

---

① Georg Lukács, "The Ideology of Modernism," in David H. Richter ed., John and Necke Mander trans., *The Critical Tradition: Classic Texts and Contemporary Trends*, Third Edition, Boston and New York: Bedford/St. Martin's, p. 1220.

② Joseph Frank, "Spatial Form in Modern Literature: An Essay in Three Parts," *The Sewanee Review*, 1945, 53 (4), pp: 643 – 653.

③ Avrom Fleishman, *The English Historical Novel: Walter Scott to Virginia Woolf*, Baltimore and London: The Johns Hopkins Press, 1971, p. 208.

时期过渡的历史小说。而康拉德和伍尔夫的作品则被弗莱希曼划归到现代主义实验性历史小说。像康拉德的《金箭》（*The Arrow of Gold*, 1919）、《浪游者》（*The Rover*, 1923）、《悬念》（*Suspense*, 1925）、《诺斯托罗莫》（*Norstromo*, 1904），伍尔夫的《奥兰多》（*Orlando*, 1928）、《幕间》（*Between the Acts*, 1941）以及亨利·詹姆斯的《历史的意识》（*The Sense of the Past*, 1917）等作品，都是英国历史小说在新时期的表现形式。这些小说在现代主义思潮的影响下开启了英国历史小说创作的新时代，个人历史和主观历史成为新时期历史小说关注的重要对象。

欧莫利也指出，往常的历史小说研究一般会跳过现代主义时期，认为"现代主义对于主观、碎片以及异化的关注会降低作家叙述历史时期或事件的能力和欲望"。① 但事实并非如此。比如，康拉德、福特（Ford Madox Ford）和韦斯特（Rebecca West）这三位现代主义作家表现出了对历史的浓厚兴趣，他们的作品如《诺斯托罗莫》、《队列之末》（*Parade's End*, 1928）、《士兵的回归》（*The Return of the Soldier*, 1919）、《黑羔羊与灰猎鹰》（*Black Lamb and Grey Falcon*, 1941）等均是现代主义语境下历史小说的优秀文本。②

到了后现代主义时期③，历史小说的内涵丰富繁杂，几乎每一位研究者都曾提出过不同理解。如本书在文献综述中提及的哈琴的"历史编纂元小说"、韦瑟琳的"替换史小说"、伊莱亚斯的"元历史罗曼司"，以及麦克海

① Seamus O'Malley, "'How Shall We Write History?' The Modernist Historiography of Joseph Conrad, Ford Madox Ford and Rebecca West," Ph. D Diss. the City University of New York, 2011, p. 7.

② 现代主义历史小说文本确定依据主要来源自 Avrom Fleishman, *The English Historical Novel*: *Walter Scott to Virginia Woolf*, Baltimore and London: The Johns Hopkins Press, 1971; Seamus O'Malley, "'How Shall We Write History?' The Modernist Historiography of Joseph Conrad, Ford Madox Ford and Rebecca West," Ph. D Diss. the City University of New York, 2011; Elisabeth Wesseling, *Writing History as a Prophet*: *Postmodernist Innovations of the Historical Novel*, Amsterdam and Philadelphia: J. Benjamins Pub. Co., 1991; Neil McEwan, *Perspective in British Historical Fiction Today*, London: Macmillan, 1987; Jerome de Groot, *The Historical Novel*, London and New York: Routledge, 2010 等。

③ 关于英国后现代主义小说的分期，本书采用王岳川在《鲍德里亚与千禧年》（〔英〕克里斯托夫·霍洛克斯著，北京大学出版社，2005）中文版序言中提出的观点："后现代"（post-modern）是一个历史概念，指二战以后出现的后工业社会或信息时代；而与此相关，"后现代主义"（postmodernism）是这一社会状态中出现的一种文化哲学思潮。

尔的"后现代修正主义历史小说"等。

　　研究者对后现代主义历史小说内涵的不同理解深刻体现了后现代主义思潮纷繁复杂的理论面貌。后现代主义作为 20 世纪 60 年代以来最为强劲有力的思潮席卷了众多崭新的理论流派，"不同的争论点、不同的研究原则以及散漫模糊的理论界限将研究者对后现代主义的研究引向了不同的领域，每一个流派都想让自己的观点占主导地位"。[1] 在这种情况下，后现代主义历史小说拥有诸多术语解释也是理论一统化理想必然的结果。有时，为了避免此类争端的出现，研究者会采取"泛化"或"简化"的方式来确定后现代语境下历史小说研究的文本，比如，直接将后现代文学的某些共同特征同历史素材相结合的小说类型称为后现代主义历史小说。这种概念化的处理方式赋予了后现代主义历史小说文本较大的选择自由，既防止研究落入某一种特定的理论框架，又能够在诸多理论中采取适当的阐释模式，不失为一种两全的方法。因此，本书亦在文本选择上倾向于采用"泛化"概念的方法。不过在此之前，十分有必要对后现代主义历史小说理论片面性的问题进行详细说明，更充分地论证"泛化"概念的合理性。

　　这里可以以哈琴的"历史编纂元小说"的概念为例。哈琴认为，也许现代主义是"非历史的"，但后现代主义绝非如此。她提出了"历史编纂元小说"这一代表后现代主义积极对话的文本形式。众所周知，哈琴的这一术语也被很多评论者视为后现代主义历史小说的典型样式，在很多场合，历史编纂元小说和历史小说这两个名词常被混用。然而，若深究起来，这种等同关系却大有问题。陈俊松以哈琴和卢卡奇的理论为例，明确指出了历史编纂元小说同历史小说的三点区别。第一，以司各特为代表的历史小说主人公是"典型人物"（type），而历史编纂元小说的主人公是"个人化的、边缘的，甚至是古怪反常的"（individualistic, marginalized, or even eccentric）。第二，两者在使用历史细节方面不同。历史小说中的细节使用是为了达到历史真实的效果，而历史编纂元小说并不重视史实性，仅在需要时才会涉及历史细节。第三，历史小说很少关注读者和当代社会现实，而历史编纂元小说则非

---

　　[1]　Dick Hebdige, *Hiding in the Light: On Images and Things*, London: Routledge, 1988, p.181.

常关注读者的感受。①

而从哈琴理论本身的逻辑来看，历史编纂元小说承载着后现代主义自身强烈的矛盾性、政治性功能，是后现代主义思想在小说中的典型表现。照此，哈琴的逻辑应该是：

后现代小说＝历史编纂元小说

但如果按照大部分对"历史编纂元小说"与后现代主义历史小说之间的等同关系持肯定态度的学者的表述（包括哈琴也会将其称为"后现代主义历史小说"），则是：

历史编纂元小说＝后现代历史小说

那么，这里是否可以得出这样的一个等式：

后现代小说＝后现代历史小说？

显然，这种等同关系是具有片面性的。换言之，哈琴在质疑大众文化一统化（totalizing）的同时，自己却未能避免同样一统化的做法。而且，随着理论的发展，哈琴开始承认界定的狭隘性，指出"研究无法论及本书问世之后所有新涌现的后现代文化形式：漫画小说、视频游戏（以及新的媒体）、世界互联网现象"。②

巴克尔的论述则以实际的文本情况指出了哈琴术语界定的狭隘性。她认为，哈琴的划分太过绝对，会忽视很多具有其他特征的小说形态。取而代之，她将历史编纂元小说看成"一种新的历史小说模式"，③ 并且具有一种"无法堪比的复杂和智慧"。④ 为了避免使用哈琴太过绝对的一统化描述，巴克尔提出了历史编纂元小说罗曼司（historiographic metafictional romance）以及传记元小说（biographic metafiction）两种当代历史小说类型。前一类除了封

---

① Chen Junsong, "Political Engagement in Contemporary American Historiographic Metafiction," Ph. D Diss. of Shanghai International Studies University, 2010, pp: 32 – 34.

② 〔加拿大〕琳达·哈琴：《后现代主义诗学：历史·理论·小说》，李杨、李锋译，南京大学出版社，2009，第3页。

③ Patricia A. Barker, "The Art of the Contemporary Historical Novel," Ph. D Diss. the University of Texas at Dallas, 2005, p. 25.

④ ibid, p. 30.

闭的结尾，其他方面满足历史编纂元小说的所有特征，如拜厄特（A. S. Byatt）的《占有》（又译《隐之书》，*Possession*）、兰道尔（Alice Randall）的《风已飘过》（*The Wind Done Gone*）、弗雷泽（Charles Frazier）的《冷山》（*Cold Mountain*）等；而后一类则是以传记的方式书写历史，如休斯（Glyn Hughes）的《勃朗特》（*Bronte*）、兰瑟（Luise Rinser）的《阿伯拉德的爱》（*Abelard's Love*）、谢尔德斯（Carol Shields）的《石头日记》（*The Stone Diaries*）等。[①] 由此，巴克尔否认了后现代小说与历史编纂元小说的等同，认为它只是后现代历史小说若干形式的一种。图 1 - 1 展示了巴克尔所述历史书写元小说同当代历史小说之间的关系。

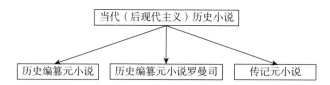

图 1 - 1　历史书写元小说同当代历史小说之间的关系（巴克尔）

若退一步讲，巴克尔的三种后现代历史小说是否也是众多文本形式中的一部分呢？因此，无论是将"历史编纂元小说"同"历史小说"划清界限，还是将"历史编纂元小说"视为后现代主义历史小说的一种，可以肯定的是，"历史编纂元小说"都无法囊括后现代主义历史小说所有的典型文本样式。同理也可证明其他小说文本样式，如"替换史小说""元历史罗曼司""后现代修正主义历史小说"等小说形式在丰富的后现代文本前所具有的片面性。

然而，承认文本样式的片面性并不意味着否认认识论的合理性。在今天看来，后现代主义理论已经成为一个无所不包的大杂烩。每一位后现代理论家对后现代状况都有自己独特的理解，所产出的理论因服务于自身的理解而各有差别，甚至相互矛盾。但无论如何，这些都是当代理论家看待后现代状况的一种视角，并不存在正确与否的问题。

也许回答什么是后现代主义历史小说比较困难，但指出什么不属于后现

① Patricia A. Barker, "The Art of the Contemporary Historical Novel," Ph. D Diss. the University, pp: 102 - 144.

代历史小说比较容易。比如，哈琴就曾对此做出过明确的说明：

> 我相信，试图用"后现代主义"标签来描述现代主义美学的极端形式是错误的。很多当代的元小说关注的仅仅是自身的工艺和审美方式。……我所描述的后现代主义艺术有着许多元小说没有的历史性和政治性……
>
> 评论家们时常将法国的新小说（French New Novel）以及新新小说（New New Novel），还有美国的超小说（American surfiction）视为后现代小说的例证。但以我的论证模型，它们不属于后现代主义小说，而是晚期现代主义极端小说。①

这些极端的元小说由于完全抛弃了文本对现实的反映，落入了没有终结的自我指涉，否定了任何意义的生成，最终成为充满能指符号的自我封闭的循环文本，迷失在语言游戏的无尽规则之中。显然，在这种过度自足的小说里，历史知识的转运和输出都是不可能完成的任务。无论是历史意义的生成、历史知识的传播，还是历史感的营造都成为语言游戏和极端技巧实验的殉葬品。正因如此，这类小说将读者推开于千里之外，放弃了文本与读者之间的相互阐释，无法达成文类同读者之间的契约关系，无法被吸收在后现代主义历史小说之列。

哈琴对于晚期现代主义极端小说的否定，从反面阐明了后现代主义小说应具备的内涵特征，从而"泛化"了后现代主义小说的范畴。同理，为了避免因采用某一特定术语造成片面性问题的出现，本书亦采取泛化概念的方式，对英国后现代主义历史小说文本进行如下描述：后现代主义历史小说是融合了后现代主义精神实质和语言技巧的历史文学作品。后现代主义历史小说文本意义绝非虚无，它没有为了追求自恋的想象而抛弃"现实的世界"，②

---

① Linda Hutcheon, *A Poetics of Postmodernism: History, Theory, Fiction*, New York and London: Routledge, 1988, p. 52.

② Patricia Wugh, *Metafiction: The Theory and Practice of Self-Conscious Fiction*, London and New York: Methuen, 1984, p. 18.

而是有着深刻的政治话语内涵。它对历史和文学共同作为虚构之物有着强烈的自我意识，在创作过程中凸显历史被建构的特征，具有典型的后现代主义历史观。

据此，笔者可以罗列出许多具有后现代主义历史小说标准的文本，其中代表性的有朱利安·巴恩斯（Julian Barnes）的《福楼拜的鹦鹉》（*Flaubert's Parrot*，1984）、《101/2 章世界史》（*A History of the World in* 101/2，1989）、《英格兰、英格兰》（*England，England*，1998），格雷厄姆·斯威夫特（Graham Swift）的《湿地》（*Waterland*，1983）、《从此以后》（*Ever After*，1992），彼得·艾克罗伊德（Peter Ackroyd）的《霍克斯摩尔》（*Hawksmoor*，1985）、《查特顿》（*Chatterton*，1987），萨尔曼·拉什迪（又译萨尔曼·鲁西迪，Salman Rushdie）的《午夜的孩子们》（又译《午夜之子》，*Midnight's Children*，1981），拜厄特（A. S. Byatt）的《占有》（*Possession*，1990），托马斯（D. M. Thomas）的《白色旅馆》（*The White Hotel*，1981）等。[①]

第五节　英国历史小说文类的通约程序

俄国形式主义程序诗学注重文类的发展变化，让文类这个曾经僵硬化的概念具有了历史性、发展性的内涵。文类程序的嬗变让文类规则不再是僵守不变的固定模式，而是一种灵活生动的有机构造。然而，既然规范程序发生了变化，为何人们还使用旧的文类名称来命名不断新生的文学作品呢？对此，俄国形式主义者做出如下的解释：

> 体裁的生命是发展的。某种原始的因由把一系列作品集聚为特别的

---

① 后现代主义历史小说文本确定依据主要来源自 Mariadele Boccardi，*The Contemporary British Historical Novel：Representation，Nation，Empire*，Palgrave Macmillan，2009；Kate Mitchell，*History and Cultural Memory in Neo-Victorian Fiction：Victorian after Images*，New York：Macmillan，2010；David Cowart，*History and the Contemporary Novel*，Carbondale and Edwardsville：Southern Illinois University Press，1989；Neil McEwan，*Pespective in British Historical Fiction Today*，London：Macmillan，1987；Jerome de Groot，*The Historical Novel*，London and New York：Routledge，2010；曹莉：《历史尚未终结——论当代英国历史小说的走向》，《外国文学评论》2005 年第 3 期，第 136～144 页。

体裁。在后来出现的作品里，我们能够看到与已形成的体材相似或不同的倾向。这一体裁因新作品的纳入而得到丰富。当初促成该体裁的因由可能失落，体裁的基本特征可能发生渐变，但是，由于自然倾向的作用，人们习惯于把新出现的作品纳入已有的各种体裁，体裁从发生学角度仍然维持其生命过程。体裁在进化，甚至发生大的变革。但无论如何，尽管纳入的作品在构成方面已有根本变化，体裁仍旧凭借不断纳入新作品而保留其习惯名称……它们之间有着发生学上的联系，通过一些中间环节它们便可结合，这些中间环节便是一种形式向另一种形式逐渐过渡的证明。①

这些所谓的"中间环节"很好理解，可以从研究者对规范程序转变时期历史小说的论述中看得十分清楚。比如，弗莱希曼在承接卢卡奇对司各特传统历史小说论述的基础上，提出"历史小说不仅应该有过去，而且应该开辟新的领域"，② 因此，他将研究的关注点放宽至现代主义小说家的作品，也验证了现代主义历史小说的合法性。而柯沃特在弗莱希曼提出的"追溯两代以上""一系列历史事件""至少一位真实人物"等划分标准的基础上，将后现代主义的自我指涉性小说容纳进来，进一步论证了后现代主义历史小说的合法性。因此，历史小说规范程序的每一次演变，都是在旧有程序基础上进行的革新，同旧有程序有发生学上的紧密联系。不同规范程序之间不是完全相异的割裂成分，而是一环扣一环的顺承关系。它们相互之间既有区别，也有联系。

然而，对于"什么叫作'由于自然倾向的作用'，人们'习惯于'以旧有的名称为新出现的作品命名"，俄国形式主义流派并未做过多的解释。那么，这里所指的"自然倾向"以及人们的"习惯"究竟为何物？这要从"文类"一词的词源开始考察。英语中"genre"一词有很多含义。根据《牛

---

① 〔俄〕鲍里斯·托马舍夫斯基：《诗学的定义》，载什克洛夫斯基等《俄国形式主义文论选》，方珊等译，生活·读书·新知三联书店，1989，第144~145页。

② Avrom Fleishman, *The English Historical Novel: Walter Scott to Virginia Woolf*, Baltimore and London: The Johns Hopkins Press, 1971, p. 255.

津英语词典》（*Oxford English Dictionary*），"genre"可以表示种类（kind, sort）、风格（style），特别在艺术领域可以指代"一种特定的作品风格或内容"（a particular style or category of works of art）。在语言学领域，可以指祈祷文、教义、对白、歌曲、朗诵、信件等言语事件，① 而确切到文学批评领域，巴尔迪克（Chris Baldick）又将其指为"可辨认的、已经建立的书写作品类型，它采用了一些惯常的习俗，以便读者和听众不会将它错误地视作别的类型"。② 这就意味着，文类同读者接受有着重要的关联。因此，这里可以将这种"倾向"看作读者与文类之间达成的某种契约。③ 一部新的文学作品一经出现，作者就会按照这种"契约"将作品归类，划入已知的文学类别，从而方便读者阅读和理解，因为"将文本归入某一种文类会影响读者对于该文本的阅读"。④ 而所谓的"自然倾向"，我们则可以从"习俗"的角度来理解。梅尔勒斯（Steven J. Maillous）将文类视为传统习俗（traditional conventions）的一部分，即"人们所能接受的、作家可以采用的，以及读者能够辨认的题材和样式"。⑤ 这种传统习俗是一种"艺术习惯"，也是作者创作所依据的内在规则，并可以唤起读者的期待，"决定了读者对作品结构和主题的期待"。⑥ 也就是说，文类是建立在制度化习俗之上、具有期待功能，从而与读者达成的阅读契约。这种契约才是真正确定文类被命名的主要根据。

从俄国形式主义程序诗学的角度出发，笔者将这些"习惯"、"自然倾向"、"习俗"或"契约"统称为文类的"通约程序"或者"共同程序"。通约程序是相对于发展变化的规范程序而言的。规范程序具有随时间变化的

---

① Jack C. Richards, John Platt and Heidi Platt, *Longman Dictionary of Language Teaching and Applied Linguistics*, Beijing: Foreign Language Teaching and Research Press, 2000, p. 195.

② Chris Baldick, *The Concise Oxford Dictionary of Literary Terms*, New York: Oxford University Press, p. 105.

③ Fredric Jameson (1975), Jonathan Culler (1975), Daniel Chandler (1977), Teppo Kainulainen (1996), etc..

④ Daniel Chandler, "An Introduction to Genre Theory," http://www.docin.com/p-620457671.html.

⑤ Steven Mailloux, *Interpretation Conventions: The Reader in the Study of American Fiction*, Ithaca and London: Connell University Press, 1982, p. 130.

⑥ ibid, p. 133.

特性，它们代表文类在不同时期的表现形式；而通约程序或者共同程序则代表文类本体论层面的固有成分。这些固有成分是文类能够保持习俗特质，以及与读者达成契约的条件。它们影响读者对于文类属性的划分和阅读习惯的采用，是一种文类"标志性"的成分。比如，侦探小说的通约程序包括离奇的案件、神勇的侦探以及案件的最终结论，罗曼司的通约程序一般包括骑士的冒险经历、美人的美德和贞洁、一波三折的故事情节、异乡的风土人情等。因此，规范程序决定某一时期文类的典型特征，通约程序则保证文类在历时性发展过程中保持其固有名称，从而确定文本的类别归属。规范程序与通约程序之间是 A 包含 B 的关系。二者之间的关系反映了文类在历史性发展过程中所体现出的演变特征。

另外，值得注意的是，一个文本并不是必须具备所有的通约程序才会被读者划归为相应的文类，有时也许只是具备其中典型的几种通约程序，就有可能被认作某种已知文类。这说明文类之间具有相互跨越、相互包含的特征，即同一文本在不同读者看来可属不同文类。既然这样，这里就无须为某一文本到底归属哪种特定文类进行辩护，因为正如同一文本可以使用不同的批评方法进行阐释一样，它也可以被看作不同的文类进行多种分析。文类视角同其他批评视角一样，是观测文本组织结构的一种方式，是通达作品审美的一种渠道。

综上所述，规范程序是决定文类发展变化的主要标志，而通约程序是文类在规范程序发生变化的情况下被冠以相同名称的主导因素。那么，接下来研究面临的问题则是文类通约程序的确定，即如何寻找某一文类的通约程序。为了展示得更加清楚，本文设定某一种文类的程序在历时性发展过程中经过如下的演变：ABCDE→BCDEF→CDEFG，如图 1 - 2 所示。

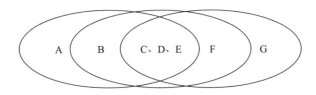

图 1 - 2　文类程序历时性演变

从图 1 - 2 看出，文类演变过程中的 C、D、E 三道程序是其在演变过程中的通约程序，相应地也决定了文类的名称属性。因此，只要能够找到在规范程序变化过程中有哪些程序是固定不变的，就可以确定正是这些程序引起读者的阅读期待，从而保证文类名称的延续，即找到文类被冠以同一名称的通约程序。

那么，具体到本书的研究对象——英国历史小说上来，我们就可以在其规范程序演变的过程中提炼出固定不变的程序，并将其视为历史小说文类被冠以其名的通约程序。通过对历史小说定义内涵演变的细致梳理，本书提取了历史小说文类在演变过程中产生的几道通约程序。

1. 史料运用程序

无论是站在传统历史小说角度上强调真实人物、真实事件的卢卡奇、弗莱希曼等人，还是以后现代历史小说为例强调颠覆官方历史、重建历史可能性的哈琴、韦瑟琳等人，都承认史料运用是历史小说规范程序中不变的成分。即便是强调历史感不是真实历史人物和事件的柯沃特和伊莱亚斯等人，也无法否定史料是营造历史感的必要素材。因此，没有涉及历史事件或历史人物（真实、虚构都可）的小说，无法和读者达成历史小说的文类契约，按照习俗惯性也无法划分到历史小说文类中来。[①]

博卡尔迪（Mariadele Boccardi）分析了史料和历史"现实"之间的重要关系。他指出，60 年的时间间隔形成了司各特历史小说的主题。然而，这一时距已经超越了作家的个人记忆，因此需要通过史料的介入来让过去的现实

---

① 这里所指的"涉及历史事件或历史人物"并不意味着历史小说就是专门描写历史事件或历史人物的小说。历史事件和历史人物有可能是历史小说描写的主要方面，也有可能只是稍有涉及，其在小说中所占的比例并不是关键性因素。之所以将"涉及历史事件或历史人物"作为历史小说的通约程序之一，是因为"涉及"就意味着作者所描写的事件必定要和历史事件或历史人物发生关联，这种关联有可能是相符关系、质疑关系、改写关系或利用历史事件和人物营造历史氛围的关系等。换句话说，与历史事件或历史人物毫无关联的小说很难被读者公认为与历史有关的小说——历史小说。另外，斯诺维茨（Michael Leigh Sinowitz）在其博士论文（*Walking into History*: *Forms of the Postmodern Historical Novel*）中提到，托尼·莫里森（Toni Morrison）的《宠儿》（*Beloved*，1987）中并没有包括任何的著名历史人物和历史事件，即便如此，它仍然是一部历史小说，因为它描写的是"历史中的个人"。笔者在此想补充的是，虽然《宠儿》描写的重点并非历史人物和事件，但其中并不乏提及历史素材，如奴隶解放、反奴运动、逃奴法案、肤色选举等，否则其"历史中的个人"无从谈起。

得到当下的消费。①"过去的现实"是历史小说重要的组成部分。历史小说并不是"编造的"（make up），它的生命力来自历史本身。一部优秀的历史小说是扎根于现实的。② 因此，正如布拉姆莱（J. A. Bramley）所说，历史小说的主旨是"严肃地重建过去"。诸如著名的《三个火枪手》（*The Three Musketeers*，1844）、《巴伦特雷少爷》（*The Master of Ballantrace*，1889）等都不属于这个范畴，它们只是纯粹的罗曼司，或者被称为冒险小说。③

格思里（A. B. Guthrie）曾为历史小说家声辩：书写过去比书写当下容易得多，因为过去的一切都是现成的，只需要作者塑造成型即可。但书写过去也有很多的困难和负担，甚至是危险。因此，历史小说家必须对所要书写的历史有足够多的了解和认识。他必须：

> 读第一手的资料，做足够多的笔记，整理清楚笔记的内容，了解当时的人情风貌……他不仅要知道大致的时间发展顺序、社会矛盾，以及时代背景下的政治、军事和经济状况，还必须知道当时的人们如何交谈、如何穿戴、使用什么样的技术，以及他们面对我们今天依然会遇到的问题时的处理方式……但是仅仅知道历史的一砖一瓦还不够，历史小说家还需要悟出字里行间的言外之意。④

19世纪传统历史小说虽然大量借鉴了罗曼司、神话、迷信、传说等虚构文学的技巧，但人物的穿着、语言、行动都有章可循，生动鲜明。在对待虚构的态度上，传统历史小说是十分"小心谨慎"的，⑤"尽可能地做到不被察觉"。⑥ 而现代主义以及后现代主义对待官方历史的态度则是怀疑的、审慎的。这些小说在质疑历史的基础上具有了强烈的政治意义。然而，不论是被

---

① Mariadele Boccardi, *The Contemporary British Historical Novel*：*Representation*，*Nation*，*Empire*，Palgrave Macmillan, 2009, p. 5.

② Thomas Fleming, "How Real History Fits into the Historical Novel," *Writer*, 1998 (3), p. 7.

③ J. A. Bramley, "The Historical Novel," *Contemporary Review*, 1954 (186), p. 105.

④ A. B. Guthrie, "The Historical Novel," *Montana Magazine of History*, 1954 (Fall), pp：1－8.

⑤ Brian McHale, *Postmodernist Fiction*, London and New York：Routledge, 1987, p. 90.

⑥ ibid, p. 90.

当作创作的依据，还是质疑的对象，史料在历史小说中的地位都是无可置疑的。"巧妇难为无米之炊"，没有史料的介入，历史小说的历史感便无从谈起。所有不同时代的历史小说家都无法省去运用史料的环节，只不过运用史料的目的不同而已。因此，史料的运用是历史小说创作必不可少的环节，没有史料，历史小说只能成为无源之水、无本之木。

2. 历史想象程序

史料的运用让历史小说具有了同描写当下的写实小说迥异的特性。无论是传统历史小说家还是现代历史小说家，都对史料进行着不同目的的使用，但与此同时，史料的局限性也暴露出来了。19 世纪的评论家认为，历史小说理应被视为对历史知识的补充，因为历史对于展现真实人物的思想意识、喜怒哀乐等有局限性。① 当代文学评论家们也指出，作为历史小说作家，后现代小说家当然不是第一次在重塑过去的过程中脱离历史文档的束缚。从传统上来说，"小说家享有这种特权，即仅仅依靠想象来填补官方历史记录中的空白"。② 因此，传统和现代的评论家都认为历史小说如果脱离了想象，仅靠历史文献是无法进行创作的。这就将历史小说文类的另外一道通约程序凸显出来，即历史想象程序。

讨论历史小说中的想象问题，要从历史学家和小说家的不同谈起。亚里士多德在《诗学》中对诗人和历史学家做出的区分在今天看来仍然具有重要的意义。马泽诺（Laurence W. Mazzeno）指出，历史学家有责任尽量准确地描述过去发生的事件，因为过去发生的事件并无法被现在的人所知，所以历史学家必须尽可能地重视搜集到的数据。同历史学家一样，历史小说家也有责任检验历史真实，但不同的是，他们不需要对事件进行分析和阐释，而是使用文学技巧来强调历史事件的重要性。他们的目的是将读者带入一个远离现在的时代。因此，历史小说同其他小说形式的不同主要在于历史小说家具有不拘泥于历史记录展现过去事件的能力，还有展现历史环境中人物性格的

---

① "Of Novels, Historical and Didactic: The Historical Novel," *Bentley's Miscellany*, 1859 (46), pp: 42 – 51.

② Elisabeth Wesseling, *Writing History as a Prophet*, Amsterdam & Philadelphia: John Benjamins Publishing Company, 1991, p. 169.

技巧。① 这里暂且不论站在当代历史观下马泽诺对于历史学家的责任之论述是否正确，但他所提出的历史小说家"不拘泥于历史记录展现过去事件的能力"的观点是古今通用。这种能力其实就是历史小说家想象的能力。

曼森（David Masson）曾说，"历史小说是历史、小说致命的敌人"。② 这是因为历史小说自诞生以来就具有写实和虚构的两面性，从而让其无论对于历史还是小说来讲都具有与生俱来的矛盾。但恰恰是这种矛盾，让历史小说文类本身具有了二元张力，从而构成了小说发展的主要动因。在传统小说那里，这种张力之间的结点就是历史的想象力。在承认历史真实存在的前提下，历史小说创作的困难就在于此。因为小说家要跨越巨大的时间沟壑，真实再现一个他/她从未见过的世界，并赋予那些只在历史记录或手稿中才出现的人物栩栩如生的形象，如果缺乏想象，这当真是件不可能的事。布拉姆莱曾对此提出过一个十分有趣的问题：如果路易十一或者伊丽莎白一世重回这个星球，他们是否还会认出《昆汀·达沃德》等小说中描写的他们时代的场景？③

自然，曼森来自 1887 年的论述明显是站在传统历史小说的立场，他也没有预料到新世纪所带来的历史文学创作的急剧变化。传统历史小说中的想象经常通过不知名的普通人物来表现。他们生活在麦克海尔所谓的"暗区"（dark areas）之中。小说家的想象只要同已经建立起来的事实不冲突就可以了。因此，历史小说创作的风险在于如何将创造的角色同历史记录中的角色结合在一起。当这两种角色在文本中相遇的时候，前者必须不能对后者的生活造成过大的影响，因为这样很有可能同记录产生冲突。19 世纪的历史小说就是如此，它们主要的目的就是反映日常生活。但这在后现代作家那里行不通。④

---

① Laurence W. Mazzeno, "The Historical Novel," *Critical Survey of Long Fiction*, Fourth Edition, 2010.

② David Masson et al., "The Historical Novel," *Macmillan's Magazine*, 1887（57），pp：41 –49.

③ J. A. Bramley, "The Historical Novel," *Contemporary Review*, 1954（186），July/Dec, pp：105 – 106.

④ Elisabeth Wesseling, *Writing History as a Prophet*, Amsterdam & Philadelphia：John Benjamins Publishing Company, 1991, p. 169.

在当代理论家看来，历史小说中写实和虚构的张力恰恰是被利用和渲染的对象。历史和小说之间的界限也变得模糊。当代作家"机敏地利用小说与历史的姻缘，同时又巧妙地跨越了小说与历史的分野"。① "真实"和"虚构"作为划分传统文史的界限被打破，历史成为一种话语体系。历史编纂同文学创作之间没有了天然的沟壑，而是可以相互融合和跨域的重叠领域。

然而，不论"想象"在小说中以何种姿态处理其同历史撰述之间的关系，它已经成为历史小说文类历史性发展过程中必须采用的程序——不论是作为弥合官方史料与人物建构的胶着剂，还是作为现代历史小说用来重建私人历史的主要手段。它一直存在于文类发展的过程中，是历史小说的一道通约程序。

3. 时距采纳程序

作为史料的补充，想象究竟可以有多大的发挥空间？换句话说，想象的程度由什么来决定？这就要从历史小说中想象的本质谈起。康拉德曾指出："小说是历史，人类的历史……它站在更为坚固的基础上，以现实和社会现象为基础，而历史却以档案和记录等二手印象为基础。因此，小说更接近真实。历史学家也是艺术家，而小说家也是历史学家。"② 英国哲学家、史学家科林伍德（R. G. Collingwood）也认为历史学家和小说家有着共同的特征：

> 历史学家和小说家的相似性……在这里达到了顶峰。他们都将构造一幅图画视作自己的事业。这幅图画部分地叙述事件、部分地描述情景、展现动机、分析角色。他们的目的都是要使这幅画成为连贯的整体，每一个人物、每一个情景同剩余的部分都是那么紧密地结合在一起，以至于角色在这种情况下不可能以别的方式行动，我们也不可能想象他以别的方式行动。小说和历史撰述都必须是有意义的（make sense），除了必需的东西之外，二者都不允许有别的东西出现……
>
> 作为想象的作品，历史学家和小说家的作品并没有什么不同。它们的不同在于历史学家的图画更追求真实。小说家只有一项任务，那就是

---

① 王建平：《美国后现代小说与历史话语》，中国人民大学出版社，2012，第9页。
② Joseph Conrad, *Notes on Life and Letters*, New York：Page & Company, 1921, p. 19.

构造一幅连贯的图画，并使其具有意义。而历史学家却有着双重的任务：他不仅要做到这一点，还必须使其构造的图画像是实际存在的事物和实际发生的事件。[①]

而弗莱希曼认为科林伍德的论述自相矛盾。他不认同历史学家的责任是建立连贯的图画，并且让这一图画符合现实，而小说家的责任只是让其连贯。因为照科林伍德所说，历史学家使用想象来重建事件，而非事件本身（因为事件本身只能在档案记录、工艺品以及其他类似的物品中存在）。既然这种重建必须具有意义（make sense）才能生效（validate），那么历史学家对事实的处理方式同小说家建立连贯的图画并无不同。[②]

照此看来，历史学家和小说家都需要建立连贯的图画并使其产生意义，那么二者的区别应该体现在具体的构建之中。科林伍德生动地用织"网"（web）来比喻历史学家撰述历史的行为：

> 历史学家描绘关于他的主题的图画，不论这个主题是一系列的历史事件还是事物的过去状态，都表现为一张由想象构造的网。这个网在由权威陈述所提供的固定点之间展开。如果这些点足够密集，并且点与点之间的线是先验（priori）的现象，而不是由随意的幻想连接的，整幅图画就可以不断地通过这些数据得以证实，并且不会冒险同它所展现的现实脱离关系。[③]

对此弗莱希曼又有异议。他认为，科林伍德此处是在暗示小说家的想象只能算得上是一种"随意的幻想"，这并不合理。小说家和历史学家一样，都是用想象的"线"将固定"点"编织起来。因此，他们之间的想象没有

① R. G. Collingwood, *The Idea of History*, Beijing: China Social and Sciences Publishing House, 1999, pp: 245 – 246.
② Avrom Fleishman, *The English Historical Novel: Walter Scott to Virginia Woolf*, Baltimore and London: The Johns Hopkins Press, 1971, p. 5.
③ R. G. Collingwood, *The Idea of History*, Beijing: China Social and Sciences Publishing House, 1999, p. 242.

种类（kind）的不同，有的只是"度"（degree）的差别。"历史学家尽量去增加足够的'点'，因而只有一条'线'或者假设（hypothesis）来连接两点之间的空间。而历史小说两点之间则有足够的空间唤起更多的假设"，[①] 因此想象的空间较历史撰述更大。

如果说在科林伍德那里，历史学家是"织网者"，那么在弗莱希曼这里，历史小说家则是"破损挂毯的修复者"（restorer of a damaged tapestry）。[②] 因为小说家用来填补历史知识的"线"并非是为了将具体的历史数据联结起来，而是服务于整个"网络"的形状。小说家手中的"网"不是随意地编织出来的，而是一幅具有整体性的图画。

沿着这一思路，可以继续发问：既然想象是连接"结点"的"线"，那么想象对于图画的整体性有何影响？作家如何运用想象来掌控图画的全貌？虽然弗莱希曼坚称历史小说比历史撰述可以想象的空间更大，但他也承认这并不代表"这种空间足够大得能够引起任何一种假设"。[③] 不论是"结网"还是"织毯"，由已知历史记录构成的"结点"是固定不变的，能够改变网络形状的因素在于"结点"的疏密。"结点"越稀疏，想象空间越大，反之越小。而"结点"的疏密又与获得历史记录的难易程度有关。一般来说，历史记录的可接近程度与历史小说书写的时间距离呈负相关，时间越久远的事件，取材越困难；反之越容易（如图 1 - 3、图 1 - 4 所示）。当然，这只是一般情况，不能排除例外情况的发生，比如官方对某一时期历史事实的刻意掩盖。

由图 1 - 3、图 1 - 4 可见，史料的可接近程度越小，作者发挥想象的空间越大。而一般情况下，书写时距的长短也影响史料的可接近程度，继而间接影响到想象的程度。比如，司各特的小说《艾凡赫》写的是中世纪骑士的故事。由于中世纪的史料比较缺乏，想象在小说中占较大的比例。因此，这里就将历史小说文类的另一道通约程序提炼出来，即时距采纳程序。

[①] Avrom Fleishman, *The English Historical Novel：Walter Scott to Virginia Woolf*, Baltimore and London：The Johns Hopkins Press, 1971, p. 6.

[②] ibid.

[③] Avrom Fleishman, *The English Historical Novel：Walter Scott to Virginia Woolf*, Baltimore and London：The Johns Hopkins Press, 1971, p. 6.

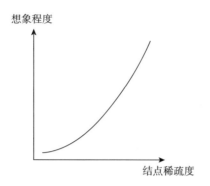

图 1 – 3   想象程度和结点稀疏度的关系

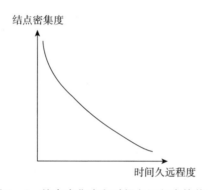

图 1 – 4   结点密集度和时间久远程度的关系

也许会有这样的论断：所有小说在本质上都是历史的，因为一旦"此时此刻"出现，它就成为历史。而小说的创作和出版并不具有新闻报道一般的及时性和实效性，它需要一段较长时间的发酵过程。因此，小说所反映的事件同当下的实际情况具有不同时性，从而让小说具有了历史性。这样的说法固然有一定道理，但如果被采纳，写当代事件的写实小说无疑便没了出路，陷入重重危机。理论和实际情况并不是时时相应的，若仅从理论出发来对实际情况进行描述很有可能会陷入相对主义的困境从而忽视事物本身的特征。作为一种跟历史发生关联的文类，历史小说自然与描写当下的时事小说有所不同。历史小说存在时距的选择问题。这种时距同时事小说发生的时距并不相同，它是一段较长的时间。或许，这种描述无法使人满意。"一段较长的时间"又是多久？其实，试图在数量上确定历史小说的时距，是不可能的，此处只能给出一个大致的描述，从而在感官上对时距的长短有所估量。在讨论过历史小说时距问题的学者中，① 弗莱希曼对时距的估量是 40～60 年，布拉姆莱认为至少要 50～100 年，② 伯德（Max Byrd）认为至少要半个世纪，③等等。而司各特对于时距问题的表述则是通过小说副标题来体现的。比如，在《威弗利》主标题的后面，作者加了一个副标题《六十年的事》。他对此的解释是：

> 我把故事发生的时间定在六十年前，即 1805 年 11 月 1 日，是为了让读者知道，接下来看到的既非骑士传奇，亦非现代习俗（manner）的故事……聪明的评论家从我对年代的选择就会预见到我所写的故事主要是人物，而不是习俗。关于习俗的故事，要想写得生动有趣，必须描述古代伟大而庄严的事物，或者在我们眼前生动地展现日常生活和新鲜的情景。④

显然，司各特此处的用意是想通过年代设定，将《威弗利》同骑士传奇以及描写社会习俗的小说区别开来。至今，这种通过论述历史小说与其他类型小说的不同来确定时距的做法依然存在。比如马振方将历史小说同现实小说进行区分来体现前者对于时距的选择：

> 小说不同于新闻报道，它反映现实不仅无须抢时间，一般还要有时

---

① 柯沃特等以“强烈历史意识”为标准划分历史小说的做法，甚至否认了历史小说中时距问题的存在。但这种观点的确有失偏颇。众所周知，20 世纪中后期的英国经历了二战、殖民地的独立、移民的涌入、经济政治的变革，其社会组织结构发生了巨大的变化。在此情境下，历史文学创作已经成为一个普遍的现象，我们在很多小说都可以体会到浓厚的追溯、改写，以及重写过去的历史意识。而以“历史意识”为划分历史小说的标准，势必会引起困惑和混乱。另外，柯沃特所说的“强烈的”（strong）这一定语，也无法在“度”上让人信服：究竟何种程度上的历史意识才能称为“强烈的”呢？
② J. A. Bramley, "The Historical Novel," *Contemporary Review*, 1954 (186), pp: July/Dec, p. 106.
③ J. A. Bramley, "The Historical Novel," *Contemporary Review*, 1954 (186), pp: July/Dec, p. 106.
④ Sir Walter Scott, *Waverley*, London: Penguin Books, 1994, p. 55; 中文译本参见沃尔特·司各特《威弗莱或六十年的事》，石永礼译，人民文学出版社，1987。以下引用只标注英文版页码，中文版不再标出。

间的沉淀……历史家还未取得独占权的社会事件，一般时间都不会太长，相对于历史的种种事件，它可划入现实的事件……把作者写其沉淀较长时间的亲历生活感受排除在现实小说之外是个比较麻烦的命题，因为那较长时间的长度很难界定。作家选取的题材永远没有真正意义的现在时，但从广义上说，也可以把作家个人经历的全部看作其所选题材的现在时，因为写个人经历的题材与写未曾经验的文字历史题材有着根本意义的分别，二者远不能同日而语。综上考察，对历史小说的表述……应是以作者记忆前时代的真实历史人事为骨干题材的拟实小说。这样的历史小说观念，适用于任何人创作的任何时代的历史小说作品，不必人为规定历史与现实的时间分界。[①]

这一表述真正应了"具体问题具体分析"这一说法，即以作者的实际情况为准来确定小说的历史属性。很明显，相对于以确切数字度量时距的表述，这种观点无疑更具说服力。但是，仔细斟酌，若非要以个人的实际情况作为划分标准，笔者认为将"作者记忆前时代"的表述换作"作者认知前时代"或许更为恰当。比如，英国移民作家石黑一雄的《长日留痕》一书在维基百科上被明确标为"历史小说"，[②] 而其书写的时距只不过是 30 年而已。石黑一雄 1960 年移民英国，他所描写的故事背景发生在 1956 年。当时的社会面貌、人文风情对于幼小的作家来说，不能算是一点记忆都没有，但对于这些事物的认知绝非他的年龄所能达到。因此，这样的小说题材其实也属于"个人未曾经验的文字历史题材"，理应归为历史小说。

然而，仅仅将历史小说的时距设定在"作者认知前时代"，似乎还是不够妥帖。因为有可能作者对某一历史事件有所认知，甚至亲身经历过，但是这种认知只是"一知半解"或者由于某些原因产生的"错误理解"，这跟"个人未曾经验的"事物其实没多大区别。此种情况下根据事实创作出的作品也属于"个人未曾经验的"范畴。或许，布拉姆莱的论述可以带来新的思考。在谈到时距问题时，布拉姆莱是从当代小说的缺陷入手的。他认为，当

---

① 马振方：《历史小说三论》，《北京大学学报（哲学社会科学版）》2004 年第 4 期，第 119 页。
② http://en.wikipedia.org/wiki/Man_Booker_Prize.

代小说多是描述时新、流行的事物。随着这些新奇事物的过时，小说也沦为毫无生机的陈旧之物。因此，作者需要有一定的时间距离去审视过去，看清过去的真实面貌，从而不会因事物的兴衰更替而降低小说的文学价值。为此，布拉姆莱将这一"安全距离"设为 50～100 年，并强调几乎所有最成功的历史小说如《战争与和平》、《名利场》、多部《威弗利》系列小说等的背景都设定在这一时距之内。① 这也许就是常言的"旁观者清"：深陷其中未必有清醒的认识；跳出泥淖，方能看清事物本色。历史题材文学创作的一个重要特点是：它必须是关于已有的并得到普遍认可的历史叙事的文学想象。② 因此，历史小说描述的是已经发展完成的、经过一定时间沉淀之后的历史事件。历史小说的时距问题以事件发生、发展的实际情况为基准。

那么，以上这些论述在现代特别是后现代历史小说中是否适用呢？后现代历史小说中的规范程序是否也能够提炼出"时距采纳"这一通约性程序？答案是肯定的。虽然可以承认在后现代小说规范程序中没有看到像弗莱希曼等人对时距问题的强调，当下对现代历史小说中时距的问题也没有像对传统小说那么关注，取而代之的是当代历史的问题化，小说家对历史的质疑、颠覆以及改写的态度，但这只是目的论层面的问题。不应忽视的是，现代历史小说同传统历史小说并非截然不同，二者存在重合的部分。比如，在元小说形式的历史书写中，作者建构并解构一段历史，这一建构的过程当然会涉及史料及时距的选择问题。这是过程论层面的相同之处。因此，时距采纳程序一直存在于历史小说文类的发展过程中，是历史小说文类的通约程序之一。

4. 主体建构程序

无论是在传统历史小说还是现代历史小说中，历史和历史中的个人无疑都是小说书写的主要对象。但书写历史，归根结底还是书写由人构成的历史，因此"个人"才是历史小说书写的主体。正如弗莱希曼所说："历史小说的主人公……是受到历史时期影响的普通历史存在。历史小说根本的主题

---

① J. A. Bramley, "The Historical Novel," *Contemporary Review*, 1954 (186), July/Dec, p. 106.

② 李春青：《文学研究与历史研究之关联》，载童庆炳等《历史题材文学创作重大问题研究》，经济科学出版社，2011，第 11 页。

是历史中的人或者说作为历史生活的人的生活。"① 然而，作为主体的"个人"并不是孤立存在的，他们需要不断地和历史发生冲突和关联，也正是这种冲突和关联成为推动历史小说情节发展的主要动力。那么，如何处理个人和历史的关系就成为古往今来历史小说都要面临的重要问题。

司各特的小说历来以生动描写历史进程中的普通人生活而受到评论家的赞誉。他笔下的主人公"是民族的典型人物，他们是正派的普通人，而非著名的、无所不包的人物"。② 这些普通人民形象生动鲜活，充满市井气息。当他们与宏大的历史场景相遇，就如同涓涓细流汇入汪洋大海，个人的命运随着历史的洪流起伏跌宕，构筑了一幅幅波澜壮阔的历史画卷。

尽管如此，随着历史小说文类的发展，司各特小说中曾经引以为豪的个体描写开始遭到不满和抨击，被指责其笔下的主人公过于"平庸"，缺乏对个体成长的关注。尽管王佐良先生曾为此申辩，"司各特有弱点：缺乏深度、不够细腻、文字保守，但他的诗艺正适合那类题材，如果他经常停下来做人物的心理分析，那他讲故事的速度会受损害，他所追求的是气势，要有大背景、大格局"③，但这也难以掩盖司各特小说在当代影响力减弱的事实。

司各特小说影响力的式微不仅反映了不同时期历史小说在处理个人和历史关系问题上的态度变化，也说明了小说家在利用历史材料建构主体时遇到了矛盾和重重困难。固然，历史小说属于艺术创作的范畴，与专门描述事件的历史撰述有着本质的不同。正如卢卡奇曾指出的那样，历史小说最重要的特征并不是对重大历史事件的重复讲述，而是对这些事件中人民的觉醒的描述。在这一过程中，读者可以像在历史现实中一样，重新经历社会和人类的运动，并对此产生思考、感受和行动。④ 但卢卡奇说的只是"理想的情况"。

---

① Avrom Fleishman, *The English Historical Novel: Walter Scott to Virginia Woolf*, Baltimore and London: The Johns Hopkins Press, 1971, p. 11.

② Georg Lukács, *The Historical Novel, 1962*, trans. Hannah & Stanley Mitchell, Lincoln & London: University of Nebraska Press, 1983, p. 31.

③ 钱青：《英国 19 世纪文学史》，外语教学与研究出版社，2006，第 93 页。

④ Georg Lukács, *The Historical Novel, 1962*, trans. Hannah & Stanley Mitchell, Lincoln & London: University of Nebraska Press, 1983, p. 42.

事实上，历史小说家在处理历史和个人关系的时候是无法做到两者兼顾的。布拉姆莱认为，大部分的历史小说家都面临将人类本性的真实同历史真实结合起来的困难。因为前者隶属于艺术作品想象的部分，如果处理不好，人物就会沦落为毫无生命力的伪造品。这一典型的例子就是，司各特的《艾凡赫》中诺曼武士同穿着盔甲的骷髅兵没有什么区别。[①] 因此，利用历史材料建构主体历来是历史小说家都要面临的重要问题，他们对此的处理态度深刻反映着历史小说文类的历史性变化。

第六节　英国历史小说文类研究的三大维度

史料运用程序、历史想象程序、时距采纳程序以及主体建构程序是历史小说文类几道主要的通约程序，也是历史小说在发展过程中保持其固有名称的依据。值得注意的是，这四道程序相互之间并非没有关联，而是有着逻辑上的顺承关系。无论对于传统小说还是现代小说来说，史料运用程序都是历史小说最为标志性的特征；但仅有史料无法进行艺术创作，因此历史想象是连接、补充或颠覆史料的重要环节；历史想象的程度同小说书写的时间距离以及历史材料的可接近程度密切相关；个人是历史小说书写的主体，是艺术想象的对象。

历史小说的通约程序是小说文类发展中沉淀下来的部分，是历史小说在历时性发展过程中所具有的"同名异象"特征中"同名"的原因所在，而"异象"的部分，则是文类在不同时期的表征。不过，这里的"异象"是"同名"之下的"异象"，因此本文在讨论"异象"的时候，还是要将文类不同时期的表象纳入"同名"的框架下分析。然而，通约程序虽然决定了小说文类的"同名"特征，但对文类内涵本质有何种程度的影响，则需要对文类的"同名异象"做进一步的研究。

历史小说通约程序的提出表明，既然通约程序是文类保持其名称的固有成分，那么由通约程序衍生的研究维度则是不同时代、不同形态历史小说均

---

① 　J. A. Bramley, "The Historical Novel," *Contemporary Review*, 1954 (186), July/Dec, p. 105.

要面对和处理的问题。这样，在同一研究维度下讨论不同形态历史小说处理方式的不同，就是在"同名"之下讨论"异象"的情况。据此，本书由历史小说文类的四道通约程序推演出英国历史小说研究的三大维度，并从这三大研究维度入手，讨论文类的演变特征。

一 历史小说文类研究维度之一："历史的真实和小说的虚构"

这一研究维度是由史料运用程序和历史想象程序推演而来。利用史料进行创作是历史小说区别于其他小说最为显著的特征，这涉及历史小说面对"历史真实"的态度问题。而历史想象程序指涉的是在"历史真实"影响下小说如何进行虚构创作。① 是否承认历史真实地存在、如何处理小说虚构和历史真实的关系、赋予历史真实何种社会意义，都是不同形态历史小说所要面临的重要任务。

历史小说所面临的这些问题并不是在创作过程中出现的，而是历史小说文类与生俱来的矛盾导致的。文类的名称就是对此最好的说明：代表真实的"历史"如何同代表虚构的"小说"结合在一起？因此，历史小说的创作往往是一件吃力不讨好的事情。历史学家经常批评历史小说不尊重历史事实，虚构性太强；文学批评家则认为，"历史小说写得不好就变成考古，把历史事实和历史人物拼拼搭搭，成了作品的沉重负担，使作家不能充分发挥想象力，进行情节构思和人物塑造"。② 可以说，两派的争论各有道理。所以，必须弄清楚不同形态历史小说是如何处理史料和虚构之间的关系，这也是第一维度所要阐明的基本问题。

---

① 严格说来，历史想象和小说虚构并不是等同的关系，却有大量的证据表明二者之间有密不可分的联系。比如，著名作家巴尔加斯·略萨（Moria Vargas Liosa）在谈论文学话题的随笔中指出："虚构是掩盖深刻真理的谎言；虚构是不曾有过的生活，是一个特定时代的男女渴望享有但不曾享有，因此不得不编造的生活。虚构不是历史的画像，确切地说是历史假象的反面，或者历史的背面；虚构是实际上没有发生的事情，而正因为如此，这些事情才必须由想象和话语来创造，以便安抚真正生活难以满足的野心，以便填补男男女女在自己周围发现并且力图用自己制造的幻影充斥其间的空白。"（〔秘鲁〕巴·略萨：《中国套盒——致一位青年小说家》，赵德明译，百花文艺出版社，2000，第5～6页）

② 王央乐：《〈仇与情〉：前言》，载乔治·艾略特《仇与情》，人民文学出版社，1988，第2～3页。

二　历史小说文类研究维度之二：“时代性”

由历史小说文类通约程序中时距采纳程序衍生的历史小说文类研究第二维度即时代性维度。所谓时代性维度指向的是历史小说对当下社会的反映，即社会意义。这也是不同形态历史小说都要处理的问题。

黑格尔曾说：“这些历史的东西虽然存在，却是过去存在，如果它们和现代生活已经没有什么关联，它们就是不属于我们的。”[①] 因此，历史小说与当下社会有着密切的关系。书写过去，意在当下。这是由时距采纳程序造成的历史小说文类的主要特征。博卡尔迪曾对斯坎伦将历史小说时距设定在较近年代的做法颇为不满，因为这些小说中事件的结果仍然悬而未决（indecipherable），历史小说于是就失去了其最重要的特征——回顾（retrospection），以及削弱了小说本身所具有的双重因素——书写时间（the present）和背景时间（the past）之间的张力。[②] 这也就是弗莱希曼所说的司各特“60 年时距小说”具备的双重特征：“既介入过去——时常达到关于过去生活的内在之感（an entry into the past）；又从现在的特殊视角出发，连贯地阐释过去（a coherent interpretation of that past from a particular standpoint in the present）。”[③]

博卡尔迪和弗莱希曼从时距问题引申出的是一个有关历史小说同现实世界的关系问题，也就是本书所说的时代性维度。童庆炳曾论述过“历史”与“现在”的“异质同构”性：“历史与现在是在不同的时间点上，过去有过去的生活，现在有现在的生活。这两种生活可能是异质的，但它们又可能会有相同的结构。”[④] 正是在“异质同构”的基础上，人们才会从历史中寻找处理当代社会矛盾和问题的智慧，也就是人们常说的“以史为鉴”。因此，在时代性维度中本书所要讨论的重点是不同时期、不同形态的历史小说如何处理同当下社会和个人的关系。

---

① 黑格尔：《美学》，第一卷，商务印书馆，1979，第 346 页。

② Mariadele Boccardi, *The Contemporary British Historical Novel: Representation, Nation, Empire*, Palgrave Macmillan, 2009, p. 5.

③ Avrom Fleishman, *The English Historical Novel: Walter Scott to Virginia Woolf*, Baltimore and London: The Johns Hopkins Press, 1971, p. 24.

④ 童庆炳：《历史题材文学创作重大问题研究》，经济科学出版社，2011，第 22 页。

三　历史小说文类研究维度之三："个人与历史的关系"

由历史小说文类通约程序之主体建构程序衍生的历史小说文类研究的第三个维度即个人与历史的关系维度。如果说历史撰述描写的主要对象是历史事件的话，那么历史小说作为虚构艺术的一种，其描述的主体则是形形色色或虚构或真实的个人。这些人物可能是作者虚构的、没有历史记载的普通人，亦可能是经过艺术加工的著名历史人物。他们同史料素材发生关联，构成了历史小说创作的主体。

虽然主体建构是历史小说文类的通约程序之一，但伴随着文类规范程序的变迁，不同形态的历史小说对主体建构的方式也在逐渐发生变化。传统客观主义史观下作家对历史个体的塑造自然同后现代多元史观下叙写个人历史的方式有差异，而造成这种差异的根本原因还是书写历史的个人，即作家对待历史的态度发生了变化。毋庸置疑，历史是人的思想和实践活动遗留的轨迹。在历史活动中，人是历史实践的主体，也是历史实践改造和认识的主体。通过实践活动，人不断地创造历史、改造自然。与此同时，人也在不断地认识历史、认识自身。何西来曾在《文学中历史的主体意识》一文中将人对历史的"认识、体验、把握、领悟以至直觉等称为历史意识"，[1] 并指出历史意识具有主客观两个方面的意义："一方面它是被意识到了的历史存在、历史规律等；另一方面它又是人对自身在历史运动中的价值、地位、作用和意义的一种自觉，即历史的主体意识。"[2] 正是这种主体意识导致了小说人物与历史之间关系的变化。因此，在历史与人的两大艺术空间建构过程中，历史小说中的个人与创作历史小说的个人都是本研究所要关注的对象。他们同历史素材之间关系的变化反映了历史小说文类主体建构方面的演变轨迹。

---

[1] 何西来：《文学中历史的主体意识》，《人民日报》1986 年 10 月 13 日，第 7 版。

[2] 同上。

第二章

文类建构：历史的真实与小说的虚构

英国历史小说文类研究的首个维度，即真实性和虚构性维度，是由文类通约程序中的史料运用程序和历史想象程序衍生而来。这一维度面向的是历史小说文类建构方式的研究。毋庸置疑，虚构和想象是文学艺术的共同特征，但历史题材文学的独特性在于它又必须和史料发生一定的关联。这就造成了历史小说文类本身的矛盾性。如何将历史真实同想象虚构相结合？特别是在当代，当历史真实是否存在都受到质疑的时候，小说家又是如何面对历史的？很显然，不同形态的历史小说对于这对矛盾有着不同的处理方式，而其中的差异或许就是造成历史小说文类发展过程中起承转合的重要因素。

历史小说中真实和虚构矛盾的源头可追溯至两千年前。古希腊哲学家亚里士多德（Aristotle）在《诗学》（*Poetics*）中对诗人和历史学家之间的区别有如下著名的表述：

> 诗人的职责不在于描述已经发生的事，而在于描述可能发生的事，即根据可然或必然的原则可能发生的事。历史学家和诗人的区别不在于是否用格律文写作，而在于前者记述已经发生的事，后者描述可能发生的事。所以，诗是一种比历史更富哲学性、更严肃的艺术，因为诗倾向于表现带普遍性的事，而历史却倾向于记载具体事件。①

简言之，"历史为一本记述已发生之事的'流水账'。历史学家的任务是

---

① 〔古希腊〕亚里士多德：《诗学》，陈中梅译注，商务印书馆，1996，第81页。

按年代把一段时间内发生的事情全部记下来，而诗人的任务是模仿完整的行动"。① 亚里士多德做出的这种二元区分不仅强调了诗的崇高地位，也对诗人和历史学家的主要任务进行了分工，二者各司其职，界限分明。然而，也正是这种颇为权威的划分，将后来的历史小说文类带入了尴尬的境遇。由于历史小说兼容了历史的真实和小说的虚构，其"杂交"的性质一直备受历史学家和小说家的联合攻击，左右不讨好。我们时常可以听闻历史学家对历史小说（或者其他历史艺术作品，如影视、戏剧、诗歌等）进行诸如"篡改历史""不符合历史真实""戏谑历史"等声讨，亦可以看到小说家对历史小说中"过于注重史实""内容生涩无趣""想象成分缺乏"等进行批评。这种双重批判对历史文学作品的创作提出很高的要求，导致创作出让史学家和小说家都称赞的历史小说成为对于历史小说家来说并不容易实现的目标。

实际上，上述对于历史小说批评的出现恰恰提醒了研究者针对历史小说研究所应持有的立场和态度。作为虚构的艺术作品虽然在传播历史知识上有明显的受众效果（如《三国演义》），但也不可同专门的史料撰述相提并论，因此不能当作历史来研究；同样地，在史学理论的领域讨论历史小说的真实性问题也不恰当，特别是在历史文本性和虚构性被不断提及的当下，以一种虚构挑战另一种虚构本身就是一种悖论。因此，这就需要本书在研究中还原历史小说的文学属性，站在文学艺术的立场上观测历史小说对真实性问题的处理，避免不必要的纷争。

根据《牛津英语词典》（*Oxford English Dictionary*），"历史"（History）一词有两种意义：一是指过去的事件及相关的理念（past events and related senses）；二是指对于过去事件或现象的叙述、再现以及研究（senses relating to the narration, representation, or study of events or phenomena）。19 世纪英国著名历史学家爱德华·詹克斯（Edward Jenks）也做出过类似的表述："'历史'（history）有两层意思，要么表示对过去事件的记录（the record of the past），要么表示事件本身（the events themselves）……描述静止不变的状态

---

① 〔古希腊〕亚里士多德：《诗学》，陈中梅译注，商务印书馆，1996，第83页。

不属于‘历史’的范畴，因为生活不是存在（being），而是一个过程（be-coming）。"①

由此可见，"历史"一词具有本体论和认识论的双重意义，既表示已经发生的事件本身，也含有对事件的认识。在兼顾此两种意义以及在朱光潜"物甲－物乙"②命题的启发下，童庆炳提出了"历史1"、"历史2"以及"历史3"的概念："历史1"指的是"原本的客观存在的真实的历史存在""不能夹带主观成分，是历史现场的真实，因而几乎是不可完全复原的"；"历史2"指的是对历史的撰述和记载，属于历史学的范畴，但"那里面的历史事实，不完全是历史事实，已经加入了历史学家的主观成分的过滤……甚至其中也起码有细节和情节的虚构等"；"历史3"则指作家在"历史2"的基础上再次进行加工，将艺术创作融入历史语境，是历史文学所要达到的艺术理想，即"历史真实与艺术真实的统一"。"真正的历史题材的文学创作实际上是从‘历史2’开始，通过艺术加工，然后才会变成文学作品。"③

上述划分清晰地点明了历史文学创作的起点（"历史2"）和目标（"历史3"），以及历史文学中所谓的"历史真实"④ 和艺术虚构的结合方式，不仅强调了历史小说的文学本质（"历史3"），避免了因站在不同领域而引起

①　Edward Jenks, "History and the Historical Novel," *The Hibbert Journal*, 1932, January, pp: 325 – 344.

②　朱光潜在1957年出版的《美学怎样才能既是唯物的又是辩证的》（作家出版社）一书中批判了蔡仪在进行审美批评中所出现的片面性、机械性和教条性。他指出，蔡仪混淆了"物"与"物之形象"的概念，从而导致其没有认清美感的对象。"物"是第一性的，"物之形象"是第二性的；若前者被称为"物甲"，后者则可被称为"物乙"。"物甲"是自然物之物，"物乙"则是由"自然物的客观条件加上人的主观条件的影响而产生的"，因此是社会之物。美感的对象应是"物乙"，即根据自然之物产生的社会之物，而非"物甲"，即自然物本身。

③　童庆炳：《历史题材文学创作重大问题研究》，经济科学出版社，2011，第69～72页。

④　我们一般所说的"历史真实"指的是原本发生的、客观存在的历史事实，即历史发生的当下现场（"历史1"）。这一原初的历史现场无人知晓，因此绝对的历史真实无人能及。我们所能够获得的"历史真实"是来自后人对于历史现场的记述（"历史2"），而这一记述中已经不可避免地掺杂了记述者本人的道德倾向、价值判断以及意识形态等主观因素，已非绝对客观的历史真实。历史小说创作的开端是由"历史2"开始，而非"历史1"，是在对"历史1"加工之上的再加工。因此，本章所谈论的历史小说在"真实性和虚构性"维度上的不同处理方式，实际上谈的是"历史2"与艺术创作的关系。

的争议，也为研究者表述不同的历史概念提供了便利。不过，这种划分针对的研究对象是中国历史文学，且"历史 3"含有"历史真实与艺术真实的统一"之意，代表了"艺术加工进入历史语境而又合情合理"[1]，而对于"'历史 2'能否真正反映'历史 1'""'历史 2'是否真实可信"等后现代历史观质疑的问题，至多有对"史书不完全是客观的，里面夹带了主观成分"的承认，[2] 或者"对于史书的记载，不能不信，又不能全信"的提醒。[3] 或许，对于中国历史题材文学的创作而言，"历史 3"的确是历史文学创作的最高宗旨，但对于英国历史小说来说，文类的三种形态由于受不同时期史学、文学思潮的影响，历时性变化十分明显。为表述方便，本书采用此处对"历史 1"和"历史 2"的划分，但根据具体的研究对象，需对"历史 3"进行改造：在本书中，"历史 3"是小说文本中的历史，它融合了"历史 2"和艺术想象，属于文学范畴的历史，但它同"历史 2"之间的关系则需要在研究中逐步阐明。因此，本章在英国历史小说真实性和虚构性维度上的研究具体落实为这一关系在历史小说文类发展中的演变。

第一节　　"历史 2"优先原则之下的合理想象

首先来讨论 19 世纪传统英国历史小说中"历史 3"和"历史 2"之间的关系问题。历史小说中"史料运用"这一通约程序决定了其必定和史料（"历史 2"）发生关联，而史料的撰述很大程度上受到当时所盛行的史学认识论的影响。换句话说，史学认识论的发展同历史小说的创作密不可分，它决定了"历史 2"对待"历史 1"的态度、小说家对待"历史 2"的态度，继而反映了历史小说对待"历史真实"的态度。因此，在进入文本分析之前，十分有必要对西方历史编纂学的发展做简要的梳理，以便更清晰地展示英国传统历史小说中"历史 3"的面貌。

---

[1] 童庆炳：《历史题材文学创作重大问题研究》，经济科学出版社，2011，第 69 ~ 72 页。
[2] 同上书，第 77 页。
[3] 同上。

一　追溯客观求真的史学传统

虽然早在希腊史学诞生之前，人类就已经开始用文字记述过去的事情了，但古典史学的起点普遍被视为古希腊时代。古希腊三大史家之一修昔底德（Thucydides，约公元前 460～公元前 395）① 对历史学家特殊性的强调和亚里士多德对诗人和历史学家的区分不谋而合。他认为，诗人常夸大主题的重要性，而散文编年史家注重引起读者的兴趣，并不在乎事情的真相。他们的可靠性都是经不起检验的。② 历史学家则不能如此。他必须"对过去特别是历史事件及其环境条件有一个清晰的概念"，③ 要尽量准确无误地陈述历史事件的发生过程。因此，修昔底德十分注重实地考证、鉴别资料的真伪，他的写作均基于对第一手资料如信件、官方记载、访谈等的整理。④ 在其代表作《伯罗奔尼撒战争史》（*History of the Peloponnesian*）中，修昔底德"确定了一个原则"，即"不要偶然听到一个故事就写下来，甚至也不单凭我自己的一般印象作为根据；我所描述的事件，不是我亲自看见的，就是我从那些亲自看见这些事情的人那里听到后，经过我仔细核过了的"。⑤ 这种客观真实的追求甚至让修昔底德具备了 18 世纪唯理论者的怀疑态度，他被推崇为"世界上第一位具有批判精神和求实态度的史学家"，⑥ 也被看作"学术历史之父"（the father of scholarly history）。⑦ 到了罗马统治时期，波利比阿（Polybius，公元前 204～公元前 122）开始正式采用编纂的方法撰写历史。他也

① 另外两位分别为希罗多德（Herodotue，约公元前 484～公元前 425）和色诺芬（Xenophon，约公元前 430～公元前 350）。希罗多德的《历史》（*The History*）被视为西方最早的历史著作，是西方古典史学的开端。

② 〔古希腊〕修昔底德：《伯罗奔尼撒战争史》（上册），谢德风译，商务印书馆，1985，第 17 页。

③ 汤普森：《历史著作史》（上卷），第 1 分册，谢德风译，商务印书馆，1996，第 30 页。

④ Robin S. Doak，*Thucydides：Ancient Greek Historian*，Minneapolis：Compass Point Books，2007，p. 13.

⑤ 〔古希腊〕修昔底德：《伯罗奔尼撒战争史》（上册），谢德风译，商务印书馆，1985，第 17～18 页。

⑥ 何平：《西方历史编纂学史》，商务印书馆，2010，第 16 页。

⑦ Robin S. Doak，*Thucydides：Ancient Greek Historian*，Minneapolis：Compass Point Books，2007，p. 13.

强调，求真是历史学家的第一要务，历史学家必须秉公明证，摒弃个人的成见和党同伐异的态度，通过采阅大量的文献得出正确的结论。

希腊史学是整个西方史学的基础，它发展了初步的历史批判方法，提出以求真探索的精神为史学家第一要务。从希罗多德的《历史》，到修昔底德对客观和真实的强调，再到波利比阿"剪刀加糨糊"的文献整理方法，古希腊历史学家"在史学上求真探索的精神，不仅为古罗马史学家及后世史家所继承，而且为西方近现代史学奠定了坚实的基础"。① 自此之后，批判求真精神一直贯穿于西方史学发展的漫长过程中，成为一项重要的传统延续下来。

公元 5 世纪，罗马帝国的衰落让古典史学的人本主义观遭受了严峻的挑战。既然盛极一时的辉煌帝国也避免不了灭亡的事实，那么决定历史变化的力量或许就不是由人的因素决定的。继而，中世纪的欧洲进入了神学史观的统摄领域。整个中世纪的历史编著，几乎都为僧侣或教徒所撰写。中世纪的历史编纂者不再将客观的历史事实视为历史编纂的重要原则，取而代之的是对圣经信仰的符合。在此信仰下，历史学家曲解历史事件的情况比比皆是。因此，在"黑暗时期"蒙昧主义和禁欲主义的禁锢下，相比希腊、罗马时期的史学来说，中世纪的史学明显是落后的。

文艺复兴运动打破了中世纪的漫漫长夜，人类迎来了近代文明希望的曙光。这个时期的自然科学"反对以唯心主义为指导的伪科学，努力创造以唯物主义为指导的自然科学方法论"。② 旧的基督教人类史理论开始遭到普遍怀疑，神学统治下的先验历史观开始式微。古典历史编纂的方法和理念重新回到了历史编纂的领域，人类的精神开始走向世俗化。以人文主义为核心理念的史学开始同神学决裂，人在历史上的地位得到了恢复，这一时期的历史编纂也围绕人们的世俗生活展开。

然而，这种史学世俗化的运动在 16 世纪宗教改革运动中被迫中止。改革中，新教与旧教的纷争将史学编纂的重点转移到宗教神学上来的同时，也暴露了基督教史学理论的种种弊端，为近代史学的发展进一步扫清障碍，最

---

① 张广智：《西方史学史》，复旦大学出版社，2012，第 67 页。
② 全增嘏：《西方哲学史》（上册），上海人民出版社，1983，第 376 页。

终迎来 17 世纪史料编纂的繁盛时期。宗教纷争让馆藏的大量文献手稿流入民间，直接导致了文献编纂的空前繁荣。16 世纪后半期到 18 世纪初是西方历史学的博学时代。博学派非常重视史料的搜集、整理和出版工作，他们的著作为后世史学家的研究提供了重要的参考文献。博学时代史料整理和编纂的空前繁荣被视为科学的历史研究开端。①

与此同时，基督教历史观的失范也让博学时代的历史认识论有了明显的改变。哥白尼（Copernicus）的日心说、笛卡尔（Descartes）的史学批判原则、培根（Bacon）的经验主义认识论等科学、哲学上的重大见解让史料重新回归批判求真的传统。对此，笛卡尔提出的历史编纂三原则很有代表性：第一，任何权威都无法让我们相信不可能发生的事情；第二，不同权威之间必须和谐相处、互不矛盾；第三，记录的资料必须通过非文字的证据加以验证。②

进入 18 世纪，欧洲历史学在继承人文主义史学的基础上，依凭声势浩大的启蒙运动获得了长足的进步。有学者指出，西方史学由传统步入近代的开阔的大关键，第一幕是文艺复兴运动，第二幕是启蒙运动。③理性是 18 世纪的汇聚点和中心，它表达了该世纪所追求并为之奋斗的一切，表达了该世纪所取得的一切成就。④ 理性主义是启蒙运动的标签，在此影响下的理性主义史学反对宗教神学，向中世纪基督教历史编纂学发起了猛烈的攻击。受到 17 世纪自然科学革命的鼓舞，孟德斯鸠（Montesquieu）、伏尔泰（Voltaire）、休谟（David Hume）、吉本（Gibbon）、康德（Kant）等启蒙运动时期的历史学家、思想家向中世纪教会史学发起全面挑战。他们将理性主义和批判精神带入历史的写作，视"理性"为批判历史价值的重要尺度，强调历史知识的客观化、实证化和科学化。他们批判中世纪史学不尊重客观事实，为了宗教旨归任凭史学家在史料中掺杂神话、传说等荒诞不经的素材，用超自然意志

① 何平：《西方历史编纂学史》，商务印书馆，2010，第 85 页。
② R. G. Collingwood, *The Idea of History*, Beijing: Chinese Social Science Publishing House, 1999, p. 62.
③ 何兆武：《对历史的反思》，载〔美〕唐纳德·R. 凯利《多面的历史：从希罗多德到赫尔德的历史探询》，陈恒、宋立宏译，生活·读书·新知三联书店，2003，第 3 页。
④ 〔德〕E. 卡西尔：《启蒙哲学》，顾伟铭译，山东人民出版社，1988，第 4 页。

取代事物发展的客观规律。理性主义史学主张"以清晰的笔法记载确凿可靠的历史事件",认为历史写作"应当促进人类精神和文明的发展,担当起启迪理性,揭露黑暗、迷信、愚昧和偏见,推动人类社会进步的任务"。①

18 世纪的理性主义历史观虽然很大程度上抵御了中世纪宗教神学对历史科学化的侵蚀,但总的说来还是由唯心主义统摄。思想意识的作用被过分夸大,理性的力量被过度强调。直到 19 世纪,西方史学才正式进入科学化的流程。19 世纪成为"历史学的世纪"。经历了 18 世纪理性主义思潮的洗礼,此时的西方历史学已经抛开了同文学牵扯不清的混沌身份而发展成为独立的学科门类,跃居人文学科之首,实现了同其他显学分庭抗礼。伴随着身份界限的厘清,学科的专业性质也得到了进一步的强化。无论是国民教育中历史课程的设置,历史学专门人才的培养,历史相关学科,如考古学、人类学的发展,还是历史学专门性书籍和期刊的出版,都颇具规模,呈现一派欣欣向荣的繁盛景象。

另外,由修昔底德开创,尼布尔(Barthold Niebuhr)、洪堡特(Wilhelm von Humboldt)发展的客观主义史学传统在 19 世纪得到了最大程度的发扬。爱德华·卡尔(Edward Hallett Carr)指出:

> 19 世纪是一个注重事实的伟大时代。《艰难时世》中的葛林根(Gradgrind)说,"我想要的是事实……生活中仅需事实"。19 世纪的历史学家基本同意他的观点。19 世纪 30 年代,兰克反对将历史道德化,提出历史学家的人物仅仅是展示事实而已。这句并不深刻的格言却获得了惊人的成功。……实证主义者宣称历史是一门科学,并对这种事实的崇拜产生了巨大的影响。实证主义者说,先确认事实,然后从事实中得出结论。②

兰克(Leopold von Ranke)是 19 世纪德国著名的历史学家,也是近代客观主义史学思想集大成者。他致力于研究古希腊特别是修昔底德的著作,认

---

① 何平:《西方历史编纂学史》,商务印书馆,2010,第 106 页。

② E. H. Carr, "What Is History," http://vidyardhi.org/Resources/books/historycarr.pdf.

为其中所体现的客观求真的精神实为史学的重要目标。因此，在其代表作《拉丁和条顿民族史》（又译《1494 年至 1514 年罗曼与日耳曼各族史》，*History of the Latin and Teutonic Nations from 1494 to 1514*，1824）中，他决心"避免一切虚构和幻想而坚持写真实"，以"一丝不苟地描绘"、"不偏不倚的概述"以及"不动情感的语调"来"说明事实的真实情况"。① 虽然他也承认，要想完全描述历史真实是不可能的，但是他的最终目的只是要尽量"说明事情的真实情况"，以旁观者的姿态不偏不倚地书写历史，即"如实直书"。这也宣告了客观主义史学观的宗旨。此后，兰克的弟子及再传弟子所形成的名噪一时的兰克学派便把"如实直书"四个字奉为圭臬，摒弃个人的偏见，努力完善客观性和科学性的研究原则。

总体来说，兰克学派的思想主要有三点：第一，强调历史知识是独立于历史学家意识之外的客观存在，历史学家在编史过程中不能带有个人偏见，要以公正不阿的态度书写历史，保障历史著作的真实性；第二，要找寻可靠的资料，采用原始资料而非转手的资料进行编撰；第三，要判断资料中主观部分和客观部分，并将后者剔除，懂得批判性使用史料。

此外，兰克提出的"内证"与"外证"相结合的史料批判方法也规范了历史文献的使用原则。所谓的"内证"，是指考量的是文献史料的可靠性同文献提供者之间的关系。这里涉及文献提供者的生活背景、心理状况、性格嗜好、书写目的等方面的考察，并以此来确保史料的可信度。比如，有的人书写历史是为了抨击某些人，有的人是为了以史为鉴，有的人则是为了重新划定既成的事实，等等。这些都影响史料的真实性。而所谓的"外证"，则是指通过史料中表现出的文本特质，如语法、体例、版本等来确定史料是否符合生成年代的文本规范，从而判断史料的真伪。这种对史料近乎偏执的要求使精确性和真实性成为重要的史料评判标准。

兰克对剥离虚构的事实真相的追寻，影响了整个 19 世纪历史编纂学的发展，也让"真实性"程度的高低成为 19 世纪读者评判历史作品价值优劣

---

① 〔英〕乔治·皮博迪·古奇：《十九世纪历史学与历史学家》，耿淡如译，商务印书馆，1989，第 178～179 页。

的主要标准。虽然这一标准遭受了一定的质疑和挑战,[①] 但并未消减其巨大的影响力。诚如豪斯曼(Alfred Edward Housman)所说:"精确是职责,不是美德。"[②] 这种对历史真实的不断追寻已经"成了一种极具蛊惑力的魔咒,促动着无数史学工作者为之奋斗"。[③] 由此可见,求真探索精神作为西方史学自古希腊以来的重要传统一直在历史编纂过程中保持着主导地位,其重要性在19世纪达到顶峰,成为历史编纂的重要宗旨。而在这一时期问世的历史小说,由于其同史料撰述之间存在必定的关联,也不可避免地受到史学认识论的影响,继而表现出近似的处理史料的态度。

二 英国传统历史小说家处理史料的三种态度

通过以上分析可知,西方史学客观求真的认识论直至19世纪都未曾受到严重的质疑,并且一度成为历史编纂的宗旨。因此,相应地,历史小说家对待"历史2"也表现出了肯定、自信和谨慎的态度。他们将"历史2"视为文学创作的起点,并同历史学家一样,力图在作品中展现一个真实的历史世界。

1. 肯定的态度

兰克时代提倡"如实直书"鼓励历史学家只要秉持客观公正的求真态度、皓首穷经地广泛查阅资料,就能够最大限度地接近历史真实。因此,传统的历史学家需要"与社会压力或政治影响隔离,避免党派偏见,不会在相异的结论之间摇摆不定"。[④] 这种对史学家客观求实责任的规定,一方面表明了传统史学对史料真实性的肯定,另一方面也承认了历史真实的可接近性。同样,传统历史小说家承认历史撰述的合法性,肯定"历史2"的真实可信

---

① 这种质疑的声音主要来自麦考莱(Thomas Macaulay)和卡莱尔(Thomas Carlyle)等浪漫主义史学家。相对于兰克,浪漫主义史学家更注重在记述历史的过程中融入个人情感,让历史研究不再是枯燥生硬的文字记述,而是文笔优美、充满炙热感情的文学作品。因此,麦考莱和卡莱尔等人反对兰克为追求客观真实而放弃个人情感的做法,提出应该用真挚的情感追求历史真实。

② E. H. Carr, "What Is History," http://vidyardhi.org/Resources/books/historycarr.pdf.

③ 张广智:《西方史学史》,复旦大学出版社,2012,第67页。

④ Peter Novic, *That Noble Dream: The "Objectivity Question" and the American Historical Profession*, Cambridge University Press, 1988, p. 2.

及其对"历史 1"的反应能力，因而在小说中"强调历史真实及历史本质的真实，并将之作为对历史小说本质上的规定"。[①]"历史真实"成为小说的本质既表明了史料对小说人物、情节、事件等关键因素的统摄和指导作用，也明确了"极大地再现历史真实"是小说创作的重要目标。

在此目标下，几乎每一位历史小说家在创作之前都为不断接近历史真实而经历了漫长而细致的资料搜集和整理过程。他们对历史撰述进行阅读、甄选与提炼，从中汲取素材和灵感，甚至到实地考察取证，以期再现真实的历史语境。例如，《艾凡赫》中主要人物想象来自沙朗·特纳（Sharon Turner）的《撒克逊人史》（*A History of the Anglo-Saxons*，1799），《双城记》取材于托马斯·卡莱尔（Thomas Carlyle）的《法国大革命》（*The French Revolution*，1837），艾略特则为创作《罗慕拉》而与刘易斯一起（G. H. Lewes）两次赴佛罗伦萨搜集材料，"所阅读过的各种历史文献达两百余种，留下的笔记就有数十本"。[②] 这些对于史料的频繁调用为的就是能保证小说中的历史细节有根有据，从而营造出逼真的历史场景和氛围，保持历史小说真实性的本质特征。

传统历史小说肯定"历史 2"的真实可信性并在搜集和阅读资料的基础上进行创作，导致小说的故事情节时常围绕史料中记载的重大历史事件或重要历史时期展开。比如，《罗比·罗伊》《威弗利》《雷特冈托利特》取材自1715 年和 1745 年的詹姆士党人叛乱，《中洛辛郡的心脏》将背景置于 1736年的爱丁堡波蒂厄斯暴动，《双城记》以法国大革命为背景，《巴纳比·拉奇》描述的是法国戈登叛乱、亨利·艾斯芒德一生的命运受到威廉三世和安妮女王统治下政治和宗教事件的影响的故事，《罗慕拉》则关注了欧洲社会文艺复兴时期从中世纪向人文主义社会过渡的转折时期，等等。

除此之外，有历史记载的著名人物的参与，也是传统历史小说肯定史料真实的表现。几乎每一部司各特小说都有历史著名人物的倾力加盟：从中世纪的狮心王理查，到斯图亚特王朝的詹姆士一世、查理二世、安妮女王，再

---

① 王建平：《美国后现代小说与历史话语》，中国人民大学出版社，2012，第 13 页。
② 毛亮：《历史与伦理：乔治·艾略特的〈罗慕拉〉》，《外国文学评论》2008 年第 2 期，第95 页。

到文艺复兴时期的伊丽莎白女王等。这些人物的出场使妙趣横生的故事浸润了鲜明的时代感和厚重的历史感，描绘出一幅幅波澜壮阔、栩栩如生的历史画卷。在很多情况下，传统小说家对于这些著名人物的描述基本符合史书的记载。① 也许作家在人物的性情、经历、逸事等一些"软件"上有艺术加工，但对一些既定的历史事实，如生卒年月、政治立场、军事决议等一些"硬件"则一般采取遵循的态度，没有明显的篡改意识。比如，《罗慕拉》中佛罗伦萨的精神和世俗领袖萨福纳罗拉（Girolamo Savonarola，1452 ~ 1498）就是作者对其生平经历严格考察的结果。虽然萨福纳罗拉和蒂托跨越了真实和虚构的界限并发生了关联，其中融入了作者对欧洲文艺复兴时期和维多利亚时期精神处境的思考，但小说中对萨福纳罗拉主要宗教思想和政治经历的描写同罗贝托·里多费（Roberto Ridolfi）的《萨福纳罗拉传》（*Vita di Girolamo Savonarola*，1952）并无二致。

---

① 事实上，传统历史小说家也不是在所有的情况下都严格遵从史料的记载。兰克就发现在阅读司各特小说中经常会被"冒犯"（offended），因为作者似乎"故意地"（knowingly）制造一些历史描述甚至是历史细节，"完全同历史证据相反"（Ann Curthoys & John Docker, *Is History Fiction？* Sydney：University of New South Wales Press, 2010，p. 62）。他表示无法接受这种非历史的（unhistorical）表述形式以及相信这些描述的行为。因此，他坚信历史资料本身比浪漫小说更优美、更有趣，并且决心在自己的著作中杜绝想象，保持对历史事实严格的遵循。不仅如此，兰克还特别指出了《昆汀·达沃德》中的路易十一和大胆查理的情况就与事实完全相反。他将小说中的描述同康明（Philippe de Commynes）的《回忆录》等文献进行比对后认为，作者笔下的人物同史料记载的人物形象有很大差别，这可能会导致读者对那段历史的误解（Leopold Von Ranke, "*Antobiographical Dictation,*" *The Secret of World History*, edited by Roger Wines, New York：Fordham University Press, 1981，pp. 37 - 38）。再比如，虽然传统历史小说大部分都严格按照时间的线性发展进行叙述，但其中的年代错误屡见不鲜，像《亨利·艾斯芒德的历史》中的真实历史人物史迪克（Richard Steele）参加军队的时间应在 1694 年前后（George A. Aitken, *The Life of Richard Steele*, New York：Haskell House Publishers, 1889，p. 43），而萨克雷却将年代设定在 1960 年，此处出现了明显的时代错误。对于这样的情况，笔者认为，此处不应忽略作为文学艺术的历史小说与作为科学的历史知识之间的区别。小说的虚构本质是允许作者在史料的基础上进行加工再创造的。只不过这种加工再创造经常发生在史料记载的"暗区"或"缝隙"中，再或者是基于人物人格品性和生活经历的想象。这种想象属于可以接受的、合理的艺术创作范畴。例如，在我国古代历史小说《三国演义》中，针对曹操杀吕伯奢全家的故事情节就有很多质疑，其具体细节的可信性遭到很多评论家的抨击。然而，曹操生性多疑、品行暴烈、行为果断，他有此举动完全在情理之中，小说完全可以对其行为进行合理的艺术想象。类似于这样的情节虚构和时间错误与 20 世纪故意暴露虚构的后现代自指性小说有本质的区别，因为传统小说的历史谬误极少是针对历史知识本质的质疑。

　　除了这些在史料中有迹可循的著名历史人物，对于小说中一些名不见经传的小人物，读者也能在各类记载中找到其原型。比如，《艾凡赫》中丽贝卡的原型是同样博爱仁慈、颇受尊敬的犹太女性丽贝卡·格雷兹（Rebecca Gratz，1781～1869）。据载，1817 年，华盛顿·欧文（Washington Irving，1783～1859）同司各特会面时透露了他对格雷兹的钦佩和赞美，司各特便在脑海中勾勒出了丽贝卡的文学形象。① 现实中的格雷兹出于对宗教的虔诚而未能嫁给基督徒，虚构的丽贝卡也重复了同样的命运。虚构和现实实现了一致，这样丽贝卡的文学形象颇为真实可信。再比如，《中洛辛郡的心脏》中女主人公珍妮·迪恩斯取材于现实中同样坚毅果敢的女性海伦·华克（Helen Walker）。珍妮为救妹妹徒步跋涉到伦敦求得皇家赦免的行为与现实中海伦的经历如出一辙，使读者信服。

　　当然，在"历史 2"的基础上进行艺术加工，并不意味着小说的人物和事件均要有理有据、出处明确。事实上，传统小说中违历史记载、逆历史潮流情况时有发生。比如，《艾凡赫》中，以卡洛克为首的绿林好汉频繁现身于故事发展的关键时刻，他们惩恶扬善、明辨善恶，数次帮助撒克逊人脱离险境，为小说增添了传奇和浪漫色彩。然而根据资料记载，直到 15 世纪早期英国才出现有关罗宾汉的四行诗歌。② 在此之前他们只存在于民间口述和歌谣中，确切出现年代不详。可在司各特小说中，生存于历史缝隙中的罗宾汉登上了 12 世纪撒克逊与诺曼人斗争的舞台，这恰是作者对史料调用和艺术虚构自信的表现：在约翰亲王和诺曼人的联合镇压下，民生疾苦、家国哀愁，而像绿林好汉这样行侠仗义、劫富济贫的肝胆勇士出现在这样的历史时刻必然是合情合理、真实可信、完全有可能的。这也表明，传统历史小说家对"历史 2"的遵从并不意味着其艺术创作一定要依据史书记载的具体事件和人物进行想象，而可以是对当时整个社会历史的想象。换言之，史料撰述仅是"历史 2"狭义的等同物，它广义的内涵则可以由点及面波及整个社会的历史状况、意识形态、生活习俗等宏大的历史场景。在承认这种内涵的前

---

① Judith Mindy Lewin，"Legends of Rebecca: Ivanhoe, Dynamic Identification, and the Portraits of Rebecca Gratz，" *A Journal of Jewish Women's Studies & Gender Issues*，2006（10），pp：178–212.

② http：//en. wikipedia. org/wiki/Robin_ Hood.

提下，小说中人物行动的动机并非来自小说家本人的主观意愿，而来自他/她在"历史2"的基础上，对当时社会历史发展运动的理解和认知。人物行动的动机隐藏于社会发展过程之中，是历史发展的结果。

2. 自信的态度

传统历史小说承认"历史2"的真实性，依照"历史2"进行创作，并且在"历史2"的制约下进行想象，这就意味着历史感的构建成为小说创作所面临的重要任务。对于传统小说家来说，19世纪盛行的客观主义史学认识论和欧洲小说兴起时形成的时空观为历史感的生成和顺利传达提供了有力的支持。

19世纪客观主义史学认识论认为，事件的意义仅凭事件本身就可凸显，无须人为地做出多余的解释。只要能够列出尽可能丰富而精确的实证资料，人们就能达到历史的真实。尼采对这种认识论曾做出过形象的表述：

> 事实上，客观的人是一面镜子：习惯于服从他想要知道的每一件事，希望只是知道它并反映它，他等待着，一直等到有些事情出现了，他才敏感地把自己这面镜子展开，即使那些精灵的轻微的脚步和一闪而过的动作也不至于在他的表面和底片上消失。无论他还具有什么样的"个性"，对他来说似乎都是一种妨碍。[①]

尼采所说"客观的人"其实就是"工具化的人"，其仅负责反映既成的客观存在。19世纪，许多历史学家正是这样传递历史知识的"工具"，他们事无巨细地完善历史细节以期达到不断接近历史真实的目的。历史撰述对细节完善和精确的追求必然会影响到历史小说家以虚构的方式追求历史真实的手段。这种影响就表现在小说家时常因将历史细节作为历史感生成的重要因素而将其作为重点想象的对象，并自信地认为历史细节愈丰富，小说的历史感和历史真实性愈强。因此，读者在传统历史小说中时常可以体会到精致入微的细节描写，产生身临其境之感。比如，在《艾凡赫》中有一个经典的比

---

① 〔美〕卡尔·贝克尔：《什么是历史事实？》，载张文杰《历史的话语：现代西方历史哲学译文集》，中国人民大学出版社，2012，第286页。

武大会场景。仅仅对其中比武场地的描写，作者就引入了翔实的数据，对其的描绘可谓纤毫毕现、精益求精：

> 这块土地仿佛是专门为比武大会开辟的，四周向中间底部缓缓倾斜，并用坚固的栅栏牢牢围住，形成了长度为四分之一英里（约402米）、宽度为长度一半的空地。这块围起来的空地原先的形状是长方形，为了让观众能够更方便地看清比赛，四角休整得十分平滑。参赛者的入口处位于空地的南北两端，分别设有兼顾的木头门板，每一边都可以容纳两名骑士并肩入场。每扇门边都有两位指令官、六名吹号手、六名随从以及一位全副武装的士兵把守。他们负责维持赛场秩序和确定参加比武大会的武士的资格。[①]

如此，通过全知全能的叙事者的视角，一个中世纪风格的比武场景真实地呈现在现代读者眼前，历史感骤然而生。每一个精确的数字都仿佛一张邀请函，将读者引至五百年前的真实比武场景中，展示了作者再现历史的自信。

除了对场景风物的描写，传统历史小说对重要出场人物的描绘也力求准确精致，尽量通过想象还原历史长河中人物的具体形象，为历史书写的真实可信再加一个筹码。类似如下对人物出场形象的描绘在传统历史小说中俯拾皆是，生动反映了历史环境下典型的人文风貌：

> 他穿着一件灰色的紧身衣，猩红色的袖口处露出里面猩红色的衬衣。其余的衣服也是猩红色的，还没有忘记配上一双猩红色的长袜和一顶骄傲地插着火鸡羽毛的猩红色便帽。（戴维·格拉特莱《威弗利》）[②]
>
> 他身着一件草绿色的紧身外衣，袖口和领口镶嵌着昂贵的白鼬毛

---

① Sir Walter Scott, *Ivanhoe: A Romance*, New York: Bantam Dell, 1988, p. 66；中文译本参考自沃尔特·司各特：《艾凡赫》，徐菊译，长江文艺出版社，2011。以下引用只标注英文版页码，中文版不再标出。

② Sir Walter Scott, *Waverley*, London: Penguin Books, 1994, p. 97.

皮……在这件敞怀的紧身外衣里面是一件猩红色的内衣，紧紧贴在身上。他的马裤也是同样的猩红色，但长度没有覆盖到大腿的下部因此露出了膝盖。他的便鞋同农民的款式是一样的，但布料十分考究，鞋面上还嵌有金色纽扣。他的手腕上戴着纯金打造的镯子，脖子上也戴着同样贵重的宽大的金项圈。他的腰带上也镶有许多金饰，还配有一柄短而直的锋利的双刃剑，几乎垂直地挂在他的腿边。（塞德里克《艾凡赫》）①

她身着黑色天鹅绒的上衣，系着火红的锦缎裙子。手指上的戒指同班伯里的老妇人一样多；那双她得意炫耀的漂亮小脚上穿着绣着大朵金花的袜子，雪白的鞋子上带着猩红的鞋跟……（卡斯乌德子爵夫人三世《亨利·艾斯芒德的历史》）②

诸如此类对人物环境等小说要素细节的追究使小说家成功地将读者引入数十甚至数百年前的社会，以切身的实际感受体会时代差距所带来的情感冲击，实现了"历史 2"基础之上的艺术再加工。

还有，小说中精确的时间表达也在不断地催生强烈的历史感和时空感，诉说过去的真实。小说通过时间回溯强调历史发展的方式得益于欧洲文艺复兴之后现代时空观念在文学中的渗透。瓦特（Ian Watt）指出，现代时空观念的产生是小说兴起的重要原因。古希腊和罗马的文学和哲学深受柏拉图关于"形式"（forms）和"理念"（Ideas）概念的影响，认为"形式"和"理念"是世间具体事物的终极现实，它们是没有时间性（timeless）和永恒不变的（unchanging）。这种永恒性成为古代文化发展的基本前提。因此，古希腊罗马神话讲述的都是人类的共性和普遍永恒的道德真理，并未涉及有关时空变换产生的不同理念。这种永恒不变的时间观深刻影响着古代文学、中世纪文学以及文艺复兴时期文学的发展。比如，悲剧中的情节发展必须控制在一天之内的做法就否定了人类生活中时间维度的重要性。再如，莎士比亚受

---

① Sir Walter Scott, *Ivanhoe*: *A Romance*, New York: Bantam Dell, 1988, pp: 25 – 26.

② William Makepeace Thackeray, *The History of Henry Esmond*, Pemnguin English Library, 1970, p. 67；中文译本参考自萨克雷：《亨利·艾斯芒德的历史》，陈逵、王培德译，人民文学出版社，1984。以下引用只标注英文页码，中文版不再标出。

中世纪历史观的影响，认为无论是特洛伊还是罗马时期，金雀花王朝还是都铎王朝，任何时代同现在都没有大的区别，所有的故事都可以产生永久性的效果。因此，读者就看到《仙后》（*Faerie Queen*，1509）中的想象完全没有特定的时间和地点，班扬（John Bunyan）的英雄罗曼司中时间的维度也是模糊不清的。

随着现代时间观念的演进，人们逐渐产生了对过去和现在差异的认识。洛克（John Locke）将个人认同界定为持续时间中获得的一种意识，个人通过记忆过去的思想和行为来获得持续的自我认知。休谟（David Hume）继续了这种于记忆中获得个人认知的探索，他认为，如果没有记忆，我们就不会有因果关系的概念，也不会形成自我和个性的链条。这就表明，只有在特殊的时空环境下，理念才是特殊的，人才是个性化的，否则就是普遍的、一般性的（The characters of the novel can only be individualized if they are set in a background of particularized time and place）。①

时代差异的认识加之文艺复兴运动之后客观历史研究的形成使小说创作"打破了早期文学传统中用无时间性反映永恒道德真理的做法"。② 那种不考虑历史观点、对时间缺乏兴趣的古典文学逐渐被重视时空变换以及因此形成的个性差异的小说所取代，时间的线性发展构成小说形式的重要内容。小说文体对于现代时空观的承载，让 19 世纪兴起的历史小说具备了反映过去时代风貌的功能。因此，小说家不断地强调时空的回溯，强调历史的时间流变过程，意图营造一个特定时空下的真实世界。

总的说来，传统小说家对过去时间的强调主要有两种手段。其一是点名事件发生的确切时间和地点，将抽象的时间概念转化成具体的数字表达，直接将故事情节拉入过去的时代。只要读者略览一下 19 世纪几部著名的历史小说之开篇，就能发现其时空的回溯性有明显的体现：

（1）我们的故事时间可以上溯至理查一世统治的末期。（《艾凡

---

① Ian Watt, *The Rise of the Novel：Studies in Defoe，Richardson and Fielding*, Berkeley and Los Angeles：University of California Press, 1957, pp：17 – 24.

② ibid, p. 22.

赫》）

（2）这是我主耶稣纪元 1775 年。那天助之年，正如现时一样，英国信奉圣灵的启示。（《双城记》）

（3）1775 年，在埃平森林的边缘上，有一家叫作"五朔节柱"的客栈。（《巴纳比·拉奇》）

（4）1691 年，在卡斯乌德子爵四世弗兰西斯承袭了封号之后……（《亨利·艾斯芒德的历史》）

（5）五十多年以前，1492 年的仲春季节……1492 年 4 月 9 日清晨，这座回廊里面，有两个男人正在四目对视。（《罗慕拉》）

这种明确的时间表达方式直接让"历史 2"进入想象的文本，让历史润泽了虚构，保持了历史小说追求历史真实的本质。这是一种"封闭式"的时间追溯方式，即将故事情节置于特定时空下完整地讲述，用典型环境下的典型人物阐释历史进程。

同样有此功用的另一种手段可以被称为"断裂式"的时间追溯方式。作者通过打断叙事进程，不断向现代读者强调过去与现在的差异，让读者明确"我们现在讲的是一个过去的故事"。此处试举几例：

（1）"五朔节柱"客栈的旁边栽有一棵树龄不是很大的榉树作为酒店的标志，为的是让目不识丁的旅客知道客栈的位置（六十年前相当多出门旅行和待在家里的人都是文盲）。（《巴纳比·拉奇》）①

（2）虽然本故事发生的年代离现在并不算遥远，但若有一套展现当时伦敦街道夜景照片的话，你将看到一幅与现在大不相同的图景，你难以想象平日里熟悉的街道在半个世纪略多一点的时间之前，竟然和现在的面貌差别那么大。（《巴纳比·拉奇》）②

---

① Charles Dickens, *Barnaby Rudge*, London: Penguin English Library, 2012, p. 1；中文译本参考自查尔斯·狄更斯：《巴纳比·鲁吉》，高殿森、程海波、高清正译，上海译文出版社，1998。以下引用只标注英文版页码，中文版不再标出。

② Charles Dickens, *Barnaby Rudge*, London: Penguin English Library, 2012, p. 163.

（3）现在这个幽灵惊讶地看到现代日子里发生的变化。为什么 11 个方便进出的城门被关掉了 5 个？特别是为什么一度宏伟的防御用的塔楼都被拆掉了？（《罗慕拉》）①

如上作家在作品中的现身，同现代自指性小说中作者话语的插入有本质的不同。传统小说中解释说明性文字的出现，表面上看似打破了历史的连贯性，实则增强了历史同现在的联系。作者有意地向现代读者强调过去同现在的差异，意图提醒读者小说的历史属性，同时也体现了事物发展的历史性过程。这种"断裂式"的时间展现方式将小说情节的发展置于一个渐进的流动性广阔图景中，而"封闭性"的时间回溯则是将事件的发展和人物的思想行为搁置在一个严密的独立时空中。两种方式双管齐下，体现了传统历史小说家在展现"历史 2"的真实方面的自信和把握。

3. 谨慎的态度

传统历史小说家在创作中处理同"历史 2"之间的关系时亦是十分谨慎的。② 这种谨慎在分析小说虚构成分时表现得更为明显。③ 虽然传统小说家肯定了"历史 2"的合法性，但小说本身的虚构特征时常"节外生枝"，产生与史料记载之间的矛盾，这就需要作家采取一定的措施来尽量弥合真实和虚构之间的缝隙，"尽可能地做到不被察觉"。④ 比如，小说家往往将描写的重点放在名不见经传的小人物或者史学家没有定论的事件上，这样便给读者充分发挥想象力的空间。许多历史传奇小说更是如此。像《艾凡赫》描写中

---

① George Eliot, *Romola*, London：Penguin Classics, 1996, p. 3；中文译本参考自乔治·艾略特：《仇与情》，王央乐译，人民文学出版社，1988。以下引用只标注英文版页码，中文版不再标出。

② Brian McHale, *Postmodernist Fiction*, London and New York：Routledge, 1987, p. 90.

③ 《艾凡赫》中就有一例说明传统历史小说家对待史料不谨慎所造成的后果。在攻打城堡的过程中，撒克逊人阿特尔斯坦不幸被击中身亡，但在故事的结尾处当大家庆功之时他又神奇般地完好无损地出现在众人面前。这成为广受读者诟病的情节。对此，莫里洛（John Morillo）及纽豪斯（Wade Newhouse）共同指出，阿特尔斯坦的故事之所以被称为"历史"，是因为它的确符合小说的现实，角色也非杜撰的，但他对自己复活的解释一下让历史成为罗曼司 ［John Morillo and Wade Newhouse, "History, Romance, and the Sublime Sound of Truth in Ivanhoe," *Studies in the Novel*, 2000 （Fall）, pp：267 – 295］。

④ Brian McHale, *Postmodernist Fiction*, London and New York：Routledge, 1987, p. 90.

世纪的骑士传奇，由于当时史料缺乏，作者赋予了小说充分的想象空间。它将虚构人物的传奇冒险经历作为创作对象，真正的历史人物和事件只是偶尔出场，这样就在很大程度上避免了小说与史实的冲突。特别在维多利亚中后期，历史小说中个人意识膨胀、历史成分缩小，人物的成长或冒险过程在小说中占据显著位置，如查尔斯·里德的《修道院与家》、乔治·艾略特的《罗慕拉》等小说已经将描述的重点转向了私人领域。

不过，在很多情况下，传统小说家也会"变守为攻"，采用"非小说文本"来主动交代故事情节所依据的历史资料，表明故事"有史可依"。通过在正文中附加引言、注释、献辞①或者直接在文本中插入作者的评论，小说家向读者阐明了史料的来源以及对其的使用、修正和理解。比如，在《威弗利》修订版的前言中，司各特将创作时"所根据的史实的一些说明附录于此"，强调资料确凿可信，甚至还提供给别的历史评论家做参考。同样地，他在《昆汀·达沃德》一书的注释中对于路易十一为何将奥尔良家族的跛足公主指婚给杜诺瓦做了解释。通过援引窝拉克萨尔 Wraxall 的《法国史》（*History of France*）第一卷，他指出，路易这样做的原因是使奥尔良家族因公主的身体缺陷而缺乏子嗣，进而削弱该家族的势力。② 狄更斯也在《巴纳比·拉奇》的序言中强调："丹尼斯先生谈到他干的那一行在当时的兴旺情况，是有事实根据的，并非作者的胡思乱想。看看任何一本装订成册的旧报纸或散册的《历史纪事录》，都可以轻而易举地证实这一点。"③ "即使像丹尼斯先生津津乐道的玛丽·琼斯一案，也决非作者杜撰之功，下议院对此案所说的情况同本书中叙述的内容毫无二致"。④

不仅如此，传统小说家也会以审慎的态度处理读者针对小说真实性提出

---

① 所谓"献辞"（Dedicatory Epistle），指的是当时小说出版流行的风气，即作家将作品指定献给某一著名人物，并在书前附上给受献者的信件。受献者将会在作品出版之前预付书价，从而保证了图书的印刷费用，同时受献者本身的名誉也是书籍促销的重要手段。

② Sir Walter Scott, *Quentin Durward*, London & Glascow Collins' Clear-Type Press, 1954, p.178；中文译本参考自瓦尔特·司各特：《惊婚记》，谢百魁译，译林出版社，1999。以下引用只标注英文页码，中文版不再标出。

③ 查尔斯·狄更斯：《巴纳比·鲁吉》，高殿森、程海波、高清正译，上海译文出版社，1998，第4页。

④ 同上。

的质疑，强调故事情节的真实可信，就像司各特小说的每一次再版，作者几乎都会对文中引起争议的史实进行解释以说明自己对史料调用的合理性。比如，有评论者指出，布雷德沃丁男爵讲述的高地人侵占别人财务的不法行为并不符合事实，作者对高地人的民族性责之过严，也不公正。针对这一质疑，司各特在小说第三版序言中为自己的创作进行了辩护，指出"违背作者愿望或意图的行为莫过于此了"。① 小说中所讲述高地暴徒行凶的事例并非空穴来风，而是在1726年出版的《高地来函》中有翔实的记载，但这类暴徒并非高地民族的代表。

　　然而，事实上，并不是所有的历史细节都有迹可循，存在作者的杜撰和想象的情况在所难免。在这种情况下，小说家虽"无理"但也会"争三分"，比如，将故事来源归结为某权威人士的口述、民间流传的奇闻，或者公开发表的资料。② 司各特指出，关于《威弗利》中高地人抢劫的故事，有很多传说可资佐证。为此，他还搬出一首民间流传的顺口溜附于序言中来证明其真实性。而威弗利和塔尔伯特互相提供保护这一基本情节，则是"以那些没有什么特色，甚至没有什么内战特色的轶事中的一件为根据的"。③ 对于那些的确是设想出的历史情节，传统小说家也会表明自己的想象"合情合理"。比如《昆汀·达沃德》中，红衣主教被国王捉弄，经历了坐骑惊跳（starting）、奔跑（bolting）、站立（rearing）和踢腿（lashing）④ 的轮番折

① Sir Walter Scott, *Waverley*, London: Penguin Books, 1994, p. 49.
② 当传统历史小说家将对故事真实性的证明诉诸传闻、逸事、传说、歌谣等无从考察的资料来源时，是否存在这样一种可能，即其实故事本身就是小说家虚构的，但为了使其看上去真实可信，或者为了回应读者的质疑，他/她不得不杜撰一个虚构的资料来源。这种可能性是存在的。传统小说家也有可能意识到历史知识本质上的虚构性特征，或者意识到历史学家或许也在采用同样的杜撰方式来验证历史知识的客观性和真实性。这种情况就告诉我们不能一概而论地肯定传统史学家对历史知识的信任、肯定和遵循。然而，在传统史观语境下，这种质疑和否定未成大气候，并没有具备当代史观下大张旗鼓地重建历史的勇气。其中原因或归结于19世纪英国资产阶级的发展让当时的人们对欧洲文明有近乎狂热的信心，认为以欧洲为中心的人类的进步是不争的事实，所有的问题都能在历史中得到解决。在这样具有广泛影响的史学观的簇拥下，加之当时许多小说家出身于中产阶级，占有社会主要的话语权，小说家对历史本质的质疑未能发展成社会思潮的主流。
③ Sir Walter Scott, *Waverley*, London: Penguin Books, 1994, p. 43.
④ Sir Walter Scott, *Quentin Durward*, London & Glascow Collins' Clear-Type Press, 1954, p. 180.

磨，场面颇具喜感。对此，有人曾写信批评司各特对红衣主教骑术不高明的描述是不符合历史事实的。司各特承认这一判断仅是自己的一种猜测，但同时也指出这种猜测并非没有缘由。根据特洛伊·让所著的《编年史》（*Chronicle*），红衣主教"好大喜功，喜欢表现。1465 年围城时曾违反战争的惯例，用号角和乐器来为他在夜间站岗助兴"，① 而且他骑的骡子曾在人群的惊吓之下带着他逃跑。因此，这里发生的情节是完全符合历史真实的。可以说，传统历史小说家对待历史真实的态度还是相当谨小慎微的。他们不仅反复确认小说情节有史可依，也为自己对史料的调用认真申辩，即使尴尬地遭遇虚构和史实之间的矛盾，也会"狡猾地"打个恰当的圆场，从容铺设好脱离险境的台阶。

三 虚实相生中历史世界重建的原则

19 世纪历史小说家处理史料的三种态度表明了客观主义史学认识论下人们对"历史 2"真实性的承认、对"历史 2"反映"历史 1"的肯定，以及对最大限度还原"历史 2"的努力。传统小说家对"历史 2"的遵循除了体现历史小说对有史可依的事实的符合之外，还意味着小说回归史料所记载的时代语境。比如，前文曾提到的《艾凡赫》中绿林好汉时代错误的问题，在当时撒克逊人和诺曼人的冲突中，绿林好汉的出现完全符合时代矛盾的运动结果，是遵从"历史 2"的表现。

国内学者李春青在论述历史想象与历史真实之间的关系时曾经引用恩格斯在《致斐·拉萨尔》中指出的文学虚构应同社会结构的组成和运动规律相契合的观点。② 拉萨尔在《弗兰茨·冯·济金根》中将虚构的起义领袖济金根和胡登塑造成为解放农民的形象，而将起义失败的原因归结为领导者措施的失误。恩格斯虽然没有否定拉萨尔将济金根和胡登描述为农民解放者的想象，却指出这种想象是不符合当时社会状况的，因而"忽视了在济金根命运

---

① Sir Walter Scott, *Quentin Durward*, London & Glascow Collins' Clear-Type Press, 1954, p. 180.
② 李春青：《文学研究与历史研究之关联》，载童庆炳等《历史题材文学创作重大问题研究》，经济科学出版社，2011。

中的真正悲剧的因素"。① 恩格斯认为，农民的鼓动在当时已达高潮，广大的皇室贵族并不想同农民联盟，他们要靠压榨农民获取利益，小说中出现的结盟就不可能发生。造成起义失败的真正原因在于"同农民结成联盟这个基本条件不可能出现，因此贵族的政策必然是无足轻重的；当贵族想取得国民运动的领导权的时候，国民大众即农民，就起来反对他们的领导，于是他们就不可避免地要垮台"。② 这样就构成了"历史的必然要求和这个要求的实际上不可能实现之间的悲剧性的冲突"。③

恩格斯对拉萨尔的批判说明了两个道理。其一，历史小说作为文学艺术的一种，其创作并非处处受历史记录的约束，小说的情节也并非都有事实根据，它有着丰富的想象和虚构空间。其二，历史小说中的虚构不能是空穴来风、肆意妄为的，它的产生有一定的必然性。这个必然性即故事发展的逻辑和人物的命运归宿应符合历史语境的真实情况，人物行动的动机和事件发生的起因应符合时代发展的形势，而非作者的主观臆断。这就要求"历史题材创作必须符合历史语境所提供的诸种可能性，即必须在历史演变的大格局中看待历史人物和事件"。④

也就是说，传统历史小说中的想象是有限度的，它受"历史2"及由"历史2"所容纳的整个社会内部规律的制约。因此，小说中的想象是合情合理的。这里的"情"指的是人物的心理感情和行为动机由大的社会历史环境所决定，特定的阶级和民族具有特定的感情色彩和意愿，不能将其混淆和替换。这里的"理"，则指的是纲目明晰、记载明确的史实资料以及由史实资料所推断出的历史社会风貌和发展规律。传统历史小说创作中的想象就是在"情"和"理"的双重制约下展开，鲜有故意超越历史和戏谑历史的情况出现。

① 恩格斯：《致斐·拉萨尔》（1859），载《马克思恩格斯选集》，第4卷，人民出版社，1994，第560页。

② 同上。

③ 同上。

④ 李春青：《文学研究与历史研究之关联》，载童庆炳等《历史题材文学创作重大问题研究》，经济科学出版社，2011，第12页。

因此，在传统历史小说中，"历史3"（小说中历史的呈现面貌）所包含的"历史2"和艺术想象之间是统一的关系，也就是说，"历史3"是"历史2"与艺术想象一致的结果。传统历史小说家肯定"历史2"所代表的历史真实，自信能够通过小说文本再现历史真实，并在历史真实优先的前提下谨慎处理想象同真实的关系，让后者符合前者的逻辑和推断，从而达到艺术的真实。因此，可以认为，英国传统历史小说实现了历史真实与艺术真实的统一，是"历史优先原则"之下的合理想象。

"历史优先原则"最初是由童庆炳在论及中国古代文论的研究策略时提出的。在《导言：古今对话——中国古代文论研究的学术策略》中，他指出，中国古代文论的研究策略包括三点，第一点就是"历史优先原则"，即：

> 将中国古代文论资料放回到产生它的文化、历史的语境中去考量，力图揭示它原有的本真面目，其中包括作者论点的原意、与前代思想的承继关系、背景因素、现实针对性等。在对古代文论文本的原意没有起码了解的情况下，在对产生古代文论文本的时代文化背景没有真实了解的情况下，就开始古今对话是危险的。[①]

李春青曾借用此处的"历史优先原则"作为中国历史题材作品批评的准则之一。符合"历史优先原则"，即"承认那个曾经是实存之物的'历史'的优先性，也承认作为文本的'历史'的优先性"。[②] 其实这一原则也同样适用于描述英国传统历史小说在真实性和虚构性维度上的创作情况。英国传统历史小说承认"历史1"的真实存在，肯定"历史2"对"历史1"的反映，并且在"历史2"及其所反映的时代气质的制约下进行想象和虚构，这可以归结为在"历史优先原则"之下的合理想象。

[①] 童庆炳：《中国古代文论的现代意义》，北京师范大学出版社，2001，第2页。

[②] 李春青：《文学研究与历史研究之关联》，载童庆炳等《历史题材文学创作重大问题研究》，经济科学出版社，2011，第12页。

第二节　心理真实转向之下的合情想象

在上一节中本书探讨了 19 世纪传统英国历史小说中"历史 1"、"历史 2"和"历史 3"的关系问题，指出在英国传统历史小说中，"历史 2"的真实性以及对"历史 1"的反映得以肯定，"历史 3"则融合了"历史 2"以及在"历史 2"制约之下合乎逻辑的想象之物，是历史小说在真实性和虚构性维度下追求的最高目标。传统英国历史小说这一对待历史真实的态度同西方史学客观求真的传统密不可分，特别是在 19 世纪欧洲客观主义和实证主义史学掌控全局的情况下，更彰显历史知识真实性的重要作用。那么进入新的世纪，在现代主义思潮影响的过程中英国历史小说的三种历史的关系是否发生了改变？

一　历史知识客观性和真实性的限度

如前所述，古希腊修昔底德开创的客观求真精神在西方史学传统中一直得以延续，特别是在 19 世纪得以集之大成。以兰克为代表的客观主义史学家和以孔多塞为代表的实证主义史学家秉承如实求真的史学传统，不仅肯定了历史知识的客观存在以及历史真实的可及性，还对历史客观规律进行了发掘和总结，将历史学理解为一门以求真和务实为重要宗旨的科学学科。当代史学家伊格尔斯（Georg G. Iggers）归纳了西方传统史学从修昔底德到兰克的共同点：

> （1）他们都接受了真理的符合论（Correspondence Theory of Truth），认为历史学是描绘确实存在过的人和确实发生过的事；（2）他们都假设人的行为反映了行为者的意图，而历史学家的任务则是要理解这些意图以便重建一个完整一贯的历史故事；（3）他们是按照一种一维的（one-dimensional）、历时的（diachronical）时间观念在运作的，其中后来的事件是在一个完整一贯的序列之中随着较早的事件相续而来的。[1]

---

[1] 〔美〕格奥尔格·伊格尔斯：《二十世纪的历史学：从科学的客观性到后现代的挑战》，何兆武译，山东大学出版社，2006，第 2 页。

因此，传统史学家的主要任务就是秉持求真的理念，不断地追逐历史真相，最大限度地接近历史真实。在兰克等客观主义史学家看来，只要掌握足够丰富的历史资料、付出足够艰辛的努力去考证、取材，就能够完成求真的研究目标。在考证真实的过程中，史学家仅负责将史料成像的"底片"找出来，历史知识的真实自然而然就会在堆满素材的底片上呈现出来，无须人为做更多的说明和解释。

然而，进入 20 世纪之后，一战的爆发、俄国社会主义十月革命的胜利、西方世界的经济危机、各国政治经济地位的重新洗牌等前所未有的社会动荡让一度笃信欧洲中心主义的西方史学遭遇当头一棒，在 19 世纪稳定社会形态中形成的客观求真的史学理念开始面临危机。历史进步观的可信性、历史学科的性质、人们获取历史知识的途径、历史知识传播的方式及表述结构、历史真实是否可以到达以及如何到达等一度被视为"不是问题"的问题均被提出来重新思考，最终导致对历史知识客观性和真实性限度的大讨论。

讨论首先从历史学科的性质开始。西方史学历经 19 世纪的迅猛发展已经确立其作为一门科学的属性。然而，这一观点在世纪之交得到了以德国新康德主义弗赖堡学派以及历史哲学家狄尔泰（Wilhelm Dilthey）等批判历史哲学家的进一步讨论。弗赖堡学派创始人文德尔班（Wilhelm Windelband）从自然科学和文化科学的不同范畴谈起，指出"自然科学思想以囊括一切的强大力量向前突飞猛进，它根据事物的本性很容易在社会现象中（像过去在心理现象中一样）找到可以使它的思维方式发生作用的关键地方"。[①] 而在精神科学范畴内的经验学科，其目的"在于对一种个别的、规模或大或小的、仅仅一度发生于一定时间内的事件做出详细的陈述"。[②] 对于有些对象，人们需要从一些其他的因素出发才能掌握其内在的规律和外在的细节。这些因素包括"某一个别事件或某一系列有联系的事迹或故实，某一个人或某一个民族的存在和生活，某一种语言，某一种宗教，某一种法制，某一种文

[①] 〔德〕文德尔班：《哲学史教程》，罗达仁译，商务印书馆，1997，第 895 页。
[②] 〔德〕文德尔班：《历史与自然科学》，载何兆武《历史理论与史学理论：近现代西方史学著作选》，商务印书馆，1999，第 387~388 页。

学、艺术或科学成就的特点或发展"① 等。这些都是历史学科领域所要探讨的内容。

之后，同为弗赖堡学派的代表人李凯尔特（Heinrich Rickert）从文化科学和自然科学之间的不同出发，探讨了学科划分的依据。他认为，文化是人们播种的产物，而自然却是自己生长的产物。换言之，"自然是那些从自身中成长起来的、'诞生出来的'和任其自生自长的东西的综合；而文化或者是人们按照预计目的直接生产出来的，或者虽然已经是现成的，但至少由于它所固有的价值而为人们特意地保存着的"。② 因此，文化中包含人为承认的价值和意义。文化现象有价值（Wert），可以被称为财富（Guter），这是文化现象区别于自然现象的重要标准。不仅如此，二者在研究方法上有根本的区别："有一些科学是寻找一般规律的，另一些科学则寻找个别的历史事实。"③ 因而研究目标不同，科学便产生了两种不同的研究形式和思维方法。这两种方法分别是"规范化"下的"综合思维"形式和"表意化"下的"个别记述思维"形式。前者在自然科学中占主要地位，后者则是历史学等文化科学中主要的方法。④

此外，李凯尔特对文化历史的客观性认识也超越了传统历史学家，他提出了"在历史科学中是否能够把主观随意性排除"的质疑。纵然，如果研究立足的指导原则是已经获得普遍承认的事实，那么主观随意性是不会影响研究的客观性的。但值得注意的是，这种客观性是一种特殊的、有别于普遍自然科学的客观性：

> 在欧洲，人们在阅读历史科学的著作时，肯定把宗教、教会、法律、国家、科学、语言、文学、艺术和经济组织等固有的上述文化价值理解为价值，因而不是把它看作主观随意性的，只要这种价值知道了对本质成分的选择，从而限制历史知识叙述那些对这些价值来说是重要的

① 〔德〕文德尔班：《历史与自然科学》，载何兆武《历史理论与史学理论：近现代西方史学著作选》，商务印书馆，1999，第387～388页。
② 〔德〕H. 李凯尔特：《文化科学和自然科学》，涂纪亮译，商务印书馆，1986，第20页。
③ 〔德〕H. 李凯尔特：《文化科学和自然科学》，涂纪亮译，商务印书馆，1986，第iv页。
④ 同上。

或者有意义的事物。但是，如果一种与价值相联系的叙述的客观性始终只是对或大或小范围的文化人来说才存在，那么这种客观性是历史的局限的客观性。①

与李凯尔特侧重于从研究方法上区别自然科学和文化科学相比，狄尔泰更倾向于从研究对象的不同对二者加以区别。他认为，"文化科学所研究的对象包含人的活动，这是与自然现象的根本区别"。② 既然包含人的活动，就意味着文化科学包含人行动的动机、选择以及文化等因素。"因为在精神系统的任何地方，各种观念、判断、感受、欲望，以及意志的活动，都是交织在一起的。"③ 因此，狄尔泰选择用更加非理性的名词"精神科学"来代替"文化科学"，并指出，理解和解释是精神科学研究的主要方法，所有的研究都是在理解和解释的基础上进行的。理解客体是通过自身的体验达到，而体验又需要通过自我投射、复制、重构以及再现才能达到最高层次。而且"精神沿着熟路行进""精神就在这些熟路上曾经遭受痛苦和有所热爱、产生渴望和得到满足"。④ 因此，一个人所具有的精神生活同他对于外部世界的理解密不可分，无论是文学还是史学，所有的人文学科都是通过"唤起一个再现的过程"，让我们认为看到的是"一个连续而成的全貌"。⑤

狄尔泰将理解和体验等非理性因素纳入历史研究的方法之中，将心理学和精神分析的内容导入认识论领域，不仅为后来的分析心理学和描述心理学奠定了认识论的基础，也在史学领域完成了从以反映论为哲学基础的传统客观实证史学向以体验论为基础的 20 世纪相对主义史学的转变，预示着历史知识的客观性和真实性正在因受到非理性因素的猛烈冲击而摇摇欲坠。传统史学家所提倡的"如实直书""避免主观因素""不含感情色彩"等编史的

---

① 〔德〕H. 李凯尔特：《文化科学和自然科学》，涂纪亮译，商务印书馆，1986，第 120 ~ 121 页。

② 周兵、张广智、张广勇：《西方史学通史　第六卷：现当代时期》，复旦大学出版社，2011，第 244 页。

③ 〔德〕威廉·狄尔泰：《历史中的意义》，艾彦、逸飞译，中国城市出版社，2002，第 50 页。

④ 〔德〕威廉·狄尔泰：《对他人及其生活表现的理解》，载张文杰《历史的话语：现代西方历史哲学译文集》，中国人民大学出版社，2012，第 9 页。

⑤ 同上书，第 10 页。

原则开始遭受普遍质疑。

　　沿着以理解和体验为原则的史学新概念，意大利历史学家克罗齐（Be-nedetto Croce）在康德主义的基础上，对精神历史这一概念重做阐释，推动了批判历史哲学的进一步发展。克罗齐认为，人们总是"先搜集事实，再按因果把它们联系起来"。① 这种在决定论概念中表述的历史消解了历史内容和规律的客观性，因此没有绝对真实的历史。在他看来，人类的历史就是精神的历史，"历史学家的理论活动首先是直觉，其次是把直觉得来的事实置于精神的整体之上加以判断，以确定真的历史知识，从而避免了相对主义"。②

　　从直觉和精神介入历史撰述的角度出发，克罗齐将历史和编年史区分开来。在他看来，编年史是"死的"的历史，与历史相比，它仅仅是"一个物品，一些声音和其他符号的复合体"。③ 而历史则是"活的"，它具有人类的精神和思想。因此，语法家马里奥·维特瑞诺（Mario Vittorino）所说的"先有编年史，后有历史事实"（Primo annals fuere, post historie factesunt）并不符合真实情况，而应是"先有历史，后有编年史"（First comes history, then chronicle）。④ 编年史是丧失了精神生命的、抽象的历史产物，不具有时代精神。然而，克罗齐也指出，"由于生活发展的需要，死的历史会复活，以往的历史会再一次变为现在的东西"。⑤ 也就是说，"死的"遗迹、残骸和文献在时代阳光的照耀下可以重新散发出新的光辉，正如"罗马人和希腊人长眠在他们的坟墓里，直到文艺复兴才被那个新成熟的欧洲精神唤醒"。⑥ 因此，每一代人都有每一代人的思想、精神和历史，历史研究都是从当代人的利益出发的："人们只有对当下的生活产生兴趣才会去研究过往的事实。

---

① 〔意〕本尼戴托·克罗齐：《历史决定论和"历史哲学"》，载张文杰《历史的话语：现代西方历史哲学译文集》，中国人民大学出版社，2012，第397页。

② 周兵、张广智、张广勇：《西方史学通史　第六卷：现当代时期》，复旦大学出版社，2011，第245页。

③ Benedetto Croce, *History: Its Theory and Practice*, Beijing: Chinese Social Science Publishing House, 1999, p. 20.

④ ibid.

⑤ 〔意〕本尼戴托·克罗齐：《历史和编年史》，载张文杰《历史的话语：现代西方历史哲学译文集》，中国民大学出版社，2012，第397页。

⑥ 同上。

过去的事实并非呼应过去的兴趣，而是现在的兴趣，只要他同现在的生活相结合"。① 这也是克罗齐名言"一切真历史都是当代史"所要表达的主要思想。

克罗齐将历史视为历史学家在主观精神和时代文化下的再体验，让人们意识到历史建构过程中的主观因素，挑战了兰克学派"不偏不倚"的历史观。而英国史学家科林伍德（Robin George Collingwood）则进一步强调了人为想象在建史过程中的重要作用，提出"一切历史都是思想史"的论断。科林伍德认为，相对于自然科学，历史学家不能只停留在事件的表面现象上，而应探求其中蕴含的思想内容。历史过程不是单纯时间的过程而是行动的过程，它有一个由思想过程构成的内在方面，历史学家的根本任务是探索这些思想过程。② 因此，历史学的性质中含有人对世界的认识和思考，"历史学中最本质的东西就是记忆和权威，历史真理只要它终究能为历史学家所接受，就仅仅因为它是以现成的方式存在于他的权威的现成陈述之中而被历史学家所接受"。③ 而"想象的建构力"是历史学家完成对历史现象思考和认识的必要手段。历史学家的工作充满了选择（selecting）、建构（constructing）和批评（criticizing），只有这样才能保证他们的"科学可靠进程"（sichere Gang einer Wissenschaft）。因此，历史学家获得的所谓的历史真实其实是充满着历史想象和历史建构的。对历史真实客观性提出质疑的还有美国史学家贝克尔（Carl Becker）。贝克尔从三个问题出发，引出对历史事实的讨论，即历史事实是什么？历史事实在哪里？历史事实发生于何时？通过分析，贝克尔给出如下回答：历史事实"绝不是一个简单的事实，而是许许多多事实的一个简单的概括"。④ 历史事实存在于人们持久的记忆中，没有时间性。因此，"史学家不可能展现某个事件的全过程，即使是最简单的事件也不可

---

① Benedetto Croce, *History: Its Theory and Practice*, Beijing: Chinese Social Science Publishing House, 1999, p. 12.

② 周兵、张广智、张广勇：《西方史学通史 第六卷：现当代时期》，复旦大学出版社，2011，第 248 页。

③ 〔英〕科林伍德：《历史的观念》，何兆武、张文杰、陈新译，北京大学出版社，2010，第 235 页。

④ 〔美〕卡尔·贝克尔：《什么是历史事实？》，载张文杰《历史的话语：现代西方历史哲学译文集》，中国人民大学出版社，2012，第 279 页。

能"。① 同时，历史学家也"不能消除个人在观察上的偏差"，② 即使自然科学家也不能避免。这样，贝克尔就推翻了传统史学避免主观性的论断。

除了以上提到的这些历史哲学家之外，世纪之交对传统史学客观真实性提出质疑和反驳的学者还有很多，如否定历史必然性的法国历史哲学家阿隆（Raymond Aron），强调历史学家主体性的马鲁（Henri-Irenee Marrou），揭露历史学家对史料进行选择的美国历史学家彼尔德（Charles Beard）等。这些批判历史哲学的代表从各自的立场出发，析出历史知识生成过程中渗入的各种非理性因素，让历史学认识论层面上的问题浮出水面，为历史真实性和客观性的追寻设定了限度，逐渐完成了史学理论从 19 世纪科学主义向 20 世纪人文主义的转变。在这种转变中，一些在传统史学中极少涉及的词语，如精神、思想、体验、理解、偶然、情感等开始取代诸如真实、客观、必然、规律等，成为 20 世纪史学认识论中重要的词语。

二　英国现代主义历史小说中 "历史 2" 的转向

如上所述，世纪之交历史哲学领域为历史知识客观性设定的限度引起了人们历史真实观的变化。相应地，历史文学领域中的客观认识论也发生了改变，作家对史料的处理和加工与传统历史小说相比已有很大的不同。前面已经分析过，传统历史小说家并没有对史料的真实性产生怀疑，即没有否认"历史 2"对"历史 1"的可反映性。换言之，传统历史小说家只需在承认历史背景的前提下进行合理的想象和虚构就可以了，不需要涉及任何历史知识的本质问题。然而，在现代主义历史小说里，历史知识的合法性开始受到怀疑。

其实，在英国小说领域里，对历史文学真实性的讨论早在维多利亚中晚期时代就已开始，只不过这种质疑首先来自现实主义文学能否客观反映真实。1858 年，刘易斯（George Lewes）在写给《威斯敏斯特评论》（*Westminster Review*）的一篇论文中指出：

---

① 〔美〕卡尔·贝克尔：《什么是历史事实？》，载张文杰《历史的话语：现代西方历史哲学译文集》，中国人民大学出版社，2012，第 286 页。

② 同上书，第 288 页。

艺术是展现现实的一种方式。由于这种展现并不是事物本身，仅仅是一种展现，它不得不受到传递媒介本身的限制。但尽管受到媒介强加在它身上的一些必要性的限制，艺术总是致力于表现现实（例如真实truth），并不能背离真实，除非这种背离是由媒介本身特质导致的。因此，现实主义是所有艺术的基础，它的对立面不是理想主义（ideal-ism），而是荒谬主义（falsism）。①

麦克高文（McGowan）指出，刘易斯的如上论述充分反映了当时人们已经开始意识到语词和指涉物之间的不同步性以及现实主义基础之模仿说的种种限制。② 只不过这种认识论层面的质疑尚未在传统小说中形成较大的气候，或者说传统小说盛行的 19 世纪的土壤还不适合孕育怀疑之苗。然而到了世纪之交，对于知识客观性的质疑已经在各个领域蔓延开来，并成为这一时期历史认识论上的重要特征。就英国历史小说而言，这种质疑则转化为小说家对"历史 2"在反映"历史 1"过程中主观能动性的认知。换言之，小说家已经意识到"历史 2"已经无法满足认知主体对于历史真实的追求，必定要被新的历史真实观代替。据此，本书的讨论将从两方面进行，即现代主义历史小说对历史真实客观性的质疑和小说中新的历史真实观的转向。

1. 对历史真实客观性的质疑

欧莫利（Seamus O'Malley）曾在其博士论文《我们如何书写历史？——约瑟夫·康拉德、福特·马多克斯·福特和丽贝卡·韦斯特的现代主义历史撰述》（"*How Shall We Write History?*"：*The Modernist Historiography of Joseph Conrad, Ford Madox Ford and Rebecca West*, 2011）中为现代主义历史小说的存在发起辩护。他以英国作家康拉德等人的作品为例，认为现代主义历史小说不仅存在，而且十分重要。这些作品的主要特点就在于对于作为话语

---

① John P. McGowan, "The Turn of George Eliot's Realism," *Nineteenth-Century Fiction*, 1980 (2), pp: 171 – 192.

② ibid, p. 173.

（discourse）的历史和其认识论客体（history）之间关系的质疑。[①] 换言之，现代主义作家已经察觉到了历史叙述能指和历史知识所指之间并非稳定的关系，并在作品中开始对此问题进行探讨。

欧莫利将康拉德、福特以及韦斯特三人视为现代主义历史小说的先锋作家，认为他们不仅在现代运动中走在前面，更是"对历史有深刻的兴趣"。[②] 这些作家同后来现代主义的中流砥柱乔伊斯、伍尔夫等人一起，展现了现代主义几代作家对历史文学创作的崭新思想。欧莫利特别将康拉德的《诺斯托罗莫》视为现代主义历史小说的"奠基之作"（the founding text），[③] 是新时期历史小说的首要作品。德默里（Pamela H. Demory）也将《诺斯托罗莫》看作 20 世纪早期小说家对历史本质重估的代表文本。[④]

1904 年出版的《诺斯托罗莫》被利维斯（F. R. Leavis）称作"康拉德再现异域生活和情调的最高成就"，[⑤] 许多读者还将其同托尔斯泰（Leo Tolstoy）的《战争与和平》（*War and Peace*，1869）等同，[⑥] 可谓康拉德创作中期最为重要的一部作品。小说背景设定在虚构的科斯塔瓜纳共和国的萨拉科省，叙述了桑·托梅银矿的开采者高尔德家族的兴衰荣辱以及主人公诺斯托罗莫由一位"响当当的男子汉"（much of a man）、[⑦] "一个非常有用的人"（a most useful fellow）[⑧] 沦落为偷窃他人之物、靠谎言为生的道德沦丧的人的过程。诺斯托罗莫是萨拉科码头的监工头，他为人正直、勇敢，深得银矿主

---

① Seamus O'Malley, "'How Shall We Write History?': The Modernist Historiography of Joseph Conrad, Ford Madox Ford and Rebecca West," Ph. D. Diss. the City University of New York, 2011, p. 8.

② ibid, p. 13.

③ ibid, p. iv.

④ Pamela H. Demory, "Making History," *Texas Studies in Literature and Language*, 1993 (3), pp: 316 – 346.

⑤ 〔英〕F. R. 利维斯：《伟大的传统》，袁伟译，生活·读书·新知三联书店，2009，第 249 页。

⑥ Eloise Knapp Hay, "Nostromo," in J. H. Stape ed., *The Cambridge Companion to Joseph Conrad*, Cambridge University Press, 1996, p. 81.

⑦ Joseph Conrad, *Nostromo*, Mineola, New York：Dover Publications, Inc., 2002, p. 8；中文译本参考自约瑟夫·康拉德：《诺斯托罗莫》，刘珠还译，译林出版社，2001。以下引用只标注英文版页码，中文版不再标出。

⑧ Joseph Conrad, *Nostromo*, Mineola, New York：Dover Publications, Inc., 2002, p. 25.

高尔德的信任。当科斯塔瓜纳发生叛乱、独裁政权摇摇欲坠之时，诺斯托罗莫临危受命，同记者德考得一起，要将一船银锭运出萨拉科港，以防落入叛军之手。然而，运送途中出了意外，他们的船与叛军的船相撞，诺斯托罗莫迫不得已将银锭藏在了伊莎贝尔岛上。随后，诺斯托罗莫游回萨拉科，留在岛上的德考得因精神受到严重折磨而开枪自杀。诺斯托罗莫发现萨拉科的人们都相信银锭沉入了海中，除了自己再没有人知道事情的真相。在利益面前，诺斯托罗莫的道德操守发生了动摇，他将一船银锭占为己有，逐渐走上了自我毁灭的不归之路。

这部被誉为康拉德第三人称叙述的顶峰之作，[1] 通过全知全能的叙述者向读者展现了一幅恢宏厚重的历史画卷，叙述时间跨度长达百年之久，其中的人物形象丰富众多，个人命运发展与历史事件进程相互穿插影响，承袭了司各特传统历史小说之史诗气质。然而，尽管具有相似的宏大历史效果，康拉德叙述历史重大事件的方式较司各特却发生了明显的改变。整部小说虽以人物名称冠名，但并无中心历史人物，"一个个都是某一种虚幻概念的追求者"。[2] 主人公诺斯托罗莫从一开始就生存在人们的交口相传之中，作者通过外部的描述建构起一个勇敢的意大利水手的形象。然而，主人公的果敢和正直仅仅停留在言语之中，真正的诺斯托罗莫却是煤矿统治者争夺利益的傀儡。虽然他临危受命，护送银锭，但终因经受不住金钱的诱惑而出卖灵魂，成为利益虚幻概念的追逐者。同诺斯托罗莫一起守护银锭的记者德考得因为爱情而失去了坚持信仰的能力，最终在怀疑、绝望和孤独中终结一生。开发银矿的高尔德在追逐利益的过程中丧失了道德操守，失去了家庭幸福，成为金钱的殉葬品。这些人物形象在追逐理想的轨道上都有不同程度的偏离，走向虚幻的极端，成为孤独、焦虑、精神扭曲的代言人。小说本身就是一种针对"幻想"（illusion）的研究。[3] 这些现代反英雄的形象同司各特历史小说中实现终极目标的英雄形象形成巨大的反差。

---

[1] Jakob Lothe, "Conradian Narrative," in J. H. Stape ed., *The Cambridge Companion to Joseph Conrad*, Cambridge: Cambridge University Press, 1996, p. 173.

[2] 虞建华：《解读〈诺斯托罗莫〉：表现手法、人物与主题》（代序），载〔英〕约瑟夫·康拉德《诺斯托罗莫》，刘珠还译，译文出版社，2001，第10页。

[3] Robert Penn Warren, "Nostromo," *The Sewanee Review*, 1951 (3), pp: 363-391.

时间混乱是该小说的另一重要特征。小说故事时间（story time）和叙述时间（narrative time）相互分离，继而转向空间叙事结构。《诺斯托罗莫》的时序颠覆了传统历史小说线性叙述的时间排序，取而代之的是散乱的事件分布。比如，在第一部《银矿》的第一章中，作者对故事发生的科斯塔瓜纳共和国进行了细致的、全景式的描述，交代了国家的历史和现状，为整个故事进展奠定了背景基础，整体叙事基调平衡稳定。然而在第二章中，叙述的内容由平静的背景介绍一下转为里比厄拉政权坍塌以及总统下台的暴乱场景，惊心动魄、危机重重，叙述风格陡然改变。紧接着，武装革命的频繁发生（第三章、第四章）、骚乱前里比厄拉参加中央铁路的破土典礼（第五章）、蒙特罗将军的叛变（第八章）等互不相关的内容依次叙述。在第二部《伊莎贝尔群岛》中，围绕诺斯托罗莫和德考得运送银锭到伊莎贝尔群岛的故事，作者又从中穿插了政府暴乱的场景、蒙特罗将军兵变等内容。第三部《灯塔》则有更加频繁变换的叙述场景。在这一部中，作者不仅回溯了第二部中米歇尔船长对暴乱当日的叙述，还重新描述了诺斯托罗莫营救里比厄拉的壮举、德考得的生活、诺斯托罗莫的堕落以及政权分离后萨拉科的状况。

瓦茨（Cedric Watts）曾按故事顺序详细列出小说事件的先后顺序。[①] 对照小说故事的排列顺序，读者可以发现，叙述中出现了倒叙、预叙、停顿、省略、反复等多重手法。许多毫无逻辑关联的事件混杂分布在各个章节之中，将传统的线性历史时间分割成零乱的线段，继而瓦解了历史事件之间的逻辑链条，将读者对时间顺序的关注引至事件本身上。而瓦茨的排列和康拉德的叙述也恰恰告诉我们，事件之间的因果关系都是人为排列的结果，其本身之间并无特别的逻辑关系。

不仅如此，康拉德还放弃了传统历史小说叙事的方式，转而采取多重视角书写历史。在小说中，米歇尔船长的回忆、德考得的日记、莫尼汉姆医生的评论以及贯穿全文的匿名叙述者全能式的讲述共同完成了对事件和人物的历史记述过程。多角度的叙述表明，历史的本质是多元化、多面性的，采用单一视角介入事件并不能抵达真实。历史（histories）仅仅是对真实（truth）

---

① Cedric Watts, *A Preface to Conrad*, Peking University Press, 2005, pp: 171 - 173.

的阐释（version），不能同真实相混淆。①

在创作《诺斯托罗莫》之前，康拉德已经出版了著名的《水仙号上的黑家伙》（*The Nigger of the "Narcissus"*，1897）、《台风》（*Typhoon*，1902）等海洋探险小说，以及如《黑暗之心》（*Heart of Darkness*，1899）、《吉姆爷》（*Lord Jim*，1900）等丛林冒险小说。《诺斯托罗莫》是康拉德向政治领域小说转型的第一部作品。很多评论家都讨论了康拉德转变的原因。在此，笔者认为，采用詹姆逊"永远历史化"的方法，将其归因于历史环境的影响还是颇有道理的。② 在《诺斯托罗莫》出版的1904年，英国社会动荡不安，危机和挑战与日俱增。维多利亚时代的辉煌和鼎盛在爱德华时期荡然无存，忧虑与困惑、怀疑与迷茫弥散在社会的各个阶层和领域。前文所阐述的历史学科领域中对历史知识真实性和客观性限度的讨论正是对这种社会环境所造成的怀疑精神的反映。康拉德在小说中采用新的记述历史的方式，亦是时代怀疑精神在文学中的体现。"诺斯托罗莫"在小说中被称为"我们的人"（our man），这正是康拉德精妙的双关语：③ 所有的一切都是幻象，历史的真实并不存在。

小说中记者德考得时常反思历史，进行"认识论怀疑主义"（Epistemological Skepticism）的思索。④ 在德考得看来，所有历史都是想象之物，是虚幻不可及的。他所持有的"冷漠的怀疑"⑤ 让他"对他过去及未来行为的现实性丧失了所有的信念"，⑥ 最终走向了怀疑的虚无主义——死亡。德考得一生的思考正是康拉德对于历史能指和所指的不断追问，是现代主义作家历史认识观的重要转变。德默里对此评价道："康拉德在小说中指出了历史和过去之间、历史和历史叙述之间、历史撰述作为能指以及历史事件作为所指之

---

① Pamela H. Demory，"Making History，" *Texas Studies in Literature and Language*，1993（3），pp：316 – 346.

② 胡强：《"无信仰时代的牺牲品"——论康拉德〈诺斯托罗莫〉中的怀疑主义》，《上海大学学报（社会科学版）》2007年第6期，第107~111页。

③ Roger L. Cox，"Conrad's Nostromo as Boatswain，" *Modern Language Notes*，1959（4），pp：303 – 306.

④ 胡强：《康拉德政治三部曲研究》，中国社会科学出版社，2008，第113页。

⑤ Joseph Conrad，*Nostromo*，Mineola，New York：Dover Publications，Inc.，2002，p. 221.

⑥ ibid，p. 303.

间的问题，批判了 19 世纪传统的历史概念以及现实主义小说。"[1] 萨义德也认为，《诺斯托罗莫》强调了叙述的问题。它没有像传统小说那样描绘一个新的世界，而是转向了虚构、幻想的现实。小说本身即一种自我反思（self-reflection）的记录。[2] 这种反思的结果阐述了如下问题：①回答"真正发生了什么"这一问题的困难；②历史是"制造"出来的；③历史叙述中的阐释性和历时性架构并非存在于历史本身，而是由历史学家提供的；④历史编纂中不可避免地受到主观因素的影响，如个人经历、个人品格、哲学理念等。[3] 作为一部历史小说，《诺斯托罗莫》批评了两种看法：一是众人皆认为的、如现实主义作家所展现的那样，历史是严丝合缝的整体；二是现实主义小说所具有的明确的主人公、情节和视角，正如萨义德对阿诺德·贝内特（Arnold Bennett）所说，"现实主义现在将不再指向现实"。[4] 因此，《诺斯托罗莫》关注的并不是某一特定的历史时期，而是历史过程本身——"它是由什么构成的？它如何构成了一个故事？它是如何被建构的？"[5]

《诺斯托罗莫》作为第一部对历史真实提出质疑的现代主义小说已经意识到历史同小说一样，是一种话语、一种将事件组织起来解释过去的意识形态，从某种程度上讲即语言的建构。[6] 福特、韦斯特等早期现代主义作家也对此提出过质疑，而到了伍尔夫、乔伊斯时代，现代主义文学历史观发展得更加成熟，作家对历史真实质疑的力度也更强和更加肯定。伍尔夫在 1928 年说："历史是人类思维编造出的最不可思议的东西。"[7] 以《奥兰多》为例，她已

---

① Pamela H. Demory, "Making History," *Texas Studies in Literature and Language*, 1993 (3), pp: 316 – 346.

② Edward Said, *Beginnings：Intention and Method*, New York：Columbia University Press, 1985, p. 137.

③ ibid, p. 318.

④ ibid, p. 342.

⑤ Edward Said, *Beginnings：Intention and Method*, New York：Columbia University Press, 1985, p. 342.

⑥ Christophe Robin, "Time, History, Narrative in Nostromo," in Jakob Lothe, Heremy Hawthorn, James Phelan ed., *Theory and Interpretation of Narrative Series*, Columbus：Ohio State University Press, 2008, p. 200.

⑦ Virginia Woolf, *The Letters of Virginia Woolf*, Vol. Ⅲ：1923 – 1928, New York and London：Harcourt Brace Jovanovich Publishers, 1977, p. 454.

不再如康拉德通过叙述手法的改变实现对"历史2"的质疑，而是采取了元小说这种更加直接的方式指出历史真实的谬误。

《奥兰多》是以伍尔夫的同性恋人薇塔·萨克维尔－韦斯特（Vita Sackville-West）为原型创作的具有传记风格的历史小说。之所以说"具有传记风格"，是因为连伍尔夫本人也没有认为这是一部货真价实的传记。该书出版之前，她在日记中写道："……没人想要传记。但这是本小说……他们说，但在标题页上它被称作自传。它得放到自传的书架上。我因此怀疑我们不仅仅要担负所有的费用——为称它为一部传记的乐趣而要付出高额代价……"（1927年9月22日）①

小说伊始，奥兰多是一位不到17岁的俊美少年，深得伊丽莎白女王的宠爱，并被召入宫廷侍奉女王。后来在詹姆士王的加冕宴会上，奥兰多结识了俄罗斯公主玛罗莎（莎莎），并很快与其坠入情网。当奥兰多准备与莎莎私奔时，却遭到了莎莎无情的背叛。随后，奥兰多不幸被宫廷放逐，失去了昔日的荣华富贵。于是，他选择回乡下隐居，继续之前的诗歌和文学创作。为了写出好的作品，奥兰多结识了著名小说家尼克·格林先生，却遭到了格林的无情嘲弄，随后为了躲避罗马尼亚女大公爵的骚扰，奥兰多主动请求查理国王派他到土耳其任大使。然而，君士坦丁堡的一场大火让奥兰多沉睡不醒，昏睡醒来后奥兰多却变成了一名女性。后来她混迹于吉卜赛人中，直到最后回到英国，成为安妮女王宫廷里的贵妇。在现代社会，奥兰多同船长相恋，并生有一子，同时完成此前的诗歌作品并获奖。

小说中，伍尔夫表现了现代主义作家对历史撰述的高度敏感和犀利质疑。她曾在1928年给友人的信中表达了这种态度："你不觉得历史是人类头脑中编造的最神奇的东西吗？它与真实差得很远……"② 她在文中借奥兰多的传记作者之口道出了历史真实的幻灭："任何时候对伦敦社会的真实描述都会超越传记作家和历史学家的能力。只有那些不大需要真实或者并不尊重

---

① 〔英〕弗吉尼亚·伍尔夫：《奥兰多：一部传记》，韦虹、旻乐译，哈尔滨出版社，1994，第228页。

② Nigel Nicolson, *The Letters of Virginia Woolf*, Vol. Ⅲ: *1923－1928*, New York and London: Harcourt Brace Jovanovich Publishers, 1977, p. 454.

真实的人——如诗人和小说家——才能够完成这项任务，因为这项任务中真实并不存在。"① 在她看来，传统历史小说家所诉诸的"历史2"并不存在，或者说并非唯一的存在。诗人和小说家通过想象和虚构重构的世界反而比史料记载的真实更胜一筹，因为只有他们才可以实现真实的多元化。

　　不仅如此，叙述者还不断在文中现身并提醒读者，历史学家编纂历史的过程如传记作家作传的过程一样，其中掺杂了想象、虚构、挑选、推测的成分。比如，对于奥兰多在土耳其任大使期间所发生的事情，叙述者强调作为传记作者要想展现当时确切的情形是无能为力的，因为一场大火将记载这些事情的案卷都破坏了："文件常常在最关键的字句中间被烧成深褐色。正当我们认为可以去解释困扰了历史学家一个世纪的问题时，手稿中便出现了一个手指可以穿过的小洞。"② 作为传记作家，我们"已经尽了自己最大的努力，从残留的碎片中拼凑出大致的事件梗概，但这常常需要去考虑、推测以及利用想象"。③ 之后，作者不断在文中提示读者，有些细节是根据某些片段编织出来的，并非是真实的情况，"我们必须尽自己最大的努力从一堆碎片中拼凑出奥兰多那个时期生活和性格的画面"。④ 虽然奥兰多在君士坦丁堡的活动充斥着流言、传说和轶事，叙述者坦承"我们采用其中的一小部分"，⑤ 但无论采用的程度和范围有多大，叙述者在这里已经不再像司各特时期的传统小说家那样，极力掩盖叙述中虚构的成分，而是大方地承认对真实的杜撰。

　　伍尔夫更加清楚地认识到，历史的编写反映了历史学家的喜恶偏好以及政治立场。正因为这样，历史绝不是唯一版本，而是可以拥有众多阐释，甚至可以重建建构。在《奥兰多》中，伍尔夫正是通过"授予奥兰多公爵爵位"这样一个事件来体现历史的多角度、多版本性质。叙述者指出，由于

---

① Virginia Woolf, *Orlando: A Biography*, London: Vintage Books, 2004, p. 123；中文译本参考自弗吉尼亚·伍尔夫：《奥兰多：一部传记》，韦虹、旻乐译，哈尔滨出版社，1994。以下引文只标注英文版页码，中文版不再标出。

② Virginia Woolf, *Orlando: A Biography*, London: Vintage Books, 2004, p. 74.

③ ibid.

④ ibid, p. 78.

⑤ ibid.

"大火烧毁了所有的记录，留下的仅仅是一些最为重要的却模糊不清的捉弄人的细节"，[1] 关于奥兰多在土耳其的生活不得不靠别人的叙述来完成。为此，叙述者先后采用了海军军官约翰·芬纳·布里格、将军女儿斐纳洛普·哈托普小姐的记载，以及一份公报中的记载。布里格的记载里讲述了他爬到一棵南欧紫荆上对盛会的观察，叙述了在盛会上对当地土耳其人的戒备和英国人表现出的优越感和自豪感："如此多的我们国家的男人和女人，穿着高雅和闪亮的服装……深深地打动了我，让我产生了绝对不会耻辱的情感……"[2] 但由于树枝断裂，布里格从树上掉了下来，"日记的其余部分仅仅记录了他对上帝的感激和他伤势的具体情况"。[3] 哈托普小姐的信件也叙述了这个故事，但她看到的是宴会的豪华光影和觥筹交错，以及对大使狂热的崇拜。而公报对这一事件的记录是没有感情色彩的，取而代之的是以详细的数据（如六个土耳其皇家近身护卫，每人身高都在六英尺以上）和具体的行动细节（如大使单腿跪下，将项饰围在他脖子上，将星章别在他胸上）记述了整个受封过程。在转述完这些记录之后，伍尔夫又强调了一句："至少到目前为止我们是以坚实可信的事实为依据的，尽管这么说有点牵强。"[4] 表面上，伍尔夫引用多手资料来说明时间的"真实性"，然而针对同一事件的叙述，不同的视角却出现了完全不同的记述内容。因此，伍尔夫的这句话实际上是对传记作家追寻真实的讽刺，揭示了历史真实不可寻的本质，因为"历史2"所保留下来的东西无非是众多阐释中的一种而已。

　　同样，历史知识的多元化和多角度在《幕间》中也有明显的体现。《幕间》又名《波因茨宅》（*Pointz Hall*）、《潘琴脱》（*Pageant*），创作于1938年4月至1941年2月。在完成《幕间》两个月之后，伍尔夫投入乌斯河，结束了短暂的一生，因此《幕间》成为伍尔夫的绝笔之作。小说描述了1939年6月的一天发生在英格兰中部一个古老村庄的故事。有两条叙事线索：一条叙述巴塞罗缪·奥利弗一家的故事，另外一条叙述拉特鲁布女士指

---

[1] Virginia Woolf, *Orlando: A Biography*, London: Vintage Books, 2004, p. 80.

[2] ibid.

[3] ibid, p. 81.

[4] Ibid, pp: 82 – 83.

导的露天历史剧的故事。整部小说呈现复调的叙事模式。虽然小说只讲述了发生在一天之中的故事，却体现了极强的历史概括力。整个英国历史的变迁在历史剧中均有体现，几乎涵盖了从史前史到当下的全部历史。

然而，拉特鲁布女士的历史剧并非传统的形式，而是她自己构建并导演的、能够展现被历史湮没的边缘之声的"他者"历史剧。如果模仿剧本开篇，也为拉特鲁布的历史剧提供一份人物介绍的话，应该是这样的：

刚诞生（婴儿时期）的英格兰——扮演者：菲利斯·琼斯，一个"像粉红色的玫瑰花蕾的小姑娘"

乔叟时期（少女时期）的英格兰——扮演者：木匠的女儿希尔达

伊丽莎白女王——扮演者：伊丽莎·克拉克，持许可证卖烟草的女人

安妮女王（理性时期的英格兰）——扮演者：美丽的梅布尔·霍普金斯

维多利亚时期的警察——扮演者：旅店主巴奇

可以看出，在拉特鲁布的历史剧中，女性是历史的主导，英国历史的整个历程都充满了女性气质。剧中几乎所有的主要角色都是由女性来扮演的，即便出现了旅店主巴奇或者饰演配角的群众，那也都是属于边缘的、为女性领导者服务的群体。女性角色突破"他者"地位成功"逆袭"，成为历史记录的主宰者，让我们忘记了男性对历史的重写，[1] 而拉特鲁布女士也打破了在历史编纂史上女性史学家失声的现状，再现了女性历史的面目。

然而，女性历史的重写只是拉特鲁布女士自己心目中的英国历史，并不是所有的人都买账。比如，在梅休上校眼中，英国历史不能缺少军队和战争，"没有军队怎么叫历史呢"；[2] 而在巴塞罗缪看来，安妮女王时期"理性

---

[1] Jane Marcus, *The Representation of Women*, Baltimore: Johns Hopkins University Press, 1983, p. 62.

[2] Virginia Woolf, *Between the Acts*, London: Granada Publishing Limited, 1978, p. 115；中文译本参考自弗吉尼亚·伍尔夫：《幕间》，谷启楠译，人民文学出版社，2003。以下引用只标注英文版页码，中文版不再标出。

占据统治地位"的历史才让他感到兴奋而鼓起掌来；信奉上帝的斯维辛太太对历史并不感兴趣；而伊莎一直沉浸在同农场主海恩斯的爱情之中，过去的历史是造成婚姻悲剧的缘由……因此，不同的人对历史有着不同的理解和立场，历史永远都不是客观的存在。所谓的历史真实也只是个人眼中的产物，并非绝对客观公正的，亦非唯一正确的。

2. 由"历史 2"转向"历史 2'"

以上分析表明，现代主义历史小说已经表现出对"历史 2"客观真实的质疑和反驳。作家们通过各种实验性的叙述技巧，如多重叙述声音、时间错乱、多元叙事等反映出历史知识的多面性和历史真实的主观性。当杂乱的时间排列打散线性历史叙述中隐含的逻辑顺序和因果关系，当历史知识生成过程中的人为建构因素被暴露于众，传统历史叙写中和谐、聚拢、均匀的历史意象便被搅乱、冲破和随意置放，曾经晴朗明晰的历史天空乌云密布。历史真实遭受质疑，"历史 2"反映"历史 1"的能力遭到否定，那么融合了"历史 2"和艺术想象统一关系的"历史 3"究竟发生了怎样的变化？这要从伍尔夫对司各特的评论谈起。

19 世纪中后期以来，以司各特为代表的英国传统历史小说已经因不再适应当代史学观的发展和读者阅读需求的变化而逐渐失去了影响力。1924 年，伍尔夫在随笔《古董家》（*The Antiquary*）一文中指出："有些作家的影响力大不如前，他们不再享有重要的声誉，作品或被拿来消遣或者遭到忽视，但已经不再被批评和阅读了。司各特就是其中的一位。"[①] 当然，这并不代表伍尔夫是反对司各特的，她一直将司各特视为尊敬的前辈，只是觉得他的作品已不再适合当下的生活。而这种"不再适合"主要表现在司各特对人物内心世界的忽视上："的确，司各特笔下的人物具有严重的心理缺陷：他们只有在说话时才是活着的，他们也从不会思考。作家也从未试图去探究他们的内心世界，或者尝试根据他们的行为做出任何的推断。"[②]

伍尔夫此番评论同其一直以来对人物精神世界的重视密不可分。在《论

---

① Virginia Woolf, "The Antiquary," in Lenoard Woolf ed., *Collected Essays Vol. 1*, London: Hogarth Press, 1945, p. 141.

② ibid.

现代小说》（*Modern Fiction*）一文中，她将威尔斯（H. G. Wells）、贝内特（Arnold Bennett）以及高尔斯华绥（John Galsworthy）三位作家称为物质主义者（materialists），并认为："他们关心的不是精神（spirit）而是身体（body），这一点令我们深感失望，也让我们产生一种感觉——英国小说越快背离他们而去……越有利。"① 在伍尔夫看来，比起外部的、宏观的描述，人的内心世界和灵魂深处更值得描述和推敲。对此，她描述道：

> 我们可以考察一下一个普通的心灵在普通一天的内心经历。它接受了无以计数的印象——琐碎的、幻想的、转瞬即逝的，抑或尖锐地刻在心头的。这些印象从四面八方涌来，仿佛成千上万的原子在簇射。它们的坠落，形成了星期一或者星期二的生活……生活并非对称排列的一系列的镜面，生活是一个明亮的光环。小说家的任务难道不是将这种未知而复杂的精神世界传达出来，并尽可能地避免掺杂外界的异己之物吗？②

因此，在伍尔夫看来，乔伊斯才是当代作家中的重要人物，是"精神主义"（spiritualist）的典型代表。正是他帮助我们"按照原子落在心灵上的顺序记录生活，让我们追寻那些互不连贯的表象，让我们意识到生活中那些公认伟大的事物并非想当然地比公认微小的事物更有意义和价值"。③ 换言之，伍尔夫所认为的"真实"并非来源于外部的客观世界，而是来自生活的主体——人在日常琐碎事务中的刹那之感和俯拾即是的情感体验。这种真实与来自历史记录和事件描述的真实（即"历史2"）并不相同。它是生命本真的写照，是一种生命本源的真实。生命本身取代外部事物构成客观实在，成为小说书写的主要对象；人的灵魂和思想从被现实所隐匿或被现实所忽视和排挤，到"翻盘"成为主导作品指向的重要因素。这种"心理真实"是伍

---

① Virginia Woolf, "Modern Fiction," in David Bradshaw ed., *Virginia Woolf: Selected Essays*, Oxford University Press, 1992, p. 7.

② ibid, p. 9.

③ Virginia Woolf, "Modern Fiction," in David Bradshaw ed., *Virginia Woolf: Selected Essays*, Oxford University Press, 1992, p. 9.

尔夫对现代主义文学做出的巨大贡献，表明"作家应该而且有能力揭示这一（意识流）精神特质；文学应该表现而且业已表现了心理真实"。[①]

在现代主义语境之下，伍尔夫的真实观并不孤立。同此前本文所提到的世纪之交史学理论由如实求真和客观公正向主观体验和精神文化转变一样，心理因素的盛行在现代主义时期是普遍的现象。自然，这与社会造成的悲观失望、焦虑迷茫、异化孤独等时代主题密切相关。同 19 世纪稳定富足的社会相比，动荡不安的社会更需要心灵的慰藉和指引。而当这种慰藉和指引被搁置在现代主义历史小说文类上时，传统的"历史 2"也丧失了原有的功能和作用，从而被"主观真实"——姑且称之为"历史 2'"取代。

"历史 2'"的生成让现代主义历史小说的面貌发生了很大的改变。曾经被司各特等传统历史小说家忽略的历史人物的内心活动被推至重要的地位，小说的创作理念也由"客观地反映历史现实"转向"客观地反映历史意识"。传统小说中的线性有序的时间发展、逻辑鲜明的因果判断等都被主观世界的瞬时感、零碎感，以及游移感代替。人在历史长河中的主观体验以及由此绵延出的各种细密思想都被细致地记录下来，形成碎片化的历史真实。意识的流动而非时间的流动构成连接历史的桥梁。叙述的历史由人物史和事件史转向心灵史和心理史。

其实，现代主义历史小说真实观向"历史 2'"的转变在早期康拉德的历史小说中就已有所体现。在《诺斯托罗莫》中，康拉德采用多元化的叙述视角为展现人物内心活动和精神思想提供了可能。在多重视角的影响下，主观世界拨开外部环境的层层迷雾重见天日，人物形象更加丰满立体，历史意识也得以准确地表达。至伍尔夫，历史小说对人物内心的重视达到了前所未有的程度。以《幕间》为例，伍尔夫摒弃了传统历史小说中波澜壮阔的场景描写，取而代之以生活中最为平常和琐碎的事物为描写对象。宏大的史述碎化为微小的生活片段，外部的事件和环境描写转向零散细腻的内心世界，"历史 2'"成为新的主导历史书写的重要因素。

该小说创作于两次大战的间隙。一战的阴影还未散去，二战的危机逐步

---

① 屈光：《中国古典诗词中的意识流》，《中国社会科学》2000 年第 5 期，第 163 页。

逼近。伍尔夫不断在日记中记录下对战争的恐惧与无奈："战争带来的压力迅速将伦敦整个儿毁了，这是难熬的一天。"（1940 年 6 月 9 日）[1]"现在我们已卷入了战争……昨天我才第一次完完全全有了这么一种感觉，感到了压力、危险与恐惧。"（1940 年 8 月 31 日）[2] 现实的残酷使以伍尔夫为代表的现代作家深感不安和恐惧，危机感、焦虑感不断攀升，人们逐渐丧失了信仰，人性日趋复杂。这种主观体验在很多场合都曾出现。比如，作者描述道："气象专家预报过的风向不定的微风将黄色的窗帘掀起，打乱了光线，也打乱了影子。炉火变暗，又亮了起来；身上带着龟壳花纹的蝴蝶拍打着窗户下面的玻璃……"[3] 此处日常普通的自然现象复活成了主观的存在，一种焦虑和躁动的氛围油然而生。再比如，这种主观体验时常演化成为由语言构成的历史的碎片。戏剧结束时，广播里传来莫名的声音："看看我们自己，女士们，先生们！再看看那面墙！问问自己，这面宏伟的文明之墙（也许不应该这么叫）怎么能由像我们这样的饭渣、油渣和碎片去建设呢?"[4] 历史不再有宏大完整的叙事构成，而是碎裂为无意义、无内涵的琐碎之事。这恰是现代人孤独、疏离、异化心灵的真实写照。其实，历史一直都存在，它的变化并非来自其客观本身，而是人们对其的认识和理解。而这种认识和理解的结果深刻反映了人们主观思想的改变。在现代主义历史小说里，历史完整的框架融化为闪光的心灵碎片，它"调子突然变了，声音刺耳……丁零当啷的……噼啪的声音，刺耳的声音！什么都没有终点。那么突兀，那么败落"。[5]

三 "历史2'"转向后构建心灵史的依据

以上的分析表明，在史学理论由传统科学主义史学向现代人文史学转变的过程中，现代主义历史小说家的历史观亦发生了重大变化。这种变化表现

---

[1] 〔英〕弗吉尼亚·伍尔夫：《伍尔夫日记选》，戴红珍、宋炳辉译，百花文艺出版社，2005，第 230 页。

[2] 同上书，第 247 页。

[3] Virginia Woolf, *Between the Acts*, London：Granada Publishing Limited, 1978, p. 17.

[4] ibid, p. 136.

[5] ibid, p. 133.

在文本中即小说家对"历史2"真实性的质疑、对"历史2"反映"历史1"能力的否定，以及由"历史2"向"历史2"的转向。

在这种转向过程中，"历史3"的状况自然也发生了变化。前面提到，传统历史小说"历史3"融合了"历史2"以及由"历史2"引发的艺术想象，是二者和谐统一的结果。此时的"历史3"是历史真实与艺术真实的统一，是"历史优先原则"之下的合理想象。那么"历史2"转向之下的"历史3"状况如何呢？

伍尔夫的《奥兰多》是阐释此问题的十分典型的文本。在小说中，主人公奥兰多的生命经历穿越四百年的岁月时空，由年轻男子变身为青年女性，情节荒诞离奇，充满奇幻色彩。主人公的身份几经转换，性格也复杂多变。他曾是文艺复兴时期伊丽莎白女王的男性爱宠，是詹姆士王朝的宫廷贵族，是英国派往君士坦丁堡的钦差大使，是隐居乡间的落寞诗人，亦是同船长相恋的妙龄少女。仅仅一个奥兰多，就分饰多个角色，而每一个角色都是伍尔夫对人性深处自我角色的探讨。

奥兰多性别由男向女的转变，为伍尔夫将女性视角切入传统男权视角提供了契机。16世纪，年轻的奥兰多将先辈们在战场上带回的头颅悬在房椽上练习刺杀，具有强烈的男子气概；变成女人的奥兰多尽管在外貌上没有太大的变化，但"她的头脑像女人一样正在变得更加谦逊；她的性格也像女人一样，变得虚荣了一些"。[1] 她开始穿女人的服饰，穿随风飘荡的裙子，像女人一样行鞠躬礼。如果将奥兰多作为男人的画像和作为女人的画像进行对比，我们就会发现，"男人的那幅画像是用手自由地握着剑，女人则必须用手抓住缎子披肩防止其从肩上滑落。男人正面朝着整个世界，仿佛这个世界是为了他的意图并且以他喜欢的方式建立。女人则侧着身斜视着它，表情微妙，甚至有些怀疑"。[2] 在此，男性在社会中的主导地位和女性的附庸地位得到深刻的体现。

然而，在进行女性视角的切换时，有着男性经历的奥兰多也对男性产生了更深入的理解。比如，当哈里公爵向奥兰多表白倾慕之心时，已成为女人

---

[1] Virginia Woolf, *Orlando: A Biography*, London: Vintage Books, 2004, p. 120.

[2] Virginia Woolf, *Orlando: A Biography*, London: Vintage Books, 2004, pp: 120 – 121.

的奥兰多却没有像往常的女性一样逃避和拒绝，因为她"从自己作为男人的经验中得知，男人其实和女人一样经常无缘无故地哭泣；但是她已开始渐渐意识到当男人在女人面前展现自己的感情时，女人也应该受到震动。因此她受震动了"。①

具备双重性别经历的奥兰多的角色设计使作者避免从单一视角对性别形成偏见和误解，取而代之以更加客观和真实的角度体察两性的特点和相互之间的关系。不仅如此，奥兰多的多重身份还兼具了作者对文学及作家的讨论。在文艺复兴和17世纪，奥兰多同当时的诗人一样，热衷于通过创作十四行诗来表述女王们对他的爱慕。18世纪，她初遇蒲柏先生，认为与他一同坐在马车里"对一位年轻女性来说是一种至高无上的荣誉"。② 然而她认识到，即使能够和蒲柏同处一室，"即将到来的时代不会对我或者蒲柏先生有任何的影响。'时代'到底是什么？'我们'又是什么？"③ 换言之，文学是什么？文学是永恒的吗？在同蒲柏、爱迪生、斯威夫特等人的交往中，奥兰多逐渐发现他们也并不如人们传言中那样地高尚和优越，他们"身上根本没有可崇拜的东西，最多是同情，更多的则是鄙视"。④ 19世纪重遇奥兰多的尼克·格林合时宜地表达出维多利亚时代文学的状况："我们所有的青年作家都受雇于图书经销商。他们可以创作出任何能够用来支付裁缝账单的垃圾作品。这就是一个时代。"⑤ 奥兰多对此"无法解释，感到失望"。⑥ 因为"这些年一直将文学视为像风一样狂野，像火一样灼热，像闪电一样迅速的东西"。⑦

奥兰多生平的情感爱恋和作为女性诗人的意识和崛起正是伍尔夫对两性关系和文学传统的思考和表达。在很多情况下，读者可以发现，伍尔夫已经同奥兰多融为一体。不是传记作者在对奥兰多作传，而是伍尔夫本人在发表

---

① Virginia Woolf, *Orlando: A Biography*, London: Vintage Books, 2004, p.115.

② ibid, p.131.

③ ibid.

④ ibid, p.132.

⑤ ibid, p.182.

⑥ ibid, p.183.

⑦ Virginia Woolf, *Orlando: A Biography*, London: Vintage Books, 2004, p.115.

对事物的评论。奥兰多多变的身份和性格代表了伍尔夫对不同自我的深刻探讨。她说：

> 我们由这么多的自我构成，一个加在另一个上面，就像侍者手中堆砌的盘子一样，这些自我在其他的地方有所联系，同情、微小的组织和权利……会有一个只在下雨的时候到来，有一个在有绿色窗帘的房间里，有一个在琼斯夫人不在的时候到来，还有一个需要你提供一杯酒的承诺，等等。①

为了实现对主观世界的探讨，外部的历史环境被用来为实现主观真实提供合情想象。对于奥兰多来说，性别和身份的变化所带来的对自我认知的思考需要外界环境的相应配合。奥兰多在不同历史时期的相异自我在历史时代精神中得到精妙的阐释。他/她身上所承受的厚重的历史磨砺蕴含着作者对于两性关系、女性地位以及文学传统等主题的深邃思考。因此，看似荒诞奇幻的四百年时空并非异想天开、毫无依据。这也是历史小说与幻想小说重要的区别，即历史小说想象是合理性和合逻辑性的。主人公主观的认识和感知操纵着历史时空的变幻和流逝，二者相互贴合联系，共同建构了奥兰多这一现代形象的心灵史。

由以上分析或许可以得出这样的结论：现代主义历史小说家意识到"历史2"，即历史真实以及"历史2"对"历史1"反映的可疑性之后，真实观转向了"历史2'"，即主观真实，并在作品中更加注重历史人物的内心的成长和对外界事物细致入微的感知。事件的发生与结束、环境的变迁与停留、时间的流逝与静止……所有一切的指挥棒都交付于人物的主观体验，都围绕心灵流转的过程进行。历史不再是节奏均匀的固定化、理性化进程，而是一种随人物心理活动而变换的附庸成分。他们认为，相对于历史人物和历史事件的客观描述，人物内心世界的情感历程更为真实。围绕这种历史真实观，现代主义历史小说中"历史3"的状况也发生了相应的变化。历史小说中的

---

① Virginia Woolf, *Orlando: A Biography*, London: Vintage Books, 2004, p. 201.

艺术想象从围绕"历史2"展开转变为为"历史2'"服务，人物的内心世界由被外部历史环境所隐藏或者忽略转变为影响历史想象的核心内容。尽管如此，新生成的"历史3"依然是历史（主观）真实和历史想象和谐共生的产物，历史想象依然围绕历史真实展开。因此，这里可将现代主义历史小说的"历史3"归结为"心理真实（'历史2''）转向之下的合情想象"。

第三节　复数历史意识下的多维想象

两次世界大战后，后现代主义思潮席卷欧美。虽然"后现代主义"一词本身就是一个纷繁复杂的概念，其内涵和外延都十分模糊，至今无从定论，但不可否认，在这次思想解放的狂澜中，西方社会从建筑、艺术、哲学、思想直至文学均发生了巨大的变化。具体至英国历史小说领域，新时期史学理论及文学艺术技巧的革新和发展深刻影响了历史小说的创作面貌，也反映了作家对于历史真实和艺术虚构之关系的全新认知。而对于这些新认知的阐述，自然也要从战后西方史学理论的发展谈起。

一　后现代历史学的叙事主义转向

由思辨的历史哲学向批判的历史哲学的转变是 20 世纪以来历史哲学发展的重要特征。历史哲学的思辨和批判之分来自英国历史哲学家沃尔什（W. Walsh）的《历史哲学——导论》（*Philosophy of History：An Introduction*，1960）一书。① 所谓思辨的历史哲学即"将历史过程作为一个整体，试图在历史中（在事件的过程中）发现一种超出一般历史学家视野之外的模式或意义"。② 因此，思辨的历史哲学是一种历史目的论哲学。大多数思辨的历史哲学家都赋予历史发展进程某种最终目的，通过整个历史进程达到某种最高境

---

① 〔英〕沃尔什：《历史哲学——导论》，何兆武、张文杰译，社会科学文献出版社，1991，第 8～20 页。
② 〔美〕威廉·德雷：《历史哲学》，王炜、尚新建译，生活·读书·新知三联书店，1988，第 1～2 页。

界。① 这种目的是康德所指的"大自然隐蔽的计划",是黑格尔推崇的"绝对精神",也是汤因比提倡的"历史事实背后的意义"。

注重对理性规律和意义的探寻是思辨历史哲学的主要特征。思辨历史哲学力求对历史做出准确的归纳和总结,以达到对历史的整体认知,是人类在历史本体认知方面取得的重要成果。然而,随着新世纪人类思考问题方式的变化,各个学科都开始认识论层面上的自我反思和剖析,历史哲学亦是如此。自汤因比之后,西方历史哲学领域开始了由思辨哲学向批判哲学的转变。在这一转变过程中,历史学科的性质、历史知识的传达与阐释、历史的客观性与真实性等关乎学科本身的一系列问题被提出来讨论。批判的历史哲学的主要任务可以说是澄清和分析历史的"观念"(idea)。因此,我们开始即可以询问:历史研究是干什么的?② 这种新的历史哲学不同于思辨历史哲学将历史本体作为研究对象,取而代之以历史认识作为研究对象,是一种"认识的认识""反思的反思"。③

如前所述,世纪之交以狄尔泰、克罗齐、科林伍德等人为代表的西方批判历史哲学家通过对兰克客观史学的批判和反制开启了人类新的历史认知历程。批判的历史哲学"致力于弄清历史学家自身研究的性质,其目的在于'划定'历史研究在知识的地图上所应占有的地盘"。④ 为此,批判史学家们从历史学科的性质出发,对历史知识的属性、性质、结构以及认知方式等问题进行深入剖析,完成了对历史知识客观性限度的探讨等重要历史命题工作,将史学理论的发展推到一个崭新的阶段。

二战以后,分析的历史哲学取代批判的历史哲学开始在西方史学界兴起。如果说批判的历史哲学揭露了兰克客观史学和实证主义史学存在的各种问题,那么分析的历史哲学则是将立意放在历史学一门科学的基础之上,但

---

① 严建强、王渊明:《西方历史哲学——从思辨的到分析与批判的》,浙江人民出版社,1997,第5页。
② 〔美〕威廉·德雷:《历史哲学》,王炜、尚新建译,生活·读书·新知三联书店,1988,第6页。
③ 严建强、王渊明:《西方历史哲学——从思辨的到分析与批判的》,浙江人民出版社,1997,第129页。
④ 〔美〕威廉·德雷:《历史哲学》,王炜、尚新建译,生活·读书·新知三联书店,1988,第1~2页。

二者均以思辨的历史哲学为批判对象。分析的历史哲学研究的主要对象是历史解释的模式问题，即如何解释历史事实。这是对思辨的历史哲学确定历史事实之后更进一步的思考。在分析史学家看来，当历史知识的客观真实性消解之后，如何解释历史问题成为当代历史学家要面临的重要任务。为此，培养历史问题意识、建构理论模型、介入价值关怀和人生体验等内容都纳入分析史学家考量的范畴。总体说来，分析史学派承袭了两大传统："一个是源自亨普尔（又译亨佩尔）和波普尔（又译波谱）的覆盖定律模型，一个是继承科林伍德的传统而在德雷等人手上得到大力阐扬的逻辑关联论证（Logical Connection Argument）模式。"① 在德雷（William H. Dray）看来，也可以分为这两类方向：一类力图展现历史的普遍规律和历史的预见功能，另一类则致力于探寻有关既定历史事件或事件状态的原因。②

　　波普尔（Karl Raimund Popper）是分析历史哲学的重要代表人物。他十分重视人类知识的增长，认为"连续性增长是科学知识的理性特点和经验特点所必不可少的"。③ 波普尔指出，科学研究是为了解决问题，因而其所提出的理论必须通过"观察、实验加以检验"。④如果这个理论通过了所有检验，我们就有充分的理由推测，我们知道比其先行者具有更多真理性内容的这个理论，可能没有更多的虚假性内容。⑤ 而科学理论最终的结果必将证伪："如果这个结论被证伪，那么它们之被证伪，也就证伪了它们由此被合乎逻辑地演绎出来的那个理论。"⑥ 换言之，只有经过证伪环节的理论才是真正科学的。与这种科学方法论类似，波普尔的历史哲学理论也必然经历"观察和实验"的过程。但与科学知识有所不同的是，历史理论的"检验"环节是缺

---

① 彭刚：《叙事的转向——当代西方史学理论的考察》，北京大学出版社，2009，第 145 页。

② William H. Dray, *On History and Philosophers of History*, Netherlands: E. J. Brill, 1989, p. 92.

③ 〔美〕卡尔·波普尔：《猜想与反驳——科学知识的增长》，傅季重、纪树立等译，上海译文出版社，1986，第 308 页。

④ 周兵、张广智、张广勇：《西方史学通史　第六卷：现当代时期》，复旦大学出版社，2011，第 254 页。

⑤ 〔美〕卡尔·波普尔：《客观知识——一个进化论的研究》，舒炜光、卓如飞等译，上海译文出版社，1987，第 86~87 页。

⑥ 〔美〕卡尔·波普尔：《一些基本问题的考察》，载纪树立《波普尔科学哲学选集》，生活·读书·新知三联书店，1987，第 21 页。

失的，因为它仅仅是一种"符合预先设想（preconceived）的理论的事实"。[①]
也就是说，人类历史的未来行程是不可预见的，因而我们必须摒弃理论历史
学的可能性，不可能存在有关历史发展的任何科学理论。[②]

为此，波普尔提出了"历史的解释"的定义。在他看来，"一种选择性
的观点或历史兴趣的焦点，如果不可能被总结为一种可检验的假说的话，我
们就称之为'历史的解释'"。[③] 照此，很明显，历史的解释是多元化的，它
们"基本上处于提示性和任意性的同样水平之上"。[④] 因而，历史主义者对
一元化的历史解释的自信和古典历史学家们为追求客观性的观点而力图避免
任何选择性的观点的做法都是不合理的。历史学需要摆脱这两种困境，坦率
承认历史观点的多样性和不可检验性。

分析历史哲学的另一位代表卡尔·亨普尔（Carl Hempel）也十分擅长以
数理逻辑分析历史，认为所有的经验科学在方法论上都有共通之处，"在历
史学上应用模型来解答有争议的关于历史解释方面的问题，这是亨普尔对现
代历史哲学的主要贡献"。[⑤] 他在《普遍规律在历史中的作用》（*The Function
of General Laws in History*, 1942）一文中针对"将历史学视作关于过去特定事
件的特定描述而不适用于普遍规律的研究"这一看法提出了反驳。亨普尔认
为，历史学隶属于科学，是科学的一个分支，历史解释必须受到普遍定律覆
盖，符合科学解释的模式。这一覆盖定律模型的提出，表明历史学和科学一
样，可以在普遍规律的前提下通过推理演绎得出结论。这里，亨普尔将普遍规
律理解为"一种能由适当的经验结果来确证或否证的全称条件形式的陈述"。[⑥]

---

① 周兵、张广智、张广勇：《西方史学通史　第六卷：现当代时期》，复旦大学出版社，2011，
　　第 254 页。
② 〔美〕卡尔·波普尔：《〈历史主义的贫困〉序》，载张文杰《历史的话语：现代西方历史哲
　　学译文集》，中国人民大学出版社，2012，第 209 页。
③ 〔美〕卡尔·波普尔：《〈历史主义的贫困〉摘译》，载张文杰《历史的话语：现代西方历史
　　哲学译文集》，中国人民大学出版社，2012，第 223 页。
④ 同上。
⑤ 周兵、张广智、张广勇：《西方史学通史　第六卷：现当代时期》，复旦大学出版社，2011，
　　第 256 页。
⑥ 〔美〕卡尔·亨普尔：《普遍规律在历史中的作用》，载张文杰《历史的话语：现代西方历
　　史哲学译文集》，中国人民大学出版社，2012，第 305 页。

这些普遍规律在科学预见中发挥着重要作用，它们可以通过描述已知条件的陈述推导出对于某一将来事件的陈述。而这些适用于经验科学的普遍规律同样也适用于历史学的解释。"历史解释的目的也在于表明，所研究的事件不是'偶然的事'，而是鉴于某些先行条件或同时性条件而被料想到的。"①

继亨普尔之后，沃尔什又提出了"配景主义"的理论体系。所谓"配景"，就是"通过追溯一个事件同其他事件的内在联系，并把它置于其历史环境中来解释该事件的程序"。② 在沃尔什看来，任何一本历史著作都是历史学家主观思想与在其支配下提供的证据相结合的产物。历史学家所要讨论的事件，应该"看作当时正在进行着的一个总运动的一部分而开始他的解释。"③ 比如，希特勒 1936 年重占莱茵区这一事件，是通过读者对其在一系列事件中进行定位并将其视为一系列政策中的一个步骤才能产生理解的。因此，

> 我们在一种可理解的意义上就可以说，某些历史事件是有着内在联系的。它们这样地联系着，是因为所讨论的那些系列的行动形成了一个整体，我们的确可以说不仅是后来的成分取决于以前的成分，而且还可以说决定是相互的，早先的成分本身也要受到后来的成分为人的预期这一事实的影响。这是一种我们在自然界所没有遇到过的情况，因为自然事件，无论如何就科学的目的而言，是没有"内部"的，所以就只允许有外部的联系。④

随后，又有许多历史哲学家，如德雷（William Dray）、明克（Louis Mink）、加利（Walter Gallie）、丹托（Arthur Danto）、阿特金森（R. F. At-

---

① 〔美〕卡尔·亨普尔：《普遍规律在历史中的作用》，载张文杰《历史的话语：现代西方历史哲学译文集》，中国人民大学出版社，2012，第 309 页。

② W. Walsh, *Philosophy of History: An Introduction*, New York: 1960, p. 59, 转引自何平《西方历史编纂学史》，商务印书馆，2010，第 343~344 页。

③ 〔英〕沃尔什：《历史哲学——导论》，何兆武、张文杰译，社会科学文献出版社，1991，第 54~55 页。

④ 〔英〕沃尔什：《历史哲学——导论》，何兆武、张文杰译，社会科学文献出版社，1991，第 54~55 页。

kinson)、库恩（Thomas Kuhn）等纷纷对历史知识的解释提出了自己的看法，但大部分都延续了亨普尔和沃尔什等人的路线，即重视历史解释的情景化和规律化，对其有批判地发展和继承。比如，德雷认为，历史事件是唯一的、不可重复的，人们所感兴趣的是"那一次法国大革命或那一次查理一世的死刑"，[1] 因为历史学家对这些历史事件的兴趣并非在于革命或死刑共有的特性，他们要研究的"恰恰是这些事件的唯一性和特殊性"。[2] 正因如此，德雷认为亨普尔的覆盖定律模型无法涵盖所有的历史事件，相反，人类的理性和意图才构成了对历史合理的解释。而阿特金森则从历史解释的非唯一性角度出发对覆盖定律模型进行了补充。既然历史的解释是多元化的，那么历史解释就不是普遍存在的唯一真理。明克则认为历史的解释取决于时间在行动序列中的位置，而这种序列位置包括了历史学家本身所处的时代背景和文化环境。除此以外，美国史学家库恩是"激烈反对覆盖定律模型"[3] 的代表。库恩所站的立场是同亨普尔理性主义截然相反的非理性主义，并由此掀起了非理性主义同以普波尔集团为代表的科学理性主义之间的激烈论战。在论战中，库恩抨击了传统逻辑经验论对科学知识客观性的推崇，也指出了波普尔理论模型的漏洞，对传统科学哲学形成了巨大的冲击。在其博士论文《科学革命的结构》中，库恩提出了著名的范式理论，强调了科学共同体即范式主体的重要意义，为理解科学提供了人文主义的视角。库恩认为，科学并不是独立于人类主观世界之外的领域，科学家本身的动机和心理同科学结果有着密切的联系。科学的解释存在于既定的机构中，"科学家都是常人，他们关心在给定的框架下研究的难题"。[4]

二战以来，分析的历史哲学因在史学界和哲学界得以大力发展而成为学术界的主流。然而，盛极必衰、物极必反，事物辩证的发展规律往往如此。"某一种理论范式之下对该领域的理论探讨，往往会因为该范式所提供的核

---

[1] 〔美〕威廉·德雷：《历史哲学》，王炜、尚新建译，生活·读书·新知三联书店，1988，第15 页。

[2] 同上。

[3] 周兵、张广智、张广勇：《西方史学通史　第六卷：现当代时期》，复旦大学出版社，2011，第259 页。

[4] 〔英〕蔡汀·沙达：《库恩与科学战》，北京大学出版社，2005，第15 页。

心问题在一定阶段内可被深入的程度以及思考问题的角度的各种可能性大量消耗之后而陷入僵局。"① 20世纪中后期，西方后现代主义思潮的兴起使历史的话语本质得到重视，随之而来的是历史知识的科学性本质也遭受抨击和质疑，继而难逃成为众多历史话语的一种命运。科学的实证方法已无法继续满足后现代条件下人们对历史知识的审视的需求。因此，正如丹图所认为的，20世纪60年代以来，分析的历史哲学逐渐衰落。②

其实，分析的历史哲学将特定规律视为历史解释的前提条件也招致了诸多怀疑，如作为描述特定历史时期、人物和事件的历史学如何能够受制于特定的理论框架之中？不过，即使出现此类质疑，分析的历史哲学依然具有重要的理论意义。它所提出的"覆盖定律模型""配景主义""列位解释"等历史解释新概念为后继历史学家进一步探讨历史意义的生成起到了巨大的推动作用。正是分析的历史哲学将人们的目光引入历史知识的深层结构中来，发起对历史知识的表述进行更深层次的研究，特别是对历史叙述的结构的研究。③ 1960年，《历史与理论》（History and Theory）杂志在美国创刊，将历史学家对规律、因果关系、解释及预言这些话题的讨论转移至历史学家学做历史的方式上来。波科克（J. G. A. Pocock）在论文中呼吁历史学家要考察使用的术语中"带着什么样的逻辑的、社会学的或其他别的蕴含"，最终发生了赫克斯特（J. H. Hexter）所要求的"历史思想中的革命"。④ 由此，西方历史哲学领域再次发生了重大的理论转向，即叙事/叙述的转向（narrative turn），或曰修辞的转向（rhetoric turn），或曰语言学的转向（linguistic turn），而引领这一转向的最为重要和关键的代表人物是美国历史哲学家海登·怀特。

怀特于1966年在《历史与理论》上发表了一篇名为《历史的负担》

---

① 彭刚：《叙事学的转向——当代西方史学理论的考察》，北京大学出版社，2009，第2页。

② A. C. Danto, "The Decline and Fall of the Analytical Philosophy of History," in F. R. Ankersmit and H. Kellner eds., *A New Philosophy of History*；转引自韩震、董立河《历史学研究的语言学转向——西方后现代历史哲学研究》，北京师范大学出版社，2008，第34页。

③ 何平：《西方历史编纂学史》，商务印书馆，2010，第342页。

④ 理查德·汪：《转向语言学：1960－1975年的历史与理论和〈历史与理论〉》，载陈新《当代西方历史哲学读本1967～2002》，复旦大学出版社，2004，第35页。

（*The Burden of History*）的学术论文，开启了对传统史学批判的历程。在文章中，怀特开篇就对传统历史学家眼中的学科定位表示不满，他提及了历史学家回应质疑的一种策略（tactic）：当社会科学家怀疑其研究方法或结果不够严密时，他们就声称历史诉诸直觉，因此从来就不是纯正的科学（pure science）；而当遭遇文学艺术家谴责其拒绝使用当代文学形式展现历史时，他们又辩解说历史数据并非完全向艺术领域开放。[1] 在怀特看来，正是这种陈旧的科学和艺术的理念才造成了历史学科属性模棱两可的无用之争，而恰恰也是这种争论导致了当代史学理论本身矛盾重重。为此，怀特提出当代历史学如果拒绝使用现代艺术和科学的最新成果，它的前途依旧黯淡。[2]

《历史的负担》一文正是怀特站在后现代视阈下将现代艺术和科学思想引入历史研究的第一步。在随后的重要著作《元史学：十九世纪欧洲的历史想象》（*Metahistory：The Historical Imagination in Nineteenth-Century Europe*，1973）中，怀特就历史学科的性质和认知模式进行了更加翔实的分析。此书的出版"不仅成为当代西方历史哲学研究中语言学转向的标志"，[3] 也代表了"后现代主义史学理论的主要形态"。[4] 总体来看，《元史学：十九世纪欧洲的历史想象》主要完成了两项理论成果：一是"旨在确立历史作品普遍存在的诗学本质"，二是"展示一种被称为'历史的'思维模式的一般性结构理论"。[5]

怀特认为，历史作品是"以叙事性散文话语为形式的一种言辞结构"，[6] 历史学家通过建构一种论证结构来实现对过去的阐释。他将历史著述理论分为五个方面：编年史、故事、情节化（emplotment）模式、论证模式、意识形态蕴涵模式。其中"编年史"和"故事"是历史记述中的"原始要素"，

---

① Hayden White, "The Burden of History," *History and Theory*, 1966 (2), pp: 1, 111–134.

② ibid, p. 134.

③ 陈新：《译者的话》，载〔美〕海登·怀特《元史学：十九世纪欧洲的历史想象》，陈新译，译林出版社，2009，第1页。

④ 彭刚：《叙事学的转向——当代西方史学理论的考察》，北京大学出版社，2009，第195页。

⑤ 陈新：《译者的话》，载〔美〕海登·怀特《元史学：十九世纪欧洲的历史想象》，陈新译，译林出版社，2009，第2页。

⑥ 〔美〕海登·怀特：《元史学：十九世纪欧洲的历史想象》，陈新译，译文出版社，2009，第2~3页。

反映了材料从未经加工的原始模式历经选择和排列呈现出来的过程。而"情节化"、"论证模式"以及"意识形态蕴涵模式"则是故事之间相互联系的不同方式，换言之，它们是历史作品作为一种叙事话语的三个基本层面。首先，历史领域中的各种散乱的要素按时间先后顺序被排列成"编年史"，之后"编年史"在初始动机、终结动机、过渡动机等因素的影响下按照事情的场景或过程被组织成故事。人们通过确定该故事的类别（如浪漫剧、悲剧、喜剧、讽刺剧等）来确定故事传导的"意义"，即对故事做"情节化解释"。所有的历史都是情节化的产物。而所谓的"形式论证式解释"则是史学家为说明故事的"中心思想"或"主旨"而做出的规律－演绎式解释论证，是诉诸一般因果规律对历史进行解释的言辞模型。第三种"意识形态蕴涵式解释"强调了史学家特殊的伦理立场对历史撰述的影响。这些意识形态维度涉及无政府主义、保守主义、激进主义和自由主义等。①

很明显，怀特的理论取向是将历史撰述与文学作品等同起来作为出发点来建构历史哲学的。他明确指出，历史同文学一样，也是作者意识形态的产物，具有结构上的情节化特征。在怀特看来，这种情节化特征使历史事件并不是唯一存在的真实：

> 意义的生产可以被视作一种执行过程，因为任何一种既定的真实事件都可以许多种方式将其情节化，可以被讲述成许多不同种类的故事。虽然没有任何既定的真实事件生来就是悲剧的、喜剧的、滑稽剧的，但只要被强加在特定故事结构中就可以成为如此。正是故事类型的选择和它对事件的施加赋予了事件意义。②

因此，在西方史学后现代主义叙事学转向下，以海登·怀特为代表的后现代主义史学家从情节化的角度出发，否认了历史真实的确定唯一性，认为

---

① 〔美〕海登·怀特：《元史学：十九世纪欧洲的历史想象》，陈新译，译文出版社，2009，第 1～32 页。

② Hayden White, *The Content of the Form: Narrative Discourse and Historical Representation*, Baltimore and London: The Johns Hopkins University Press, 1987, p. 44.

历史知识在后现代语境下是多元化的、立体的、丰富的。它的意义是由不同的历史基本素材在嵌入不同的故事类型结构中获得的。情节结构不同、意识形态不同，以及故事类型不同，其生成的历史意义也随之不同。

二 后现代历史真实性的神话

在上一节中本书分析了英国现代主义历史小说对历史真实客观性的质疑以及向"历史2'"，即主观真实的转向。至后现代主义历史小说，情况又大为不同。在后现代史观下，历史已经成为一种叙事话语，具有文本的虚构性，转向任何一种唯一的历史真实观都无法同其临时性、建构性的本质相契合。对于现代主义历史小说来说，虽然作家已经意识到了"历史2"的虚构性，但其并未对此进行解构式的重建，也未完全脱离宏大历史的叙述框架，而是转向了真实的另外一个层面。① 与此不同，西方史学理论自20世纪60年代转向叙事以来，历史同叙事之间的关系便成为人们讨论的热点。这种转向很大程度上得益于新世纪以来西方语言学理论和叙事学理论，特别是结构主义和后结构主义诗学的新发展。当然，这种意义对于文学亦是十分重大的。20世纪60年代以来，以叙事主义为重要指向的后现代主义史学理论的兴起赋予了人们对历史知识崭新的认知面貌。以怀特为代表的后现代主义史学家开始了对历史知识生成过程的深刻考察，人们对历史知识的认知也由皓首穷经翻阅典籍寻找真相转为对历史知识本质的质疑和剖析。前面所阐述的战后历史理论的新发展体现了新时期社会历史观念的巨大转变，而这种转变在文学中主要表现为"历史1"的不可及性、对"历史2"的质疑，以及"历史2"多元化本质的凸显。

1. "历史1"的不可及性

在后现代语境下，以兰克为代表的客观主义史学遭受了前所未有的质疑

---

① 当然，伍尔夫的小说是个例外。特别在《奥兰多》中，叙述者屡次指出传记的虚构性和选择性，对传统传记中作传者的主观因素进行毫无保留的揭露，再现了传记形成的过程。伍尔夫这种对文学与历史关系的反思直至其去世几十年后才引起人们的重视，她所表现的文学对历史建构的作用正是英国文坛20世纪70年代之后注重的方面（见吴庆宏：《〈奥兰多〉中的文学与历史叙事》，《外国文学评论》2010年第4期，第111~118页）。因此，伍尔夫的作品其实已经具有了某种程度的后现代主义意识，她本人亦是一位先锋作家。

甚至颠覆。后现代文化中普遍存在的对知识状况的担忧和对现存制度的否定，使以"先收聚事实，后研究原因"[①]为代表的传统史学危机重重。人们开始认识到，19世纪史学家们皓首穷经于故纸堆，企图寻觅的历史真实其实远非真正的"历史1"。在后现代主义者看来，"历史1"是一个永不可及的神话。此处先以巴恩斯《福楼拜的鹦鹉》为例来进行阐释。

小说的叙述者布拉韦斯特是一位退休的英国医生，同时也是古斯塔夫·福楼拜（Gustave Flaubert）的业余研究者。某次他来到福楼拜的故乡鲁昂做短暂旅行，在主宫医院和克鲁瓦塞的博物馆里发现了两只外表非常相似的鹦鹉。两家博物馆都声称自己保存的那只才是福楼拜作品《一颗质朴的心》中女佣费利西泰的鹦鹉"露露"的原型。这引起了布拉韦斯特极大的好奇和兴趣：究竟哪一只才是真正的"露露"？在接下来两年的时间里，布拉韦斯特开始了对此问题答案狂热而执着的追寻。他分别联系了法国大使馆、米其林导游手册的编辑、相关专家学者询问答案。不仅如此，他还不厌其烦地去考量作家的生平，不放过作家生活的任何一个细节。他还戏仿了福楼拜的动物语言故事集，用熊、骆驼、鹦鹉、狗等多种动物意象表征作家的人物形象，以期对作家进行细致入微的考察和理解。

虽然布拉韦斯特在考察的过程中一再强调史料来源的真实性以及如何大费周折获得相关资料，但他并不是一个真正可靠的叙述者。他时常对自己的记录和表述表示怀疑和犹豫，创作的自觉意识不经意就流露出来。比如，他评论道："以上这些列出的宠物名单中，我们有信息来源的只有朱丽奥"；[②]"这条狗到底发生了什么，也没有记录"；[③]"事实的真相到底是什么，我们无从所知"；[④]"古斯塔夫的日记中记载的同此故事不相符，是否应该加入这段"[⑤]；等等。通过考察，叙述者发现福楼拜的形象并非史书上记载的那般光

---

① 〔意〕贝奈戴托·克罗齐：《历史学的理论和实际》，〔英〕道格拉斯·安斯利英译，傅任敢译，商务印书馆，1986，第47页。

② Julian Barnes, *Flaubert's Parrot*, New York: Vintage Books, 1984, p. 62；中文译本参考自朱利安·巴恩斯：《福楼拜的鹦鹉》，石雅芳译，译林出版社，2010年。以下引用只标注英文版页码，中文版不再标出。

③ Julian Barnes, *Flaubert's Parrot*, New York: Vintage Books, 1984, p. 64.

④ ibid, p. 65.

⑤ ibid.

辉正义，他"憎恨人类""憎恨民主政体""不相信进步""反对巴黎公社""不爱国"。这些发现同官方史料的相悖使叙述者十分犹豫，他不断陷入小历史和大历史之间的矛盾中，一遍遍询问真相到底是什么，如何才能获知真正的答案。叙述者在历史间隙中的挣扎表明，他对福楼拜的考察是失败的。尽管他已经尽了最大努力，但那个高高在上的真实永远那么可望而不可即，他对事实真相执着的找寻注定成为西西弗斯式（Sisyphus）徒劳无功的神话。

故事的最后，布拉韦斯特惊诧地发现，主宫医院和克鲁瓦塞博物馆的鹦鹉都是从自然博物馆里借来的，而自然博物馆里竟然有五十只这样的鹦鹉。他在这五十只鹦鹉中再进行挑选，选出同书中描述最相符的那一只。但叙述者对此感到"既高兴又失望，这也是一个答案也不是一个答案，是一个结束也不是一个结束"。① 既然福楼拜是个"艺术家"，他为什么就应该把鹦鹉描写成像借来的那个样子？现在，这五十只鹦鹉有的腐烂，有的长了蛀虫，有的已经被处理掉，最后只剩下三只。叙述者只能自欺欺人地认为："大概就是它们中的一只吧。"

当然，叙述者开放式的结尾并不能让同样追寻历史真实的读者满意，但事实已经表明，所谓的历史真实只不过是遥远的神话。毫无疑问，布拉韦斯特并没有否定历史真实（"历史1"）的存在，正如他肯定地认为一定存在一只福楼拜的鹦鹉一样，但在后现代史观下，人们对自身认知历史真实的能力产生了怀疑，对在追寻历史真实过程中出现的种种异质因素避之不及，最终导致"历史1"的不可到达。正如布拉韦斯特对真实的追寻过程一样，这一过程好似破解一个扑朔迷离的案件，只不过这个案件同以往的侦探小说不一样，它没有最后的答案。每次好像已经接近真实了，却又因为一个节外生枝的情况不得不否定先前已获得的结论。为此，叙述者反思道："我们如何抓住过去？我们能够做得到吗？"② "过去"就像一个"身上布满油脂的小猪"，试图抓住它的尾巴，不仅不能成功，还会被摔得四脚朝天。

---

① Julian Barnes, *Flaubert's Parrot*, New York：Vintage Books, 1984, p. 189.

② ibid, p. 14.

在另外一部英国后现代主义历史小说《法国中尉的女人》中，"历史 1"不可及的特质也有鲜明的体现。这部由福尔斯在 20 世纪 60 年代末创作的轰动一时的小说在划归至历史小说的同时，也是一部实验性极强的小说。[①] 故事讲述了考古学家查尔斯同法国中尉的情妇萨拉之间的情感纠葛。叙述者为女主人公萨拉设置的三重结尾成为小说实验性的首要体现。在第 44 章、第 60 章和第 61 章，萨拉获得了三种不同的结局。在第一个结局中，查尔斯和未婚妻蒂娜重归于好，萨拉从他们的生活中彻底消失。而对于其他人，如萨姆、玛丽以及波尔坦尼太太等人的结局，叙述者都一一做了交代，完成了一个传统的有情人终成眷属的圆满结局。所有矛盾都已解决，所有的谜底都被揭开，所有的结局都已确定。然而，随着第二个和第三个结局的出现，传统结局的可信性遭到了严重质疑。在小说的第 45 章，叙述者自揭虚构地指出："你在前几页读到的并不是真实发生的事情，而是查尔斯在从伦敦去艾克赛特的途中所想象的可能发生的情景。"[②] 先前建立起来的真实感被这一句夫子自道似的插入语破坏殆尽。第一个结局中传统完满的维多利亚小说结尾在第二个结尾中得以延续，各种生活中的偶然事件、机缘巧合被频繁调用。查尔斯在绝望中获悉萨拉的下落，久别重逢的二人在私生子出现的情况下终成眷属，一切获得了圆满的解释。然而，相对于第一个已经出现的大团圆的结尾，再次出现的类似情况则成为对传统的戏仿，真实性也不再可靠。而最后一个结尾的出现，则赋予了萨拉选择的自由。她最终拒绝了同查尔斯复合，放弃了社会赋予她的"屋子里的天使"的女性角色，而是勇敢地选择了追求精神自由和实现自我救赎。此时的萨拉已经具备了新时代女性的自主意识，成为反抗时代压迫的典型。随着萨拉新女性形象的确立，一些未解之谜的答案也不得而知，查尔斯是否同萨拉有私生子？查尔斯会被蒂娜的父亲追究责任吗？萨拉是否同查尔斯再无交集？

---

① Patrick Brantlinger, Ian Adam and Sheldon Rothblatt, "The French Lieutenant's Woman: A Discussion," *Victorian Studies*, 1972 (3), pp: 339 - 356.

② John Fowles, *The French Lieutenant's Woman*, New York, Boston & London: Back Bay Books, 2010, p. 95; 中文译本参考自约翰·福尔斯：《法国中尉的女人》，陈安全译，云南人民出版社，2007。以下引用只标注英文版页码，中文版不再标出。

小说的三种结尾暗示了故事发展的三种可能情况。以往由作者决定的小说情节现在被交到读者手中，读者的权利得到了前所未有的放大。三种结尾并非定数。在读者理解的范围内，还没有更多理解的生成。而从历史小说真实性的角度来看，这种由读者处置的小说结尾极大地消解了历史真实，让历史真实变得模糊不清，成为叙述者揶揄和讽刺的对象，也暗示了人们对于"历史1"的任何探究都注定是徒劳无功的。

2. "历史2"的虚构性特征

后现代历史小说家在否定"历史2"对"历史1"反映的同时，也否认了"历史2"本身的真实性。"历史2"在他们眼中是充盈着意识形态创造物的主观建构，远不及传统历史学家所崇奉的"客观真实"。后现代小说家对此的展示时常通过元小说自审的方式进行。

1969年，洛奇（David Lodge）在《评论季刊》（*Critical Quarterly*）上发表了《十字路口的小说家》一文，指出英国文学同现实主义有着特殊的关联，向来拒绝非现实主义的文学形式，而乔伊斯、伍尔夫以及劳伦斯的"现代"实验小说却割裂了同现实主义小说的联系，遭到了随后两代作家的拒绝。然而重审20世纪的英国小说，传统文学确实在艺术成就上逐渐式微。[1]因此，当代英国小说家就在传统现实主义和实验现代主义的夹缝中艰难生存、犹豫不决，不知路在何方。而就在同一年，福尔斯的《法国中尉的女人》问世，给英国文学带来了新的生机。

与此书同样引人注目的，是"元小说"理论和实践的盛行。"元小说"（Metafiction）最初是由威廉·盖斯（William Gass）在20世纪60年代末提出的，寓意"关于小说的小说"（fiction about fiction itself）。后来，随着元小说文学实践的日益增多，文学评论家对此术语的限定也莫衷一是，如库里（Mark Currie）将其定义为一种"边缘话语"（borderline discourse），即置身于小说和批评边界上的文本，并以这种边界线为叙述主题。[2] 哈琴（Linda Hutcheon）则在《自恋的话语》（*Narcissistic Narrative*，1980）一书中认为，

---

[1]　David Lodge, "The Novelist at the Crossroads," *Critical Quarterly*, 1969 (2), pp: 105 – 132.

[2]　Mark Currie, "Introduction," in Mark Currie ed., *Metafiction*, London and New York: Longman, 1995, p. 2.

元小说有两个重要的关注点：一是语言学和叙述结构，二是读者角色。[①] 换言之，元小说是一种具有极强自我意识（self-conscious）的小说类型，它不仅提醒读者文本语言制品的本质，还让读者意识到自身在文学理解活动中扮演的重要角色，此谓"自恋的小说"。沃（Patricia Wugh）也认为元小说提出了有关虚构和现实关系问题的思考，是具有自我意识和系统化的艺术创作。[②] 元小说的作家们通过自己表达方式的媒介对虚构形式和社会现实之间的关系进行探讨。[③] 虽然这些批评家对于元小说的定义莫衷一是，但自发揭露小说的虚构性、向读者开放文本阐释，以及对文学和现实之间的关系进行自我反省是公认的元小说的特征。

因此，当自揭虚构的元小说同历史成分掺杂在一起时，"历史2"的建构过程就堂而皇之地被展现出来。文学从模仿现实转向模仿自身创作的同时，历史也从追求"历史1"的真实转向了揭露"历史2"本身的建构过程。这一点在《法国中尉的女人》一书中有着十分鲜明的体现。对于该书的历史小说属性，艾伦（Walter Allen）曾表明，《法国中尉的女人》"首先并最重要的是一部历史小说"，而实验性的技巧只是转移人们注意力的方面。[④]

在小说的前12章，福尔斯像任何一位传统历史小说家一样，为读者建造了一个生动逼真的维多利亚世界。出场人物的衣着、举止、交谈、思想都洋溢着浓厚的维多利亚时代气息，有着鲜明的维多利亚时代风格。在行文之中，作者镶嵌了许多维多利亚时期作家的诗文，如奥斯汀的小说选段和阿诺德、丁尼生及哈代的诗歌选篇，还有时常拿来引证的维多利亚社会的人文资料、调查数据和统计报告等，都有力地营造了一个理想而封闭的文本环境，将读者引入逾百年前的真实英国。不仅如此，传统历史小说中不可或缺的历史事件和历史人物也无一缺席。1848年宪章运动遗留的影响、1859年《物

---

① Linda Hutcheon, *Narcissistic Narrative*：*The Metafictional Paradox*, Waterloo：Wilfrid Laurier University Press, 1980, p. 6.

② Patricia Wugh, *Metafiction*：*The Theory and Practice of Self-Conscious Fiction*, London and New York：Methuen, 1984, p. 2.

③ ibid, p. 11.

④ Walter Allen, "The Achievement of John Fowles," *Encounter*, 1970（XXXV）, pp：66 – 67, cf. A. J. B. Johnson, "Realism in 'The French Lieutenant's Woman,'" *Journal of Modern Literature*, 1980 – 1981（2）, pp：287 – 302.

种起源》的发表、1867 年《资本论》的出版、1867 年英国议会讨论选举法修正案、赋予妇女平等选举权等一些历史真实事件的穿插，赋予了文本强烈的历史厚重感。还出现了一些历史真实人物，如萨拉的父亲有可能是航海家德雷克爵士（Sir Francis Drake，1540～1596）的直系后裔，玛丽的曾孙女是当代英国著名的年轻电影演员，查尔斯在前拉斐尔派画家罗塞蒂家中找到了萨拉等。这些历史人物和虚构人物共同生存，让虚构人物具有了真实的历史生命力，也让文本显现出传统历史小说的典型表征。

然而，这种连贯完整的封闭叙事在第 13 章遭到了破坏。作者悉心营造的维多利亚真实世界被突如其来的异样的叙述声音打断，此前全知全能的可靠叙述遭到了颠覆。小说叙述者不和谐的声音让沉浸在过去世界中的读者猛然间回到现实，浓厚的历史感损坏殆尽。这就仿佛沉浸在一部引人入胜的电影中的观众突然间看到导演和工作人员闯入电影院一样，故事的真实感成为幻象。叙述者自揭虚构地陈述：

> 我正在讲的这个故事完全是想象的。我创造的这些角色从来没有在我脑海之外的任何地方存在过。如果我到现在还要装着知道我所创造的人物的思想和内心，这是因为我正在按照我的故事发生时代的人们所接受的传统（词汇或语气）进行写作：小说家仅次于上帝。[①]

这样，叙述者不仅让历史的真实成为幻象，还让历史的叙述性暴露无遗。历史并不存在"直接"的表述方式，更不要说历史学家所谓的诚实性与专业性了。[②]

叙述者的闯入，甚至是作为小说人物出现在情节之中，深刻暴露了历史作为语言制品的属性。这同后现代历史观所认为的历史和小说的同质性是一致的。新历史主义历史观将历史看作语言的建构物，人们只有通过文本才能

[①] John Fowles, *The French Lieutenant's Woman*, New York, Boston & London: Back Bay Books, 2010, p. 95.

[②] Hans Kellner, "Language and Historical Representation," in Keith Jenkins ed., *The Postmodern History Reader*, London: Routledge, 1997, p. 127.

够了解历史。历史的真实是通过叙述和文本制造出来的。这仅仅是一种形式上的逼真性，并非真正的历史现实。在传统历史小说中，这种形式上的逼真性所达到的前提，是相信历史真实的存在，并且历史真实是可以通过叙述到达的。为此，历史小说的创作需要有一定的有机性构造原则，或者说现实主义小说具有特定的构造方式。从这个意义上说，传统历史小说叙述的本质是一种宏大的元叙述，只是很少能有小说家意识到历史文本中存在的元叙述暗层。而《法国中尉的女人》的叙述者正是通过将这种深层次的构造原则曝光的方法，让现实主义构造历史的隐含程序清晰可见。这些内部的构造原则，如封闭完整的线性故事情节、隐藏的作者声音、客观主义的表现手法等，让读者形成了阅读惯性，认为自己阅读的历史故事就是真实的历史事件。而在后现代主义小说中，这些成规被打破，作者的现身让读者尴尬地发现，自己阅读的只是个人意识中的经验世界，并非大写的历史真实。如同巴恩斯在《福楼拜的鹦鹉》中借布拉韦斯特之口所坦承的那样："对于一部传记来说，你也可以这么做。当拖网装满的时候，传记作家就将其拉回、分类，将该扔掉的部分扔回大海，该储存起来的就储存……"① 因此，任何一部历史小说（传记）的创作过程都经历了筛选、分类、归纳的程序，不存在绝对的客观真实。

3. "历史2"的多元化本质

如前所述，西方历史哲学自分析理论学派以来，关注的焦点由如何切实完善地展现历史真实转向了如何对既定历史事实进行恰当的解释。无论是波普尔－亨普尔的覆盖定律模型，还是德雷的合理行动（rational action）模式，抑或是叙事转向后怀特等人的历史话语形式，都可以将其归纳至历史解释模式的范畴。但怀特等叙事话语持有者更进一步的是，其对历史本质的诗性定位让他们能够从历史作为文学整体的结构出发对历史叙事进行结构主义式的深入剖析。

怀特在《作为文学仿制品的历史文本》一文中用符号对编年史转化为叙

---

① Julian Barnes, *Flaubert's Parrot*, New York: Vintage Books, 1984, p. 38.

事的过程进行了清晰的表达，[①] 笔者将其引用在此以再现历史向叙事转向过程中出现的新的问题。[②] 怀特将零散的原始历史事件标注为 a，b，c，d，e，…n，这些原始历史元素按时间发生的先后顺序排列为：

① a，b，c，d，e，…，n

这些元素按时间顺序排列后，需经过情节化和论证模式对其进行描写和描述以赋予其意义。经过情节建构后的事件序列如下：

② A，b，c，d，e，…，n

③ a，B，c，d，e，…，n

④ a，b，C，d，e，…，n

⑤ a，b，c，D，e，…，n

其中，大写字母表示的是在系列事件中具有特权地位的事件或系列事件，它/它们主导着整个事件序列的解释任务。比如，在序列"②"中，主宰系列事件建构过程的就是大写的"A"因素，"A"对于序列"②"中的任何历史都是决定性的。正是"A"定下了序列解释的基调和情节结构。以此类推，在序列"⑤"中，起决定作用的为大写的"D"因素，一切历史解释的指向都以"D"为中心。这就意味着，在同样的历史原始因素以及同样的时间顺序排列下：

> 一方面，同样一些事件或事件序列完全可以被纳入不同的叙事模式，从而获得不同的意义和解释；另一方面，叙事所做的就是，通过对某些因素的选择性强调和赋予其特殊地位，通过将某种类型的情节和论证模式（并由此将特定的伦理蕴涵）施加于事件序列之上，将事件序列转化成某种意义模式。[③]

由此可以认为，后现代历史哲学将历史书写与文学虚构等同起来，在解

---

① 彭刚先生在《叙事的转向——当代西方史学理论的考察》一书中通过引用此模式来说明怀特理论的主要思想，受其启发，本书亦将怀特原文引入讨论，特此说明。

② Hayden White, "The Historical Text as Literary Artifact," in *Tropics of Discourse*: *Essays in Cultural Criticism*, Baltimore: The Johns Hopkins University Press, 1978, pp. 92 – 93.

③ 彭刚：《叙事学的转向——当代西方史学理论的考察》，北京大学出版社，2009，第19页。

构史实和虚构之间二元对立的同时，亦强调了不同意识形态和伦理立场下历史事件的情节化解释和论证模式，从而导致了后现代语境下历史真实的多元化状况。比如，在《福楼拜的鹦鹉》中，叙述者在《年表》中列出了三份有关福楼拜的年表。第一份年表记述了福楼拜一生的荣誉和成功，如"创作了大量的戏剧和小说""开启一段活跃的、色彩斑斓的充满性欲的人生""被授予法国荣誉军团骑士勋章""一生满载着荣誉和广泛的爱戴"等。整部年表建立在乐观愉悦的感情基调之上，从侧面展现出一个立志高远、聪慧多才、一生富贵的法国著名作家的形象。然而，紧接着，作者又展现了第二份有关福楼拜生平的列表。在这份列表中，福楼拜被描述成从小就是个"动作迟缓的孩子"，亲人、朋友相继离他而去，他最后死于"穷困、孤独、疲惫"。很明显，这份年表感情基调悲观失望，记载中的福楼拜一生失意潦倒、穷困孤独、郁郁而终，同第一份年表中成功骄傲的形象截然相反。第三份年表则记录了福楼拜一生中的重要言论，从侧面反映了作家内心的思想状况，展现出作家鲜为人知的性情特征。

历史知识的多元化表明，传统的历史哲学已经无法适应时代的需要了。实证主义者所认为的"解释的概念就是主体中立：无论在什么情况下，成功的解释必然是相同的"[1] 这种看法在后现代主义历史小说的文本实践中遭到了彻底的颠覆。后现代历史小说家将被传统作家抛弃的在认识世界时产生的临时性和锻炼性拾捡回来，当成建构自己文本的基石。在洋溢着创作自觉意识的文本中，多元化、跳跃性地展示历史真实的可能性和建构性，强化了历史叙事同文学叙事之间的同质性。

三 复数历史意识下历史的重建

那么，后现代语境中的多元化的历史是如何产生并建构呢？巴恩斯在《福楼拜的鹦鹉》中列出的两份年表为清晰地阐明这一问题提供了良好的实验文本（见表 2－1）。

---

[1] 〔美〕威廉·德雷：《历史哲学》，王炜、尚新建译，生活·读书·新知三联书店，1988，第9页。

表 2 - 1   《福楼拜的鹦鹉》中年表对比

时间＼事件	年表一	年表二
1817 年		第二个孩子卡罗琳·福楼拜去世
1819 年		第三个孩子埃米尔·福楼拜去世
1821 年	出生于一个稳定的、知书达理的、催人奋发向上的成功的中产阶级家庭	第五个孩子古斯塔夫·福楼拜出生
1822 年		第四个孩子朱尔·福楼拜去世，去世时三岁零五个月。古斯塔夫活了下来，但动作迟缓，近似痴呆
1830 年	遇见埃内斯特·舍瓦里那，一系列热烈、忠贞并且富于创造性的友情终身伴随	
1836 年	遇到埃莉萨·施莱辛格，她对他满怀温情和友爱	开始了对埃莉萨无望而又执着的追求，他不能再次全身心地爱上另一个女人
1839 年		因粗暴行为和违反规定而被鲁昂学院开除
1840 年	到世界各地旅行	
1843 年	在巴黎与维克多·雨果相遇	没有通过巴黎法学院的考试
1844 年	第一次发癫痫病，但禁锢的生活给他带来了创作所需的独处和安逸环境，因此这场病从长远来看是有益无害的	第一场具有破坏性的癫痫病，历经放血、吃药、注射、特殊饮食、禁烟禁酒等过程
1846 年	与露易丝·科莱相遇，开始了一段著名的风流韵事	亲人和朋友相继离他而去。遇到露易丝·科莱，但二者的关系由于他的迂腐和顽固陷入危机
1850 年		染上梅毒，头发和牙齿都开始脱落，步入中年
1851～1857 年	《包法利夫人》大获成功，让他顺利进入社交界，在一系列文学界聚会上成为座上宾	《包法利夫人》出版，但他憎恨该书获得的荣誉，因为它使他成为"仅靠一本书就出名的作家"
1862 年	《萨朗波》的出版成功至极	《萨朗波》出版后，他开始结交有钱的朋友，为此赔上所有的家产和钱财
1863 年	不仅经常进出马蒂尔德公主的沙龙，还在欧洲具有了广泛的知名度	
1866 年	被授予法国荣誉军团骑士勋章	

时间　　　　事件	年表一	年表二
1869 年	出版《情感教育》。创作过程中，从没有经历过一般作家所经历的创作思路阻塞现象	两位密友相继去世。《情感教育》的出版在评论界与商业界均遭遇失败，赠送朋友的一百五十册中，只有不到三十册收到答谢回复
1870 年		普法战争
1872 年		福楼拜夫人去世
1874 年	《圣安托万的诱惑》获得商业成功	《候选人》彻底失败
1875 年		经济上惨遭失败，不得不靠政府救济金生活
1876 年		露易丝·科莱去世、乔治·桑去世
1877 年	多部著作出版，获得极大的荣誉和尊敬；亨利·詹姆斯登门拜访	
1880 年	满载着荣誉和广泛爱戴在克鲁瓦塞去世	死于穷困、孤独、疲惫

由表 2-1 可见，年表一和年表二中所记载的事实并不像许多研究者指出的那样相互矛盾。换言之，针对同样的事件，年表中并没有出现相斥的事实记载。比如，福楼拜何年发生何种事，出版了何种著作，遇到了何人，两份年表中的记载都是统一的。这表明了叙述者对于历史本体真实存在（即"历史 1"）的肯定。在此基础上，根据此表，笔者发现了以下问题。

首先，两份年表在历史素材的罗列上表现出很强的主观选择性。小说中的年表自然不是真正的编年史，却反映了编年史的形成过程。在繁杂琐碎的原始历史市场中，史撰者根据自己的需要挑选适当的食材，按时间序列分布后，烹饪出特定口味的菜肴，而食材选择不同，成品的味道也会迥异。比如，在以肯定和乐观为情节基调的年表一中，其所挑选的年份和事件都指向一个正面、成功的作家形象，像 1817 年、1819 年、1822 年、1872 年这些象征沮丧和失意的年份，记述者并未涉及。与此相反，以否定和悲观为主要情节基调的年表二则跳过了那些象征成功和辉煌的年份，如 1830 年、1840 年、1863 年以及 1866 年等。这充分表明了叙述者对于事件记录的主观选择性。

其次，针对同一历史事件，两份年表中记述的侧重点各不相同。比如，以几部书的出版为例，读者可以十分明显地看出这些区别。例一：对于《包法利夫人》的出版，年表一记录其"大获成功"，并顺利使福楼拜成为各种文学界聚会的座上宾；而年表二却告知读者，福楼拜对"仅靠一本书就出名的作家"这一称谓表示出愤恨和沮丧。例二：年表一记载了《萨朗波》的成功，却未记载年表二中提及的福楼拜成功之后千金散尽的窘况。例三：《情感教育》出版后福楼拜遭遇了评论界和商业界的双重失败，年表一却避而不谈，只提及作家在创作过程中没有经历创作思路阻塞的现象。通过对两份年表的比较，我们发现，对某一客观实在的历史事件的理解并非二维平面的，而是立体的。通过不同的审视视角，人们可以获得多重的理解，从而对该事件做不同的甚至是截然相反的价值判断。

最后，通过前面两点的分析，我们发现，操控历史书写转向的意识形态因素被鲜明地体现出来。如年表所示，1844年福楼拜第一次发作了癫痫病，两份年表都记录了此事件。年表二认为这是一场具有破坏性的疾病，福楼拜为此身心大受折磨，从而导致其人生起伏不平。而年表一虽然也承认疾病的严重程度，却从乐观的角度指出正是因疾病造成的独处和安逸为作家的创作生涯提供了益处。因此，作者所持立场的不同是造成历史事实取得不同导向的最终因素。谁的话语权可以压倒其他，谁的历史能够被保存，谁的历史被讲述，均取决于记述历史者的权利和利益。"历史2"并无真实可言，它只是特定阶级和立场下话语阐释和情节构造的产物。在这里，历史的临时性、建构性以及政治性又一次得到应验，传统的历史决定论和目的论再一次遭到拒绝。

倘若叙述者在一部著作中独立列出其中任何一份年表，或许读者便无法察觉其中的深层内涵，但此处叙述者将两份年表合并展示，其暴露历史主观性和选择性的意图呼之欲出。更重要的是，此类具有后现代元小说特征的历史书写让历史真实和小说虚构之间不可逾越的鸿沟瞬变通途的同时，更凸显了历史的建构过程，让其中选择、摘取、排列、判断、整合等诸多传统史家意欲掩盖的程序显露出来，从而体现了后现代主义历史小说"历史3"的独特之处。

在后现代主义历史小说中，历史的真实通过阐释和编织得以实现，因而传统历史小说中的"历史 2"只是众多"历史 2*"中的一种。具有此复数历史意识的当代历史文学创作者并未否认"历史 2"存在的合法、合理性，否认的是其唯一性、独特性。通过对诸多可能"历史 2"的展示，后现代主义历史小说中的"历史真实"已被"历史 2*"，即"可能的真实"或"多维的真实"所取代，而众多"可能的真实"或"多维的真实"之终极能指则是历史知识多元化的本质。

第三章
文类价值：社会时代意义的实现

　　本章所要讨论的时代性维度是由英国历史小说文类通约程序之时距采纳程序衍生的研究范畴，也是讨论历史小说文类的价值维度。时代性是历史小说的典型特征之一，也是历史小说与生俱来的反映现实的重要能力。固然，所有严肃的文学艺术作品都有反映和呈现现实的责任，马克思主义文艺理论提出的作为现实主义美学基础的文学反映论就是最好的证明，但历史小说对现实的关照又有其独特的地方。相对于描写当下社会的时事小说，历史小说中所反映的"现实"具有双重特性：既是对过去现实的描述，亦是对当下现实的影射，但既然"一切真历史都是当代史"，① 故而历史小说反映的现实归根结底还是当下社会。正如南帆所言："历史是今天的解释、补偿和映照，阐述现状常常是历史研究的潜在动机。"② 因此，历史小说"时代性"特征的独特性便凸显出来：同为反映当下社会的文学作品，历史小说还需表明对解决当下社会问题所持有的态度。相对于反映当下的时事小说，历史小说追溯的时间更为久远，所记述的事件业已完成。换句话说，作者是在知晓事件结果的情况下反映事物的发展进程的，这就意味着其将在一个完整的闭合空间中植入个人主观性的见解和体验，而这种针对闭合空间的主观性描述一旦被放入当下开放的时空之中就会产生一定的预示和垂训作用，从而让小说在反映现实的同时，也对现实做出相应的反应。因此，历史小说文类时代性问题的内涵除了包括小说对现实的反应之外，还指向了功用性的维度。这种功

---

① 〔意〕贝奈戴托·克罗齐：《历史学的理论和实际》，〔英〕道格拉斯·安斯利英译，傅任敢译，商务印书馆，1986，第2页。
② 南帆：《文学的维度》，中国人民大学出版社，2009，第173页。

用性最突出的表现就在于作者通过记述和想象过去事件来对当下社会生活的诸种问题做出反应。

其实，历史小说对现实做出反应的功用性特征同西方史学自古希腊希罗多德起就强调的历史"经世致用"的社会功能密不可分。古典史学之父希罗多德在《历史》（*The History*）开篇就已表明历史对于现实的记录功能和对于现世的垂训功能："哈里卡尔纳索斯人希罗多德在此将他的调查和研究展现出来是为了让人类的功绩不被遗忘，使希腊人和其他民族的伟大而优秀的作品能够不被破坏，并且能够对他们发生战争的原因做出解释说明。"[①] 也就是说，希罗多德认为历史可以保留人类的活动踪迹以防被后人遗忘，同时历史学家对于事件起因经过的阐述又能对现世有所警示和启迪。和希罗多德同时代的修昔底德也秉持同样的意图叙述历史。他耗时经年撰写伯罗奔尼撒战争史，就是因为"相信这次战争是一次伟大的战争，比过去曾经发生过的任何战争更有叙述的价值"。[②] 它的价值在于这是"希腊人历史中最大的一次骚动，同时也影响到大部分希腊人，可以说，影响到几乎整个人类"。[③] 很明显，修昔底德充分意识到了这场战争的重要意义，他没有选择追溯遥远的过去和异乡人的历史，而选择记录同时代的一场战争，是因为他的著作"不是只想迎合群众一时的嗜好，而是想垂诸永远"。[④] 到了希腊化时期，波利比阿对历史的训诫功能更为强调。他特别重视历史的实用功能，这一观念被认为是"西方史学中实用主义观的滥觞"。[⑤] 波利比阿将最杰出的历史学家视为那些把历史知识的探寻和个人经历相结合的人。他将实用历史（pragmatic history）分成三个部分，即对历史资料的研究和比较、对历史中包括的地域的调查以及作者本人的政治经历，并指出作者本人的政治经历是最为重要的，因为历史学家只有具备了个人经历才能够对实用历史起到有效的作用。

---

① Herodotus, *The History*, Trans. Thomas Gaiford, Oxford：Henry Slatter, 1846, p. 3.
② 〔古希腊〕修昔底德：《伯罗奔尼撒战争史》（上册），谢德风译，商务印书馆，1985，第2页。
③ 同上。
④ 同上书，第18页。
⑤ 张广智：《西方史学史》，复旦大学出版社，2012，第61页。

古希腊史学形成的"保存功业、垂训后世"的实用功能一直得以延续。自此之后，罗马史学家加图（Cato）、撒路斯提乌斯（Sallustius）、李维（Livy）、塔西佗（Tacitus）等人通过对罗马帝国的崛起和罗马统治时期历史的记载来实现历史对后人的垂训教育意义。中世纪的历史学尽管生存在宗教神学笼罩的阴影下，但并没有抛弃其经世致用的社会功用。虽然这时的历史学没有满足近代科学理性对于历史时代性的要求，但它服务于基督教史学理念，为宗教和意识形态的建构做出了贡献，同样也实现了其社会功用的价值。18世纪理性主义史学在批判神学史观的基础上恢复了历史以事实为训的哲学理念，回归到历史对于现实指导作用的宗旨。理性主义史学派奠基人伏尔泰对此的观点很有代表性："一个历史学家的任务不仅仅在于确定事实，更重要的是要用哲学思想之光来正确阐明事实。"① 这种"思想之光"也照亮了19世纪史学的发展历程，让史学的社会功能得到进一步强化。无论是兰克提出的"评判过去，教导现在，以利于未来"的历史精神，② 还是麦考莱提出的"历史知识只有当它们引导我们对未来形成正确的估计时才有价值""不能服务于这个目的的历史学……毫无益处"的功用性判断，③ 抑或卡莱尔将历史视为"知识的真正源泉""通过有意或无意地利用它的光辉，现在或将来就可以得到推测或解释"④ 等论断都延续了西方史学自古希腊以来的实用精神。

进入20世纪，西方史学发生了从传统史学向新史学的转变，批判历史哲学的兴起让人们对历史知识的性质、结构，以及传播途径都有了不同于传统的崭新见解，但历史知识的实用功能依然保留了下来。比如，美国"新史学"派代表人物鲁滨孙（又译罗宾孙，James H. Robinson）在詹姆士（William James）和杜威（John Dewey）实用主义哲学基础之上提出历史学社会

① 张广智：《西方史学史》，复旦大学出版社，2012，第141页。
② 〔英〕乔治·皮博迪·古奇：《十九世纪历史学与历史学家》，耿淡如译，商务印书馆，1989，第178页。
③ 〔英〕麦考莱：《论历史》，刘鑫译，载何兆武《历史理论与史学理论：近现代西方史学著作选》，商务印书馆，1999，第274页。
④ 〔英〕麦考莱：《论历史》，刘鑫译，载何兆武《历史理论与史学理论：近现代西方史学著作选》，商务印书馆，1999，第237页。

功用和实用价值的重要性，认为历史最主要的功用是"可以帮助我们了解我们自己、我们的同类，以及解决人类的种种问题"。① 英国资产阶级自由派史学家屈威廉（George MaCaulay Trevelyan）则强调历史具有"回忆过去，启迪心智"的功能。② 而克罗齐对历史当代性的阐述更是将历史的功用性推向极致，"当代性不是某一类历史的特征，而是一切历史的内在特征"，③ 这种当代"固然是直接从生活中涌现出来的，被称为非当代史的历史也是从生活中涌现出来的……只有现在生活中的兴趣方能使人去研究过去的事实"。④

　　20 世纪中叶之后，西方史学开始受到后现代主义思潮的冲击，虽然相比于对文学、艺术、哲学等领域产生的影响来说，其在史学领域产生的效应并不十分剧烈，但也逐步改变着人们对于传统史学的认识。相应地，传统的进步史观、宏大叙事、历史的真实性等确定无疑的学科内部问题均遭到后现代主义理论的挑战。然而，尽管史学研究的本质开始被重新思考，但史学本身的社会功用问题并未受到颠覆性的质疑，只不过受到一定程度的忽略。换句话说，后现代语境下历史的功用性问题依然存在，或许变化的只是其传达的方式。

　　综上所述，西方史学历经数千年的发展，无论认识论发生何种变迁，历史知识的社会功用性作为学科内部的显著特点都一直备受历代史家的重视。这就意味着在历史撰述基础上创作而成的历史小说也具备一定的"传道、授业、解惑"的功能，但文学对于此功能的传达方式自然同科学学科有所不同，因为前者还受到不同文学思潮所造成的不同创作理念和手法的影响。因此，在文学中谈论历史功用性的时候，应特别注意不同形态历史小说对当下社会不同的关照态度和表达方式，这也是本书分不同的小说形态讨论此问题的重要依据。

---

① 〔美〕詹姆斯·哈威·罗宾孙：《新史学》，商务印书馆，1989，第 15 页。
② 〔英〕屈威廉：《克莱奥——一位缪斯》，载田汝康、金重远《现代西方史学流派文选》，上海人民出版社，1982，第 180 页。
③ 〔意〕贝奈戴托·克罗齐：《历史学的理论和实际》，〔英〕道格拉斯·安斯利英译，傅任敢译，商务印书馆，1986，第 3 页。
④ 同上书，第 2 页。

第一节 "以史为鉴"的时代需求

谈及 19 世纪传统历史小说的时代性问题时，其背后所蕴藏的源远的哲学、史学理念是绕不开的重要因素。每一形态关照社会的方式与当时社会思潮和社会状况的变迁密不可分。因此，这里有必要首先对 19 世纪史学、哲学思潮和社会状况做一番详细的追溯，准确分析文本传递的时代意义。

一 从历史循环论到历史进步观

前文已经分析了西方史学对历史知识社会功用性的传承，指出历史小说文类所具有的时代性渊源所在，但还有一个重要的因素也需考虑在研究范围内，即西方历史观的演变。所谓历史观，指的是人们对待社会历史的总的看法和态度，决定着人们对待社会问题的认知态度和解决方式。比如，人们是否相信历史？是谁创造历史？又是谁决定历史？是否认为历史可以为当下问题提供答案？如何从历史中寻找途径？……这些问题均为历史观所要面对的问题。而不同时期历史观对诸如此类问题的不同回答也间接影响着历史小说关照社会方式的转变，同样具有社会功用性的历史小说会因其时代所具有的不同历史观而产生不同的解决当下问题的方式。

在古希腊以农耕为主的传统社会中，四季的往复与更迭、作物的播种与收获、气候的变换与迁移，赋予了人们对自然规律的认知，继而形成了循环的时空观和历史观。米利都派哲学家泰勒斯（Thales）将万物之源归于物质——水，认为水是不变的本体，万物生于水归于水。这本身就隐含了循环论的思想。随后，这种物质在阿纳克西曼德（Anaximandros）那里是"无限者"——"一切都生自无限者，一切都灭入无限者。因此有无穷个世界连续地生自本原，又灭入本原"。[①] 在阿纳克西美尼（Anaximenes）那里是"气"——万物始基皆为"气"，"宇宙都有生灭的过程，生于气而返于

---

① 北京大学哲学系外国哲学史教研室：《西方哲学原著选读》（上卷），商务印书馆，2004，第16页。

气"。① 在毕达哥拉派那里是"数"——"量度、秩序、比例和始终一致的
循环，可以用数来表示"。② 在赫拉克利特（Herakleitos）那里是"一团永恒
的活火"，通过事物中的理性，即"逻各斯"（the logos）支配："火通过空
气浓厚起来变成水，水凝结又变为土，火－水－土；然后，土又溶解变为
水，水蒸发变为气，气逐渐干燥又变成了火，土－水－火"。③ 在德谟克利
特（Demokritos）那里是原子："一些事物的本原是原子和虚空，别的说法都
只是意见。世界有无数个，它们是有生有灭的。没有一样东西是从无中来
的，也没有一样东西在毁灭之后归于无。"④这些主张用物质元素作为世界本
原的自然哲学家利用元素之间周期性的相互循环转生阐释了世界的生成、发
展、湮灭和重生，充分体现了古希腊循环时间论的普遍性。

　　然而，希腊哲学在自然哲学时代没有能够建立起完整的系统，直到苏格
拉底之后的哲学重建时期，许多哲学问题才开始被彻底地思考和探究。即便
如此，循环时间论依然是主流的历史观。如柏拉图所提出的人类灵魂的轮
回：灵魂有前世，在灵魂进入人的身体之前，"它就在其非理性部分中有着
一个难以控制的恶的本性……人的灵魂也可以通过传承重新出现，并将它们
早先的错误和价值判断带入一个新的身体"。⑤ 还有人类社会历史的轮回：
"……成千上万个国家曾经存在过，而同时至少有许多、数目同样巨大的国
家已经消灭了……有时候，小国变成大国，而大国又变成了小国；好国家变
坏，坏国家则进步了。"⑥ 亚里士多德提出的"不动的推动者"——自然界
中事物变化的最终动因，则强调了在变动的世界中不变的决定因素。他认
为，"解释变化或运动如何可能发生的唯一途径就是假定某种现实的东西逻

① 全增嘏：《西方哲学史》（上册），上海人民出版社，1983，第38页。
② 〔美〕梯利：《西方哲学史》，〔美〕伍德增补，葛力译，商务印书馆，2004，第17页。
③ 全增嘏：《西方哲学史》（上册），上海人民出版社，1983，第44页。
④ 北京大学哲学系外国哲学史教研室：《西方哲学原著选读》（上卷），商务印书馆，2004，第47页。
⑤ 〔美〕撒穆尔·伊诺克·斯通普夫、〔美〕詹姆斯·菲泽：《西方哲学史》（第七版），丁三东等译，中华书局，2005，第85~86页。
⑥ 〔古希腊〕柏拉图：《法律篇》，张智仁、何勤华译，上海人民出版社，2001，第69页。

辑地先于任何潜在的东西"。① 而对这种"现实的东西"的追溯"不能是无限的，没有答案的，那就等于没有原因，因此必有一个不再被别的东西推动的第一推动者，而这个第一推动者是不动的"。② 这个不动的推动者就是世界运动的原因和永恒原则。

综上所述，人类历史的发展在古希腊人的观念中是一种在物质或意识载体上进行的有规律、有周期的循环运动，无目的性和进步性可言。然而，进入中世纪之后，奥古斯丁（Augustinus）极力反驳的正是这种观点。秉持着对上帝的绝对忠诚和信仰，奥古斯丁开始了对希腊古典历史观的严格批判。他将上帝奉为主宰一切的最高意志，人类整个社会都属于上帝意志的产物，"上帝之城"和"尘世之城"之间的斗争和冲突，涵盖了人类世界的全部历史过程。这种判断超越了古希腊时代将历史分化成民族和城邦的局限，让人类的历史成为在上帝意志统摄下的整体。这样，"人类历史以创世和堕落为原初开端，以末日审判和复活为终极目标，是由固定的起点到终点的线性运动，是一种含目的的运动"。③ 至此，古希腊的循环史观被打破，线性历史观首次出现并进入人们的视阈，历史"第一次被理解为含'目的'的'进步'"。④ 这种"进步"的历史观念对之后的理性主义史学家们产生了重要的影响，由时间发展产生的历史分期"乃是先进的和成熟的历史学思想的一个标志"。⑤

文艺复兴运动的来临，使奥古斯丁这种建立在宗教基础之上的历史进步观遭受了巨大的挑战。意大利人文主义者彼特拉克（Petrarch）回避了传统的基督教时期两分法，将"罗马帝国的衰落"视为分界，最终产生了文艺复兴时期对历史的分期方法：古代、中世纪和现代。他认为，在灿烂辉煌的古希腊罗马时代和光明即将破晓的现代之间，存在一个"黑暗与错误"的年

---

① 〔美〕撒穆尔·伊诺克·斯通普夫、〔美〕詹姆斯·菲泽：《西方哲学史》（第七版），丁三东等译，中华书局，2005，第 122 页。
② 杨适：《古希腊哲学探本》，商务印书馆，2003，第 468 页。
③ 贺璋瑢：《圣·奥古斯丁神学历史观探略》，《史学理论研究》1999 年第 3 期，第 67～73 页。
④ 同上。
⑤ 〔英〕科林伍德：《历史的观念》，何兆武、张文杰、陈新译，北京大学出版社，2010，第 55 页。

代，并将"自己所处的时代也视为整个衰退时代的组成部分"。^① 彼特拉克这种将历史视为盛衰交替过程的观点，打破了奥古斯丁所提出的历史线性进步的观点，人类历史观又重新返回到循环论的视阈。随后，17 世纪的意大利哲学家维柯（Vico）继续了这种历史循环的观点。他将人类的历史分为神的时期、英雄（酋长）的时期，以及人的时期。^② 这样，维柯就在神的思想或天意的基础上"发展出一种理想的永恒的历史"，三个时代周而复始，"一切事物都来源于神，都经过一种循环返回到神"，^③ "各民族的自然法都是由天意安排的……（各民族）都经历了兴起、发展、鼎盛以至于衰亡"。^④ 然而，维柯所提出的三个时代的周期性运动同古希腊的历史循环论有明显的不同，它"并不是一个裹足不前的封闭式圆圈……而应该把它看作渐进的螺旋式的上升运动"。^⑤ 也就是说，它是一种在进步基础上进行的有规律的循环。这种进步的观念在 18 世纪得到极大的推崇和发展。

　　进入 18 世纪，神学历史观狭隘的发展观念遭到普遍的质疑和抨击，旧有的循环史观同科学革命以来西方社会取得巨大进步的事实相违背。培根、笛卡尔、丰特奈尔（Fontenelle）等哲学家所提出的新的考证历史资料的方法使历史观从根本上摆脱了基督教历史理论的影响，社会的线性进步观得到了广泛采纳。虽然奥古斯丁也曾提出历史的线性发展观并对 18 世纪的理性主义哲学家产生了重要影响，但中世纪将历史视为"进步"，仅是一种时间上的流动。历史是上帝目的实现的过程，社会的兴衰是用来"完成某种特定的任务"。^⑥ 与此不同，理性时代的历史进步指向的是波丹（Jean Bodin）所说的"知识和智力的辉煌影响力"，^⑦ 是伏尔泰口中的"理想的

---

① 简易：《彼特拉克与"中世纪"的观念》，《中华读书报》，http://www.gmw.cn/01ds/2004 - 06/09/content_41266.htm。
② 〔意〕维柯：《维柯自传》，朱光潜译，商务印书馆，1989，第 692 页。
③ 同上书，第 684 页。
④ 同上书，第 692 页。
⑤ 张广智：《西方史学史》，复旦大学出版社，2012，第 157 页。
⑥ 何平：《西方历史编纂学史》，商务印书馆，2010，第 55~56 页。
⑦ J. B. Bury, *The Idea of Progress: An Inquiry into Its Origin and Growth*, London: Macmillan, 1924, p. 40.

境界"，① 是孔多塞（Jean Condorcet）指向的"第十个阶段"达到的空前的繁荣与幸福，② 也是休谟对资本主义社会所"做的进步的和乐观的赞扬"。③ 这种进步关注的是科学知识的迅猛发展为人类社会所带来的巨大收益和信心，这也是人类认识社会过程中一项重大的认识论突破。人类历史以不断发展进步的思想取代了以神的意志主宰世界的观念。

特别到了 19 世纪，西方社会科技经济水平的快速发展，殖民地争夺浪潮的汹涌澎湃，让资产阶级的阶级意识和自我肯定得到急剧膨胀。历史进步带来欧洲文明的发展已成为不争的事实。产生于 18 世纪的历史进化论，到 19 世纪更为强化。④ 帝国主义国家通过殖民运动将本国的语言文化、政治制度等传遍世界各地，让资产阶级"登临人类有史以来不可企及的高峰"。⑤ 在这些人看来，"世界已经是欧洲的世界，整个世界已经欧洲化，世界的命运必须取决于欧洲"。⑥ 历史学家"满怀欣喜地认定人类历史的发展是一个不断进步的历程，认定人类历史也如同自然界一般有着自身发展演变的规律"。⑦ 因此，在 19 世纪历史进步观下，欧洲史学的主要任务就是"查缺补漏"，不断完善既成的历史记录。同时，以总结和研究历史发展规律为目的的实证主义史学也开始兴起。法国哲学家孔德（Comte）是实证主义哲学的

---

① 理性主义哲学奠基人伏尔泰提倡哲学家要摆脱长久以来宗教迷信对人类历史研究的束缚，强调"人类历史在不断前进，社会在不断发展，并终将在荡涤一切污泥浊水后到达一个理想的境界，而这与神的意志是毫不相关的"（张广智：《西方史学史》，复旦大学出版社，2012，第 140 页）。

② 孔多塞在《人类精神进步史表纲要》（*Sketch for a Historical Picture of the Progress of the Human Spirit*, 1975）中将人类的历史分成十个阶段，每一个阶段相对于前一个阶段都是进步和发展的，特别第十个阶段，即"人类精神完全的进步"阶段中，社会将达到空前的繁荣和幸福。

③ 恩格斯在《反杜林论》中指出，休谟的经济学论丛之所以能影响当时的知识界，不仅因为其提出的"卓越的表达方法，而且因为他的论丛对当时繁荣起来的工商业做了进步和乐观的赞扬，换句话说，也就是对当时英国迅速发展的资本主义社会做了进步的和乐观的赞扬"（恩格斯：《反杜林论》，载《马克思恩格斯选集》，第 3 卷，人民出版社，1994，第 589 页）。

④ 张广智：《克里奥之路：历史长河中的西方史学》，复旦大学出版社，1989，第 138 页。

⑤ 吴于廑：《吴于廑学术论著自选集》，首都师范大学出版社，1995，第 246 页。

⑥ 同上。

⑦ 易兰：《西方史学通史》，第 5 卷，复旦大学出版社，2011，第 20 页。

奠基人。他认为，历经神学阶段、形而上学阶段之后的人类思辨最终要达到的是实证阶段。这是一个进步或者进化的过程，即实证阶段是人类思辨的最高阶段。在孔德、穆勒（John Mill）、斯宾塞（Herbert Spencer）等人实证思想的指引下，巴克尔（Henry Thomas Buckle）、泰纳（Hippolyte Adolphe Taine）、古朗治（Coulanges）等人开创了实证主义史学的先河。实证主义史学"排斥了一切虚妄、无用、不确定、不精确、绝对的东西，摒弃了一切神学和形而上学的东西"，[1] 它肯定了历史事实的价值与用途，力图在历史事实之中发现历史进程的规律，从而能够在社会领域中有所借鉴和启迪。如巴克尔所提出的自然、道德和知识三大规律，泰纳的"心理解剖学"，布克哈特（Jacob Burckhardt）对国家制度和宗教习俗的分析等，都增强了历史的解释和批判功能。

综上所述，西方历史观发展到 19 世纪已经由最初简单的物质循环转变为线性的历史进步观。19 世纪的欧洲在历史上被认为是人类文明发展的最高阶段，人类社会存在的一切问题都可以从过去的历史中找寻答案。在这种线性历史进步观的影响下，传统历史小说的创作秉承了同样的理念，小说中的"历史"也承载了沉重的社会功用。

二 自由与保守并存时期的社会矛盾

线性进步的历史观让 19 世纪的人们坚定地认为，以欧洲为中心的人类进步已成为不争的事实，已经不再存在任何有关历史本质的问题和争端。另外，进步历史观在表明社会发展呈上升趋势的同时，也代表着"现在是在过去基础上发展而来"之意。因此，过去的历史成为当代人解决社会问题的"智囊库"，现存的一切社会矛盾都能在过去的历史中找到答案。那么，19世纪的英国社会有哪些社会矛盾？麦考莱曾表示，"英格兰的历史是进步的历史，是公众思想不断运动的历史，是伟大社会制度不断变化的历史"。[2]

---

① 全增嘏：《西方哲学史》（下册），上海人民出版社，1985，第 431 页。

② T. B. Macaulay, "Sir James Mackintosh," in *Critical and Historical Essays*, Vol. 2, London: Lonman, Brown, Green & Longmans, 1854, p. 226; Cf. Andrew Sanders, *The Victorian Historical Novel 1840–1880*, New York: St. Martin's Press, 1979, p. 2.

"运动和变化"意味着"矛盾和问题",进而意味着"面对和解决"。因此,这里需要对 19 世纪英国的主要社会矛盾和问题进行梳理,从而观测传统历史小说家面对问题的解决方式。乔治三世统治时期,国家人口史无前例的剧增、以瓦特(James Watt)蒸汽机为代表的机械制造业的兴起、农业革命所带来的生产力的急剧提高、国内充足的资金和劳动力储备,以及光荣革命之后产生的较为宽松平和的政治制度等因素为工业革命的发生和完成提供了必要的物质保证。至 18 世纪末,英国率先完成了工业革命,成为世界上首个向现代化迈进的资本主义国家。彼时的英国社会财富聚集、机械技术先进、劳动分工细致、行业产量增长、交通运输便利,从以农耕为主的农业国一跃成为以机械化大生产为主的工业国家。

进入 19 世纪,伴随着工业革命向纵深化延伸,英国的经济继续迅猛发展并取得了举世瞩目的成就。在经济上升时期,作为工业革命重要推动力的科技创新因素继续发挥着关键作用。当时的英国源源不断地涌现大批的工程师和机械师,他们致力于科技发明和创新,并将成果投入实践中。[①] 在这些机械生产和科技革新的带动下,英国的平均工业劳动生产率从 1803 年至 1812 年的 38.4 英镑/人提升到了 1885 年至 1894 年的 75.0 英镑/人,跃居世界首位。[②] 农业、冶炼业、纺织业、采掘业等传统依靠手工劳动的生产部门的产量和效益都得到了飞速提升。以棉花种植业为例,当时身兼出版商和作家的贝恩斯(Edward Baines)指出:"在乔治三世执政以及随后的一些年,英国每年的棉花价值不超过 200000 英镑;而现在(1824 年),棉花价值达到了 30000000 至 40000000 英镑。"[③] 这也带动了棉花出口量的大增。在 1819 年至 1841 年,近乎一半的棉花产量出口,到 19 世纪 40 年代达到 60%,70 年代中期则达到 70%。[④] 至 1841 年,英国工业总收入已经达到 15550 万英

---

① Charles More, *Understanding the Industrial Revolution*, New York: Routledge, 2000, p. 23.

② Caglar Keyder, Patrick O'Brien, *Economic Growth in Britain and France 1780 – 1914s: Two Paths towards the 20th Century*, London: Allen & Unwin, 1978, p. 91.

③ Steven King, Groffrey Timmins, *Making Sense of the Industrial Revolution: English Economy and Society 1700 –1850*, Manchester University Oress, 2001, p. 12.

④ Joel Mokyr, *Economics of the Industrial Revolution*, Rowman & Allanheld Publishers, Inc., 1995, p. 23.

镑，位居世界第一。[①]

特别是在维多利亚时期，英国进入了国家繁荣昌盛的顶峰时代，无论是经济科技还是文化艺术都达到了全盛阶段，缔造了"日不落帝国"的辉煌。在这一时期，除去几次短暂的经济危机，英国的经济继续保持增长势头。一组数据对此有生动的说明：

> 1850 年，不列颠生产世界上 40% 的机器、半数的棉纱与铁、2/3 的煤。这一纪录十分惊人，但其后 30 年间，制钢、船运及铁路也达到了这一标准。1870 年，不列颠生产世界一半的铜；1880 年，它拥有世界商船的 1/3。同年，它兴建了使它占世界更大百分比的船只及铁路。……19 世纪晚期，它制造的自行车、缝纫机、照相机登峰造极，成为它不断成长的一部分。1815 年，不列颠的国民生产毛额是 523000000 镑，到 1870 年为 916000000 镑。……1815 年，在有史以来第一次世界博览会上……历史学家麦考莱爵士（Lord Macaulay）说，水晶宫中的情景，已超越了阿拉伯传奇中的梦境。[②]

不仅如此，维多利亚时代也是大英帝国形成的重要时期。广袤富饶的海外市场极大地吸引着追求利益的英国商人，而成熟的航海技术和先进的工业优势为他们从事殖民地贸易提供了必要条件。英国人通过扩大殖民地范围和向殖民地移民等方式从海外掠夺大量原始资金。19 世纪，英国海外贸易最为显著的变化是贸易对象从欧洲和北美等旧有的市场转向了非洲、澳洲，特别是远东地区的新市场。[③] 许多经济落后的国家纷纷沦为殖民地或半殖民地，继而成为英国等资本主义国家的原料来源地和劳动力供应地。到 1900 年，

[①]　Phyllis Deane，W. Cole，*British Economic Growth 1688 - 1959*，Cambridge University Press，1962，p. 366.

[②]　Clayton Roberts and David Roberts，*A History of England：1699 to the Present*，Vol. 2，Trans. Jia Shiheng，Tai Bei：Wu-Nan Publishing Co.，1986，pp：799 - 800.

[③]　Stanley Chapman，*Merchant Enterprise in Britain：From the Industrial Revolution to World War 1*，Cambridge University Press，1992，p. 107.

"不列颠帝国拥有世界上 1/4 的人口以及近 1/4 的土地"。①

　　然而，国家的繁荣昌盛以及生活的富足稳定之下却隐藏着重重危机。"拿破仑战争结束后的几十年，英国进入'运动时代'——议会改革运动、废除奴隶制斗争、'牛津运动'、反谷物法运动和宪章运动等相继发生或同时出现，涵盖了政治、经济和宗教等方面。"② 而造成这些运动风起云涌的根本原因，很大程度上是经济增长导致的英国资本主义的快速兴起。"对内的工业革命、对外的殖民扩张，使资本主义经济在 19 世纪成为压倒一切的经济力量。"③ 这种力量使英国社会的组织结构发生了很大的变化，也让英国社会经历了从未有过的深刻变革，④ 最终导致社会矛盾日趋复杂和激化。

　　一方面，资本主义世界的民主革命风起云涌，法国大革命、拿破仑战争、德意志和意大利的统一战争等大大增强了新兴资产阶级的力量，旧有的封建制度逐步土崩瓦解，资本主义制度获得了更加稳定和牢固的社会基础。另一方面，在资产阶级同封建势力的斗争中逐渐获得优势的同时，工人阶级也在蓄积力量。工业革命的快速发展带来了社会财富的分配不均，而行业之间的竞争导致了一定程度上生产的盲目性，几次大的经济危机就是对此很好的说明。那些生活在底层、在竞争中失败破产、无生产资料的农业工人（field labourers）、城市手工工匠（urban artisans）、手工织工（hand-loom weavers）⑤ 等被迫起来反抗资产阶级的经济垄断。以宪章运动为代表的工人阶级争取自身权利的运动充分表明了维多利亚时代社会矛盾的频繁和激化。除此之外，英国经济对外扩张所引起的殖民地和宗主国之间的民族矛盾也是由英国经济快速发展导致的结果之一。这些被奴役的国家的人民在民族解放和国家独立的旗号下为推翻英国统治者的压迫不断斗争，各种民族解放运动兴起，成为 19 世纪英国社会所面临的又一重要矛盾。

---

① Clayton Roberts and David Roberts, *A History of England*: *1699 to the Present*, *Vol. 2*, trans. Jia Shiheng, Tai Bei: Wu-Nan Publishing Co., 1986, p. 893.

② 阎照祥：《英国政治思想史》，人民出版社，2010，第 286 页。

③ 易兰：《西方史学通史》，第五卷，复旦大学出版社，2011，第 5 页。

④ Steven King, Groffrey Timmins, *Making Sense of the Industrial Revolution*: *English Economy and Society 1700 - 1850*, Manchester University Press, 2001, p. 20.

⑤ E. P. Thompson, *The Making of the English Working Class*, New York: Vintage Books, 1966, p. 212.

除了以上几个主要矛盾，还有一些本来就有的社会问题尚未解决，如议会改革、党派之争、宗教冲突等，这些矛盾随着社会结构的变化出现愈演愈烈之势。因此，英国工业革命虽助长了资本主义经济发展，让资产阶级有足够的力量一步步击溃封建势力，不断进行民主革命，但与此同时，由经济扩张引起的一系列新兴矛盾也开始出现并不断激化，使19世纪英国的社会矛盾错综复杂、跌宕起伏。

不仅如此，资本主义快速发展带来的另一个后果是，新的生产和生活方式使旧有的保守思想同新生的进取意识激烈地碰撞，在思想和政治领域产生了"自由和保守共存"①的局面。工业革命深刻影响了人类历史的总体进程，也让英国成为世界上第一个进入工业化的国家。工业化的兴起在推动英国经济发展的同时，也带来了整个社会生产和生活方式的剧烈变动。高速运转的机器化工业生产取代了传统的手工作坊和家庭工业；高耸的烟囱和轰鸣的机器取代了乡村田园的安详宁静。不断扩充的劳动力、快速增加的资本累积、不断提高的生产力在带动 GDP 增长的同时，②也改变了人们曾经的恬淡安逸的田园生活方式。一组数据表明，19世纪英国城镇数量增长迅猛：格拉斯哥的城镇数量在19世纪30年代平均每年增长3.2%；曼彻斯特和索尔福德19世纪20年代平均每年增长3.9%；布莱德福特19世纪30年代平均每年增长5.9%；西布罗姆维奇19世纪20年代平均每年增长4.8%，到30年代上升为5.4%。③

虽然人们的生活方式发生了巨大的革新，但传统保守的思想并未完全消退，保守的经济和政治甚至依然具有强劲的势头。"即便之后资本主义在政治、经济方面占据了绝对统治地位，传统力量的作用依然不可小视。"④18世纪下半叶，在进入工业革命的同时，英国政治上也进入了一个保守时期，托利党开始了自18世纪80年代至19世纪30年代长达50年的执政。"经济激

---

① 易兰：《西方史学通史》，第五卷，复旦大学出版社，2011，第10页。

② C. H. Lee, *The British Economy since 1700：A Macroeconomic Perspective*, Cambridge University Press, 1986, p. 6.

③ Jeffery G. Williamson, *Coping with City Growth during the British Industrial Revolution*, Cambridge University Press, 1990, p. 2.

④ 易兰：《西方史学通史》，第五卷，复旦大学出版社，2011，第10页。

变与政治保守同时并存"① 成为这一时期的典型写照。随后，等到经济水平发展到一定程度，固有的传统思想和制度必定承受巨大的压力，从而引起不可避免的变革。因此，在政治保守的同时，英国的议会也开始了轰轰烈烈的改革运动。光荣革命之后，由贵族一手掌控的议会已经无法再适应工业革命后新兴社会形势的需求，新兴资产阶级强烈要求与自己经济地位相匹配的社会地位和政治权利，议会开始重组。1832 年 6 月，改革法由国王签署生效，第一次议会改革成功完成，重组了选民的人数和成分，在一定程度上动摇了贵族阶级在议会中的统治地位。因此，19 世纪的英国在新兴资产阶级力量带来自由和进取之风的同时，其传统保守的文化模式和政治制度却大势未去。这一现象让英国面临着新旧矛盾的交锋。

总而言之，经济快速发展所带来的复杂的社会矛盾以及新旧制度的转接所带来的自由和传统思想的碰撞成为 19 世纪英国重要的社会特征。生存于此社会状况下的传统历史小说家们自然不可避免地要面临同样的社会问题。他们对此不同的处理方式彰显了历史小说家从个人立场出发关照现实的艺术品质。

三 "问题意识"下的时代性阐释

历史小说家这种积极关照现实的品质被称为"问题意识"。在其博士论文《中国当代历史小说的叙事策略与文本分析》一文中，蔡爱国曾就当代中国历史小说的"当代性"问题进行讨论。他认为，当代历史小说需要对现代生活的缺憾和迷惘之处有启示性的作用。因此，它需要"敏锐地感受到当代生活中存在的问题，并给予回答，这就是当代历史小说的问题意识，是其当代性的一个重要组成部分"。②

虽然这里的研究对象是中国当代历史小说，但研究者排除了新历史小说，特指"诞生于当代的中国传统历史小说"，③ 并将其归入"以解决问题

---

① 钱乘旦、许洁明：《英国通史》，上海社会科学院出版社，2012，第 222 页。
② 蔡爱国：《中国当代历史小说的叙事策略与文本分析》，苏州大学博士学位论文，2006，第 88 页。
③ 蔡爱国：《中国当代历史小说的叙事策略与文本分析》，苏州大学博士学位论文，2006，第 6 页。

为目标的历史小说脉络"。① 因此，"问题意识"似乎同传统的历史小说形式和创作意识之间有着重要的关联。与中国当代传统历史小说一样，英国19世纪的历史小说也大多采用现实主义的创作手法，遵循模仿说的基本原则，真实地反映和摹写外部世界，相信语言的能指和所指之间是一一对应的关系，以线性的时间发展为准则描述完整的故事情节等。鉴于英国传统历史小说同中国当代历史小说创作形式和意识上的类似性，我们亦可将"问题意识"一词借来形容前者在时代性维度上的品质。

1. 瓦尔特·司各特：走"中间道路"的保守主义者

毋庸置疑，历史小说家关照历史的态度同其本人所持有的政治立场、阶级立场、生活背景、哲学理念等主观因素密不可分。这些主观因素因人而异，也是造成小说家关照现实方式不同的主要原因。以司各特为例，他所持有的托利党政见造成了其在阐释历史过程时选择中立立场，从而表现了作家对现实问题保守的处理态度。威尔斯（Alexander Welsh）也在《威弗利小说中的主人公》（*The Hero of the Waverley Novels：With New Essays on Scott*, 1993）一书中，分析了司各特的保守主义立场，指出这一立场已成为其小说"复杂张力中重要的组成部分"。② 而卢卡奇对此的分析也颇为精辟：

> 司各特小说从作家的角度指出了英国未来发展的趋势（尽管并不明确）。不难看出，这一点同我们所观察到的这一时期大陆的伟大思想家、学者和作家所持有的"实证主义"有极大的相似之处。司各特属于这个时期英国诚实的托利党人，这些人并不宽恕资本主义发展带来的问题。他们不仅十分清楚地看到古老英国分崩离析带给人们的无穷无尽的痛苦，而且深深同情他们。然而，也正是他们的保守主义，使得他们并没有对所拒绝的新发展表示激烈的反对。司各特很少谈及现在。他在小说中并没有对当代英国社会提出问题，也并不涉及当时已经开始尖锐的资

---

① 蔡爱国：《中国当代历史小说的叙事策略与文本分析》，苏州大学博士学位论文，2006，第88页。

② Bruce Beiderwell, "Review of the Hero of the Waverley Novels：With New Essays on Scott," *Eighteenth-Century Fiction*, 1993（1），pp：106 - 108.

产阶级和无产阶级之间的斗争，只是通过在作品中反映英国历史重要的时期来间接回答这些问题。①

因此，司各特善于在极端的历史矛盾中寻求一条"中间道路"，并通过对英国历史上巨大危机的描述来对这条道路的历史现实性进行艺术的展示。② 以小说《艾凡赫》为例，读者对此有深刻的体会。

《艾凡赫》的故事背景设置在12世纪末的英格兰。彼时的英国存在着各种错综复杂的社会矛盾，如封建地主和农民之间压迫与被压迫的矛盾、统治阶级之间利益争夺的矛盾，特别是根深蒂固的民族矛盾，在距1066年征服者威廉登陆英国一个多世纪以后依然存在。③ 这种社会状况同司各特所处的19世纪英国十分相似。

司各特作为苏格兰人，具有与生俱来的顽强刚毅的民族精神。历史上高地人民数次起义反抗英格兰暴政的统治，为争取民族的自由独立而不懈努力。这种民族精神在司各特笔下得到了传承和发扬。他站在被压迫一方，同情弱势群体、捍卫民族文化传统。比如，《威弗利》以詹姆士党人叛乱为背景，生动描述了苏格兰人民反抗汉诺威王朝统治者的斗争的故事；《红酋罗伯》则以苏格兰民间著名侠盗红酋罗伯为主人公，歌颂了他劫富济贫、反抗英国压迫的侠义精神；在《艾凡赫》中，作者更是站在受压迫的撒克逊人一边，痛斥骄奢傲慢、飞扬跋扈的诺曼贵族。然而，在这种鲜明阶级立场的表象背后，又渗透着司各特对待民族矛盾的保守态度。

在《艾凡赫》中，主要人物可以分属为两个对立的民族阵营：诺曼阵营和撒克逊阵营。对阵双方有着水火不容的民族矛盾。

---

① Georg Lukács, *The Historical Novel*, 1962, Trans. Hannah & Stanley Mitchell, Lincoln & London: University of Nebraska Press, 1983, pp. 32 – 33.

② ibid, p. 33.

③ 但这种矛盾的激烈程度有待考证。张亚在《稀释后的历史——司各特历史小说〈艾凡赫〉中的骑士精神》（2010）一文中指出，根据爱德华·弗里曼的考证，"找不到半点迹象可以证明迟至理查一世统治时期，撒克逊和诺曼人之间还存在作为这部小说基础的那种根深蒂固的仇恨"。但在司各特的小说中，这种矛盾仍然十分严重。众所周知，艺术来源于生活而高于生活。司各特在此将民族矛盾激化的做法并非不合理。这也从一个侧面反映了他通过艺术来传达历史的社会功能的目的。

首先来看这两个阵营的领袖。在诺曼阵营中，篡位的约翰亲王是主要领导者，是作者嘲讽和指责的对象："他太懦弱，无法成为一个足智多谋的君王；他太残暴，无法成为一个平易近人的君王；他太粗野专横，不可能成为一个深得人心的君王；他太无定性，又胆小怕事……"[①] 这同历史上"虚伪、自私、残暴和偏执"[②] 的约翰亲王并无二致。

而按理说作为被同情的撒克逊人，其领袖的品质应该同诺曼人截然相反才对，而事实并非如此。撒克逊阵营的领袖塞德里克和阿特尔斯坦并不比约翰亲王好到哪里去。塞德里克是一位富裕的撒克逊庄园主，性情直爽、脾气暴躁，"一生都在不断维护自己易遭侵犯的权利"，[③] 对诺曼人有一种与生俱来的民族仇恨。他最大的理想是能够获得撒克逊民族的独立，重建昔日的家园。为此，他不惜以牺牲自己儿子的幸福为代价，拆散了两情相悦的艾凡赫和罗文娜，并极力促成阿特尔斯坦同罗文娜的结合。虽然塞德里克对撒克逊民族忠心耿耿、公允无私，但是他的刚愎自用和粗鲁莽撞导致其目光短浅、遇人不淑，注定成就不了大业。而塞德里克口中"具有更高血统的"阿特尔斯坦亦无法承担起历史的重任。阿特尔斯坦是最后几代撒克逊国王的后裔，论血统和地位，其是塞德里克眼中成就大业的不二人选。然而，这位继承人"反应迟钝（slow）、踌躇不定（irresolute）、懒惰拖沓（procrastinating）、毫无志向（unenterprising）"，[④] 一点也不懂得严于律己，一心只想满足口腹之欲，即便被圣殿骑士绑架到牛面将军的城堡里，还不忘要大快朵颐，根本不具备重建家园的品质和毅力。

两个阵营中的其他附属人物，也各自有缺陷。在诺曼阵营里，作为骑士的布瓦吉贝尔和德布拉西只在乎自己的名誉、荣耀和女人的金钱与美貌；作为约翰幕僚的菲泽西野心勃勃，表里不一；牛面将军则生性凶残，头脑简单。而撒克逊阵营的美女罗文娜性格单纯、掩饰真情、故作姿态；小丑汪八和猪倌葛斯虽然忠心耿耿，但眼中只有主人的安危，并无拯救民族的伟岸之志。

---

① Sir Walter Scott, *Ivanhoe*: *A Romance*, New York: Bantam Dell, 1988, p. 153.
② 钱乘旦、许洁明：《英国通史》，上海社会科学院出版社，2002，第57页。
③ Sir Walter Scott, *Ivanhoe*: *A Romance*, New York: Bantam Dell, 1988, p. 25.
④ ibid, p. 182.

斯洛卡（Kenneth M. Sroka）认为，传统的罗曼司情节包括英雄和恶棍的斗争、主要角色的冒险旅程、个人的斗争、英雄对女士的拯救，以及在一个新建的社会秩序中拥有幸福等。但司各特对罗曼司的形式进行了改造，变成了"更加现实的罗曼司"（a more realistic romance），因为他的英雄不是理想的。① 也正是这些不理想的英雄，使司各特在表达对撒克逊人的同情和对诺曼人欺凌弱势的批判的同时，未进一步激化两个民族之间的矛盾，并没有制造社会阶级的对立，而是将其描述成好人和恶人的斗争。② 他将本应尖锐对立的民族矛盾逐渐拉至平等的层面，表明矛盾双方都各自有缺陷。③ 这样就在很大程度上淡化了两个民族之间的冲突。既然五十步无法笑百步，则无论哪一个民族都不是理想的国家统治阶层，二者之间的矛盾也没有激化的必要。

那么，司各特最终想达到的民族之间相处的方式是什么呢？在《艾凡赫》中，解决矛盾的关键人物均没有出现在双方阵营中，而是由处于中间阵营的艾凡赫和狮心王理查来担当。二者都是悖论式的人物。艾凡赫出身于撒克逊贵族世家，其父塞德里克狂热地致力于将诺曼人赶出撒克逊人领土的事业。然而，艾凡赫却并没有像父辈那样刚愎自用，而是积极地吸收更为与时俱进的文化和思想。他接受诺曼文化，熟练使用法语和拉丁语，并且放下民族偏见，跟随理查投身到十字军东征中去。也正因为此，他被父亲视为大逆不道而赶出家门。狮心王理查出身诺曼世家，但他为子民撒克逊人塞德里克的忠心耿耿和罗宾汉的行侠仗义感到骄傲，并将他们视为自己得力的政治助手。这两位悖论式的人物不属于任何一个阵营，他们是民族融合的代表。小说以艾凡赫与罗文娜结合、狮心王惩治了叛乱的诺曼贵族、约翰亲王的阴谋被揭穿为结尾，象征了诺曼人和撒克逊人的联盟，也象征了一个崭新的、统一的英格兰的到来。④

---

① Kenneth M. Sroka, "The Function of Form: Ivanhoe as Romance," *Studies in English Literature, 1500 - 1900*, 1979 (4), pp: 645 - 660.

② William E. Simeone, "The Robin Hood of Ivanhoe," *The Journal of American Folklore*, 1961 (293), pp: 230 - 234.

③ Joseph E. Duncan, "The Anti-Romantic in 'Ivanhoe'," *Nineteenth-Century Fiction*, 1955 (4), pp: 293 - 300.

④ Joseph E. Duncan, "The Anti-Romantic in 'Ivanhoe'," *Nineteenth-Century Fiction*, 1955 (4), pp: 293 - 300.

如上，作为托利党人，司各特采取了保守主义的立场处理民族矛盾，倡导现代人以温和改良的方式解决社会问题。而对于其他一些矛盾，如种族偏见、暴力革命等，司各特持有的态度亦是如此。《艾凡赫》中犹太人以撒和丽贝卡这对父女的出现，使撒克逊人和诺曼人二元对立的民族关系更加复杂。① 从历史上来看，英国犹太人的命途多舛。12 世纪，他们通过借贷等活动聚敛了大量财富，但社会地位并不高，而且赋税严重（小说中富有的以撒不停被敲诈就是生动的说明）。当血汗被榨干，犹太人又在 13 世纪末遭受了英国国王的驱逐，直到 17 世纪末才开始重新被英国政府接纳。在司各特时代，虽然经过多年的努力，英国犹太人的境遇终于得到了改善，但他们异乡人（aliens）的身份依然存在。②

在《艾凡赫》中，犹太人招致撒克逊人和诺曼人的联合唾弃。他们地位低下、毫无尊严，财产经常被算计。然而，在司各特笔下，这些异乡人有情有义，甚至胜过本土形象。比如，美丽犹太少女丽贝卡悉心照料艾凡赫的举动彰显了她温柔善良、情深义重的品质，而这也让她获得了艾凡赫抛弃宗教纷争的芥蒂、拯救其于危难之中的回报。再比如，塞德里克因儿子艾凡赫对诺曼人的亲近而与其反目成仇，甚至在儿子深陷危机之时都没有出手营救。而与此相反，惜财如命的犹太人以撒在丽贝卡被判绞刑时，却愿意倾其所有换回女儿的生命。这同塞德里克形成鲜明的对比。诚如卢卡奇所指出的，司各特小说的情节时常是辩证的。犹太人在小说中"既被同情也被厌恶"：③他们被英国人厌恶，却在作者笔下饱受同情。这也让我们联想到《昆汀·达沃德》中帮助达沃德脱离险境的吉卜赛人海拉丁。沃克（Stanwood S. Walker）说，司各特不是种族本质主义者（racial essentialist）。④ 这部小说让我们"听到了吉卜赛人自己的声音。他们对达沃德的帮助表现出了难得的善意和

---

① Peter Schmidt, "Walter Scott, Postcolonial Theory, and New South Literature," *Mississippi Quarterly*, 2003（4），pp：545 –554.

② Michael Ragussis, "Writing Nationalist History：England, the Conversion of the Jews, and Ivanhoe," *ELH*, 1993（1），pp：181 –215.

③ Peter Schmidt, "Walter Scott, Postcolonial Theory, and New South Literature," *Mississippi Quarterly*, 2003（4），pp：545 –554.

④ Stanwood S. Walker, "A False Start for the Classical-Historical Novel：Lockhart's Valerius and the Lomits of Scott's Historicism," *Nineteenth-Century Literature*, 2002（2），pp：179 –209.

支持"。①

此外，司各特"中间道路"的立场还体现在对待革命运动的态度上。比如，在《中洛辛郡的心脏》中，他就为波蒂厄斯暴动增添了新的解释，认为这次暴动是"一个封闭的、大胆的，以及有计划的暴力行动"。② 而司各特对波蒂厄斯本人的批判则反映了 19 世纪精英分子不断增长的对暴力运动的反对，并让自律（self-discipline）成为当时上流社会男子气概的典型特征。③ 再如，小说《威弗利》中，司各特描述了高地人民对英格兰统治的暴力反抗，将我们所能感觉到的现代国家形成中产生的帝国暴力转化成华丽的审美史歌。④ 尽管高地人民表现出了英勇无畏、坚韧不拔的民族精神，起义还是以失败告终。选择以失败为结局的暴力事件进行描述，也表明了作者在对待人民运动时既支持又反对的辩证态度。

这种辩证态度一方面体现了司各特处理社会矛盾时的保守立场，另一方面也说明身处社会转型时期的司各特顺时代潮流、应社会需求的信念。司各特小说的取材背景时常设定在新旧历史时期交接之处，这同他所处的 19 世纪初的英国社会极为相似。在新旧两股势力交汇之时，他认为旧有势力虽然尚有可取之处，但历史潮流滚滚向前，人们应该顺应历史的发展，接纳新的事物。比如，在《艾凡赫》中，司各特描写了撒克逊和诺曼人之间的矛盾冲突以及新的社会开端所产生的混乱。但是他意识到，在两个民族形成统一的英国国家之前，必须牺牲他们共有的英雄式和浪漫式的文化特征。⑤ 这是彼此融合形成统一国家的第一步。在《威弗利》中，詹姆士党人的叛乱以首领弗格斯被俘告终，说明同英国结盟是改善苏格拉经济的必要途径，一切逆历

---

① Ann Curthoys & John Docker, *Is History Fiction*? Sydney：University of New South Wales Press, 2010, pp：65 – 66.

② Suan Broomhall & David G. Barrie, "Changing of the Guard：Governance, Policing, Masculinity, and Class in the Porteus Affair and Walter Scott's Heart of Midlothian," *Parergon*, 2011（1）, pp：69 – 90.

③ ibid, p. 78.

④ Ian Duncan, "Primitive Inventions：Rob Roy, Nation, and World System," *Eighteenth-Century Fiction*, 2002（1）, pp：81 – 102.

⑤ Joseph E. Duncan, "The Anti-Romantic in Ivanhoe," *Nineteenth-Century Fiction*, 1955（4）, pp：293 – 300.

史潮流的暴力行动都将不得人心。《昆汀·达沃德》中固守骑士精神的达沃德在很多时候同善于变通的法王路易相比，更显刚愎自用、滑稽可笑，也反映了在封建君主制下骑士精神的不合时宜。

司各特曾在小说中指出："那是社会各层次人们所共有的情感，就像人们的心无论是在 15 世纪的铠甲下，还是在 18 世纪的织锦外衣下，抑或是在当下蓝色罩衫和白色背心下，都是一样的激动。"① 他也曾让我们相信，中世纪的角色同他自己以及同时代的读者之间没有什么大的不同，② 我们和先人有着共同的思想。③ 他在小说中尽量让遥远时代角色的行为和情感为当代人所理解，④ 用自己所处时代的行为和语言对过去进行"翻译"，⑤ 始终站在 19 世纪的精神下关照过去。在这种关照中，司各特表现出了明显的走"中间道路"的保守主义者姿态：主张用缓和民主的方式解决民族矛盾、种族隔阂、暴力革命等时代问题，支持用与时俱进的态度面对当下社会发生的重要变革。这便是司各特作为历史小说家社会责任感的独特表达。

2. 查尔斯·狄更斯：资产阶级人道主义者

相对于司各特保守处理社会矛盾的方式，狄更斯对时代问题的揭示和批判则要尖刻和锋利得多。狄更斯是 19 世纪批判现实主义的代表作家之一，社会严肃性是其小说和人物的核心特点。⑥ 他以尖锐的目光透视时代生活，全方位地反映人民的疾苦和社会矛盾，毫不留情地批判资本主义制度的罪恶和弊端。官僚主义、利己主义、拜金主义、道德腐化、品性堕落、贫富差距等无一不是他关注的对象，几乎每一部现实小说都对英国资本主义社会有着尖锐的讽刺和无情的揭露。比如，《奥利弗·退斯特》《我们共同的朋友》

---

① Sir Walter Scott, *Waverley*, London: Penguin Books, 1994, pp: 55 – 56.

② William E. Simeone, "The Robin Hood of Ivanhoe," *The Journal of American Folklore*, 1961 (293), pp: 230 – 234.

③ Stanwood S. Walker, "A False Start for the Classical-Historical Novel: Lockhart's Valerius and the Limits of Scott's Historicism," *Nineteenth-Century Literature*, 2002 (2), pp: 179 – 209.

④ William E. Simeone, "The Robin Hood of Ivanhoe," *The Journal of American Folklore*, 1961 (293), pp: 230 – 234.

⑤ Cf. Stanwood S. Walker, "A False Start for the Classical-Historical Novel: Lickhart's Valerius and the Limits of Scott's Historicism," *Nineteenth-Century Literature*, 2002 (2), pp: 179 – 209.

⑥ Monroe Engel, "Dickens on Art," *Modern Philology*, 1955 (1), pp: 25 – 38.

批判了 1834 年的济贫法，《艰难时世》反映了日益尖锐的劳资矛盾，《匹克威客外传》《荒凉山庄》揭露了资本主义国家不合理的党派制度和选举制度，《小杜丽》暗示了政府的官僚主义和昏庸无能，《大卫·科波菲尔》《远大前程》则体现了维多利亚时代教育体制以及金钱崇拜对人类心灵的腐蚀，等等。这些作品对生活取材之广、对社会现实批判之深，都是同时代其他小说难以企及的。

狄更斯现实主义小说强烈的批判色彩在历史小说《巴纳比·拉奇》和《双城记》中也有鲜明的体现，赋予其重要的社会功用。这两部小说分别以英国 1780 年的"戈登暴乱"和 1789 年的法国大革命为叙事背景，描述了动荡社会中人民的生活和思想，体现了狄更斯对待社会痼疾的态度。

《双城记》发表于 1859 年，当时宪章运动刚刚结束，由英国工人阶级发起的始于 1836 年、长达 20 余年的争取政治权利的斗争因其拒绝同中产阶级合作、运动领袖内部出现严重分歧以及缺乏广泛而稳定的群众基础而以失败告终，"社会上歌舞升平的现象比较严重"。[1] 琼斯（Gareth Stedman Jones）对当时的社会情况做了如下分析："1848 年之后，宪章运动和大革命所带来的恐慌让位于自鸣得意和沾沾自喜的社会心态……再也不存在对积极改革政府的热情支持。相反，人们认为，既然英国的自由政策不许任何政府介入就可获得胜利，那么税收可以而且应该被减少。因此，在这样的背景之下创作的《双城记》具有警示的作用。"[2] 狄更斯敏锐地察觉到了平静海面下隐藏的汹涌暗潮和表面繁荣之下潜在的重重危机，体会到资产阶级和工人阶级之间的矛盾并未因宪章运动的失败而烟消云散，反而对当权的资产阶级形成更大的威胁。此时《物种起源》（*The Origin of Species*, 1859）、《政治经济学批评》（*Critique of Political Economy*, 1859）以及《自助》（*Self-Help*, 1859）等重要著作的出版唤起了人们对法国大革命的回忆。[3] 狄更斯也在《双城记》中重返 1789 年法国大革命时期，描述了当时紧张的政治局势和动荡的社会

---

[1] 赵炎秋：《狄更斯长篇小说研究》，社会科学文献出版社，1996，第 38 页。

[2] Gareth Stedman Jones, "The Redemptive Power of Violence: Carlyle, Marx and Dickens," *History Workshop Journal*, 2008 (65), pp: 1–22.

[3] Albert D. Hutter, "Nation and Generation in *A Tale of Two Cities*," *Modern Language Association*, 1978 (3), pp: 448–462.

背景，提醒执政当局人民的力量不可小觑，切不可忽视民众中普遍存在的不满情绪。

　　小说伊始，作者就详细描述了革命前夕在巴黎近郊圣安东尼街头的一幅破败景象："一切被寒冷、肮脏、病态、无情与饥渴所笼罩"，[①]"曾经在磨坊里遭受压榨再压榨的贫民在每个角落里不停地颤抖"，[②]"一切能够看到的东西都充满着病态"。[③] 而与此相反的是，贵族们的生活穷奢极侈、荒淫腐化。埃弗雷蒙德勋爵"每两周就在他巴黎的豪华官邸里举办宴会"，[④] 每天早晨饮用朱古力茶就需要除厨师之外的 4 位壮士帮忙。而勋爵结交的承办捐税的总监朋友也奢侈至极，"他有 30 匹马，24 个家丁，有 6 个婢女伺候着他的妻子"。[⑤] 不仅如此，这些贵族还肆意欺凌无辜百姓，百姓的生命和权利一钱不值。埃弗雷蒙德勋爵兄弟作恶多端，为所欲为，他们强抢民女并将其兄弟和丈夫杀害。洞悉这一真相的梅尼特医生暗中向政府揭发他们的罪行，却招致长达 18 年的牢狱之灾，最终因在狱中备受折磨而精神失常。

　　面对贵族势力的欺压，生活在底层的法国人民选择了沉默。勋爵飞驰的马车撞倒了一个孩子，"人群聚集了过来，他们看着勋爵，并没有显露出任何明显的威胁和愤怒。第一次喊叫之后，他们就一直保持着沉默"。[⑥] 不过，这种看似平静的表面现象并没有让作恶多端的贵族放心，他们内心也隐约感受到风暴即将来临。埃弗雷蒙德已经开始感到了害怕：

> 他放下汤碗，端起装满波尔多酒的杯子举到唇边，但又放了下来。
> "这是什么？"他平静地问，注视着那些黑色的和青石色的线条。
> "怎么啦？勋爵？"
> "就在百叶窗外面，打开百叶窗。"

---

① Charles Dickens, *A Tale of Two Cities*, Shanghai：World Publishing Cooperation, 2008, p. 24；中文译本参考自查尔斯·狄更斯：《双城记》，叶红译，长江文艺出版社，2010。以下引用只标注英文版页码，中文版不再标出。

② Charles Dickens, *A Tale of Two Cities*, Shanghai：World Publishing Cooperation, 2008, p. 24.

③ ibid, p. 25.

④ ibid, p. 89.

⑤ ibid, p. 90.

⑥ ibid, p. 94.

> 百叶窗打开了。
>
> "没事么？"
>
> "爵爷，没什么，只有树和夜晚。"①

这种沉默在狄更斯时代同样存在。他在 1855 年写给考古学家莱亚德（A. H. Layard）的信中说："现在没有什么比人们忽视公共事务更能让我感到忧虑和警醒了……我相信，人们感到非常不满，比起爆发出来，当下的沉默不响更为糟糕。这种情况像极了法国革命前的景象。"② 显然，正是这种沉默让狄更斯联想到了革命前夕人民群众中暗藏的革命力量，提醒执政政府目前的平静只是暂时的，阶级矛盾积累到一定程度，势必会引起人民的革命运动，若意识不到其中潜藏的危机，法国大革命的危机将在英国重演。

终于，"于无声处听惊雷"，被压迫人民的怒火一经爆发便不可收。革命的群像鲜明地体现了风暴的猛烈：

> 那个早晨，圣安东尼区有一大片黑压压的人群在移动。他们的头上时时闪现着光芒，锋利的钢刀和刺刀在阳光下闪闪发亮。圣安东尼的嗓子里发出嘶吼，成千上万个裸露的手臂在空中挥舞，犹如寒风中抖动的枯枝。所有的手指都紧握武器或类似武器的东西……圣安东尼的脉搏和心脏都处于高度的紧张之中。这里的每一个有生命的物体都不再考虑生命，正以一种狂热去将它奉献。③

而革命的个体肖像也十分生动地呈现出人民的激情澎湃："德法格满身火药味和汗水，正在发布命令和分发武器。他将这人推开，将那人拉拢来，

---

① Charles Dickens, *A Tale of Two Cities*, Shanghai: World Publishing Cooperation, 2008, pp: 102 - 103.

② Graham Storey, Kathleen Tillotson, Angus Easson ed., "Letter to Austen Henry Lyyard, 10 April 1855, Letters of Charles Dickens, Vol. 7, 1853 - 1855," 1993, p. 587; Cf. Gareth Stedman Jones, "The Redemptive Power of Violence? Carlyle, Marx and Dickens," *History Workshop Journal*, 2008 (65), pp: 1 - 22.

③ Charles Dickens, *A Tale of Two Cities*, Shanghai: World Publishing Cooperation, 2008, pp: 186 - 187.

又将这人的武器拆下给另外一个人装上，在怒吼声最猛烈的地方辛勤地忙碌着。"① 被埃弗雷蒙德兄弟迫害至家破人亡的德法格太太更是表现出异乎寻常的勇敢，成为圣安东尼区妇女的领袖："跟上我，女人们！只要这个地方被攻下，我们就能像男人一样冲杀起来！"②

对革命生动的描写正是狄更斯对被压迫奴役的法国劳动人民的同情和对恶贯满盈的封建权势痛恨的真实写照，也是对大革命正义性和必然性的肯定。然而，随着起义的不断深入，狄更斯对待革命的态度发生了明显的转变。德法格太太所持有的阶级正义感逐渐被极端和疯狂的报复心态取代。她的行为充满了暴力和血腥，凶残至极："她突然兴奋起来，用脚踩住老官吏的脖子，用老早就准备好的锋利的刀将他的头砍了下来。"③ 而革命群众疯狂的杀戮行为更让人胆战心惊："黑色的人海，压倒一切的狂澜，一浪高过一浪，其深不可测，其力不可挡。无情的大海，复仇的怒吼，映照出在磨难的熔炉里练就的毫无怜悯的冷酷面孔。"④ 特别是处死贵族老孚龙的场面，超出了理性的控制：

> 德法格太太立刻操起她的刀……尖声叫喊着"复仇"，挥舞着她的武器，好像四十个凶神在呐喊……男人们也是可怕的，带着沸腾的愤怒从窗口看着，他们拿起所有的武器，冲出大街……他们将老孚龙拖上拖下，把他的头摔向楼梯台阶，又弯向膝盖，又压到脚下，又摔倒在地……女人们随时都在朝他尖声叫喊，男人们坚决主张把草塞进他的嘴里将他闷死。⑤

很明显，狄更斯在肯定革命正义性和必然性的同时，并不赞成残酷的暴力和复仇行为。他同情被压迫的人民，但又恐惧革命带来的暴力，因此希望

① Charles Dickens, *A Tale of Two Cities*, Shanghai：World Publishing Cooperation, 2008, p. 187.

② ibid, p. 188.

③ ibid, p. 191.

④ ibid, p. 192.

⑤ Charles Dickens, *A Tale of Two Cities*, Shanghai：World Publishing Cooperation, 2008, pp：194 - 196.

能够通过"社会和道德进步"① 来代替穷人和富人之间的仇恨。于是我们看到了梅内特医生冰释前嫌、接纳仇人后代达雷的人性之美，也看到了卡登为救情敌不惜牺牲自己的大义凛然的气节。人类之爱是狄更斯为资产阶级化解社会矛盾开出的一个具有浓厚人道主义色彩的处方，他一直相信社会和道德的进步。

毋庸置疑，这个处方具有强烈的改良主义倾向。这种观点在《巴纳比·拉奇》中也有鲜明的体现。在很多评论者看来，《巴纳比·拉奇》反映了英国和欧洲大陆在1830年和1840年之间动荡不安的社会状态。② 戈登起义和现代宪章运动之间的相似之处很容易让我们将二者联系起来。③戈登起义是一种政治隐喻（political metaphor），狄更斯创作小说的前提之一是将历史并列（1780：1840）。④

同《双城记》一样，狄更斯在小说中也对当权统治阶级的昏庸无能大加鞭挞。平庸无奇、自私自利的伦敦市长，激进狂热、受人操控、行事不顾后果的戈登勋爵，以及软弱无能、只会空谈、当政不力的英国国会等，都成为

① Andrew Sanders, *The Victoria Historical Novel 1840 – 1880*, New York: St. Martin's Press, 1979, p. 69.

② Andrew Sanders, *The Victoria Historical Novel 1840 – 1880*, New York: St. Martin's Press, 1979, p. 72.

③ 也有观点指出《巴纳比·拉奇》并不是一部有关宪章运动的小说。比如，帕兹（Denis Paz）的《狄更斯和〈巴纳比·拉奇〉：反天主教和宪章运动》（*Dickens and "Barnaby Rudge": Anti-Catholicism and Chartism*, 2006）以及莫兰（Maureen Moran）的《天主教感觉论和维多利亚文学》（*Catholic Sensationalism and Victorian Literature*, 2007）等著作均指出它是一部有关反天主教运动的小说；扎贝尔（Morton D. Zabel）在《现代小说的技巧和角色》（*Craft and Character in Modern Fiction*, 1957）中认为，将《巴纳比·拉奇》视为19世纪英国宪章运动的戏剧化表现过于夸张。虽说如此，但这并不能否定这部小说对现实社会的启示作用。狄更斯曾说："这个事件没有任何根据获得了为宗教而起义的称号，它也可以被丝毫不信宗教的人以同样的根据发动起来。历史教导我们许多东西，但是我们显然没有好好在心灵深处记住甚至像1780年反天主教叛乱这样简单普通的例子教导我们的那些真理。"（〔苏〕伊万肖娃：《狄更斯评传》，广东人民出版社，1983，第148页）况且如米沙思维（Kim Ian Michasiw）所说，《巴纳比·拉奇》在维多利亚小说环境中创作，必定受到当时出版条件、政治和社会关系的影响 [Kim Ian Michasiw, "Barnaby Rudge: The Since of the Fathers," *ELH*, 1989 (3), pp: 571 –592]，所以小说同宪章运动之间的关系是不言自明的。

④ Thomas Jackson Rice, "The End of Dicken's Apprenticeship: Variable Focus if Barnaby Rudge," *Nineteenth-Century* Fiction, 1975 (2), pp: 172 –184.

作者嘲讽和批判的对象，如杰克森（T. A. Jackson）指出的那样，戈登暴乱和法国大革命都同政府和统治阶级的暴政有关。①

由于当局政府昏庸无能，暴乱很快蔓延并升级，大量无辜平民遭到侵袭，生命和财产遭受威胁：

> 人们都醒着，他们怕被烧死在床上，于是就聚在一起相互安慰和关照。一些胆子大的村民还拿着武器聚集在草地上。哈瑞德先生跟熟悉的人打了招呼，简要叙述了发生的事情，央求他们帮忙第二天将罪犯押往伦敦。
>
> 然而没有一个人敢去助他一臂之力。因为暴徒们路过村庄时曾威胁说，如果谁敢去帮助救火，哪怕帮哈瑞德等天主教徒一点小忙，谁就将遭到最严厉的报复，危及生命及财产安全。②

暴徒们可怕的行动让人们意识到失去控制的暴动的威胁，也包含着作者对非正义起义的厌恶和痛斥，更加突出了人道主义立场的合理性。对此，弗兰德（Harold F. Folland）一针见血地指出："尽管暴民中也包括贫穷的、悲惨的以及误入歧途的社会底层人民，但狄更斯并没有为暴民的行为进行辩护，反而将暴动展现为疯狂而可怕的行为。小说并没有像以往观点所说的那样表现了狄更斯对因长期备受欺压而被迫卷入暴行的人们的同情。"③ 因此，狄更斯"思想的核心是资产阶级人道主义。他主张自由、平等、博爱，认为决定人的价值的是心灵的善恶"。④ 他无疑是为中产阶级读者群创作，同时也是维护中产阶级道德标准的。⑤

---

① T. A. Jackson, *Charles Dickens: The Progress of a Radical*, New York: Haskell, 1971, pp: 29 – 30; cf. Anna Faktorovich, "The Development of the Rebellion Novel Genre in Nineteenth Century British Literature," Ph. D Diss. of Indiana University of Pennsylvania, 2011, p. 143.

② Charles Dickens, *Barnaby Rudge*, London: Penguin English Library, 2012, pp: 611 – 612.

③ Harold F. Folland, "The Doer and the Deed: Theme and Pattern in *Barnaby Rudge*," PMLA, 1959 (4), pp: 406 – 417.

④ 赵炎秋：《狄更斯长篇小说研究》，社会科学文献出版社，1996，第 61 页。

⑤ 严幸智：《狄更斯中产阶级价值观评析》，《西北民族大学学报（哲学社会科学版）》2004 年第 2 期，第 121 页。

综上所述，狄更斯对 19 世纪英国社会矛盾的产生和社会情况的变化有着敏锐的认识。他的两部历史小说都十分关注 19 世纪中期的维多利亚社会，对现存社会问题具有一定的警示和启迪作用。[①] 他努力为穷苦大众对抗资产阶级的剥削打造出一片文学的战场，[②] 亦对统治阶级的飞扬跋扈和腐化堕落厉声痛斥。然而，他不赞成激烈的暴力和流血的革命，而提倡采用温和的人道主义方式在保存现有资本主义社会的基础上进行改革，要求资产阶级尽可能改善工人阶级的处境，从而达到缓和阶级矛盾的目的。因此，他并没有对资本主义社会存在的合理性加以猛烈抨击，而是尖锐地批判社会的一切矛盾和不如意的地方，并要求采用改革的方式加以改良。有评论者指出："狄更斯从来不提，也根本提不出任何解决或根除这些问题的方法和途径。因此，他只是一个社会批判家，而非彻底的社会改革家。"[③] 但这并不能否定狄更斯通过历史来关照当下社会的道德责任感。不论他的建议对错与否或能否被采纳，这都是他历史小说社会功用性的表现方式。

3. 乔治·艾略特：人类精神困境中的探路者

英国女作家乔治·艾略特是维多利亚后期历史小说家的代表，也是历史小说领域为数不多的女性作家。其历史小说《罗慕拉》关注的是人类社会精神领域的多种问题，具有强烈的社会道德责任感和重要的社会启示意义，也体现了一位女性历史小说家对宗教世俗和伦理道德的独特关怀。作为艾略特唯一一部历史小说，《罗慕拉》成为她写作生涯的重要转折点，[④] 用她的话来说："我开始写的时候是个年轻女人，结束的时候已经老去。"[⑤] 与此前几部充满着恋怀旧之感的乡村田园小说如《亚当·比德》（*Adam Bede*，1859）、《弗洛斯河上的磨坊》（*The Mill on the Floss*，1860）以及《织工马南》（*Silas Marner*，1861）等相比，《罗慕拉》借历史之舟，将现代人类面临的精神困

---

① Andrew Sanders, *The Victoria Historical Novel 1840 – 1880*, New York：St. Martin's Press, 1979, p. 69.

② Anna Faktorovich, "The Development of the Rebellion Novel Genre in Nineteenth Century British Literature," Ph. D Diss. of Indiana University of Pennsylvania, 2011, p. 142.

③ 侯维瑞、李维屏：《英国小说史》（上），译林出版社，2005，第 298 页。

④ Susan M. Greenstein, "The Question of Vocation：From Romola to Middlemarch," *Nineteenth-Century Fiction*, 1981（4），pp：487 – 505.

⑤ John Rignall, *Oxford Reader's Companion to George Eliot*, Oxford University Press, 2000, p. 340.

境搁置在漫长的时间洪流中进行解读，以期探索人类走出困境的途径，具有深厚的伦理意义和理论哲思。

小说将背景设置在 15 世纪末文艺复兴时期的佛罗伦萨，那里有着"伟大艺术和生动居民以及特殊而丰富的历史和地理遗产"。① 不过，小说真正反映的是 19 世纪知识分子所遇到的问题，② 即"现代性社会背景下人类精神信仰与伦理生活的问题"。③ 这一定位一语道破《罗慕拉》厚重历史外衣之下鲜明的现代性内涵。前面提到，19 世纪的维多利亚社会正处于新旧文化交接的关键时期，封建和农业的社会制度正逐渐被民主和工业制度代替，④ 社会矛盾和意识形态都处于转接的状态之中。对此，密尔（John Stuart Mill）在 1831 年曾对"转型"（transition）释义，认为"转型"正是当时社会最重要的特征："人类已经从旧有的制度和信条中走了出来，但还没有找到新的方式。"⑤ 休顿对"转型"的解释亦包含新旧两方面的内容："一个以变化和革命为特征的转型时代含有破坏和重建的双重含义。旧的信条和制度正在被抨击（attacked）、修改（modified）或抛弃（discarded），紧接着，新的秩序正在被提出（proposed）和开创（inaugurated）。"⑥

同这一转型时期极为相似的是，15 世纪末的佛罗伦萨也处于新旧思想交接的关键点。《罗慕拉》的开头定格在 1492 年的仲春时节，作者借一个死而复生的幽魂之眼描绘出处于文艺复兴巅峰时期佛罗伦萨之繁荣兴盛：人们的生活充满热诚，共享着尊严和荣誉；人们从事的买卖遍布世界，生活富有而

① Joanna Porter and Steve Ellis, "Some Uses of Florence in the Victorian Novel," *Journal of European Studies*, 1985 (15), pp: 49 – 64.
② Lawrence Poston Ⅲ, "Setting and Theme in Romola," *Nineteenth-Century Fiction*, 1966 (4), pp: 355 – 366.
③ 毛亮：《历史与伦理：乔治·艾略特的〈罗慕拉〉》，《外国文学评论》2008 年第 2 期，第 96 页。
④ Walter E. Houghton, *The Victorian Frame of Mind 1830 – 1870*, New Haven and London：Yale University Press, 1957, p. 4.
⑤ Walter E. Houghton, *The Victorian Frame of Mind 1830 – 1870*, New Haven and London：Yale University Press, 1957, p. 1.
⑥ Walter E. Houghton, *The Victorian Frame of Mind 1830 – 1870*, New Haven and London：Yale University Press, 1957, p. 3.

舒适；公民有选举和被选举的权利；城市建设富丽堂皇，景色优美……①这一切的描绘无法使人不联想到 19 世纪正处于世界之巅的大不列颠。然而，小说创作仅五年之后，英国发生了第二次议会改革，工人阶级为争取选举权依然在进行着不屈不挠的斗争，繁荣外表之下隐藏的重重危机依旧存在。同样地，1492 年的佛罗伦萨也面临着政治动荡。"豪华者"美第奇（Lorenzo de Medici）这一共和国的僭主刚刚逝去，宣告着新的信仰和秩序即将生成。在这青黄不接的时候，佛罗伦萨正悄然发生着重大变化。作者借对幽魂的劝诫描述道：

> 善良的幽灵，不要下去啊！你看变化是巨大的，佛罗伦萨人说的话传到你的耳朵里会像谜一般。或者，如果你要下去的话，不要混在大理石台阶上或者其他地方的政治家中间，不要去询问有关卡里玛拉贸易的问题，也不要去向学者、官员或教士询问问题，不然你会感到困惑。②

这种变化所带来的一个重要问题是，人类的精神领域开始遭遇重重困境，到底是重返中世纪基督社会的信仰和准则、重归上帝意志的指引，还是继续开拓文艺复兴运动所带来的自由人文主义和个人主义思想？文艺复兴的自由人文之风吹散了中世纪宗教严苛的戒律和超验的意志，将世俗化的个人力量放大至最大化。在新旧力量相抗衡的过程中，旧有的基督教虽然大势未去，但已无法融入现代政治秩序之中；新生的自由人文思想虽然崛起，但还未强大到为人类带来确定指引的地步。因此，人类的价值观和世界观陷入了前所未有的困境。15 世纪的佛罗伦萨人陷入了"那张信与不信的奇怪的网，继承了伊壁鸠鲁的轻浮、拜物主义的恐惧、貌似深奥然而办不到的伦理，以及在孩子气的冲动下粗鲁行事的激情"。③ 于是，艾略特带着历史小说家的严肃性和责任感重访三个世纪之前的佛罗伦萨，目的就是为现代人探索一条安身立命的康庄大道，在新旧矛盾之中找出适宜的应对策略。

---

① George Eliot, Romola, London: Penguin Classics, 1996, pp: 1 – 5.

② ibid, p. 7.

③ ibid, p. 6.

　　策略的可行性通过三种人物的三种命运表现出来。首先是代表回归中世纪宗教神学的修士季罗拉莫·萨福纳罗拉。萨福纳罗拉是佛罗伦萨圣马尔科修道院的院长，也是历史上著名的意大利宗教改革家。他倡导用神权领导共和国，主张虔敬简朴的社会秩序，反对骄奢淫逸的生活。他"大胆地谴责牧师的庸俗和恶习，坚持认为基督徒不能仅仅为了自己而生活，应在错误胜利时肩负起自己的责任；不能仅仅看中表面的荣耀，即使是为了教堂，也应考虑到他们的同伴正在缺衣少食，贫病交加"。[①] 不仅如此，萨福纳罗拉十分善于演讲和布道，为了更好地宣扬神学道德，他在传道中大肆宣扬中世纪宗教思想，曾经号召人民焚烧世俗物品，具有极端狂热的宗教色彩。

　　然而，萨福纳罗拉所秉持的宗教救世的思想只不过是满足其政治权利欲望的工具："他乐于探求伟大的目标，将荣耀投射在他用来探求伟大目标的手段上。"[②] 不可否认，他也曾怀抱涤荡世俗道德腐化的崇高理想，并为之付出努力，但他为了扩大自己的影响力，狡猾地利用党派之争夺权上位，不择手段排除异己，"粗鲁鲁莽，常走极端，要求迅速报复"。[③] 如他对独裁的美第奇家族的揭露、处死罗慕拉的教父贝纳尔多等行为，明显怀有满足个人私欲的倾向，这同他所倡导的博爱世人理念背道而驰。正如幡然醒悟的罗慕拉最后对其的指责："你在上帝王国的图景里所看到的，只不过是加强你的党派的力量而已。"[④]

　　萨福纳罗拉掺杂私欲的宗教理念最终失败了，他败于党派斗争，葬身火海，也宣告了回归超验宗教梦想的破灭。萨福纳罗拉令人唏嘘的一生也表现了艾略特在寻求当代人类精神出路上的努力和无法排解的困惑。宗教神学的神圣和高尚在现代社会里已无法生存，染上异质色彩的宗教对于现代人来说只是空中楼阁，并不能在自由人文精神的氛围里提供精神指引。

　　那么，生活在文艺复兴自由人文主义精神下的另一类代表是否能够带领人们走出精神困境呢？罗慕拉的父亲巴尔多双目失明，一生致力于古典史学

[①]　George Eliot, *Romola*, London: Penguin Classics, 1996, p. 6.

[②]　ibid, p. 490.

[③]　ibid, p. 6.

[④]　ibid, p. 492.

的研究，具有浓厚的人文主义色彩，深受世人敬佩。他倾其毕生精力广泛搜集古希腊罗马著述和藏品，学识渊博，知晓甚多。他对外宣称："即使我看得见，我也是跟死去的伟人生活在一起的。活着的人在我看来往往是一些缺少真实感觉和智慧的幽魂而已。"① 他憎恨和蔑视一切不义和卑鄙，反对狂热的宗教行为，认为那些僧徒教士"像一群昆虫般爬来爬去的盲目信仰者和狂叫的伪善者。"②

然而，这样一位看似德高望重的古典学者最终追求的并非人类高尚的"希望和事业"，而是纯粹出于一种私欲和功利心，想凭借对"往昔崇高成果"的收集和整理，能够使"巴尔多家父子的姓名在后世学者嘴里得到尊重"。③ 他深知"没有任何东西可以使后世记得我，让我的姓名留在共和国的史册上，除了我的图书馆和我搜集的这些古董"。④ 为此，他强迫儿子迪诺、女儿罗慕拉，以及女婿蒂托帮助其整理书籍、抄写文稿，意欲让他们也成为完成自己私人理想的工具。最终，迪诺背叛了他，逃出了那个"又热又浓重地包围着我的罪恶的、令人窒息的毒气室"，⑤ 抛弃了那些"实质上都是世俗抱负和肉体欲望的产物"；⑥ 蒂托也背叛了他，偷偷在其死后将所有的藏品变卖。正如戈登（Jan B. Gordon）所说，这部小说揭露了政治和学术之间的相互依赖，以及这种依赖所引起的危机。⑦

蒂托·梅来马则是另一类人文主义代表。他没有固定的宗教信仰和政治党派，具有很强的自由意识和随机应变的能力，不愿受任何社会秩序和道德规范的约束。因此，在很多评论中，他就是艾略特所要批判的"道德虚无主义者和极端利己主义的代表"。⑧ 他先是背叛了抚养他长大的继父巴尔达萨雷，没有在继父受困之时带上赎金积极营救，反而一再躲避，甚至为了让继

---

① George Eliot, *Romola*, London: Penguin Classics, 1996, p. 51.

② ibid, p. 66.

③ ibid, p. 52.

④ ibid, p. 55.

⑤ ibid, p. 154.

⑥ ibid.

⑦ Jan B. Gordon, "Affiliation as (Dis) semination: Gossip and Family in George Eliot's European Novel," *Journal of European Studies*, 1985 (15), pp: 155 – 189.

⑧ 杜隽：《论〈罗摩拉〉中道德问题的现实意义》，《外国文学研究》2011 年第 5 期，第 116 页。

父找不到他而远走他乡。他数次编造谎言，向妻子隐瞒实情，使尽浑身解数避免继父找到他，丝毫不顾及继父对他的养育之恩。随后，他背叛了岳父巴尔多。蒂托自称希腊学者因而赢得了巴尔多的好感和信任，却在巴尔多死后卖掉了其视若珍宝的藏品，违背了曾经对其许下的继承藏品的诺言。不仅如此，他还背叛了结发妻子罗慕拉。他对婚姻不忠，同卖牛奶的村妇苔莎重婚并有一子，对罗慕拉并没有真爱，屡次在党派斗争的关键时刻抛弃妻子，只顾个人的利益和欲望，丝毫没有婚姻道德责任感。

蒂托没有坚固的信仰和崇尚的道德修养，不仅欺骗了周遭的亲人，在事业上的辉煌也只是昙花一现。他作为一个希腊人来到佛罗伦萨，凭借自身机敏的思维和巧舌如簧混入不同党派之中，也曾得到许多人的信任。但其立场善变，并非因为固定的信仰加入党派，只是为了满足自身对于地位和荣誉的追求。最终，蒂托死于复仇的继父手中，受到了道德沦丧带来的惩罚。

文艺复兴所带来的自由人文主义在击垮了中世纪宗教信仰的同时也让社会道德伦理陷入重重危机。自由意识之下人们对幸福和个人欲望的追求使中世纪宗教神学下严苛的道德戒律退出历史舞台，利己主义成为道德沦丧的挡箭牌。巴尔多和蒂托为一己之欲最终付出了代价，也宣告了无约束的个人自由的负面效应。于是，主人公罗慕拉的选择成为引导转型时期人们走出精神困境的唯一希望。罗宾森（Carole Robinson）曾指出，蒂托的选择十分简单，善恶之中始终选择后者。而罗慕拉的选择则是艰难的，因为她要不断同既成的社会规范做斗争，不断思考到底归属于哪一种权威。例如，当她意识到蒂托对婚姻不忠时，她接受了萨福纳罗拉的劝诫，重新回到佛罗伦萨；当她再次离开之时，村里患病的孩子们又让她折返。但是蒂托的生活中不存在任何阻碍，不像罗慕拉的每个决定都暗含危机。因此，罗慕拉正是艾略特设立的一种道德榜样，[①] 她肩负着双重的任务：既要发扬文艺复兴所带来的自由人文主义精神，又要抛弃自由主义造成的利己主义的狭隘思想；既要重拾中世纪宗教指引下纯净的道德意识，又要避免将宗教当作满足一己私欲的工具。

---

① Carole Robinson, "Romola: A Reading of the Novel," *Victorian Studies*, 1962 (1), pp: 29 – 42.

因此，罗慕拉"需要的是一种新的宗教。这种宗教同旧时一样，能够调节人类和外部的世界，但也要避免虚妄"。①

罗慕拉个人的成长过程正是艾略特对这样一种新宗教的探寻之旅。罗慕拉的故事是一个女人的故事，她的历史是一个女人的历史。② 相比其他人物单一型的性格发展，她自我反省式的不断醒悟表明作者在对道德模式的否定之否定以后，逐渐接近理想的宗教形态。罗慕拉的第一次抉择来自蒂托的背叛。当罗慕拉察觉蒂托的不良用心之后，怒火中烧，喃喃自语："我绝不能够屈服于他。他是虚伪的。我要躲着他。我蔑视他!"③ 她决意离开蒂托，可又被萨福纳罗拉召回，指示她"不能逃避你的债务，一个佛罗伦萨妇女的债务，一个妻子的债务"。④ "一个佛罗伦萨的妇女，应该为佛罗伦萨而生活"，⑤ 应该将自己的爱奉献给自己的同胞。对于因受父亲的影响而排斥宗教的罗慕拉来说，她内心"有各种强大的力量在争斗：萨福纳罗拉个人感情和信仰的力量造成的强烈的影响，以及凌驾于一切偏见之上的个人意识"。⑥ 最终，罗慕拉还是被萨福纳罗拉热情的信仰光芒包围，第一次对宗教有了新的认识。

罗慕拉开始过起修女式的修行生活。她日日行善，救下了蒂托的养父，遵循着所敬爱的萨福纳罗拉的指引生活，她坚信萨福纳罗拉的天性比自己的天性更加伟大，这种天性可以赐予她伟大的力量。然而，萨福纳罗拉权利私欲的暴露引起了罗慕拉的震惊，她开始面临第二次抉择。历经生活洗礼的罗慕拉已经形成了自己对待宗教的个人看法，她选择了同萨福纳罗拉决裂，并坚定地认为萨福纳罗拉的欺骗根本不是宗教的本义。第二次回归的罗慕拉漂流到一个疾患遍布的村庄。善良的罗慕拉留了下来照料村民，被人们视为"美丽而神妙的圣母"。在行善的过程中，罗慕拉又一次感受到了自身的价

---

① Bernard J. Paris, "George Eliot's Religion of Humanity," *ELH*, 1962 (4), pp: 418 – 443.
② Susan Schoenbauer Thurin, "The Madonna and the Child Wife in Romola," *Tulsa Studies in Women's Literature*, 1985 (2), pp: 217 – 233.
③ George Eliot, *Romola*, London: Penguin Classics, 1996, p. 320.
④ ibid, p. 357.
⑤ ibid, p. 358.
⑥ ibid, p. 360.

值，也领悟到即使离开精神指引者萨福纳罗拉，她也一样可以寻求到高尚的道德和宗教归属。这种新的宗教不同于任何一种超验的神旨，而是一种个人化意识的外在表达，充满人本主义的丰富蕴含，具有"人本主义宗教道德的自救力量"。① 人本主义宗教道德（religion of humanity）的"他爱"和"自爱"并不矛盾，任何单一的爱的力量都是无法长久的，只有将二者结合起来才能实现真正的宗教救赎。

长久以来，"利己主义"和"奉献精神"都被认为是《罗慕拉》的重要主题，② 但从历史小说的时代功用性角度来看，对于现代宗教表现形式的探讨才是更为重要的历史议题。艾略特的小说描述了人们的宗教之感以及如何找寻自我和规范行为。③ 她肯定了宗教的教化作用，同情那些支持传统宗教的人，因为她知道人们都需要一种归属感，一种忍受孤独和沮丧的方式，一种理解和控制冷漠而神秘的外部世界的方式，而传统的宗教力量和价值能够满足这些需求。④ 但艾略特也认识到维多利亚社会已经丧失了人们长久以来形成的对生活的确定性，即便是超验的上帝也无法解决现存社会的问题，如织工马南所说："没有公正执掌现世的上帝，上帝也充满谎言。"⑤ 在这种情况下，提倡人们"自爱"和"他爱"的人本主义宗教成为一种可行的自我救赎的精神支柱，表现出优于传统宗教的实用特征。艾略特对于宗教主题的历史探讨，明显带有 19 世纪实证主义史学理论的影子，即立足脚下，承认历史的连续性和进步过程，相信历史规律的演变性。⑥ 暂且不论艾略特提出的人本主义宗教在现代社会是否真正可行，正如作者在小说序幕中所表达的

---

① 杜隽：《论〈罗摩拉〉中道德问题的现实意义》，《外国文学研究》2011 年第 5 期，第 121 页。

② Carole Robinson, "Romola: A Reading of the Novel," *Victorian Studies*, 1962（1），pp: 29 – 42.

③ Sara Moore Putzell, "The Search for a Higher Rule: Spiritual Progress in the Novels of George Eliot," *Journal of the American Academy of Religion*, 1979（3），pp: 389 – 407.

④ Bernard J. Paris, "George Eliot's Religion of Humanity," *ELH*, 1962（4），pp: 418 – 443.

⑤ Edward T. Hurley, "Death and Immortality: George Eliot's Solution," *Nineteenth-Century Fiction*, 1969（2），pp: 222 – 227.

⑥ 更多关于艾略特与实证主义史学理论的关系的论述详见 T. R. Wright, "George Eliot and Positivism: A Reassessment," *The Modern Language Review*, 1981（2），pp: 257 – 272; J. B. Bullen, "George Eliot's *Romola* as a Positivist Allegory," *The Review of English Studies*, 1975（104），pp: 425 – 435; John Rignall, *Oxford Reader's Companion to George Eliot*, Oxford Univeristy Press, 2000 等。

那样："这个教皇总会来到，带来新的社会秩序，澄清教会买卖神职的罪恶，拯救教士的生活于丑闻之中。"[1]

综上所述，无论是走"中间道路"的保守主义者司各特、站在资产阶级人道主义立场的狄更斯，还是孜孜不倦探索人类精神信仰的艾略特，这些传统历史小说家都有着强烈的"以史为鉴"的目的和意识。历史在他们的笔下不仅是创作的素材，更是关注现世的工具。面对 19 世纪英国社会自由与保守并存的现实状况和日趋复杂的社会矛盾，传统历史小说家们在线性进步史观的影响下，一方面肯定历史的潮流不可逆转，另一方面从过去发生的事件中寻求出路。他们立足于现世重访过去类似关键的历史时期，通过讲述一个完整的故事为现代开放式的境遇寻找前进的道路或为现代危机发出警示，体现了历史小说文类重要的责任和价值。

第二节　规避效果：三种指向

19 世纪英国历史小说通过重访过去找寻解决当下问题的出路，为现代社会矛盾提供走出困境的方法和建议，体现了传统历史小说家强烈的问题意识和社会道德责任感。那么进入 20 世纪，现代主义历史小说具有何种社会意义？笔者依旧从世纪之交历史哲学思想的新发展谈起。

一　质疑线性进步的历史观

19 世纪中后期，工业革命的发展使经济得到了突飞猛进的增长，欧洲资本主义的各种矛盾也逐渐加深，社会的组织关系发生了重大变化，"欧洲中心论"指导下的历史进步观开始受到质疑。人们对盛极一时的欧洲文明感到前所未有的失望和悲观，线性、进步、发展的历史在 20 世纪史学观看来已然成为逝去的理想。

西方近现代哲学对于历史进步观的质疑可上溯至古希腊古典怀疑主义。在古希腊语中，skeptics 是由 skeptikoi 一词衍生出来的，指的是"探求者"

---

① George Eliot, *Romola*, London：Penguin Classics, 1996, p. 6.

或"研究者"。① 怀疑论学派以怀疑柏拉图和亚里士多德的真理为契机，进一步探求实现平静和幸福生活的方法。怀疑主义是一种能力，它"用一切方法把现象与判断对立起来"。② "他们否认一切证实、标准、标志、原因、运动、学习、生成，否认存在本性上善的或恶的事物。他们指出，所有的证实要么由已经证实过的事物构成，要么由无法证实的事物构成。"③

对于感觉的可信性，古希腊怀疑主义的代表人物塞克斯都（Sextus Empiricus）论证说："如果我们的知识来自经验或感觉印象，那么就更有理由怀疑所有知识的恰当性……我们大部分知识都是基于知觉的，但是我们对这些知觉没有标准或真理。"④ 因此，人们无法确定我们对事物的认识是正确还是错误的。对于道德法则产生的有效性，怀疑主义者认为："不同共同体的民众有不同的关于什么是善和正当的观念。每个共同体的习惯和律法都不同。就是一个共同体，时代不同习惯和律法也不同。"⑤

西方怀疑主义发展到近代，休谟（David Hume）是集大成者。他在洛克（John Locke）和巴克莱（George Berkeley）经验论证的基础上揭示了英国经验主义逻辑格局中所蕴含的怀疑主义。他在《人性论》（*Treatise of Human Nature*, 1739）第四章"论怀疑主义哲学体系和其他哲学体系"中对理性的规则、物体的存在、因果关系等信念提出怀疑，指出它们仅仅是人们主观心理意识的产物，并没有事实和逻辑的根据。他说："什么原因促使我们相信物体的存在？但是如果问，究竟有无物体？那却是徒然的。那是我们在自己一切推理中所必须假设的一点。"⑥ "物体继续存在的信念依靠某些印象的一贯性和恒定性。"⑦ 在他看来，除了心灵自己的知觉以外，再也没有其他的东

---

① 〔美〕撒谬尔·伊诺克·斯通普夫、〔美〕詹姆斯·菲泽：《西方哲学史》，第七版，丁三东等译，中华书局，2005，第163页。

② 苗力田：《古希腊哲学》，中国人民大学出版社，1988，第656页。

③ 〔古希腊〕第欧根尼·拉尔修：《明哲言行录》，载苗力田《古希腊哲学》，中国人民大学出版社，1988，第670页。

④ 〔美〕撒谬尔·伊诺克·斯通普夫、〔美〕詹姆斯·菲泽：《西方哲学史》，第七版，丁三东等译，中华书局，2005，第167~168页。

⑤ 同上。

⑥ 〔英〕休谟：《人性论》，关文运译，商务印书馆，1980，第214页。

⑦ 同上，第196页。

西真正存在于心灵中，所以"任何习惯如果不依靠于这些知觉的有规则的接续出现，便不可能养成"。① "一切理证性的科学中的规则都是确定和无误的。但是当我们应用它们的时候，我们那些易误的、不准确的官能便很容易违背这些规则，而陷于错误之中。"②

对于因果关系，休谟指出：

> 不但直接的经验不提供经验之外的知识，而且作为事实知识来源之一的经验推理同样不提供经验之外的知识。因果推理历来是发现事物的存在和内在联系的主要方法，被认为是从已经经验到的存在和性质到未经验到的存在和性质的推理，是扩展性推理的代表……因果推理只是经验现象的规则出现和我们的心理习惯的产物，因果知识没有客观必然性。我们可以借因果推理满足生活的需要，却不能说因此获得了对事物的存在、性质和联系的真实知识。③

休谟的怀疑主义强调人类经验在知识领域中的重要地位，反对一切超验的形而上学命题。他的哲学否定了启蒙运动以来的理性精神，"代表着 18 世纪重理精神的破产"。④ 怀疑主义哲学这种否定理性的精神在 19 世纪叔本华（Schopenhauer）非理性主义哲学那里得到了继承。在叔本华看来，时空概念、因果逻辑等都是人们主观世界的产物，不适用于自在之物上。"尽管为资本主义实战所必需的所有个别变化能够用因果规律去理解并应用于生产，但是，在世界观方面，这一切都是无法说明的、非理性的。"⑤ 既然如此，那么作为资产阶级世界观代表之一的历史编纂显然也"毫无价值而又歪曲了真

---

① 〔英〕休谟：《人性论》，关文运译，商务印书馆，1980，第 224 页。
② 同上书，第 206 页。
③ 叶秀山、王树人：《西方哲学史》（近代：理性主义和经验主义，英国哲学），江苏人民出版社，2004，第 449 页。
④ 〔英〕罗素：《西方哲学史》（下卷），马元德译，商务印书馆，1976，第 228 页。
⑤ 〔匈〕卢卡奇：《理性的毁灭：非理性主义的道路——从谢林到希特勒》，王玖兴等译，山东人民出版社，1988，第 199 页。

相"。① 因此，在叔本华那里并没有历史。

不仅如此，叔本华还以悲观主义的态度否认了自然界中的任何进化。在他看来，每一个现象和形式都是永恒不变的。"努力参与社会生活，或甚至努力想改变社会，则都表现为缺乏对世界本质的认识，而这种缺乏等于犯罪。"② 他近乎固执地维护现存之物，忽视了"独立于我们的意识而存在的外在世界的客观性和规律性"。③

叔本华对于历史进化的否定态度在尼采（Friedrich Nietzsche）那里得到继承。尼采崇尚叔本华的悲剧哲学，也强调事物真正的本质无法通过理性获得，"只有通过自我意志的泯灭才能脱离生存中的不幸处境"。④ 因此，尼采哲学具有鲜明的反科学主义倾向。在尼采看来，人们所展现的有意识的动机都是表明的，背后隐藏的是人们的"欲望和求权利的状态"。⑤ "在我们对事件套用数学公式的地方去认识事物，那是幻想：只是说明和描述事件。如此而已！"⑥

为此，尼采否定任何宗教，深信"没有一种宗教实际是真理"。⑦ 他拒绝从社会功用的角度评价一切宗教，是彻底的无神论者。尼采将一切事物的意义都视为权力意志的产物，指出："强大的意志指挥软弱的意志。除了为意志而意志之外，根本不存在别的什么因果关系。"⑧ 人们所做的一切都是"有益于保存人类种族的事业。这并非出于对于种族的爱，仅仅是因为他们身上存在一种比任何东西更加悠久、强烈、冷酷和无法替代的本能，这恰恰是我们族群的本质（the essence）。"⑨

---

① 〔匈〕卢卡奇：《理性的毁灭：非理性主义的道路——从谢林到希特勒》，王玖兴等译，山东人民出版社，1988，第213页。

② 同上书，第184页。

③ 同上书，第206页。

④ 〔德〕尼采：《尼采文集：权力意志卷》，青海人民出版社，1995，第3页。

⑤ 〔德〕弗里德里希·尼采：《尼采遗稿选》，虞龙发译，上海译文出版社，2005，第128页。

⑥ 同上书，第134页。

⑦ 〔英〕罗素：《西方哲学史》（下卷），马元德译，商务印书馆，1976，第347页。

⑧ 〔德〕尼采：《尼采文集：权力意志卷》，青海人民出版社，1995，第42页。

⑨ Friedrich Nietzsche, *The Gay Science*, ed. Bernard Williams, trans. Josefine Nauckhoff, Cambridge University Press, 2001, p. 27.

　　通过权力意志，尼采看到了资本主义社会潜存的深刻危机，对人类历史的理性进步发出根本性的质疑，也对达尔文和达尔文主义采取了一种日益尖锐的否定态度。他将达尔文的观点总结为三点：

　　　　第一点：作为一个物种，人并没有进步。也许可以达到较高类型，但是，他们并不持久。物种的水平并没有被提高。既然阶级斗争（生存斗争）并没有自动地产生出尼采所希望的那种较高类型的人，那么，它就不可能是自然和社会发展的规律。……第二个观点是，……和其他任何动物相比，人作为一个物种没有显示出进步。整个动植物界并没有从低到高的发展……所有的物种都是同时分开的、相互重叠的、混乱的、互相对立的……如果非理性主义企图适应时代并且影响反动派的话，那么，它不得不以另一种对现实的肤浅的历史的解释来对抗这种辩证的历史观。但是这种反动的、为资本主义社会辩护的内容作为人类发展的无与伦比的顶点和终点同时必然导致取消历史、发展和进步。第三点……尼采主要反对那些用社会达尔文主义解释自由主义的人，如斯宾塞。[①]

　　就这样，尼采否认了社会历史不断向前进步的线性发展，否认了人类按照理性建设社会的意义，指出人类的本性被理性摧毁，历史已经终结。

　　在尼采之后，又有一些现代历史哲学家提出了对线性历史进步观的否定，比如，德国历史学家斯宾格勒（Oswald Spengler）。他在一战结束时分两卷出版的《西方的没落》（*The Decling of the West*，1918、1922）中继承尼采非理性主义哲学的思想，否认了历史科学和历史进步等理性因素，提出"世界历史形态学"的概念，强调"文化"的形态学概念，认为世界历史是各种文化的"集体传记"。他否认西方中心史观，指出任何文明最终都会衰亡，"它是一种发展了的人性所能达到的最外在的和最人为的状态。它们是一种结论，是继生成之物而来的已成之物，是生命完结之后的死亡，是扩张之后

───────────

　　① 〔匈〕卢卡奇：《理性的毁灭：非理性主义的道路——从谢林到希特勒》，王玖兴等译，山东人民出版社，1988，第 329～330 页。

的僵化，是继母土和多立克样式、哥特样式的精神童年之后的理智时代和石制的、石化的世界城市。它们是一种终结，不可挽回，但因内在必然性而一再被达成"。① 这种观点典型地反映了一战时欧洲普遍流行的悲观焦虑的民众情绪。因此，在斯宾格勒看来，历史不是线性、进步的，而是具有全人类文化共同的发展规律。这种"同情的历史主义史学"以"发展"的观念取代了启蒙运动时期批判理性史学"浅薄的乐观主义"，肯定了每一个时代、民族以及文化的价值和精神。

综上，西方哲学发展到 19 世纪中后期，叔本华、尼采等非理性主义哲学家对机械论科学的批判和否定，严重打击了自培根开始的科技理性为人们所带来改造自然的积极态度，也促使近现代历史学家重新认识和深刻质疑西方历史线性进步观。

二 "一个充满危机的时代"

西方哲学对线性进步史观的怀疑并非空穴来风。除了哲学思想的深度发展之外，世纪之交欧洲社会的剧烈变迁也是造成人们历史观转换的重要内因。以英国为例，19 世纪中期工业革命的率先完成和殖民地的大量扩张，使英国在经济和政治等各个方面均取得了举世瞩目的辉煌成就，成为世界上最富有和最具影响力的国家。然而，在自由贸易和经济发展的同时，社会保守势力并未消退。"稳重守成的保守主义"同"走在历史前面的激进主义"是伴随经济增长的两股重要势力，二者的此消彼长和相互融合一直贯穿于英国鼎盛时期的发展之中。② 或许，也正是因为传统势力的影响一直未曾减小，英国在工业革命完成之后其技术革新的速度才放缓。19 世纪 70 年代的农业大萧条严重打击了许多农民和土地持有者的积极性，也逐渐让英国人对国外生产制造业强大的竞争力感到担心和恐惧。

自然，这种焦虑心态并非杞人忧天。一组翔实的数据清晰地展现出英国经济的下滑现象：19 世纪 80 年代早期，英国制造业的生产总量超过世界生

---

① 〔德〕斯宾格勒：《西方的没落》，吴琼译，上海三联书店，2006，第 30 页。
② 钱乘旦、陈晓律：《在传统与变革之间——英国文化模式溯源》，江苏人民出版社，2010，第 144～190 页。

产总量的 1/4，而至 1900 年这一数字下降到小于 1/5；[①] 19 世纪 80 年代后，纺织业出口的年价值从 105000000 英镑下降到 97000000 英镑；19 世纪 80 年代英国钢铁生产总量一度达到世界总量 1/3，由于美国和德国参与竞争，至 1900 年这一数字滑落到 1/5，[②] 1902 年再降为 1/7；[③] 1870 年至 1913 年，英国工业的年增长率为 2.1%，而美国为 4.9%；[④] 1870 年，英国贸易额占世界贸易额的 41%，而 1914 年，只占 30%。[⑤]

20 世纪初，英国仍然算得上是世界上最先进的国家之一。特别是第二次工业革命推动了电力的发展和应用之后，英国的经济和人民生活水平获得了很大的发展和提高，只不过这种增长已经由此前的绝对增长转为相对增长。在 1873 年至 1896 年的欧洲经济大衰退时期，英国同美、法、德、俄等其他国家经济的差距逐步缩小。两次工业革命的纵深化使劳动力价值升高，庞大的生产链需要投入更多的资金运作，这大大减缓了英国经济增长的速度。在短短的 30~40 年的时间里，英国从一个领先世界、最具活力的工业化国家沦为经济上最为拖沓和保守的国家，[⑥] 很多社会与经济痼疾的征兆也已逐渐显露出来。

与此同时，美国、德国、法国等新兴资本主义国家并未放慢前进的脚步。以德国和美国为例，1914 年，在工业革命的深刻影响下，德国已经追上甚至超越英国成为欧洲最重要的工业强国，[⑦] 钢铁产量远在英国之上。而美国在 1901 年生产的钢铁量就已是德国的两倍及英国的三倍。[⑧] 德国人口数量

---

① Norman McCord and Bill Purdue, *British History 1815 - 1914*, Oxford University Press, 2007, p. 492.

② ibid, p. 493.

③ Clayton Roberts and David Roberts, *A History and England: 1699 to the Present*, Vol. 2, Trans. Jia Shiheng, Tai Bei: Wu-Nan Publishing Co., 1986, p. 933.

④ ibid, p. 932.

⑤ ibid, p. 933.

⑥ E. J. Hobsbawm, *Industry and Empire: The Birth of the Industrial Revolution*, New York: Pantheon Books, 1968, p. 149.

⑦ Ian Cawood and David McKinnon, *The First World War*, London: Routledge, 2001, p. 5.

⑧ 〔英〕克拉潘：《现代英国经济史》（下卷：机器和国与国的竞争 1887—1914 年），姚曾廙译，商务印书馆，1986，第 60~61 页。

也由 1890 年的 49000000 人增长到 1913 年的 66000000 人，仅次于苏联。社会的繁荣和经济的增长迅速使其军备力量强大起来。20 世纪初，德国的海军、陆军、铁路和国防建设都十分强大。这严重威胁到了老牌资本主义国家的经济利益，使欧洲和美国等帝国主义国家之间的矛盾日趋升级，最终在 1914 年爆发了第一次世界性的广泛战争。

第一次世界大战是欧洲乃至人类历史上最具破坏力的战争之一，几百万条生命消逝在剧烈的爆炸、横飞的子弹和滚滚的硝烟之中：

> 七十五万不列颠士兵在第一次世界大战中阵亡，二百万不列颠士兵受伤，千百万不列颠士兵永远成为残废。许多人遭到战争最新的诅咒——因换上弹震症而常年住在精神病院。各种各样的震惊永留在前线士兵的记忆之中：对这一场前所未有的恐怖战争的震惊，对泥泞战壕的震惊，对残酷炮火的震惊；还有长期恐惧死亡，乏味而无休无止的守夜，盲目攻击的愚蠢行为以及彻底地认为战争徒劳无功。[①]

不仅如此，巨额的军费开支致使国家财富大量流失，这让本就处于经济衰退期的英国不堪重负。据统计，在战争期间，除去偿还数额巨大的国际欠款之外，英国直接或间接（特别是在东欧和近东地区发放的政府债券）蒙受的经济损失达到 600000000 美元。[②]

战争结束后，英国的经济呈现出极为复杂的态势：一方面，新时期较为活跃的国际、国内市场在一定程度上促进了商业的发展，经济一度出现繁荣的局面；另一方面，无法掩盖的生产力急剧下降的现实让英国的国际地位一蹶不振。据相关统计数据，1913 年，印度购买不列颠棉纱年产量的 38%，战后只购买了其产量的 10%；1917 年至 1930 年，英国的煤的输出量降低了 15%；20 世纪 20 年代钢铁的产量比战前减少了 10%；同一时期造船业的生

---

① Clayton Roberts and David Roberts, *A History and England*: *1699 to the Present*, *Vol. 2*, Trans. Jia Shiheng, Tai Bei: Wu-Nan Publishing Co., 1986, p. 973.

② Gerd Hardach, *The First World War 1914 – 1918*, Berkeley and Los Angeles: University of California Press, 1977, p. 289.

产量由占世界生产总量的59%下降为40%。[1]

政治方面，20世纪初的英国政府经历了艰难的政党变革。几大政党轮番上阵，力求能够为逐渐衰落的英国带来一线生机。1905年，已离开政坛10年之久的自由党替代保守党上台执政。针对保守党因循守旧、故步自封的行事风格，自由党大刀阔斧地在治国策略上进行了改革，力图恢复英国昔日的强盛。然而，改革之路并不平坦，争取独立的爱尔兰激进民族主义者、追求自身政治权利的妇女运动者、反抗资产阶级压迫的罢工工人等为自由党的改革设置了重重障碍。战后，工党逐渐崛起继而取代自由党成为掌控政权的政党。然而，还未等为选民做出实质性的贡献，仅仅10个月之后工党就被保守党取代。保守党执政期间，全国性的工人大罢工频繁发生，工人阶级争取权益的斗争范围之广、强度之大，历史罕见。由于政府执政不力，失业、贫困、股市暴跌、生产下降等社会危机严重困扰着英国。

动荡不安的时代往往能够孕育出伟大的思想和创造。战争灾难、经济萧条、帝国没落、党派斗争等不安社会状况促进了科学技术、哲学、心理学、物理学、社会学等知识领域的新发展。普朗克（Max Planck）的量子力学、爱因斯坦（Albert Einstein）的相对论、柏格森（Henri Bergson）的时空观以及弗洛伊德（Sigmund Freud）的精神分析学说等诸多哲学、科学领域的崭新研究成果颠覆了人们传统的认知方式，让人们对宇宙、时空、精神、意识都有了崭新的认识，"理性的人类打破了已有的世界"。[2]

与此同时，新的思想和发现也使人们的生活方式发生了翻天覆地的变化。汽车、飞机、电话、电灯甚至电视等新鲜的发明充斥着西方世界，也严重冲击着一成不变的英式田园生活。在新的交通工具和传播媒介的促动下，人们的生活节奏和获知信息的速度开始加快，旧有的时空观念遭受巨大挑战。随之而来的是人与人之间、人与自然和社会之间关系的改变，如同伍尔夫所说，"1910年12月前后，人的一切关系都变了"。[3]

---

① Clayton Roberts and David Roberts, *A History and England: 1699 to the Present*, Vol. 2, Trans. Jia Shiheng, Tai Bei: Wu-Nan Publishing Co., 1986, p. 1015.

② Modris Eksteins, *Rites of Spring: The Great War and the Birth of Modern Age*, New York: Mariner Books, 1989, p. 31.

③ Virginia Woolf, *Collected Essays*, Vol. 1, London: Hogarth Press, 1966, p. 321.

在两次世界大战之间，英国成为娱乐业泛滥的国家。战后短暂的经济复苏刺激了传统保守的市场，使之变得异常活跃。人们寻欢作乐，享受当下，一方面驱逐战争遗留的阴影，另一方面抱着和平永存的希望。在科技和社会高速发展的新时代，娱乐项目层出不穷，跳舞、比赛、晒太阳、谈恋爱等充斥着人们的生活。报纸、广播等媒介亦成为传播娱乐信息和资讯的平台。据历史学家统计，以英国城市考文垂为例，在两次世界大战间隙，当地的电影院、舞厅和俱乐部无论是在数量上还是规模上都显著增加，[①] 1927 年国内的电影生产总量有 13 部，到 1937 年至 1938 年飞速达到 228 部。[②]

伴随娱乐精神而来的是对传统生活习俗束缚的摆脱。20 世纪的英国社会迎来了前所未有的自由，人们的价值观也发生了重大的改变。科学发展带来的现代怀疑精神一举击垮了英国人曾经笃信不疑的道德、宗教信念。"懂得弗洛伊德理论的人很少，懂得爱因斯坦的人更少，他们的说法却传开来。"[③] 一切绝对的约束都成为相对的比较，所谓的纪律、原则、道德、信仰都不再至高无上。这成为人们放任自己行为、狂享自由的借口。福塞尔（Paul Fussell）指出，一战是人类历史上绝大的讽刺。它使得盛行的社会向善论（Meliorist）陷入了无地自容的境地。这一论断主导公众意识长达一个世纪之久，它逆转了进步观（the Idea of Progress）。[④] 然而，表面浮华之下掩藏的是不可言说的寂寞、焦虑、隔绝之感。当宗教信仰不再坚定，当道德守护已坍塌，当"那些表面看似确凿无疑的事物纷纷遭到怀疑和摒弃"，[⑤] 人们面对的是一个没有灵魂、没有本质的世界。文学中无数的空虚形象被塑造，诗人、作家无数的寻觅和探求终一无所获。

---

① Brad Beaven, *Leisure Citizenship and Working-Class Men in Britain, 1850 - 1945*, Manchester：Manchester University Press, 2005, p. 2.

② John Sedgwick, "Cinema-going Preference in Britain in the 1930s," in Jeffrey Richards ed., *The Unkown 1930s：An Alternative History of the British Cinema 1929 - 1939*, London：I. B. Tauris & Co. Ltd., 1998, p. 1.

③ Clayton Roberts and David Roberts, *A History and England：1699 to the Present*, Vol. 2, Trans. Jia Shiheng, Tai Bei：Wu-Nan Publishing Co., 1986, p. 1048.

④ Paul Fussell, *The Great War and Modern Memory*, New York：Oxford University Press, 1975, p. 8.

⑤ 李维屏：《现代主义文学思潮》，《英国文学思想史》，上海外语教育出版社，2012，第 504 页。

可以说，世纪之交的传统英国社会面临着前所未有的重大危机。一方面，政治、经济、文化、科技等各个方面发生的巨大变化和动荡不断冲击着业已稳固的国家体制，社会组织结构一度变得异常复杂。现代的思想和观念急于脱离陈旧体制的束缚，而稳定固守的社会形态面临着被颠覆和替换的严峻形势。另一方面，英国国际地位的日趋下降、帝国势力的逐渐衰退、世界大战的残酷爆发击碎了欧洲中心主义的历史进步观，也带走了昔日帝国的骄傲与自信。人们对现世产生怀疑，对自身感到迷茫，灵魂不断焦虑，信仰逐渐消逝，末日感和绝望感充斥着心灵的各个角落，或惶惶不可终日，或沉浸于纸醉金迷。人们开始对深信不疑的西方文明产生强烈的怀疑，幻灭感和没落感取代了自信和骄傲，"极为恐惧地生活在一个混乱不堪而又荒诞可笑的世界里"。[1]

三 "三种转向"下的时代意义

社会意识和社会问题的改变必定会对时代的文学创作产生重大影响，同时也促使作家对此做出迅速而准确的反应。20 世纪上半叶，声势浩大的现代主义文学思潮就是在这样一种社会背景下席卷而来。同力求创新的时代面貌一样，现代主义文学创作中一个非常显著的特征也是对传统的背离和反叛。这里的传统既包含小说创作的手法，亦包括文本书写的对象。现代主义的文学流派种类繁多，如象征主义、表现主义、意识流、意象主义、存在主义、超现实主义等。这些流派为现代主义文学提供了丰富的艺术素材和思想来源。各种眼花缭乱的文学技巧、印刷样式、结构形式、文本模式层出不穷，赋予了文学丰富的艺术特征。如乔伊斯在《尤利西斯》（*Ulysses*，1922）中对神话原型的使用将现实和幻想结合在一起，共同构建了一个零乱交错的时空；伍尔夫的《达洛维夫人》（*Mrs Dalloway*，1925）、《海浪》（*The Waves*，1931）等意识流小说跳出了传统"三一律"的框架，实现了时间的自由和跳跃；劳伦斯的《虹》（*The Rainbow*，1915）、《查泰莱夫人的情人》（*Lady Chatterley's Lover*，1928）等小说在传统文本形式和技巧的掩盖下传达出晦涩

---

① 李维屏、戴鸿斌：《什么是现代主义文学》，上海外语教育出版社，2011，第 22 页。

抽象的心理活动和现代两性意识。这些新技巧和新意识的嵌入，让英国现代主义小说展现出了不同以往的文学面貌，成为世纪之交英国文学的典型特征。

除了形式和意识方面的革新，现代主义文学创作的对象也发生了重大转移。在荒诞和异化的语境之下，传统现实主义小说所追求的完美结局、忠贞爱情、惩恶扬善、伸张正义等情节显得如此不合时宜。文学内部的碎片化和断裂化使其无法再呈现宏大的主题和完整的意义，此时生活中平凡的瞬间和微小人事的存在感得以凸显。这样一来，人的主观世界便有力地承担起传达现代意识的重要任务。

当然，这种向精神世界的偏转同世纪之交西方科学、哲学、心理等领域的研究成果密切相关。相对主义和怀疑主义是这一时期普遍存在的学科精神。人们对事物现象和价值的判断由客体转移到主体，人的主观能动性被发挥到极致。柏格森对直觉和意识的强调，福塞尔意象关系体系的提出，海德格尔对存在主义心理学的重要影响，弗洛伊德对释梦、无意识等概念的阐释等都将主体意识纳为主要研究对象，突出了人在客观事物面前的主体地位。

伴随着这种对精神、心理等意识领域理解的加深，传统小说中对客观物质世界的描绘逐渐被对主观精神感受的描绘代替。现代主义作家不满传统作家过分重视外部环境而忽略人物内心活动的创作规律，在作品中通过各种方式强调人物的主观精神。因此，情节化的事件被意识（consciousness）、无意识（unconsciousness）、记忆以及感知（perception）所替代。[①] 这种对主观意识的强调恰恰契合了现代社会人们内心异化、惶恐、压抑的实际心理状况。充满幻灭感、失落感以及异化感的"自我"，是现代主义小说描写的主要对象。现代主义作品不断采用新奇的写作技巧来展现在充满矛盾的动荡社会中人们精神和心灵的点滴感悟，细腻生动地展现人们的现代意识和体验，从而导致传统写作中占主导成分的外部环境描写不断缩水，让位于精神世界的活动。

[①]　Margaret Drabble, *The Oxford Companion to English Literature*, Beijing: Foreign Language Teaching and Research Press, 2005, p. 682.

　　然而，注重精神世界的探索并非意味着现代主义作家一味逃避现实，只是自说自话，沉浸在自我世界中。恰恰相反，"严肃的现代主义作家往往将人的精神世界作为珍贵的创作源泉，通过表现人物微妙的心灵和复杂的意识来反映社会现实"。① 在这些作家看来，揭示人的内在世界与反映外部社会现实之间是等同的关系，微观精神世界同宏观物质世界一样，亦是折射现实的一面镜子，可以反映时代跳动的脉搏。这一点同那些一味追求自我感受、肆意描述畸形内心的唯心主义小说有明显的区别，它们"除了对荒诞的社会和痛苦的人生发出一声叹息或无情嘲弄一番之外并无多少价值"。②

　　毋庸置疑，现代主义历史小说与荒诞的唯心主义和历史虚无主义小说也有着本质的区别。它肩负着揭露现世危机和反映社会动荡的重要任务，属于严肃的现代主义小说范畴。无论怎样重视精神世界，历史小说文类内部固有的对史料和外部现实的指涉程序都决定了现代主义历史小说必定承担反映现实、指引现实的时代责任。虽然现代主义历史小说与现实主义形态在表现手法、创作理念以及艺术风格上有很大的区别，但"就表现生活和反映现实而言，它们在本质上是一致的"。③

　　但是，若站在历史小说文类的时代性角度探讨现代主义历史小说同传统历史小说在处理现实问题上的不同效果，二者就有了明显的差别。虽然两种小说形态下的历史小说家均没有放弃反映现实问题以及生成历史意义的愿望和努力，但两类作品所收获的时代性效果大为不同。现实主义历史小说具有强烈的社会问题意识，通过追溯过去的历史对现代生活的缺憾和迷惘之处产生一定的启示性作用，最终实现"以史为鉴"的时代性价值。而到了现代主义历史小说这里，这一过程并不那么顺利。现代主义历史小说在实际产生的时代性价值同小说家预设的时代意义之间出现了偏差。换言之，现代主义历史小说家通过诉求历史来反映现实、照顾现实的目的并未顺利实现，取而代

---

① 李维屏、戴鸿斌：《什么是现代主义文学》，上海外语教育出版社，2011，第27页。
② 同上。
③ 李维屏：《现代主义文学思潮》，《英国文学思想史》，上海外语教育出版社，2012，第505页。

之获得了别样的时代性意义。

现代主义文学有其独特的文本特征：首先，现代主义小说重视人的主观精神世界，宏大整体性的历史碎裂成个人俯拾可得的情感体验和转瞬即逝的意识流动；其次，世纪之交多种文学流派的生成为现代主义小说提供了崭新的写作思维和丰富的创作技巧，"创新性"或"实验性"是该小说的显著特征；最后，严肃的现代主义小说与极端实验性的现代主义文本有根本不同，前者同传统现实主义小说一样，具有重要的社会意义指向，只是实现这一意义的载体已由外部环境转为困境中的"自我"。

在这三个前提下，现代主义历史小说在实现其时代性作用的过程中意义所指发生了转向，从而导致其时代性效果同预期发生了偏离。新颖的创作手法以及对主观世界的重视同小说在意欲实现的社会意义之间没有形成契合的关系，但促使了新的社会意义的形成。

1. 指向静止系统

所谓指向静止系统，是指文本生成的意义指向一种稳定不变的文本支撑结构，书写的重心从历史发展的过程转移到其他方面，从而取消读者对事件历时性发展的关注。

其实，将文本建构在静止的语义系统中并不是英国现代主义历史小说独有的，而是整个现代主义文学的普遍行为。比如，神话在现代主义诗歌和小说中的大行其道就是对此极好的阐明。斯诺维茨（Michael Leigh Sinowitz）认为，现代主义文学虽然受到了法国象征主义的深刻影响，但并不是对其全盘复制。作为19世纪末流行于法国的文学流派，象征主义反对分毫不差地描绘事物，强调直接描述对人们情感的唤起和暗示，是对现实主义和自然主义的拒绝和反驳。它热衷于通过声音之间的内涵关系来探寻语言的音乐本质。[①] 换言之，象征主义将诗歌视为一个独立的有机整体，重视诗歌本身所产生的共鸣效应。然而，现代主义文学并非如此。以艾略特的《荒原》（*The Waste Land*, 1922）一诗为例，虽然诗中充满着各种象征性的语义符号，但

---

① Margaret Drabble, *The Oxford Companion to English Literature*, Foreign Language Teaching and Research Press and Oxford University Press, 2005, p. 989.

作者并未将文本视为独立的真空存在，而是依然存有对外部世界的指涉。①
这些不断侵入的符号所传达出的依然是来自当代社会的恐怖与痛苦，而这恰
恰也是艾略特所要逃脱的。②

艾略特的救赎来自神话。他于 1923 年发表在《日晷》（The Dial）杂志
上一篇题为《尤利西斯、秩序以及神话》（Ulysses, Order and Myth）的文章
中以乔伊斯（James Joyce）的《尤利西斯》为例，强调了"神话方法"
（mythical method）在现代主义诗歌中的重要功用，即一种"控制（control）、
整理（order）混乱的无政府状态的方式"。③ 艾略特十分推崇乔伊斯的这部
小说，认为"作为当下最重要的作品"，它给了他所有的"惊讶、愉悦和恐
惧"。④ 乔伊斯对于《奥德赛》的使用可比肩于"一项重要的科学发现"，
"尚未有人在这样的基础上做过创新"，即便这部小说被称为一部史诗也不为
过"。⑤ 不仅如此，他还呼吁后继诗人"追随乔伊斯的脚步"，并在此基础上
进行创新。

同时，艾略特在自己的作品中大量使用神话。在《荒原》中，他描述了
阿迪斯（Attis）、阿多尼斯（Adonis）和俄西里斯（Osiris）三位繁殖之神的
复活，并借此赋予了西方文化和历史重获新生的希望；而"圣杯传说"在诗
中的显现亦表达了人们拾起信仰和精神之后光明的来临；除此之外，他还使
用了许多神话原型人物，如艾翁（Ion）、俄狄浦斯（Oedipus）、阿尔科斯提

---

① 比如，诗句"一座不真实的城市，在冬天早晨棕色的浓雾下，一群人流过伦敦桥，人是这
么多，我没有想到死亡毁灭了这么多"（Unreal City/ Under the brown fog of a winter dawn, / A
crowd flowed over London Bridge, so many, / I had not thought death had undone so many）、"甜
美的泰晤士河啊，你轻轻地流，等我唱完我的歌；甜美的泰晤士河啊，你轻轻地流，因为
我不会大声，也不多说；可在我身后的冷风中，我听到白骨的碰撞和得意的笑声"（Sweet
Thames, run softly till I end my song, / Sweet Thames, run softly, for I speak not loud or long. /
But at my back in a cold blast I hear/ The rattle of bones, and chuckle spread from ear to ear）等都
指涉了现实。

② Michael Leign Sinowitz, "Walking into History: Forms of the Postmodern Historical Novel," Diss. of
University of Miami, 1997, p. 13.

③ T. S. Eliot, "Ulysses, Order, and Myth," http://people. virginia. edu/ ~ jdk3t/eliotulysses. htm.

④ 同上。

⑤ 乔伊斯在《尤利西斯》中将小说《平行》（Parallel）对应了希腊神话《奥德赛》（Odys-
sey），如布鲁姆（Leopold Bloom）对应奥德修斯（Odysseus）、布鲁姆（Molly Bloom）对应
帕涅罗佩（Penelope）、迪达勒斯（Stephen Dedalus）对应忒勒玛科斯（Telemachus）等。

斯（Alcestis）等，从而将作品置放在稳定的平行结构之中，跨越了古代和现代文明之间的沟壑，实现了作品意义的永恒化和稳定化。

爱尔兰现代主义诗人叶芝（W. B. Yeats）也十分青睐神话的功用，指出对于一个伟大的诗人来说，"他们所见的一切是和他的民族生活联系着的，而且通过民族生活又与共同和神圣的生活联系在一起"。① 他在诗歌如《乌辛的流浪》（*The Wanderings of Oisin*, 1888）、《凯尔特的薄暮》（*The Celt Twilight*, 1893）、《谁与费格思同行》（*Who goes with Fergus*, 1893）、《流浪者安古斯之歌》（*The Song of Wandering Aengus*, 1899）中采用了大量的爱尔兰神话传说，并希望借此来缓解当代社会人们所遭遇的精神危机。叶芝和艾略特一样，认为"可以通过神话来达到一种稳定性从而克服当下的空虚之感"。②

现代主义诗人这种通过神话克服空虚、落寞之感的方式"远离了历史或者让历史成分静止不动，而非包含或直面历史"。③ 这些神话虽然导致了个性的丧失却获得了稳固的状态。④ 他们对小说家的影响无法确切估量，但他们通过神话唤起内心之感以及远离历史进程的效果在现代主义历史小说家那里得以延续。同诗人们一样，这一形态的历史小说家由于史料处理文类通约程序的约束，并无法逃离对历史事件的指涉，但对于他们来说，神话并不是唯一的精神寄托的方式，如伍尔夫的小说就指向了其他的静止系统。

伍尔夫的指向是私人历史，而这种指向是现代主义文学必然的产物。前面提到，现代主义十分重视人的主观精神世界而非外部客观环境状况，这一意识反映在文学中必然导致小说描写的对象从公共领域转移到私人经验上来。至历史小说，私人历史便替代了宏大历史成为掌控小说进程的主导因素。然而，这种私人历史同传统历史小说中的个人成长不尽相同。在传统历史小说（如《亨利·艾斯芒德的历史》）中，虽然也存有私人历史的讲述，

① 王佐良、周珏良：《英国20世纪文学史》，外语教学与研究出版社，2006，第63页。

② Michael Leign Sinowitz, "Walking into History: Forms of the Postmodern Historical Novel," Diss. of University of Miami, 1997, p. 16.

③ Michael Leign Sinowitz, "Walking into History: Forms of the Postmodern Historical Novel," Diss. of University of Miami, 1997, p. 16.

④ Anthony Domestico, "'Ulysses', Order and Myth," http://modernism. research. yale. edu/wiki/index. php/%22Ulysses,'_Order_and_Myth%22.

但这些个体历史的发展过程仍旧是集体历史长河中的一朵浪花，依然体现着宏大历史的进步和发展。

与此不同，在伍尔夫的笔下，宏大历史的闪耀光环已经褪去，私人历史的重要意义逐渐凸显。以《奥兰多》为例，主人公的个人成长经历已同历史的发展过程并无太大关联。历经三百年时光的变迁，无论地位如何、性别如何，奥兰多始终保持了本质的内心，体现了过去和现在的整体性特征。① 比如，奥兰多并没有因为时间的流逝而改变对莎莎的看法。即便在 20 世纪，当奥兰多在商店里看到一个俄国人的背影时，她依然惊叫："天哪！穿着毛皮衣服，戴着珍珠链子，穿着俄国人的裤子，却言而无信，言而无信！"② 她对莎莎的憎恨依然那么强烈。这同当初在伏尔加河岸上，奥兰多对莎莎的态度一模一样："他从马上一下子跳下来，他愤怒得好像要同洪水作战似的。他站在没过膝盖的水中，对着那个言而无信的女人抛出对她性别最恶毒的咒骂。他骂她言而无信、阴晴不定、水性杨花，骂她是魔鬼、通奸者、骗子……"③ 还有，奥兰多对诗歌的热爱和创作也从未改变。几个世纪之后，她房间里"墨水瓶还在那儿；笔还在那儿；诗歌的手稿还在那儿"。④ 她"从早到晚都坐在一张椅子上，带着一支烟、一张纸、一支笔和一个墨水瓶"。⑤

在小说最后，几百年后，奥兰多再次出现在读者面前时，仍旧停留在 36 岁的年轻时期，而且"她几乎看不出一点衰老的痕迹。她看上去就像那天在结冻的泰晤士河上滑冰时一样，噘着嘴，阴沉着脸，一样地美丽，一样地像玫瑰般红润"。⑥ 时间彻底停滞，历史感瞬时消失，过去和现在之间的间隙被填平，读者仿佛阅读的是一个发生在真空之中的故事。历史对于伍尔夫来说，只不过是场游戏。⑦ 这样，伍尔夫最终将历史归结为一点：让奥兰多的

---

① Helen Wussow, *The Nightmare of History：The Fictions of Virginia Woolf and D. H. Lawrence*, London：Associated University Press, 1998, p. 161.

② Virginia Woolf, *Orlando：A Biography*, London：Vintage Books, 2004, p. 198.

③ ibid, p. 37.

④ Virginia Woolf, *Orlando：A Biography*, London：Vintage Books, 2004, p. 172.

⑤ ibid, p. 175.

⑥ ibid, p. 197.

⑦ Gillian Beer, "Virginia Woolf and Pre-history," *Virginia Woolf：A Centenary Perspective*, Eric Warner ed. , London：Macillian, 1994, p. 102.

个人特征静止不变，① 这在不知不觉中湮灭了读者因历史感而引起的寻求出路的欲望。

2. 指向凝滞时空

现代主义历史小说文本意义生成的第二种情况指向的是凝滞时空。世纪之交，随着人类对精神和意识领域认识的不断加深，传统的时空理念在现代主义作家的笔下得以重塑。在此情况下，叙事节奏的不均衡、物理时间让位于心理时间、过去和现在的混杂等新生成的叙事效果屡见不鲜。而这些效果对于新形态的历史小说而言，也具有十分重要的时代意义。

康拉德的《诺斯托罗莫》是凝滞时空在历史小说中使用的典型范例。在第二部第八章中，叙述者讲述了诺斯托罗莫和德考得两人在深夜驾驶载满银锭的驳船驶向伊莎贝尔岛的过程。从德考得在驳船上对着岸上说"再见"至驳船同运兵船相撞、诺斯托罗莫留下德考得一人回萨拉科，其间只不过几个小时的光景，但康拉德用了几十页的篇幅描述之。相比于对萨拉科长达百年历史的追溯，小说叙事的节奏在此处明显慢了下来，历史的发展过程受到了抑制。

刚刚驶离岸边时，诺斯托罗莫具有十分强烈的责任感，认为自己执行的任务具有重要的政治意义，发誓决不能让银锭落入蒙特罗手中，并自信地认为"银子已经安全地拴在了诺斯托罗莫的脖子上了"。② 然而，随着驳船驶入大海深处，在经历了艰苦的划行、航道的偏离、运兵船的追赶，以及大雨的侵袭等诸多磨难之后，二人的心境开始发生了微妙的变化。这样一个"阴霾、沉寂、令人窒息的、平静的"（gloom, silence, and breathless peace）③ 黑暗海湾将读者带入一个时间凝滞、故事情节推进被放至无限缓慢的静谧空间。历史的流动开始停止，瞬间的感悟被放大，德考得和诺斯托罗莫二人对自身和生命的深入思考得以凸显。

德考得回忆了往昔的故事："他回忆起离开安东尼娅父亲床边时她哀怨

---

① Helen Wussow, *The Nightmare of History: The Fictions of Virginia Woolf and D. H. Lawrence*, London: Associated University Press, 1998, p. 160.

② Joseph Conrad, *Nostromo*, Mineola, New York: Dover Publications, Inc., 2002, p. 160.

③ Joseph Conrad, *Nostromo*, Mineola, New York: Dover Publications, Inc., 2002, pp: 160 – 161.

的眼神……他记起最后一次拜访高尔德家的情景……甚至连巴里奥斯到达凯塔和离开那儿时所做的宣言中的句子都记得十分清楚……"[①] 诺斯托罗莫则想起了运兵船上的司令官索第罗。他谈到了索第罗的布朗克信仰以及对改革的忠诚、靠游说当上艾斯马拉达警备司令官、巴里奥斯对索第罗的鄙夷、索第罗对里比厄拉运动的阻挠等。对于这种回忆的每一个细节，叙述者都详尽地展示。对往昔如此丰富的追忆使上紧的时间发条松弛下来，指引事件进程的物理时间消失于无形。读者无法体悟时间的移动，感知到的是时间轴上一个信息量庞大的横截面。

而这一横截面传递给读者的不仅是二人对往昔的回忆和对文中欠缺信息的补充，更重要的是体现了人性的深刻转变。面对黑暗无边的大海和体力的耗尽，"德考得的回忆和积极的直觉与感情都成为荒唐的幻想。就连他从深刻的怀疑主义中所唤醒的对安东尼娅的爱恋也变得不再真实"。[②] 而当船被撞下沉，船舱进水，生命受到威胁时，二人意识到"他们不过是两个被卷入一个共同危险之中各自追寻利益的冒险者"。[③] 于是，所谓的勇气、责任、爱情、忠贞等品质在袒露的人性面前变得如此浮华缥缈，个人潜意识的非理性成分压制住了社会赋予的理性品行，成为主导人性发展的主要因素。而恰恰是静止凝滞的时空让这种在宏大历史下很难凸显的人性显现出来，实现了对人物精神层面的挖掘。

针对小说中时间的凝滞，叙事学家对此有详细的分析。国内学者胡亚敏对归入小说的时限问题进行了讨论。她援引热奈特"速度"的概念，指出叙事学的速度即为"故事时间与叙述长度之比"：

$$叙事速度 = \frac{故事长度}{叙述长度}$$

据此公式，故事时间与叙述长度之比等于 1 的叙述称为"等述"，大于 1 的叙述是"概述"，小于 1 的为"扩述"。若故事时间无穷大则为"省略"，

①　Joseph Conrad, *Nostromo*, Mineola, New York: Dover Publications, Inc., 2002, p. 168.

②　ibid, p. 161.

③　ibid, p. 179.

叙述事件无穷大的为"静述"。① 这五种叙述的关系见图 3 - 1。

图 3 - 1　五种叙述关系

很明显，《诺斯托罗莫》中物理时间的静止并未造成叙述长度的缩短，反而大大增加了叙述的内容，这属于扩述的范畴。其中对于事件场景的描述夹杂在人物内心的复杂意识和活动中。这些题外话充塞在"作为借口的一场活动周围聚集起可以赋予它充分纵聚合价值的一堆事件和论述"。② 这种类似于电影慢镜头的叙事方式在历史小说中的使用，造成了历史进程的延宕，推迟了事件发展的进程，最终导致历史脱离于叙述，减弱了历史感在读者中传递的强度。

心理时间的使用也是让时空凝滞的一种方式。对内心世界的追寻同稳定的神话系统一样，均代替了现代主义文学中历史理解的不确定性。③ 伍尔夫就十分擅长描述心理时间。这一点在《幕间》中有明显体现。小说伊始，作者就对斯维辛太太的心理世界进行了探寻。斯维辛太太最爱读的书是《历史纲要》，但她总是阅读该书的史前部分。"那个时候整个欧洲大陆还没有被一条海峡分隔开，还连成一片；……森林里生活着许多怪物，它们长着大象的身子、海豚的脖子，喘着粗气……"然而，这种对于英国远古历史的追溯被女仆格蕾丝的闯入打断了——她来送早餐。斯维辛太太感到"实际上她大概用了五秒钟，但心里觉得时间要比这长许多，才把端着蓝色瓷器托盘的格蕾丝同绿色水汽覆盖的原始森林里长着毛皮的、吼叫的怪物区分开来"。④ 格蕾丝进来时，那怪物在斯维辛太太的想象中正在毁掉一整棵大树。斯维辛太太看着女仆，感觉"自己的目光分成了两半：一半看着沼泽里的野兽，另一半

---

① 胡亚敏：《叙事学》，华中师范大学出版社，2004，第 76 页。

② 〔法〕热拉尔·热奈特：《叙事话语　新叙事话语》，王文融译，中国社会科学出版社，1990，第 71 页。

③ Michael Leign Sinowitz, "Walking into History: Forms of the Postmodern Historical Novel," Diss. of University of Miami, 1997, p. 17.

④ Virginia Woolf, *Between the Acts*, London: Granada Publishing Limited, 1978, p. 11.

看着穿印花衣裙、戴白围裙的女佣人"。① 也正是在这一瞬间，她的心理时间同物理时间交汇在一起，"现在"闯入了心理中的"过去"，形成了立体的、主观的时空。意识中历史的整体性流动被散乱的心理时间分布所切断，从而导致意义指向了一种非固定化、非程式化的不稳定系统。

柏格森提出的心理时间（绵延）的两个重要特征即持续性和异质性。②他指出：

> 当我们谈论时间的时候，我们一般想着一个纯一的媒介；而在这媒介里，我们的意识被并排置列，如同在空间一样，以便构成一个无连续性的众多体。照这样解释的时间对于我们许许多多心理状态的关系跟强度对于某些心理状态的关系，难道不是同样的吗？难道时间不是一个记号、一种象征，又绝对跟真正绵延不相同吗？……倘若我们把时间解释为一种媒介并在其中区别东西和计算东西，则时间不是旁的而只是空间而已。③

这就意味着在人的心理时间中，过去、现在和将来是混杂在一起的、无序的、流动的。在每个瞬间里，所有的感情、意念和意志都在发生变化：倘若一个精神状态停止了变动，其绵延（duration）也就不再流动了。④ 因此，意识流以及内心独白是现代主义小说最适合，也是最常用的写作技巧。意识流手法掌控着叙述形式和角色展现的规则，这一手法催生了"静止的史诗结构"（epic structure which is static），这同"发展和能动的"（dynamic and developmental）现实主义手法有根本的不同，⑤ 正如奥利弗太太的意识在心理和现实之间不停地切换。

---

① Virginia Woolf, *Between the Acts*, London: Granada Publishing Limited, 1978, p. 11.

② Gilles Deleuze, *Bergsonism*, trans. Hugh Tomlinson and Barbara Habberiam, New York: Zone Books, 1991, p. 37.

③ 〔法〕柏格森：《时间与自由意志》，吴士栋译，商务印书馆，1989，第61页。

④ 〔法〕昂利·柏格森：《创造进化论》，肖聿译，华夏出版社，2000，第8页。

⑤ Georg Lukács, "The Ideology of Modernism," trans. John and Necke Mander, in Dacid H. Richter ed., *The Critical Tradition: Classic Texts and Contemporary Trends*, Third Edition, Boston and New York: Bedford/St. Martin's, p. 1220.

奥利弗太太暗恋着农场主海恩斯。坐在梳妆镜前，她"看到了自己一整夜都在对那位失意的、沉默的、浪漫的乡绅农场主产生的感情"。[1] 但当她从镜面反射中看到窗户外面的童车、保姆和儿子的时候，这种思绪戛然而止。她的目光回到梳妆镜，她想自己"一定是在恋爱"，因为海恩斯的一举一动、一颦一笑都让她的内心漾起层层波澜。而这种波澜让她想到战争前夕飞越克洛伊登区上空的直升机旋转的螺旋桨，"直到所有的连枷变成了同一条连枷，飞机腾空而起，越飞越远……"[2] 这种意识流动被打给派孔伯商店的电话打断："要切成片的鳎鱼，午饭前请按时送来。"[3] 接着她的思绪又缥缈起来，"带一片蓝色的羽毛……穿过空气……在那里，将我们联系在一起的一切将会失去……"[4]于是，时间就在奥利弗太太的内心和现实之间来回激荡，人物主观意识流动产生的历史感和对战争的思考被击碎成一个个微小的、无序的粒子。传统历史小说中那种人为控制、排列有序的时间微粒散乱成不断运动的、融合混杂的时空系统。现在和过去、想象和现实、心理时间和物理时间等对立的因素之间互相渗透、疏密不均，共同造成了历史感的破碎和历史进程的阻断，人们所感觉到的只有凌乱的自我和破碎的当下。对心理世界的依赖同对静止神话系统的依赖一样，可以代替现代主义文学对于历史理解的不确定性。[5]

3. 指向艺术本身

现代主义小说新颖的创作技巧以及多变的文本形式让小说本身具有了强烈的实验性特征。对形式实验的重视时常让小说家处于审美经验和文本意义的矛盾之中，稍不留神就会发生"顾此失彼"的情况。令人眼花缭乱的实验技巧相比文本意义的生成更具吸睛能力，读者常常被带入各种文本实验的过程中。而对于历史小说文类来说，这严重影响了其时代意义的意指方向。

仍以伍尔夫的《幕间》为例。小说创作于两次世界大战之间，一战的阴

---

[1] Virginia Woolf, *Between the Acts*, London：Granada Publishing Limited, 1978, p. 14.

[2] ibid, p. 15.

[3] ibid.

[4] ibid, pp：15 - 16.

[5] Michael Leign Sinowitz, "Walking into History：Forms of the Postmodern Historical Novel," Diss. of University of Miami, 1997, p. 17.

影还未散去，二战的噩梦又将逼近。人们惊慌失措，对战争充满焦虑和恐惧，对未来忧心忡忡。伍尔夫在创作期间也"感到了压力、危险与恐惧"，① 战争正在逐步逼近，生活的平静将再一次被打破。在小说中，这种现代人的忧虑与恐惧通过对现实生活的指涉真实而生动地反映出来。

首先，小说一开篇就奏出了不和谐的情感旋律，向读者的阅读行为注入了慌乱焦躁、忐忑不安的现实因素。和谐夜色里人们谈论的却是令人烦恼的挖污水池的事情；贾尔斯的妻子伊莎同农场主海恩斯眉目传情；海恩斯的妻子发觉丈夫的出轨苗头后，一股幽怨之气骤然产生；小乔治被爷爷的鬼脸吓得哇哇大哭，而奥利弗也被气得"青筋暴涨，面颊通红"；② 斯维辛太太同奥利弗因对家族史持有不同的观点而发生了激烈的争吵；闪烁不定的风向"掀起了黄色的窗帘，打散了光线，也打乱了影子"。③ 这些平静乡村生活表面下涌动的暗流是现实生活的真实写照。生活在战争间隙的人们已经预感到灾难正在步步逼近，表面上暂时安稳的生活其实已经陷入重重危机。

继而，小说中对现实危机的直接指涉进一步强化了现实的可怕和残酷。此时，"欧洲大陆的形势看起来前所未有的糟糕"，④ 贾尔斯在火车上看日报读到了"十六个男人被枪杀，其他的被囚禁"的新闻，⑤ 伊莎看到空中呼啸而过的歼击机，都预示着战争正在逐步逼近。贾尔斯用"刺猬"两个字来形容目前的欧洲世界："地上竖着钢枪，空中飞着战斗机。任何时刻，枪炮都有可能将田地耙出沟壑，飞机都会把博尔尼教堂炸得粉碎。"⑥ 蛇吞下癞蛤蟆，又被贾尔斯踩死，飞溅的鲜血正是战争中无数生命被屠戮的预言。

然而，对于现实生活中遇到的种种困境，人们除了被动地忍受，无力改变，作家的创作亦是如此。想要在历史小说中寻找走出困境的答案是一件艰难的事，即便涉及过去的历史，小说也无法为人们提供救赎之路。《幕间》

---

① 〔英〕弗吉尼亚·伍尔夫：《伍尔夫日记选》，戴红珍、宋炳辉译，百花文艺出版社，2005，第239页。

② Virginia Woolf, *Between the Acts*, London: Granada Publishing Limited, 1978, p. 14.

③ ibid, p. 17.

④ ibid, p. 144.

⑤ ibid, p. 38.

⑥ ibid, p. 43.

之所以后来被定性为历史小说，是因为其中有历史因素的介入，但这是一种十分特殊的介入方式。

《幕间》中历史的讲述是以历史剧的形式呈现的。小说用了近一半的篇幅来讲述拉特鲁布女士导演的历史剧，戏剧形式和小说形式交叉进行，充分反映了现代主义小说实验性的特点。然而，在历史感如此强的一部历史剧中，历史却并不是主角。虽然由真人演绎的英格兰历史经历了国家诞生、乔叟时代、伊丽莎白的理性时代、王朝复辟时代以及维多利亚繁荣时代，但历史的进程和发展并不是被关注的主要对象。作者甚至在剧中插入了一段题为《有志者事竟成》的爱情局中局博观众一笑。作者对剧中人物的衣着、表情，以及背景曲调的描写远胜过对历史真实的追寻。而作者最为关注的还是整个历史剧编创和被观众接受的艺术过程。作者描写这部戏剧描的目的不在于再现英国的历史，而在于再现艺术的形成。

可以说，整部历史剧就是在不断地出现矛盾，然后解决矛盾的过程中完成的，是问题出现——问题解决——问题再出现——问题再解决的过程。一开始出现的是历史剧"在哪儿演"的问题，随后问题得以解决：如果下雨的话，就在谷仓里演；如果晴天的话，就在台地上演。最终，导演拉特鲁布女士将演出选在露天进行，然后指挥演员们换衣服。在演出过程中，风逐渐大了起来，"在树叶的沙沙声中，那些伟大的名字也听不见了，观众坐在那儿瞪着眼睛看着村民，村民的嘴巴张着，却没有声音出来"。① 正当拉特鲁布女士无计可施之时， 一头刚刚失去小牛的母牛开始高声吼叫，继而一头接一头牛发出了渴望的叫声，这种叫声"消除了空白，拉近了距离，填补了空虚，延续了感情"。② 舞台危机获得了缓解，历史剧得以继续进行。戏剧快结束时，天气突变，一片云飘过来，"乌黑，膨胀……像全世界的眼泪般倾泻而下"。③ 但这场雨帮了拉特鲁布女士的大忙，突降的雨水成功地传递了她想要表达的思想，那就是死亡、末日以及哭泣，"大自然又一次参加了演出"。④

---

① Virginia Woolf, *Between the Acts*, London: Granada Publishing Limited, 1978, p. 103.

② ibid, p. 104.

③ ibid, p. 131.

④ ibid, p. 131.

由此，演出过程中出现的所有问题都机缘巧合地得到了妥善的解决，解决的过程也全盘呈现在读者的眼前，让读者见证了艺术产生的过程。

在最后一幕，演员们手持镜子出现在观众面前，他们将镜子向观众"扫过来，掠过去"，让他们看到自己在镜中的样子。那些之前上台表演的演员都冲上台去，和观众融为一体。最后，发表演讲的牧师道出了历史剧想要表达的心声："我们都是一个或另一个团体的成员。每一个人都是整体的一部分。"当观众融入历史剧的艺术构建过程时，读者也相应融入了小说的创作过程。

通过分析可见，现代主义历史小说家对世纪之初英国社会进行深刻的反思，从未放弃通过小说创作实现文本时代意义的努力。虽然随着时代的发展，历史知识的客观可信性和历史线性进步观逐渐遭到质疑和否定，但这并不妨碍小说家对历史探寻的努力。如同欧莫利评论康拉德一般，他"一边否认历史的可述性，一边又继续叙写历史"，[①] 并没有放弃叙述历史的权利和责任。即便诉诸神话的现代主义诗人亦是如此。伊格尔斯就曾指出，叶芝在诗歌《1916 年复活节》中，通过母亲对孩子名字的呼唤"承认了自己与当代历史的疏离是一种罪过"，"虽然在这个意义上，神话唤醒和重新创造了一段已经完结的历史，但是也含蓄地表明，事件借助艺术和神话的力量变成历史，给艺术家提供了一种自觉有限然而非常关键的角色"。[②]

不过，在实现文本时代意义的过程中，我们看到，现代主义历史小说家（如康拉德）不断探索能够表现其思想和价值的合适形式，致力于表现对于屡遭磨难的人性的深刻同情，[③] 导致文本内部产生了三种重要的意义指向。无论是指向神话或私人历史等静止语义系统、放缓叙事节奏或使用心理时间来指向凝滞时空，还是指向新颖实验性的现代艺术本身，这些都是现代主义

---

① Seamus O'Malley, "'How Shall We Write History?': The Modernist Historiography of Joseph Conrad, Ford Madox Ford and Rebecca West," Ph. D Diss. the City University of New York, 2011, p. 92.

② 〔英〕特里·伊格尔顿：《叶芝〈1916 年复活节〉里的历史和神话》，《外国文学》1999 年第 4 期，第 71 页。

③ Daniel R. Schwarz, "Conrad's Quarrel with Politics in Nostromo," *College English*, 1997 (5), pp: 548 – 568.

作家在人类文明和生活发生重大变化时为顺应时代变化而采取的新的反映现实的方式。但也正是由于这些新的艺术形式和创作理念的使用，现代主义历史小说在时代性意义的维度上发生了偏转，从而产生了"规避效果"。

之所以说"规避"而非"逃避"，是因为"逃避"一般具有主观上的避免之意，"规避"则是采取一定措施避免所面临的问题，有"设法回避"之意。① 换句话说，现代主义历史小说家并没有主观逃避现实问题，他们也有问题意识，也未尝不想与现实主义同行们一样，通过书写历史来找寻解决当下社会问题的途径，如伍尔夫《幕间》最后依然希望"人们能够团结起来"，康拉德也寄希望于人性的救赎和解放。但新的写作技巧的使用将人们从历史书写中寻找问题答案的惯常思维转移到了其他方面，从而导致利用历史直接解决问题的目标未能实现。比如，静止的语义系统抽离了历史生存的空间，使因历史产生的意义尽失而恒定系统的意义得以扩大；凝滞的时空体系割裂了历史发展的线性过程，各种时间因素混杂在一起，弱化了现在是由过去发展而来的传统历史观点；现代主义小说家对艺术形成过程本身的重视在一定程度上阻碍了历史成分的介入，读者的问题意识继而转向了艺术形式的生成过程。因此，在这三种指向下，现代主义历史小说家的作品表达了承认公共历史事件及其结果和试图逃避它们之间的张力的想法。② 他们虽然没有放弃时代意义的探寻，但转移了读者在文本之中寻找历史对当下意义的注意力，从而规避了小说直接解决当下问题的时代功能。然而，如果换一个角度来看待这个问题，或许也会得出另一个结论。

如前所述，世纪之交的英国社会遭遇了世界大战、经济没落、传统丧失等残酷浩劫，人们对欧洲中心历史观的真实性产生了怀疑，历史的线性进步也遭到否定。如伍尔夫所说："这是一个黑暗和沉默的时代，没有人，包括

---

① 根据《辞海》（夏征农主编，上海辞书出版社 2000 年出版）中的释义，"规避"有两种意思。（1）设法回避。如《旧五代史·孔谦传》："帝怒其规避，将置于法。"（2）在贸易上，指一切逃避监管和绕过贸易管理规则的变通甚至违规行为。如出口商为逃避"多种纤维协定"等国际贸易协定有关数量限制的约束，达到多出口的目的，采取转运、改道、谎报原产国和原产地，伪造文件或谎报产品成分、数量、货品名称和税号等方式绕过协定规范和监管。

② Michael Leigh Sinowitz, "Walking into History: Forms of the Postmodern Historical Novel," Diss. of University of Miami, 1997, p. 17.

参与战争的人知道即将发生什么，也不知道为什么他们会卷入战争。"① 因此，社会的信仰危机、精神危机、人性扭曲等比以往任何一个时代都更为剧烈，人们很难逃脱孤独感、异化感和焦虑感的侵袭。在这样的情况下，现代主义历史小说三种指向所产生的一种超越理性的、不受时间限制的、永恒的凝聚力让读者在阅读和阐释的过程中获得了安慰性的力量，为焦虑悲观的时代搭建起临时的心理避难所。

第三节　修正功能：失语权威的重建

20 世纪中叶之后，后现代主义历史小说社会意义的实现有了新的变化。这自然同后现代主义西方史学观念和写作范式的变迁密切相关。

一　"大写历史"的重重危机

前文提到，19 世纪叔本华、尼采等非理性主义哲学家否认了科学本身的存在和意义，指出人类试图以理性改造世界是不可能实现的理想。这是对启蒙运动倡导的理性理念的最严峻的挑战。二战让人性的凶残和贪婪再一次暴露无遗，也让人类的理性遭受有史以来最大的否定。人类用科学理性制造出的武器和工具在改造自然界、推动历史文明发展的同时，也将毁灭的威胁带给自身。人们惊诧地看到，标榜文明与进步的工具理性非但没有能够帮助人们友爱共生、谋求幸福，反而导致人们自相残杀。这不能不说是对人类文明进步史的极大讽刺。人们逐渐认识到，理性带来的并非崇高的唯一真理。宇宙中并不存在永恒不变的理论本质，一切所谓的科学理念、历史原则、人道主义、本质主义、道德法制等规则都是人为控制的结果，是官僚利益集团思维的结果。战后，帝国主义国家大力发展科技和经济，导致自然生态、人口数量、国家福利、医疗保障、教育制度等诸多方面都出现了各种问题，人类的工具理性开始遭受普遍怀疑和否定，语言的力量逐渐浮出水面，让人们意识到一切意识形态皆为话语。语言可以建构一切，话语力量的形成标志着后

---

① Trudi Tate, *Modernism*, *History and the First World War*, Manchester and New York: Manchester University Press, 1998, p. 1.

现代主义思潮开始登上历史舞台。西方社会对普遍理性的怀疑和否定，从根本上拒绝了启蒙运动制定的人类社会的发展规律。这种否定"主要集中在其对人类社会理解和发展的勾画上，即主要反对所谓的'大叙述'（grand narrative）和'元叙述'（metanarrative）的理论"。① 启蒙运动的思想家在普遍理性的信仰下，将人类社会的发展设定为遵循一定规律的、可以理解和把握的甚至可以预测未来的历史进程。他们之所以有这样的信心与把握，是因为自17世纪欧洲科学革命以来理性思想指导人类在认识和改造自然方面取得了巨大的进步和成就。因此，人类历史也被赋予了同样的规律性和可知性。人们通过"大叙述"或"元叙述"叙写的正是对整个人类历史的解释，即"大写历史"（History）。

然而，后现代主义者坚决否认普遍理性下人类历史的规律性问题。这种否定从叙写"大历史"的"元叙述"开始。法国哲学家利奥塔（又译利奥塔尔，Jean-Francois Lyotard）是后现代否认"元叙述"的先驱。他在代表作《后现代状态》（*La Condition Postmodern*，1979）一书中将对"元叙述"的质疑视为后现代主义重要的理论基础，认为后现代主义知识合法化的途径并非某种规律性的宏大叙述元话语，因为这些话语本身亦不过是一种语言游戏。

所谓合法性（合法化）是指"政治制度、经济制度的合法性。更宽泛些说，是指文化形态的合法性"。② 它的合理性表现在两个方面，即"符合科学的真理"和"符合人类的理性"。③ 也就是说，"合法性"是一种判定事物是否符合客观发展规律和人性需求的标准。值得注意的是，合法性的判定并不是一成不变的，随着人类社会的发展它的判定依据也会发生变化。比如，在中世纪，宗教信仰和宗教仪式是事物合法性的重要判断依据，而到了现代社会，教育规范和知识传授则成为其重要判断依据。然而，在利奥塔看来，通过知识传授得到的合法性并不一定"合法"，因为知识本身的合法性值得商榷。

---

① 王晴佳、古伟瀛：《后现代与历史学：中西比较》，山东大学出版社，2006，第38~39页。
② 张庆熊、孔雪梅、黄伟：《合法性的危机和对"大叙事"的质疑——评利奥塔的后现代主义》，《浙江社会科学》2001年第3期，第94页。
③ 同上。

通过考察"最发达社会中的知识状态"，利奥塔从语用学的角度探讨了知识的语言化特征。作为现代社会合法性判定的主要来源，科学知识本身的合法性在20世纪之前并未遭到质疑和挑战。特别是启蒙运动以来，人们形成对知识的崇尚和依赖，让科学知识具有了与真理同等重要的意义。然而，利奥塔站在后现代主义视角下直言，科学知识并不比非科学知识（叙述知识）的存在更为必然。因为"这两者都是由整体的陈述构成的，这些陈述都是游戏者在普遍规则的范围内使用的'招数'"。[1] 也就是说，科学知识并非绝对客观正确，它本身的合法性也是被掌控的，是一种"语言游戏"。

对于语言游戏，利奥塔将其比喻成象棋游戏一样由一系列规则组成的系统。正如这些游戏规则规定了棋子移动的方法和方向，各种类型的陈述和说明也可以纳入一些规则中进行确定。虽然游戏的规则本身并不具有合法化的特征，但其作为游戏者之间的契约决定了游戏的性质。因此，在这种情况下，科学叙事也包含着被主流思想建构和规定的成分，并同宏大叙事一样蕴含着丰富的意识形态内容。利奥塔将科学知识等同于宏大叙事，就暗指了科学知识中也包括操作、验证、承认等一系列人为程序。这样，科学知识的合法性就受到了挑战。利奥塔认为，国家可以采取一系列的人为运作方式促使科学受到公众的认可，"只要科学语言游戏希望自己的陈述是真理，只要它无法依靠自身使这种真理合法化，那么借助叙事就是不可避免的"。[2] 因此，人们通过科学知识在宏大叙事下对生命意义、历史规律、道德规范、社会组成形式、经济规范、法律制度等终极意义的追寻注定是徒劳无功的。

不仅如此，利奥塔还对科学知识的传播途径提出了质疑。他指出："知识只有被转译为信息才能进入新的渠道……一切构成知识的东西，如果不能这样转译，就会遭到遗弃，新的研究方向将服从潜在成果变为机器语言所需的可译性条件。"[3] 这表明只有通过现代媒介，如电视、电话、广播、计算机等转译的知识才能被人们所接受和了解，否则其合法性就无从谈起。由于知

---

[1] 〔法〕让-弗朗索瓦·利奥塔尔：《后现代状态》，车槿山译，南京大学出版社，2011，第96页。

[2] 同上书，第104页。

[3] 同上书，第13页。

识传播途径被改变了，传统叙事话语处于重重危机之中。科技话语逐渐取代叙事话语的重要地位，成为现代社会主流的交流话语。

　　另一位后现代主义思想家鲍德里亚（Jean Baudrillard）则是从后现代消费社会中的仿真现象出发来消解宏大元叙述的。他指出："我们处在'消费'控制着整个生活的境地。所有的活动以相同的组合方式束缚，满足的脉络被提前一小时一小时地勾画了出来。"① "生产和消费——它们是出自同样一个对生产力进行扩大再生产对其进行控制的巨大逻辑程式的。"② 在现代媒体技术高速发展的情况下，资讯和信息铺天盖地席卷而来，"每一个政治、历史以及文化的因素具有了活跃的能量。它们从自己既定的空间走出来，进入一个一去不复返的多维空间，丧失了所有的意义"。③ 在这种情况下，一系列的现象，不论是整体性的文化还是具有因果关系的事件，都被撕成碎片。每一种语言都可以化解为二元形式，从而存于电脑的记忆中而非人类的脑海里。④ 换言之，以往按时间顺序和因果关系排列的历史演变过程在后现代语境下被散乱的独立历史因素所取代，历史成为没有起点和终点的无序组合，所谓的宏大历史意义也消解殆尽。"历史仅仅存活于一种仿象中，传统历史观所主张的那种结构、因果联系和重大意义的历史事件，在当今的仿真活动中，全都消失了。再也没有所谓的历史的必然性和不可逆性。"⑤

　　谈到后现代主义对宏大元叙事的解构，还有一位不得不提的思想家——福柯（Michel Foucault）。福柯从中世纪欧洲对麻风病的排斥那里获得了对疯癫和理性关系的解释。欧洲通过排斥和隔离麻风病人，终使麻风病销声匿迹，取得了对付这种疾病的巨大成功。然而，麻风病院对病人施行的强制隔离和抑制的措施却作为文化习俗保存了下来。"中世纪附着于麻风病人身上的价值观、意象、意义，即'那种触目惊心的可怕形象的社会意义'也留存

---

① 〔法〕波德里亚：《消费社会》，刘成富、全志钢译，南京大学出版社，2000，第5页。

② 同上书，第73页。

③ Jean Baudrillard, "The Illusion of the End," in Keith Jenkins ed., *The Postmodern History Reader*, London: Routledge, 1997, p. 40.

④ ibid.

⑤ 孔明安：《物·象征·仿真——鲍德里亚哲学思想研究》，安徽师范大学出版社，2010，第211页。

下来，正是这些可怕的意义，才使这些形象得以固定起来，进而被排斥出去。"①

这种留存为福柯向近代以笛卡儿哲学的理性主义为代表的宏大叙述发起批判和挑战提供了可能。在《疯癫与文明》（*Madness and Civilization*，1961）一书中，他用疯癫被压抑、剥夺、诋毁、消灭的方式批判了西方大写的历史，为被压抑和诋毁的声音争夺话语权。因此，《疯癫与文明》不仅是西方的疯癫史，还是"疯癫与理性的交流、断裂、争斗、对话、镇压和征服史，这是疯癫置身于其间的空间史，是血雨腥风的空间史"。②

福柯否定了宏大叙事，将历史视为一种断裂的"谱系"，并在此基础上建立起以考古学为基础的历史研究方法。他关心的并不是已经得到确立的客观性知识，而是"认识论领域中的认识理论（episteme）。"③在这些认识理论中，知识不再以理性或客观程度作为评判标准，而是凸显了自身的实证价值。因此，"这里就宣告了一种历史。这种历史并不是愈加完善的历史，而是有关可能性状况的历史……这样一项事业并非传统意义上的历史，而是一种考古学（archaeology）"。④就这样，福柯通过考古学否定了近代历史认识论中的理性主义和宏大叙述。

除此以外，还有一些后现代主义者的观点也十分重要。比如，德里达（Jacques Derrida）批判西方形而上学的传统，否定逻各斯中心主义，认为这种"中心论不过是一种可以被解构的意识形态。他所谓的'解构'，并不仅仅是把任何成见肢解得支离破碎，而是指出事情永远还有另外的方面，另外没有想到的作用，换句话说，'解构'的建树性就在于它有极大的包容性"。⑤罗兰·巴尔特（Roland Barthes）则完全抛弃了人文主义观念和所有形而上的因素，将语言无限地放大，"这样读者就可以无限自由地从任何方向进入文本；这里没有所谓的正确的途径。……结构主义把个体的发言（言

---

① 汪民安：《福柯的界线》，中国社会科学出版社，2002，第9页。
② 同上书，第8页。
③ Michel Foucault, *The Order of Things: An Archaeology of the Human Sciences*, London and New York: Routledge, 1989, pp: xxiii – xxiv.
④ ibid.
⑤ 〔英〕斯图亚特·西姆：《德里达与历史的终结》，王昆译，北京大学出版社，2005，第14页。

语）看作非个人体系（语言）的产物。巴尔特的新颖之处在于读者可以自由地打开或关闭文本的指义过程而无须尊重所指"。①

综上所述，后现代理论者拒斥了自文艺复兴和启蒙运动以来形成的"绝对精神"、科学知识、思辨理性、人性解放、"统一的福音"（uniformity of gospel）②等代表终极理想的"宏大叙述"。不仅如此，他们将被"宏大叙述"所遮掩、拒斥和抑制的边缘话语翻转过来，当成建构社会科学知识的基石，矛头直指岿然不动的"元叙述"本身。因此，在后现代社会中，知识的合理性越来越相对化，争论的焦点"由过去的真伪之争转变为是否应该、是否可行之争"。③

而恰恰也是在这种情况下，历史知识的多元化开始生成，边缘话语的地位逐渐得以凸显，最终实现了后现代主义理论在政治维度上的意义。这种意义成为所有被压制的"小历史"理论如后殖民主义、女性主义、种族主义的重要来源。这些对于西方现代性霸权的批判，"使西方中心主义的合法性受到质疑，使第三世界同第一世界对话和互动成为可能"。④ 比如福柯，"他批判西方大写的理性，是为了改变因癫狂受抑制而造成的理性独白的局面，是为了替非理性争得应有的权利，为了恢复理性与非理性的对话"。⑤ 这种多元性的对话瓦解了现代二元对立的文化，开始探讨不同国家、种族、性别人们之间文化的差异和精神自由。而这种探讨已"不再是纯粹的理论探讨，而是对文化差异尊重的当代实践，已然进入文化、族权、阶级、性别、教育、文艺、政治的诉求中，从而获得不同文化体系之间趋向平等式的认同和共识——在文化战略方面日益消除西方中心主义"。⑥

---

① 〔英〕拉曼·赛尔登、彼得·威德森、彼得·布鲁克：《当代文学理论导读》，刘象愚译，北京大学出版社，2006，第 182 页。

② A. N. Whitehead, *Science and the Modern World*, New York: The Free Press, 1967, p. 206.

③ 王岳川：《中国后现代话语》，中山大学出版社，2004。

④ 王岳川：《鲍德里亚与千禧年（中文版序）》，载克里斯托夫·霍洛克斯《鲍德里亚与千禧年》，王文华译，北京大学出版社，2005，第 7 页。

⑤ 莫伟民：《译者引语：人文科学的考古学》，载米歇尔·福柯《词与物——人文科学考古学》，莫伟民译，上海三联书店，2001，第 8 页。

⑥ 王岳川：《鲍德里亚与千禧年（中文版序）》，载克里斯托夫·霍洛克斯《鲍德里亚与千禧年》，王文华译，北京大学出版社，2005，第 7～8 页。

二　战后英国多元文化社会的形成

如前所述，后现代主义思潮质疑了宏大历史的叙写，凸显了小历史的效力，元历史被解构，历史知识具有了多元化的性质。而与此"多元化"相呼应的是战后英国社会的重要改变。20世纪中期以来，英国的社会组织结构发生了重大的变化。女性群体的崛起、大规模移民潮的到来、多种族人口的混居等现象给英国这个思想颇为保守和单一的国家带来了极大的影响。自然，这种影响不仅表现在人口和居民成分的组成上，而且表现在为传统的英国文化注入了异质的因素，使其呈现出多元化的特征。

首先，女性群体的崛起是20世纪中期以来英国乃至整个西方社会重要的社会文化现象。在欧洲，女性主义运动由来已久。法国大革命为自由平等的呐喊是女性主义运动最初的思想来源。1789年前后，一些小规模的妇女团体和俱乐部在欧洲各国相继成立，肩负起向男性霸权主义开战的重要使命，点燃了第一次女性运动的星星之火。19世纪下半叶，代表妇女权益的社会组织逐渐形成较大规模。这些组织为女童争得教育权，为妇女争取工作权、婚姻权，直至政治选举权，[①] 在革命中做出了重大贡献。20世纪初，欧洲各国的妇女相继获得了选举权和就业权，社会地位得到了显著的提高。

二战之后，女性在就业方面的权利达到了前所未有的高度。马维克（Arthur Marwick）认为，二战对于妇女的解放来说是一个转折点，它为女性带来了新的社会和经济自由，并改变了她们的认识。[②] 战争的爆发让大量青壮年男性走向战场的同时，也让女性的社会价值得到充分的体现。在英国，大量女性投身于战时的服务性工作，建立了志愿者服务队、战时后备军团等组织。据统计，1943年9月，英国有7258000名女性参加了各种形式的国家服务活动。[③] 战后，为了刺激萎靡的劳务市场，女性又被鼓励承担以往男性

① 〔美〕谢丽斯·克拉马雷、〔澳〕戴尔·斯彭德：《路特里奇国际妇女百科全书：精选本》（上卷），"国际妇女百科全书"课题组译，高等教育出版社，2007，第371~372页。

② Harold L. Smith, "The Effect of the War on the Status of Women," in Harold L. Smith ed., *War and Social Change: British Society in the Second World War*, Manchester University Press, 1986, p. 208.

③ ibid, p. 211.

才必须承担的社会工作，用事实证明了自身对社会的价值和贡献，她们在劳务市场上的地位也得到了认可，"人们已经习惯于女性来完成社会的重要工作"。[1]

1949 年，法国女作家波伏娃（Simone de Beauvior）出版了《第二性》（*The Second Sex*），从历时性的角度论述了女性的形成，认为女人之所以为女人不是天生的，而是后天形成的。这让妇女们意识到，性别之间的不平等是造成女性地位下降的重要原因，因此"消除两性差别"成为 20 世纪 60～70 年代妇女运动的重要口号。与此同时，波伏娃的论断亦掀起了战后女性主义学术研究的热潮，"女性运动的第二次浪潮对于女性研究这一学科的建立有着根本性的影响"。[2] 伴随着女性研究的兴起，各种女性主义流派和思想也进入主流的文化领域，西方社会长久以来以男性霸权意识为中心的文化塑型模式逐渐被打破。女性主义流派在挑战社会主流意识形态的同时，也改变甚至颠覆了既存的社会思想体系，为英国保守的文化之躯注入了新鲜的血液。

战后大规模移民潮的到来，是英国当代多元化社会形成的另一重要原因。近代英国共发生过三次重大的移民潮。第一次是 1800～1861 年的爱尔兰移民潮，第二次是 1870～1911 年的东欧犹太人移民潮，第三次是 1950～1971 年的英联邦国家移民潮。[3] 二战以前，英国的移民以向外输出本国居民（殖民者）为主。殖民地宽广富饶的土地资源、优渥的经济回报以及价格低廉的劳动力和生产原料为实现资本主义唯利是图的价值观提供了便利。这些原因加之时任政府对于殖民行为的肯定和支持，使大批英国人离开故土前往海外开始新的生活。然而这种情况在二战之后发生了逆转。

二战结束以后至 20 世纪 60 年代，亚非拉等前英属殖民地区展开了轰轰烈烈的独立运动，严重挫败了昔日英帝国的骄傲感和荣耀感。1947 年，为英国经济发展做出卓越贡献的印度宣布独立；1956 年至 1962 年，英国劳动力的重要输出国苏丹、尼日利亚、牙买加、特立尼达和多巴哥等非洲以及加勒

---

[1] Diana Souhami, *A Women's Place*：*The Changing Picture of Women in Britain*，New York：Penguin Books，1986，p. 49.

[2] 李银河：《女性主义》，山东人民出版社，2005，第 35 页。

[3] Cristina Julios, *Contemporary British Identity*：*English Language*，*Migrants and Public Discourse*，Aldershot：Ashgate Publishing Limited，2008，p. 80.

比海地区国家纷纷获得主权，大英帝国面临分崩离析的严峻局面。此时，前殖民地的人们便开始回归故土，许多殖民时代迁往海外的英国人以及其他欧洲国家的白人掀起了大规模向内移民的浪潮。不仅如此，大批前殖民地（英联邦国家）的原住民受到英国语言和文化的影响，怀揣着实现幸福生活的梦想也纷纷涌向英国，并同白人移民一起，成为战后英国移民潮的重要组成部分。

战后大规模移民潮的形成与当时英国政府较为宽松的移民政策密不可分。两次世界大战和海外殖民地独立对帝国地位的打击以及战后国内经济复苏对劳动力的急需，使得英国政府开始以英联邦制度维系同前殖民地的联系并放松移民要求以稳住海外市场、减缓殖民进程。1948 年，英国颁布了《英国国籍法》（British Nationality Act），将联合王国、殖民地以及英联邦居民都纳为合法的英国公民（British subject）或者英联邦公民（commonwealth citizen）。在法案中政府还特别指出，"英国公民" 和 "英联邦公民" 具有等同的含义。① 因此，无论是英国本土出生的居民，还是来自殖民地及英联邦国家的居民都享有同等的政治权利，能够随时进出英国。可以说，"允许英属殖民地及英联邦居民自由移民英国成为 1948 年《英国国籍法》最为显著的特征"。②

1948 年 6 月 22 日，"帝国疾风号"（Empire Windrush）搭载着 492 名牙买加人抵达英国的蒂伯里（Tilbury），拉开了战后移民潮的序幕。③ 战后英国经济急需发展以及公共服务不断扩大的用工需求对于英联邦地区的人们来说是不可抵御的诱惑。④ 大批来自非洲、环太平洋地区、加勒比海地区以及印度次大陆地区的居民涌入英国。据相关统计，在宽松移民政策的促使下，到 20 世纪 90 年代早期，英国 "移民人口在总人口中的比重已经达到了 6%"。⑤

---

① "British Nationality Act," 1948, http://www. uniset. ca/naty/BNA1948. htm.

② 王云会：《战后英国移民政策中的种族因素透析》，《理论界》2008 年第 7 期，第 221 页。

③ http://en. wikipedia. org/wiki/MV_Empire_Windrush.

④ Randall Hansen, "The Politics of Citizenship in 1940s Britain: The British Nationality Act," *Twentieth Century British History*, 1999 (1), pp: 67 - 95.

⑤ Randall Stevenson, *The Last of England*, Beijing: Foreign Language Teaching and Research Press, 2007, p. 42.

战后联合王国的非白人人口约为 30000 人，到 20 世纪末这一数字超过了 3000000，是前者的一百倍。这一度使英国成为欧洲种族公民人数最多的国家。①

　　帝国破碎之后移民的闯入，以及随之而来的异质文化的影响使先前统一的英国文化认同受到严重打击。② 来自世界各地的移民携带着奇异的异域文化、多样的民族风俗、绚丽的风土人情，不断地冲击着单一稳固的英国文化生产方式。比如，里尔（Pico Lyer）就曾撰文指出，移民作家的语言充满了"明丽的色彩、奇异的节奏和异域的眼光"，③ 对英国文学产生了重要的影响。

　　然而，随着封闭的文化系统被外来文化打破，大规模移民带来的社会问题日渐凸显。这些来自英联邦国家的居民同具有英国本土血统的居民不同，前者的特征是：十分贫穷、没有技术，并且是不同程度上的有色人种。④ 作为对于个人和国家关系最为充分的描述，"公民"（citizenship）一词不仅代表了国家的组成，也体现了政治权利的归属。⑤ 这就意味着，根据法律，这些有色人种将享有同白人居民同等进出英国的合法权利和自由。这自然引起英国民众的不满和忧虑。对于一个有着悠久奴隶贸易史和大范围殖民扩张史的帝国主义国家来说，针对有色种族的偏见和歧视并未随着时代的改变而消失。因此，1948 年国籍法案一经出台就遭到许多英国白人的不满和反对。如工党和保守党都表示应对移民的数量进行限制，丘吉尔政府也对来自英联邦国家的移民持怀疑态度，许多内阁成员极力要求加强对其的限制。⑥

---

① Randall Hansen, *Citizenship and Immigration in Post-War Britain*, Oxford University Press, 2000, p. 3.

② Kerstin Frank, "Shifting Conceptions of Englishness: Cultural Manifestations of Multi-Ethnicity, Class, and the City," *Studies in the Novel*, 2008 (4), pp: 501 – 509.

③ Lyer, Pico. "The Empire Writes Back," http://www. newstoday. com. bd/index. php? option = details&news_ id = 31191&date = 2011 – 06 – 24.

④ Cristina Julios, *Contemporary British Identity*: *English Language*, *Migrants and Public Discourse*, Aldershot: Ashgate Publishing Limited, 2008, p. 80.

⑤ ibid, p. 79.

⑥ Randall Hansen, "The Politics of Citizenship in 1940s Britain: The British Nationality Act," *Twentieth Century British History*, 1999 (1), pp: 67 – 95.

里夫斯（Frank Reeves）认为，由于长期受到文化期待的影响（cultural expectation），白人对于有色人种从各个方面来看都是充满防备和敌意的（defensive and hostile）。① 英国白人对于少数族裔的到来所引起的犯罪事件频发、失业人口增加、住房紧缺等社会问题大加鞭挞，引起社会的恐慌，最终导致英国政府在 1962 年出台了《联邦移民法》（Commonwealth Immigrants Act），开始对移民英国的人口进行限制。该法案主要有三项重要目标：第一，控制英联邦国家向联合王国的居民输出量；第二，批准将在英国触犯法律的英联邦公民驱逐出境；第三，修正 1948 年的国籍法案。② 其实，早在二战之前英国就开始采取措施限制非英国出生的海外居民进入和定居英国的权利，也就是说限制了那些非白人和非英语母语的移民。③ 而 1962 年法案的颁布只是将这些明里暗里的措施公之于众而已。

虽然英国政府在限制移民出生地、规定移民技能以及工作资质等方面做了种种努力，但是 20 世纪 60 年代英联邦国家的有色人种在新政策下申请移民的人数不减反增。1962 年 7 月至次年 6 月，也就是新的移民法刚刚实施不久，来自殖民地的移民有 34500 人，而仅仅一年之后，这一数字增长到 68000。这让期待移民数量有明显下降的英国政府十分沮丧。④ 而对移民数量控制的失败导致本已存在的种族歧视和偏见日趋激烈，白人和有色人种之间的矛盾愈加严重。利托（Kenneth Little）认为，二者之间的矛盾并不应该仅仅被视为种族差异导致的敌对，而应是更深层次的社会紧张关系（social tensions）的象征。⑤

诚然，社会的快速发展和不均衡发展是造成社会关系紧张的一个重要方面，但英国根深蒂固的种族主义是更为深层次的原因。英国人长久以来

① Frank Reeves, *British Racial Discourse: A Study of British Political Discourse about Race and Race-related Matters*, Cambridge University Press, 1983, p. 94.
② Cristina Julios, *Contemporary British Identity: English Language, Migrants and Public Discourse*, Aldershot: Ashgate Publishing Limited, 2008, p. 80.
③ Ian R. G. Spencer, *British Immigration Policy since 1939: The Making of Multi-racial Britain*, New York: Routledge, 1997, p. 23.
④ Kathleen Paul, *Whitewashing Britain: Race and Citizenship in the Postwar Era*, Cornell University Press, 1997, p. 172.
⑤ Paul E. Rich, *Race and Empire in British Politics*, Cambridge University Press, 1990, p. 187.

形成的民族自豪感和优越感让他们认为，自己的国家是世界上最有优势和最伟大的国家，英国人是上帝的宠儿。对此，1924 年，时任英国首相的斯坦利·鲍德温就曾在公开场合的演讲中对"英国人"（Englishman）高贵的品质大加褒扬。相比而言，有色人种则属于底层种族，是英国人征服和占有的对象。

三　多元历史下社会意义的实现

如前所述，西方后现代主义史学观否认了宏大历史的合法性，认为所有的历史都是人为建构的，并不存在绝对的客观真实。历史在形成的过程中掺杂了许多主观性的成分，如意识形态、价值判断、个人喜好、政治倾向等。这些因素让历史成为权力和阶级思维的产物，不同的利益集团所占有的历史也有所差别。因而，在后现代史学家看来，历史不是唯一的，而是多元的。在文学领域，后现代主义小说由于受到当代文学、语言学、哲学等当代文化景观的影响，展现出了与传统不同的文本面貌。现代主义小说通过实验性的技巧和对心理意识的偏向实现了对传统的反叛，而这种"抗争再抗争，反叛再反叛，构成了后现代主义的后现代性"。①

这种后现代性让小说具有了"放弃统一的主体观""抛弃对终极意义的追求""坚持现实是虚构物""谋求与大众文化的合流"等特征。② 当这些特征与后现代历史观结合时，后现代主义历史小说就有了颠覆历史、质疑历史和重建历史的勇气。历史建构过程中对史料的人为挑选、摘取、选择、组合等行为在后现代主义历史小说中暴露无遗，清晰展现了历史的多维性和建构性。

1. 历史的多维再现

以福尔斯《法国中尉的女人》为例，小说背景设定在维多利亚中期，恰恰是英国历史上经济、政治和文化发展的鼎盛时期。在官方版本的历史记载中，维多利亚社会拥有保守谨慎的道德风尚，"一个人的作为与不作为可以

---

① 胡全生：《英美后现代主义小说：叙述结构研究》，复旦大学出版社，2002，第 24 页。
② 同上书，第 24～27 页。

被用来判定人格的高尚与否，而体面（respectability）是重要的社会标志"。[1]
"它被视作主要的社会区分标志，经常比阶级区分更为重要。"[2] 人与人之间
的等级分明，婚姻和两性关系严苛自律。男人的地位取决于他的职业和家庭
出身，已婚女人的地位则取决于她的丈夫。[3] 清教教律盛行于世，严格规范
着人们的思想和生活，跨越阶层的交往和婚姻中的欺骗不忠为社会所唾弃。

　　然而，在福尔斯版本的维多利亚历史中，读者看到了另外一幅景象。
作者有意将官方记载的维多利亚历史同小说文本呈现的边缘历史进行比
较，从而解构了宏大历史的话语掌控权，让其他版本的历史有了存在的
空间：

　　　　那时候，女性是神圣的，然而你花上几个英镑就能买到一个 13 岁
　　的女孩；

　　　　那时候，教堂数量比历史上所有的总和还要多，然而伦敦每 60 幢
　　房子就有一幢是妓院；

　　　　那时候，每一份报纸和演讲都歌颂婚姻的神圣，然而许多公众人物
　　的生活是可耻的；

　　　　那时候，刑罚制度开始比较人道，然而鞭笞制度仍然盛行；

　　　　那时候，女性的身体前所未有地被严密遮蔽，然而评判雕塑家的标
　　准是看他雕刻裸体女人的能力；

　　　　那时候，卓越的文学作品对男女关系的描写不会超过接吻的程度，
　　然而黄色书刊的产量相当之高；

　　　　那时候，人们很少谈论排泄问题，然而当时的卫生条件依然十分
　　简陋；

　　　　那时候，人们认为女性没有性需求，然而每个妓女都熟稔于此；

　　　　那时候，人类活动的每一个领域都获得了巨大的进步和解放，然而

---

[1]　Alexandra Köhler, *Social Class of the Mid-Victorian Period and Its Values*, GRIN Verlan, 2007, p. 11.

[2]　Sally Mitchell, *Daily Life in Victorian England*, Westport: Greenwood Press, 2009, p. 264.

[3]　Sally Mitchell, *Daily Life in Victorian England*, Westport: Greenwood, 1996, p. 21.

专制主义仍然掌控着最私人和最基本的领域。①

正如哈根（Patricia Hagen）所说，《法国中尉的女人》尽管只是一部小说，但也同样可以被看作是针对意义建构的论述。② 叙述者对"那时候"历史话语的颠覆让读者看到了一个异样的维多利亚时代：道德腐化、婚姻不忠、宗教堕落、封闭守旧、科技落后。这同官方素来营造的黄金时代有明显的落差，让读者意识到那只不过是"中产阶级对中产阶级气质的看法"，③并开始注意生存在正史夹缝中的边缘话语，历史上失声的群体在宏大历史消解后终于得到了站上历史舞台的机会。

这种边缘话语来自失声的女性。维多利亚时代男女地位极不平等。家庭是社会的基石，完美的女性形象需要婚姻和生育才能造就。所有对女性的教育都被用来培养其天生的母性本能，她们如商品一样需要接受顺从男性品位的训练。④ 她们是历史记录中的集体失声者，在男性霸权地位的压制下沦落为"屋子里的天使"（angel in the house），流离于社会主流话语之外。而男性则是社会的主体，在一切政治、民主、自由、正义等社会范畴中行使权力的均为男性，他们掌控着国家的主要职能部门，决定着社会的变革和发展方向。历史记载的重大事件中出现的几乎都是男性的身影，他们的成就、决策、战争、政权构成了维多利亚历史的主要部分。

在小说中，官方对女性历史的记载遭到了反驳。叙述者援引《维多利亚黄金时代人文资料》，指出："1851 年英国人口 10 岁以上的女性约有 8155000 人，男性为 7600000 人。很明显，如果维多利亚时代的少女们都成为妻子和母亲

---

① John Fowles, *The French Lieutenant's Woman*, New York, Boston & London: Back Bay Books, 2010, pp: 266 – 267.

② Patricia Hagen, "Revision Revisited: Reading and the French Lieutenant's Woman," *College English*, 1991（4）, pp: 439 – 451.

③ John Fowles, *The French Lieutenant's Woman*, New York, Boston & London: Back Bay Books, 2010, p. 270.

④ Martha Vicinus, "Introduction: The Perfect Victorian Lady," in Martha Vicinus ed., *Suffer and Be Still: Women in the Victorian Age*, Indiana University Press, 1972, p. X.

的话，那么男人的数量是不够的。"① 福尔斯对此资料的挖掘意在表明，在维多利亚社会，女性扮演的是被选择、被使用的角色。她们相对于男性数量的过剩决定了她们在社会上的边缘地位，这种地位导致了她们受压制和抛弃的结果。

不仅如此，葛罗根医生对萨拉病情的解读和判定也体现了社会对于女性声音的胁迫和控制。这位"莱姆镇上了不起的人物"判定萨拉"抑郁成瘾""无药可救"，并建议查尔斯将萨拉视为"生活在迷雾之中的人"。因此，查尔斯就听从了葛罗根的意见，将其视为精神不正常的女人。然而，随着查尔斯同萨拉之间接触的增多，他逐渐被女主人公的美丽和神秘所吸引，不能自拔。可当葛罗根判定查尔斯爱上了萨拉时，查尔斯坚决予以否认。葛罗根对萨拉精神疾患的判断压制住了查尔斯对她的爱恋，使其无法挣脱大历史话语的束缚，权力话语强大的钳制力得到了鲜明的凸显。葛罗根警告查尔斯，萨拉"保持神志正常的唯一因素，很可能是她认为你对她怀有同情"，因此需要"采取行动"——将萨拉送到精神病院。葛罗根对待萨拉的方式由"判断疾病"到"采取行动"，表现了主流社会意识形态对异己话语的否认和压制，最终实现掌控全局的政治或道德意图。萨拉作为维多利亚时代偏离主流话语、具有自己独特性身份的"异己"，是对社会约束真正的反叛者，福斯特称其为"女版的希斯克利夫"。② 在传统道德话语当权的维多利亚时代，她要么反抗权利集团，最终被剥夺话语权；要么归顺宏大叙事，成为意识形态掌控下的一分子，否则便没有生存之地。

因此，在颠覆了官方叙写的大历史之后，福尔斯特别注重被主流历史忽略的"编外"事件，努力让边缘之声为大家所知。比如，在小说第十六章中叙述者现身说："但请记住这个夜晚：1867 年 4 月 6 日。仅仅一个星期之前，威斯敏斯特约翰·斯图尔特·米尔在议会的一场辩论中就曾抓住一次机会提

---

① John Fowles, *The French Lieutenant's Woman*, New York, Boston & London: Back Bay Books, 2010, p. 6.

② Richard P. Lynch, "Freedom in 'The French Lieutenant's Woman'," *Twentieth Century Literature*, 2002 (1), pp: 50 - 76.

出，该是赋予妇女平等选举权的时候了。"① 这次"勇敢的尝试"最终由于反对票超过赞成票而被排除在主流史料之外："一般的男人都采取一笑置之的态度，《笨拙周报》则粗野地进行嘲笑。" 然而，叙述者将这些历史的"边角料"挖出来，提醒读者：虽然投票失败了，但"1867年3月30日仍然可以被认定为英格兰妇女解放的开端。"②

叙述者还征引1867年《儿童雇佣委员会报告》，从中选出重要的例证说明维多利亚时期女性地位低下、社会道德腐化的现象：

> 医院里许多14岁甚至13岁一直到17岁的女孩怀孕之后被幽禁于此……我亲眼看到过14岁到16岁的男孩和女孩之间不堪入目的行为。有一次，我看到一个年轻的姑娘被五六个男孩非礼。其他年长的人离他们只有二三十码远，却视而不见。③

这些翔实的资料展现了一个同官方主流历史不同版本的维多利亚社会。这些支离破碎的被废弃的边缘史料和历史事件在一个动态的历史时空中相互碰撞、重新聚拢、产生意义。它们的存在打散了宏大历史的整体性，将线性历史割裂成破碎的片段，再将这些片段重新组合、嫁接，形成另外一条新的历史线索，产生新的时代意义。

然而，特别值得注意的是，后现代历史小说家对边缘史料的运用并非意在强调小历史的真实性和合法性，倘若如此，小历史便也会成为另一种"大历史"。如福尔斯，他征引边缘史料，打破主流意识形态的壁垒，抨击维多利亚时代所谓的认真、道德高尚、正直等都是"误导人的名称"，④ 并不是为了强调"我"所叙写的历史才是"真的历史"，反而一直在承认小说中涉及的历史并没有比大历史更为真实，地位也并没有比大历史更为优越。

---

① John Fowles, *The French Lieutenant's Woman*, New York, Boston & London: Back Bay Books, 2010, p. 115.

② ibid.

③ John Fowles, *The French Lieutenant's Woman*, New York, Boston & London: Back Bay Books, 2010, p. 266.

④ ibid, p. 17.

福尔斯始终认为，作家在文学创作中传达自身的世界观是十分必要的。①
在同巴纳姆（Carol M. Barnum）的访谈中，福尔斯展现了事实/虚构，作者/
读者的二分法。他十分赞赏达尔文、荣格、弗洛伊德分析问题的方法，认为
他们同文学的关系十分密切。② 照此说来，"小说不是现实，它处于人为经验
和语言的掌握之中"，③ 因此福尔斯也是一个时代的产物，作品不可避免地带
有他所处阶级、性别和时代的印记。④ 福尔斯本人自然也对此有所认识。叙
述者通过自揭虚构的元小说技巧，表明其用以颠覆大历史的小历史同大历史
一样，亦是在特定意识形态和知识权利系统下人为建构的历史版本。这些散
落在主流话语边缘之外的异质之物被叙述者重新聚集起来，服务于维多利亚
社会腐化堕落、资产阶级冠冕堂皇、女性权利被严重压抑和忽略的时代主
题。这些素材的聚拢也经历了人为挑选、筛除、拼凑、嫁接、改写等具有目
的性的环节，因而也是知识权利体制下的一种话语。

福尔斯等后现代主义历史小说家对边缘小历史的建构向一元化的、绝对
化的宏大历史发起挑战，让读者意识到宏大的历史叙事压制了小叙事的地位
和作用，是造成历史和文化单一性、垄断性的罪魁祸首。边缘话语的重新崛
起使宏大话语背后的异质文化得以凸显。历史不仅是传播知识的载体，其本
身也是意义生成的系统，能够成为被分析和创造的对象。历史挣脱了线性时
间和强大逻辑的钳制，转化成具有自足性的符号释放到自由的历史空间中。
这些符号历经情节设置、意识形态模型、形式论证等环节，互相碰撞、依
附、吸收、排斥，形成了多声部、多元化的历史维度，最终生成一个汇集了
时代意识、政治目的、主观喜好等因素的动态系统。历史知识实现了扩容。
传统历史学家通过调查研究、实地取证，以及如实直书所生成的那个所谓的

① Roy Newquist, *Counterpoint*, New York: Rand McNally, 1964, p. 222, cf. John V. Hagopian, "Bad
Faith in 'The French Lieutenant's Woman'," *Contemporary Literature*, 1982 (2), pp: 191 – 201.

② Carol M. Barnum, "An Interview with John Fowles," *Modern Fiction Studies*, 1985 (31), pp: 187 –
203, cf. Patricia Hagen, "Revision Revisited: Reading and The French Lieutenant's Woman," *College English*, 1991 (4), pp: 439 – 451.

③ John V. Hagopian, "Bad Faith in 'The French Lieutenant's Woman'," *Contemporary Literature*,
1982 (2), pp: 191 – 201.

④ Doris Y. Kadish, "Rewriting Women's Stories: 'Ourika' and 'The French Lieutenant's Woman',"
South Atlantic Review, 1997 (2), pp: 74 – 87.

稳固不变的"历史真相"转变成由多个文本、多种意识以及多种权利相互作用的多维历史。

2. 边缘话语的重建

历史真实的多维呈现打破了宏大历史一语独尊的垄断地位，颠覆了主流意识形态下历史书写的唯一性和绝对性，让被主流话语压抑的小历史得以重见天日，而掌握着小历史的边缘话语也积极筹措着自身权利的重建，历史知识的多语混杂性逐渐凸显。历史书写范式的转向为边缘话语的持有者提供了权利反转的机会，他们开始由边缘走向中心，为实现新的历史地位而争取话语权。

在英国，这类话语持有者首先来自移民群体。战后，随着英国大规模移民潮的到来，移民和种族作家在英国文坛逐渐显山露水。他们作品中的后殖民边缘话语向帝国主义和殖民主义的意识形态发起严峻的挑战，也反映了第三世界国家在去殖民化过程中所经历的艰难曲折。

在历史小说领域，"后殖民历史重写可以说是英国这个有着沉重帝国包袱的国家的一大文学特产，大英帝国的过去和现在为其生存和发展提供了独特的条件与土壤"。[①] 里尔（Pico Lyer）曾在一篇名为《帝国归来》（*The Empire Writes Back*）的文章中指出，来自英国前殖民地的文学开始占据英国文学的中心位置。[②] 的确，英国有着漫长的海外殖民史，曾经拥有世界上最大的国土面积和殖民数量。随着殖民地的纷纷独立，以后殖民历史重写为主要内容的历史小说承借后现代史学和文学为重建边缘话语提供的有力论述，开始了对中心历史湮没的群体杂声的重新发掘，并产生了深刻的社会和政治意义。印度裔作家萨尔曼·拉什迪（又译萨尔曼·鲁西迪）的作品《午夜的孩子们》（又译《午夜之子》）正是这类作品中重要的代表。

拉什迪 1947 年 6 月出生于印度孟买一个乌尔都语和英语的双语家庭。他 14 岁时离开印度移民英国，就读著名的拉格比（Rugby）公学接受英式教

①　曹莉：《历史尚未终结——论当代英国历史小说的走向》，《外国文学评论》2005 年第 3 期，第 139 页。

②　Lyer, Pico, "The Empire Writes Back," http://www.newstoday.com.bd/index.php? option = details&news_id = 31191&date = 2011 - 06 - 24.

育。异域的家庭出身和复杂的教育背景使拉什迪具有多元化、国际化的文化身份，中西方文化和传统的交融与碰撞在他身上有着明显的体现。里尔称拉什迪为"后殖民文学的教父"，不仅因为他的小说为英语注入了新的域外因素，更因为他以立体的眼光审视了殖民地人们的状况。[①]

拉什迪的血统和出身相对于正处中心地位的英国文化来说无疑属于第三世界的边缘话语系统。虽然他后来在英国接受了教育，进入了主流文化圈，但恰在此逆向转变的过程中，边缘文化的地位得以深刻凸显。比如，拉什迪出生于印度，却用英语进行创作，但他对英语的使用并未遵循正统的西方传统，而是对其进行了印度化的改造，将丰富的印度人文元素融入其中。《午夜的孩子们》中就充满了浓郁的印度色彩，印度本土的俚语、巫术、迷信、宗教、杂耍等市井风情四处洋溢。这些极具印度特色的风俗传统通过英语传向了世界各地，发出了印度民族自己的声音。

当然，通过语言本身引入边缘话语只是一种形式上的体现，小说质疑殖民历史的虚假性、发掘历史知识的不确定性和偶然性，以小历史消解宏大历史的行为则是从历史知识的本质上为边缘群体重返历史舞台扫清障碍。拉什迪本人对待历史真实的态度首先是质疑。他再三强调，小说是否定官方和政治家版本历史真相的一种极佳方式。[②] 因此，小说中出现的回忆失误、年代错误、虚假信息数之不尽。比如，在叙述者的回忆录里面，甘地的死亡日期同官方版本出现了矛盾，他承认自己的回忆出现了问题，说不出事件的确切顺序，所以"只能这么错下去了"。拉什迪在文中指出，"现实是关涉观点的问题，你离过去愈远，它就愈显得真实可信——但你离现在愈近，就愈不可避免地觉得它不可信"。[③] 因此，历史的本质就是虚构的，不存在完全客观的历史真实。

在否认官方历史真实的基础上，拉什迪开始了边缘话语的重建。小说涉

---

① Lyer, Pico, "The Empire Writes Back," http://www. newstoday. com. bd/index. php? option =
details&news_ id =31191&date =2011 -06 -24.

② Salman Rushdie, *Imaginary Homelands*, New York: Penguin Group, 1991, p. 14.

③ Salman Rushdie, *Midnight's Children*, Vintage, 1995, p. 165；中文译本参考自萨尔曼·鲁西迪：
《午夜之子》，张定绮译，台湾商务印书馆，2005。以下引用只标注英文版页码，中文版
不再标出。

及众多的历史事件，如 1919 年阿里木图大屠杀、1947 年印巴冲突、1962 年中印大战、1964 年阿尤布·汗选举活动等。这些在官方有记载的牵涉重要人物的历史事件在拉什迪的版本中均由边缘人物来主导。拉什迪认为，"现实或真理掌控在某些社会集团手中，普通人群是无法接近的"。① 因此，他要重建边缘话语首先就必须使其发出历史的声音。为此，拉什迪笔下的边缘人物不仅参与历史重大事件，而且介入其中对其进行改写和重建，积极行使自己对历史的书写权利。比如，在《午夜的孩子们》中，担负重建历史重任的主要人物均来自印度社会的普通阶层：商人之子萨利姆·撒奈依、卖唱艺人之子湿婆以及街头艺人之女帕瓦蒂。三个孩子均来自印度市井人家，受到宏大历史话语的操控和压制，归顺于主流意识形态的统治。然而，拉什迪却赋予他们特殊的权利介入主流历史，并对其进行改写甚至颠覆。

历史真实性的丧失为边缘话语的凸显扫清了障碍，于是历史的虚构性本质当即被利用起来实现小历史的重建。拉什迪采取的方式是魔幻现实主义。"魔幻现实主义"一词最初是 1925 年由弗兰茨·诺（Franz Roh）在描述德国的"新写实主义"（neue Sachlichkeit）时使用的，后来被用作形容拉丁美洲作家如博尔赫斯（Jorge Luis Borges）、马尔克斯（Garcia Marquez）以及卡彭铁尔（Alejo Carpentier）等人的著作。② 魔幻现实主义是一种写作方式，它回应的是特殊的文化情景，如边缘化（marginalisation）、文化多元化（multicultralism）、错位（displacement）等，③ 因此多被用来进行后殖民小说的创作。斯乐蒙（Stephen Slemon）曾指出，魔幻现实主义的特征是有两个互相冲突的视角：一个基于理性的世界观，另一个则是基于日常现实的非理性观点。它成功地混淆了神话和现实之间的区别。④ 因此，作为集想象和现实于一身的创作手法，魔幻现实主义成功跨越了代表殖民话语的现实主义设

① Pradyumna S. Chauhan, *Salman Rushdie Interview: A Sourcebook of His Ideas*, London: Greenwood Press, 2001, p. 59.

② Margaret Drabble, *The Oxford Companion to English Literature*, Beijing: Foreign Language Teaching and Research Press, 2005, p. 629.

③ Tamás Bényei, "Reading 'Magic Realism'," *Hungarian Journal of English and American Studies*, 1997 (1), pp: 149–179.

④ Kadaitcha Sung, "Magic Realism as a Postcolonial Strategy: The Kadaitcha Sung," http://www.mcc.murdoch.edu.au/readingroom/litserv/SPAN/32/Baker.html.

置的重重障碍，让第三世界国家能够在与殖民话语的对抗中顺利发出自己的声音。在拉什迪的笔下，午夜存活下来的孩子们由于诞生于印度独立的特殊时刻，被作者赋予了超常的能力。他们每个人都有特殊的才能，上可飞天，下可入地，知晓人心，随意变形，并通过大脑中存在的意识电波相互联系，形成午夜之子联盟（M.C.C.）。这些特殊的才能让午夜的孩子们得以进入印度历史的发展过程，并改变历史的前进方向。

　　萨利姆自打一出生起就同印度的历史发生了密切的关联。他的降临同印度国家的独立发生在同一时刻，因此他"只有部分是父母的后裔""午夜之子也是时代的孩子，是历史所生"。[①] 叙述者还虚构了印度总理尼赫鲁发来的贺信以及剪报上对他出生的报道："可爱的婴儿萨利姆·撒奈依昨晚在我们国家宣告独立的一瞬降生——生在光荣时刻的幸运孩子!"[②] 出生起就同印度历史紧密相关的午夜之子在生活中意识到自己有通灵的特异功能之后，开始主动介入历史。他占据一个国会工作者的思想，贿赂一名乡村学校教师，指挥他在即将到来的选举中投票给甘地和尼赫鲁的政党。他还侵入他们省长的思想，得知他每天都会喝自己的尿……最后达到最高的入侵程度：他成为国家总理尼赫鲁，"坐在一群牙齿稀疏、头发蓬乱的占星者中间修改国家的五年计划"。[③] 在小说第二部《辣椒炖肉的演习》中，萨利姆和表哥萨法被允许参加阿尤布和楚飞卡尔将军的晚宴。他们在晚宴中密谋政变，弹劾总统伊斯干达·米尔扎。然而由于萨法过于紧张尿裤子了，萨利姆担负起为楚飞卡尔展示作战计划的任务。他通过挪动象征的辣椒炖肉帮助姨夫楚飞卡尔将军向阿尤布展示叛变行动的部署计划，"不仅推翻了一个政府——我还参与放逐了一位总统"。[④]

　　萨利姆对历史的入侵，扒开了被官方历史填埋的"历史垃圾堆"，从中翻捡出被丢弃的异质之物，重新将这些异质之物组合起来，形成新的历史。在这种新的历史知识中，人们发现了一个后殖民话语下十分不同的印度。这

---

① Salman Rushdie, *Midnight's Children*, Vintage, 1995, p. 118.

② ibid, p. 119.

③ ibid, p. 174.

④ ibid, p. 291.

里有历史悠久的传统文化，善良勤劳的下层人民，殖民主义造成的混杂的社会秩序以及受制于西方国家控制的经济发展，也有破灭的民主神话，政治派别间的党同伐异、诛锄异己，思想上的陈腐守旧，科技水平的极端落后，等等。拉什迪以一位流散作家的身份向人们展现了一个后殖民话语下全然不同的国度，挑战了官方历史下对印度的定义。

如此，拉什迪跨越了虚构和现实之间的沟壑，以边缘话语的立场卸下了殖民话语加载在印度民族身上的历史重担，否认了主流意识形态对印度民族概念的控制和民族矛盾的裁定。在印度的前宗主国看来，印度是为殖民者提供丰富人力和物力的原料基地。17 世纪初，英国侵入印度，建立东印度公司，开始以印度为依托展开海外贸易。18 世纪中期，印度彻底沦为英国的殖民地，被迫接受英国政治、经济、文化等全方位的统治。在此情况下，印度本土文化传统遭到严重的破坏，丧失了统一的文化，沦落为英国的发现之物，同英国本身的发展息息相关。正如印度总理尼赫鲁在《印度的发现》(*The Discovery of India*, 1951) 一书中所不平："像印度这样伟大的国家，有昌盛而年代久远的历史，竟让一个远方小岛把它的手足捆绑起来，任其支配，这是一桩荒谬绝伦的事。"[1] 而在拉什迪的笔下，印度社会丰富的文化场景得以再现，社会阶层之间的冲突、不同民族之间的矛盾等诸多问题得以展示和揭露。历史话语的多元性和多义性消解了殖民话语的单一性和整体性，撼动了中心意识形态的霸权地位，边缘话语突破藩篱，获得重构。

3. 修正功能的实现

帝国的没落、移民的涌入、女性的崛起为战后英国历史小说提供了崭新的写作素材和目标。这些边缘化的群体在后现代主义思潮所提供的理论工具的辅助下终于发出长久被压抑的声音，而后现代主义历史小说也因此实现了特殊的时代意义。

然而，后现代主义历史小说时代意义的实现渠道同现实主义和现代主义两类历史小说相比较为特殊。它并非通过文本直接实现，而是以一种间接的方式达到生产社会意义的目的。首先，后现代主义者如福柯、德里达、利奥

---

[1] 〔印〕贾瓦哈拉尔·尼赫鲁：《印度的发现》，齐文译，世界知识出版社，1956，第47页。

塔等人对权利话语的强调，将曾经高高在上的历史真理拉下神坛，成为权利意志下众多话语的一种，从而消解了宏大元叙述的结构。这一消解过程展现了历史知识生成中存在的甄别、遴选、组合、拼接、消除不和谐之声等人为过程，让曾经被认为是客观真实的历史成为主观创意过程的产物。因此，历史学家记述的历史同文学家创作的小说具有同质性，历史的文本化特征逐渐凸显。如果说传统历史小说因受兰克等客观史学家的影响而承认历史知识真实可信的话，那么后现代历史小说家则要反其道而行之，让历史知识中的叙述成分现身于创作的前台，从而破坏了历史话语真实可信的权威，让历史具有了多维性、多元化的特征。

其次，后现代主义历史小说重建小历史、让边缘群体享有历史权利并非是用小历史代替宏大历史，历史知识多维性的呈现本身就是对此的否定。后现代主义历史小说为展现多种可能性的历史提供了机会，小说家意在表明，没有唯一真实、正确的历史，真正的历史是混乱的、纷杂的、无序的。有多少种话语，就有多少种历史。散落在语义空间中的不计其数的历史微粒在不同意识形态和权利掌控的作用下，相互之间可以任意发生碰撞、结合、容纳，生成各种版本的历史话语。每一种历史话语都有存在的可能性和合理性。

最后，在历史多维呈现的同时，历史话语背后所隐含的逻辑链条不容忽视。在许多英国后现代主义历史小说中，作家在建构小历史的过程中并非天马行空地想象，他们选取的史料是确切发生的，人物也是史有所载的。虽然人物参与历史的方式、历史事件最终的结果，抑或历史价值的判定等建史步骤是作者主观意志的产物，但作者大多保持一个传统史学家的冷峻姿态，时常采用现实主义客观细致的模仿手法。比如，《法国中尉的女人》中福尔斯对维多利亚时代人物衣着外貌、生活习惯、言行举止的描述，《午夜的孩子们》中拉什迪对印度独立前后大事件的导入和描述，《福楼拜的鹦鹉》中巴恩斯对福楼拜生平的追踪与考察……虽然后现代主义历史小说家始终没有赋予历史书写终极的所指，但每一个小历史独立分开来看都是值得信服的历史事件，都是基于翔实的调查、严谨的排列、充分的史料证据上展开的历史想象。"我们虽然不能说是找出案件的真相，却是近似于真实的历史故事。"① 换言之，虽然这些历史小说家只是在讲一个故事，但这个故事并非没有社会启示意义。

前面已经提到，"历史"一词有两方面的含义：一是指历史事件本身，二是指人们对历史事件的认识。前者属于本体论层面的含义，后者则属于认识论的范畴。毋庸置疑，历史事件本身置于的鲜活现场是无人可达的，因此，一般而言的"历史"指的是认识论层面、抽象的历史知识。这种抽象的历史知识又可再做细分，分为科学的、专家的历史和普通的、大众的历史。② 科学历史知识是历史学家研究的主要对象。它的获得，需要经历一系列科学性的考证和分析过程。历史学家们必须通过考古、探测、查阅、取证等各种严密审慎的科学方法，以无限接近历史真实为研究的重要原则，才能实现对历史知识的认识。历史学家撰写专门的学术论著，开设专业的知识讲座，或者在相关研究领域的大学进行科学历史知识的传授和交流。这类历史知识专业性强，内容晦涩、缺乏趣味，对相关知识储存量的要求高，受众十分有限，因而只能够在专业历史知识水平比较高或者对相关知识十分感兴趣的受众中传播。而大众历史知识则正好相反。这类知识生动鲜活、丰富有趣、亲民性强，主要通过具有动人故事情节和强烈感情色彩的历史小说、历史剧、影视作品等艺术形式进行传播，具有广泛的受众群体。相对于晦涩、枯燥乏味的专业性科学知识，这类知识可以在群体之间得到更快速的传播，也更易于被大众接受。比如，大部分人对于三国时期人文社会的了解更多来自《三国演义》，而非史书《三国志》;③《红楼梦》对清代社会生活的反映远比专业史书在民众中的影响广泛；古典文学专家（孙次舟）对屈原身份的怀疑远不能取代其对理想九死不悔的光辉形象。因此，对于大众群体来说，具有亲民性的艺术创作比专业性强的史书更容易进行历史知识的传递。相对于严谨的科学知识，文学艺术赋予历史想象更大的自由空间。对于以虚构性为主要特征的小说文类来说，它可以根据需要创造出历史上并不存在的人物和事

---

① 王建平：《美国后现代小说与历史话语》，中国人民大学出版社，2012，第241页。
② 赵文书：《再论后现代历史小说的社会意义——以华美历史小说为例》，《当代外国文学》2012年第2期，第126~127页。
③ 同上文，第127页。

件，亦可以对业已发生的历史事件进行加工和再创造，当然还可以重建一份未曾面世的史料档案。历史小说必须和既存史料发生必要的关联，这种关联可能是符合（传统）、偏离（现代主义）或者质疑（后现代主义）。"正是因为历史小说具有指虚和指实的双重属性，作为文学的历史小说才具有历史意义，也能够产生具有历史意义的社会影响。"①

国内学者赵文书在论文《再论后现代历史小说的社会意义——以华美历史小说为例》中指出，研究后现代历史小说的社会意义，必须注意历史小说是文学，而不是历史。即使后现代肯定了历史的文学性，它与真正的文学作品还是不尽相同。理论本身并不能同真正的实际情况完全吻合，理论的本质也具有"辞格写实主义"的特性，小说历史意义的社会影响必须在文学中发现而不能在历史范畴内寻找。②

据此，考察后现代主义历史小说中文学形象同传统主流文学中形象塑造之间的差异要比考量小说虚构史实同主流历史材料之间的差异更重要。在英国后现代主义历史小说中，宏大历史的解体、多元历史的生成赋予了被主流话语压制的边缘群体充分的可能去填补官方历史的空白。而承担这一填补任务的人物是各式各样突破传统樊笼的反叛形象，如《法国中尉的女人》中的萨拉、《午夜的孩子们》中的萨利姆、《赎罪》中的布里奥妮等。这些承担重建历史重任的各色人物代表不同的边缘群体重申一段不为人知的隐秘历史，从而或释放女性被压抑的权利，或揭露帝国发展过程中意识形态的掌控，或打开后殖民的沉重包袱探视遗留的问题，或重写战争带给人民的苦痛，等等。而重建历史的最高目标，正是通过对大众历史知识的改写最终达到挑战科学历史知识的目的。这些深入人心的文学形象颠覆了以往主流文学中对于边缘群体的记载和描写，让读者看到了同普通大众历史知识不一样的解释，从而在读者内心产生了强烈的落差。而这种强烈的落差产生了强烈的社会意义，让后现代历史小说对时代问题有了重要的实践意义。这种实践意义在赵文书先生研究的华美后现代小说中，主要表现为两个方面：其一是纠

---

① 赵文书：《再论后现代历史小说的社会意义——以华美历史小说为例》，《当代外国文学》2012年第2期，第127页。

② 同上。

正了主流文学中对于华美的偏见和误解，其二是在挑战科学历史的同时也对官方历史起到了一定的弥补和充实的作用。这两点时代功能同麦克海尔对后现代历史小说的修正主义解释十分吻合。麦克海尔眼中的后现代历史小说具有重要的修正主义内涵。他认为，历史小说将真实和虚构混为一体，"一位真实的历史人物可以从真实的咖啡馆里走出来，然后出现在虚构的房间里"。[1] 这种真实和虚构的迁移一旦发生，二者之间本体论意义上的界限就模糊了，或者说被超越了。真实和虚构之间没有本质的不同。在传统历史小说中，这种越界现象常常通过书写发生在历史记录"暗区"中的纯虚构时间以及避免时代错乱等手段被作者刻意地掩盖，以最大限度地顺从历史记录、不同历史记录发生明显矛盾为创作原则。而后现代历史小说则恰恰相反，它们唯恐读者发现不了虚构和现实之间的缝隙，不断书写同官方史料相矛盾的时间，打破线性时间安排，或者将幻想和神话同历史联系起来。正因如此，麦克海尔指出，后现代历史小说表现出了强烈的修正主义意识：首先，它通过重新阐释历史记录去神秘化或者揭穿正统阐释中的虚假从而达到修正历史记录的效果；其次，它修正并改变了历史小说文类本身的传统和规范。

由此可见，历史在后现代文学中具有双重的修正功能：一方面针对文学本身，另一方面针对官方（科学）史料。从文学本身来讲，后现代历史文学也可以像传统历史小说那样描写发生在"暗区"中的事件，但这种情况只是一种蓄意的、有谋划的戏仿，并非真正对历史史料的遵从。通过戏仿，后现代历史小说让读者明显注意到"暗区"的边缘，从而补充、质疑甚至整体置换官方历史，达到重塑边缘群体形象的目的。在后现代主义历史小说中，官方历史无时无刻不同一种异化的历史并列而存，吸引着读者在阅读过程中不断地比较两种版本的历史，差异、震惊、怀疑等强烈的情感行为时常发生。这两种不同版本的历史之间也形成了本体论意义上的"闪烁"效果：时而官方历史被替换史冲击得摇摇欲坠，时而替换史虚构性的暴露又让官方历史似乎真实可信。[2] 正是这种闪烁和似是而非，让读者既不会完全信任虚构的人物和事件，亦不会对官方记录亦步亦趋，这种心态最终导致读者产生"质

---

① Brian McHale, *Postmodernist Fiction*, London and New York: Methuen, 1987, p. 90.

② ibid.

疑"史料的关键性态度。在这种心态下，认真而严肃的读者极有可能以实际行动去查阅资料、考证历史，探究真正的历史真相。而这正是后现代历史小说时代性的重要意义所在。正如福尔斯在小说中的呼唤那样："找寻冷冰冰的现实，我们必须去其他的地方寻找——查阅梅休（Mayhew）的著作，查委员会的报告……狄更斯本人却对这方面的内容忽略不计。"①

后现代主义历史小说与生俱来的解构和重构的天性，让其具备了召唤读者进行实践操作的能力。从这一点来讲，后现代主义历史小说本身就是一套暗含能量的动力系统，它的创作和阅读功能远远超过人们对小说艺术审美功能的需求，而且具有了难得的实践意义，也验证了后现代主义小说的政治性内涵。大众历史知识有广泛的受众群体，其在普通大众之中传播的速度和广度都超过科学历史知识，因此，从这个意义上讲，后现代主义历史小说的时代性功能不可小觑。那些曾经被历史湮没的声音，不仅让人们意识到了它们的存在，还让人们有机会探究事实的真相，修正并还原本应存在的历史成分，在实践意义上也取得了重要的成效。这就是后现代历史小说独特的时代性内涵。这一点或许连后现代专门的研究者（或者说批判者）都没有意识到。在他们看来，以消解所有宏大意义为重要特点的后现代小说或许不能再次产生统一、整体的意义。在后现代语境中，小说的功能、意义、内涵等所有代表形而上层面的成分都是被消解、被解构的对象。而后现代主义历史小说却做到了。它不仅产生了形而上的内涵，还附带产生了形而下的实践功能，有力地反驳了理论界一度对现代主义文学碎片化、无力化、虚无化的批评。

---

① John Fowles, *The French Lieutenant's Woman*, New York, Boston & London: Back Bay Books, 2010, p. 270.

第四章

文类主体：历史的个人和个人的历史

本章讨论的主要内容是英国历史小说文类的主体问题，即个人和历史之间关系问题在文类历时性发展过程中的嬗变。这是由历史小说文类通约程序之主体建构程序引申出的研究维度。

讨论首先来自历史小说和历史撰述之间的区别。虽然现代文史理论的发展暴露了史料中隐匿的人为因素，甚至肯定了史料和文学之间的同质性，但建史过程中意识形态的介入并无法取代历史本体成分（如历史重大事件、历史著名人物、历史年代和地点等）在历史撰述中的重要地位。换言之，无论在何种史观下，虚构的想象人物、流传的奇闻轶事、戏剧化的故事情节等文学艺术的成分都不能取代历史撰述中的本体要素而成为构筑历史大厦的砖瓦。另外，即使承认历史撰述与历史文学建构过程相似，二者在创作对象上也并不相同。历史是史料撰述的主要对象，撰述过程围绕历史事件的发展逐步展开。而在作为虚构艺术的历史小说中，历史事件并非主要的创作对象，取而代之的是形形色色或虚构或真实的个人。正是他们构成了历史小说的主体。

历史撰述与历史文学在构成成分和创作对象上的不同表明，个人是历史小说文类重要的意识载体，也是小说创作的主体部分。历史素材与个体之间关系的变迁是历史小说文类嬗变重要的研究论题。不过，在"个人和历史的关系"中，"个人"指何人？"历史"又指向何处？笔者认为，此处"个人"具有两方面的含义。首先自然是指小说中的人物。若对此做进一步细分，可分为主人公和非主人公。而针对历史小说这一特殊文类，又可将其划分为真实历史人物和虚构历史人物，以及著名历史人物和普通历史人物等。考察这些小说人物同史料之间或依存或顺从，或质疑或对抗的各种关系，实际上就是在考察小说家本人在不同时代思潮之下对历史的各种认识和理解。据此，不同时代的小说家也属于"个人"群体的一部分。因而，不同形态历史小说家的历史意识对小说中历史和人物关系的影响也应是本书在历史小说主体性问题上所要讨论的重要内容。这样，本章的讨论便围绕以上论及的三大概念展开。这里可以用图 4-1 来表示三大核心概念的关系。

图 4-1　历史、人物、作者关系

如图 4-1 所示，历史、人物、作者是英国历史小说文类在主体建构过程中的三大互动元素。不同形态的历史小说对历史和人物之间的关系有着不同的展现，而作者历史意识的变化是导致二者关系改变的重要原因。据此，本章的讨论围绕作者历史意识对历史和人物之间关系的影响展开。

第一节　历史浪潮中个体命运的起伏沉沦

吴宓曾在《阅读萨克雷〈英国 18 世纪幽默作家〉札记》一文中指出，历史是重要的社会人物的政治活动与性格，小说是时代的生活与真相。所以，小说高于历史。小说包含大量的被溶解了的真理，多于以反映一切真相为目的的（历史）卷册。[①] 此番论述道出了小说比历史更易表现生活之真的

---

① 吴宓：《文学与人生》，王岷源译，清华大学出版社，1993，第 46 页。

事实。相对于以"求真"为宗旨的历史撰述，历史小说拥有足够多的想象和建构的空间。如盖伊（Peter Gay）所说："在小说中如何去安排历史上真实人物的言谈和行为，其想象空间的发挥可能会因作家写作技巧的高低和所掌握的历史资料充分与否而有所不同，对于有才华并且充分掌握资料的作家而言，他可资发挥的想象空间还是很大的。"①

　　这一点在英国传统历史小说中得到充分的体现。以司各特小说为例，传统历史小说家在不违背"历史2"的前提下对人物在历史长河中的生存境遇进行了充分的想象和艺术加工，展现出一幅幅生动的历史画卷。据格里尔森（Sir Herbert Grierson）考证，司各特从莎士比亚的历史剧如《亨利四世》和《亨利五世》那里学会了将历史人物和历史场面与底层生活和喜剧的情景、人物结合起来。② 因此，读者在司各特的小说中不仅可以欣赏到波澜壮阔的历史画卷，还能够了解当时社会背景下形形色色、姿态各异的人们之生活状况和思想面貌。在芸芸众生之中，既有史料记载的真实人物，也有凭空想象的虚构人物；既有独立的英雄个人雕塑，也有整体的群体肖像；既有叱咤风云的历史名人，也有生活在社会底层的平头百姓……鲜活的诸多个体同宏大的历史背景紧密结合，使历史不再是16世纪流浪汉小说或者18世纪哥特小说中作为点缀装饰的成分，而成为真正进入文本叙述层、掌控人物命运的主导因素。个人的命运也不再是浪漫传奇中惊险刺激的夸张想象，而无一例外地同重大历史事件紧密结合，获得了展现历史真实和社会风貌的机会。这一点在许多研究者看来，正是司各特历史小说与之前"所谓的历史小说"之间最为根本和显著的不同，③ 从而开启了个人在历史环境下演绎自身命运的历史小说创作的历程。沿袭司各特所开创的个人命运同历史真实相结合的创作手法，19世纪的传统英国历史小说中个人的命运在宏大的历史布景下被生动演绎，小说文类从此踏上了个人意义在历史中的探求之旅。

---

① 〔美〕彼得·盖伊：《历史学家的三堂小说课》，刘森尧译，北京大学出版社，2006，第14页。
② 文美惠：《司各特研究》，外语教学与研究出版社，1982，第138页。
③ 比如，卢卡奇认为司各特作品中所具有的历史环境的真实性，就在于他的艺术所具有的人民性，即将伟大的历史变革描绘成人民生活的变革（文美惠：《司各特研究》，外语教学与研究出版社，1982，第112页）。

一 宏大历史背景下个人命运的生动演绎

英国历史小说兴起之初，司各特将个人和历史之间的关系诠释为一种"舞台对演员的掌控"。换言之，小说中的个人在宏大的历史背景中演绎自身的命运故事。个人命运的走向受制于重大历史事件的发展进程。这自然同传统历史小说家对待历史真实的态度紧密相关。盖伊曾对现实主义（传统）历史小说家的艺术想象做出如下表述：

> 历史小说的作者免不了会挣扎于已经定论的传记事实和个人文学想象之间，因此读者必须容许他们在编织小说中主角人物的对话和思想时，有一点点可资自由挥洒的空间，只不过这个挥洒空间的界限要如何准确拿捏，恐怕会是一个值得注意的问题，因为他们要用什么样子的字眼或是什么样的内容来呈现他们主角人物的对话，坦白说，能够自由发挥的范围是相当有限的。①

因此，在"历史2"的制约下，司各特小说中掌控故事发展的核心要素往往都是发生在社会更替重要转折时期的历史重大事件。肩负展现宏大历史图景重任的诸多小说人物，均受特定历史事件或历史时期的道德风气、宗教规约、阶级意识、社会习俗等因素的影响和制约。这些演员获得登上历史舞台的机会，其生活的喜怒哀乐和命运的阴晴圆缺就要为呈现舞台整体效果做出统一的调度。

比如，为了能够顺利地详细叙述历史斗争中两派的对立，司各特小说的主人公往往是一位不温不火、缺乏生气的平庸形象。这种"中庸化"的主人公往往出身于中层阶级或采取中间政治立场，可以连接起上层阶级和底层阶级或者斗争的两派阵营。主人公的命运一般充满偶然性和戏剧性，时常身不由己地卷入重大历史事件，逐步陷入历史既定的规划之中，深刻体现了历史对个人命运强大的塑造力和钳制力。在《威弗利》中，威弗利之所以参加龙

---

① 〔美〕彼得·盖伊：《历史学家的三堂小说课》，刘森尧译，北京大学出版社，2006，第14页。

骑兵团，是因为抚养他的姑妈思想传统保守。作为当时英国典型的家庭妇女，她因为看不得威弗利同塞西莉亚小姐不合时宜的爱恋，才让他"出去走走，长长见识"。由于威弗利出身贵族家庭，参军的后顾之忧有人帮他解决（老师彭布洛克先生为他提供监护，伯父埃弗拉爵士为他提供费用），不需作者在无关紧要的情节花费精力；而小说的重点部分，即威弗利从图莱·维俄兰去高地卡特兰老巢的探访，也是由于受高地土匪埃文·达的邀请，并非威弗利主动决定的结果。他自言道："我确实来到了一个充满惊险和奇遇的好战之地。"① 而自己会遇到什么遭遇，"只有等着瞧了"。②

　　至于故事后面威弗利如何卷入詹姆士党人的叛乱，如何在叛乱中被捕，最后又如何得救等情节都充满了偶然和巧合。在历史事件发展的过程中，主人公似乎很少能够具备掌控自我命运发展方向的能力，而总是根据外部环境的变化来完成他们需要扮演的角色。与威弗利相类似，《艾凡赫》中游移于撒克逊和诺曼人阵营中的骑士艾凡赫、《罗比·罗伊》中富有浪漫理想的弗兰克·奥斯巴蒂斯顿，还有《昆汀·达沃德》中阴差阳错做了路易十一侍卫的达沃德等主人公都是平庸而缺乏色彩的人，他们温和而缺乏力量，听凭命运的摆布，在历史的掌控下完成自我成长。

　　当然，《中洛辛郡的心脏》中女主人公珍妮是个例外。她出身低微，不像司各特小说其他主人公一样受过良好的教育，也没有机会接触上层社会，因此其命运也没有被矛盾双方的重任所左右，甚至还能够反抗历史既定的结果，改变妹妹爱菲被处死的命运。然而，且不论这种改变只是将珍妮牵入更大的历史迷宫中，严苛的清教教义也不允许珍妮自由主宰自己的选择。当爱菲因荒唐的"杀婴罪"而被判处死刑时，她曾在狱中恳求姐姐只要愿意为她撒个小谎她就能得救。爱菲苦苦哀求姐姐："难道你不能考虑把我从死亡中拯救出来，不能挽救我还不到 18 岁的生命吗？"③ 面对爱菲的恳求，珍妮虽

① Sir Walter Scott, *Waverley*, London: Penguin Books, 1994, p. 140.

② ibid.

③ Sir Walter Scott, *The Heart of Mid-Lothian*, London: J. M. Dent & Co., New York: E. P. Dutton & Co., 1906, p. 226；中文译本参考自沃尔特·司各特：《中洛辛郡的心脏》，章益译，人民文学出版社，1981。以下引用只标注英文版页码，中文版不再标出。

然内心极度痛苦，但"不敢向谎言宣誓"。[1] 审判官的宣告能够准确地描述珍妮对清教的虔诚和忠实："以上帝的名义，并在审判之日证人应向上帝交代，尽其所知，在被询问时，只说实话，不得撒谎。"[2] 珍妮当然十分想在法庭上救妹妹爱菲的性命，但宗教的力量让其严守对良心和道德的忠诚，无法自由选择命运的道路。宗教道德等历史环境的约束在珍妮身上得到了鲜明的体现。

相比于司各特大部分小说中略显生涩和无趣的主人公，各种的次要人物则生动得多。无论是声名显赫的王公贵族，还是名不见经传的平凡百姓，这些次要人物总是散发着熠熠光辉，充满着生活气息，成为司各特历史小说最闪亮的部分，为小说赢得了广泛受众。这些次要人物形象丰富多彩，身上被打上了深深的历史烙印，从未脱离于外部环境而孤立存在，成为时代精神、阶级印记以及社会风貌于一体的艺术创造品。他们服务于重大历史事件，丰富并润色之，使其比史书记载的更为生动鲜活。其中最为显著的表现就是在这些次要人物的发展过程中很少出现跨越阶级、种族或阶层的现象。各人物都在历史既定的轨道上并行不悖，演绎着自己和历史的故事。

比如，《艾凡赫》中的小丑汪八和猪倌葛斯是生动形象的次要人物的范例。他们是撒克逊地主塞德里克的家奴，也是作者虚构的小人物形象。相比于沉闷乏味的主人公，这二人形象鲜明生动，活泼可爱，时常令人忍俊不禁。特别是在数次关键时刻，他们舍身救主，不畏权贵。这种行为让他们的风采甚至盖过其他显贵角色。然而，就整体故事发展而言，汪八和葛斯自身所具有的阶级意识局限性一开始就决定了其命运发展的方向。不论他们做出如何惊天动魄的壮举，最终的目的都只是保护主人一家的安全，衷心于主人的事业，因而无法超越本阶级的意识范畴，实现超越阶级限制的理想。再比如，美丽温柔、善解人意的犹太少女丽贝卡道德高尚、心地善良，聪颖过人，又颇通医术，看得出是作者十分喜爱的一个人物形象。她在艾凡赫落难之时出手营救，并同其互生情愫。然而，二人最后并未喜结良缘，实现有情

---

[1] Sir Walter Scott, *The Heart of Mid-Lothian*, London: J. M. Dent & Co., New York: E. P. Dutton & Co., 1906, p. 226.

[2] ibid, p. 249.

人终成眷属。取而代之的是，艾凡赫迎娶了高贵冷漠的撒克逊美女罗文娜，丽贝卡带着遗憾远走他乡。这样的结局虽然打破了读者的阅读期望，却十分符合当时历史的实际情况，遵从了传统历史小说依据历史真实的书写原则。因为按照当时的社会习俗，犹太人是被排斥和驱逐的异教徒，是不被允许同基督教徒结合的，所以，尽管或许司各特钟情其二人的结合，但历史制定的社会规约仍在人物命运的发展过程中占了上风。

　　相对于历史上真实存在的著名历史人物来说，历史事件和时代意识的约束力则表现得更为明显。因为这一部分人物的生卒年月、参与的历史事件、做出的重大决定和行为等都是有章可循、有史可依的，所以作者对其的想象和建构只能在史实记载的间隙或"暗区"中发挥。对于这些人物的刻画，如果作者"是出于抒发他们个人的政治热情或政治偏见……那么他们的作品所能提供的有关历史的智慧就相当有限了，他们只是把读者从别处已经熟知的史实加以戏剧化而已"。[1] 比如《昆汀·达沃德》中的法国国王路易十一作为史料有记载的著名历史人物，其命运早已被设定妥当，一些既成的历史事件已经将其人生轨迹定格。诸如在国土受侵略危机时拜访勃艮第公爵、列日主教被杀引起人民暴动继而被公爵囚禁、同公爵联手讨伐"胡子"威廉等这些真实的历史事件被绑定在路易十一人物形象的发展中，作者对其的艺术创造不得不在史料的间隙中生产，如对其言语风格、道德品行、行为动机等方面进行加工再创造。鉴于此，司各特将路易十一塑造成一位自私虚伪、奸诈狡猾、不择手段实现目的的阴谋家。这同善良单纯、正直忠诚的达沃德形成鲜明的对比。这一对性格迥异的人物使历史真实和想象虚构紧密结合，产生诸多戏剧化的效果，使小说既真实可信，又趣味横生。然而，根据史料记载，路易十一作为法兰西国土统一的奠基人，毕生为实现中央集权进行斗争。1461 年查理七世去世之后，新继位的路易十一没有了父亲的约束，开始采用高压手段对付叛变的各封建诸侯，他竭力集中封建领地、巩固王权，最终吞并了安茹公国、勃艮第公国等诸侯国，几乎统一了法兰西的国土。从这方面来看，既定的历史事实又让他对法兰西来说不失为一位理想的君主。而

---

　　① 〔美〕彼得·盖伊：《历史学家的三堂小说课》，刘森尧译，北京大学出版社，2006，第 14 页。

达沃德虽然忠厚善良、骁勇过人，但在浪漫骑士时代向封建集权时代过渡的转折时期，骑士精神的道德至上和莽撞固执已经显得不合时宜，注定是理想的殉葬品。因此，在 15 世纪法国内忧外患的特定历史时期，中央集权封建君主国家的建设需要路易十一这样具有谋略的政治家。无论他如何阴险狡诈，最终还是会获得斗争的胜利。

当然，传统历史小说人物的命运受制于历史的掌控并不代表个体从未有过对既定命运的抗争。比如，在《中洛辛郡的心脏》中，珍妮救妹的故事就"成功"改写了历史，扭转了被历史安排的宿命。小说以 1736 年 4 月 14 日以苏格兰爱丁堡的波蒂厄斯暴动事件（the Porteus Riots）① 为历史背景，讲述了与暴动同时发生的一桩案件。苏格兰农民大卫·迪恩斯的女儿爱菲因犯杀婴罪被逮捕，继而被判死刑。爱菲的姐姐珍妮·迪恩斯为了救妹妹，携带简单的行李，只身徒步前往伦敦请求国王和王后赦免爱菲。在觐见的途中，珍妮遭遇了重重困难，险些丧命。然而，这个未曾见过世面，也未曾受过教育的平凡农妇在亲情的召唤下表现出超越自我的坚强和勇敢，焕发出英雄主义精神和人性之美，最终救下爱菲的性命，成为司各特笔下最为吸引人的女性人物之一。

珍妮在成功实现了救妹的目的之后，在公爵的帮助下同未婚夫喜结连理，重新过上普通人的生活，回归此前那个平凡朴实的农妇身份。珍妮的形象代表了司各特对历史长河中个人角色的诠释。在司各特看来，历史真正的推动者就是这些普通的人民群众，他们内心深处具有强大的精神力量和英雄主义潜能，当国家、民族或者家庭遇到危难之时，这些力量和潜能就会转化为实际的行动迸发出来，继而参与和改变历史的发展进程。

然而，这种改变是有限度的。文美惠认为，爱菲能够被无罪释放同带领

---

① 波蒂厄斯暴动是一个真实的历史事件。约翰·波蒂厄斯（John Porteus，1698～1736）是爱丁堡的城市警卫长（city guard），也是英国政府管制苏格兰人民的工具。他在对一名苏格兰走私犯安德鲁·威尔森（Andrew Wilson）执行死刑时违反了群众的意愿。为了防止群众的暴动，波蒂厄斯下令向无辜群众开枪射击，造成多人伤亡。英国政府迫于压力，不得不判处波蒂厄斯死刑，但在执行前又宣布死刑缓期。这成为点燃苏格兰人民采取反对英国压迫行动的导火索。1736 年 4 月 14 日，爱丁堡市民有组织地攻破了被称为"中洛辛郡的心脏"的爱丁堡监狱，绞死了波蒂厄斯。

珍妮求见王后的亚盖尔公爵密切相关。在波蒂厄斯事件中，暴动者具有极强的组织纪律性。他们攻下爱丁堡监狱、绞死波蒂厄斯之后，并没有采取进一步的行动和斗争，亦没有扰乱社会治安，而是迅速分散，立即消失，仿佛没有聚集过一样。因此，无论英国政府如何大肆搜捕，始终都没能抓住一个暴动者。这种无形的潜在力量比起明显的革命运动更让统治阶级感到恐惧。在这样的当口，苏格兰农民珍妮向女王的请愿按理说很难得到满足，但王后出乎意料地赦免了爱菲，答应了珍妮的请求。这并非是因为王后被珍妮千里救妹的行为感动，更不可能是因为她"宽容大度"，而是因为见风使舵、心机重重的王后意识到只有拉拢德高望重的亚盖尔公爵，才能平复朝廷里对其大举镇压人民暴动的不满，挽回因暴动而造成的威望。这些想法是简单天真的农妇珍妮所无法意识到的，在王后看来，爱菲"只不过是她的棋盘上一枚小小的棋子而已"。① 因此，看上去珍妮没有接受历史命运的安排，并通过努力改变了历史的结果，但其实她并没有实现逆历史潮流而上，而是被更大的历史环境利用，仍然是历史潮流中众多个体形象中的一个。

综上所述，若将传统史观下宏大的历史发展视作奔腾不息的滔滔江河，那么小说中鲜活的各种人物形象就是江河中涌起的朵朵浪花，个人的命运随时代的潮流起伏沉沦。在以司各特为代表的传统历史小说中，个人获得了前所未有的同宏大历史相结合的机会。他们贴着时代性的标签，服务于历史的广阔图景，用自己的命运和发展阐释历史的线性进程。此时历史同个人之间关系最为突出的表现是前者对后者的掌控，或者说压制。当然，这种"掌控"或者"压制"并非意味着个人完全在历史的安排下生存和成长而没有丝毫的自我意识。这只是意味着作者在历史小说个人命运的想象和展现上有所约束和控制，始终要不违背史料事实，是名副其实的"戴着脚铐跳舞"。② 自此，历史小说中的个人开始肩负起呈现历史全景的重任。

---

① 文美惠：《司各特》，载钱青《英国 19 世纪文学史》，外语教学与研究出版社，2006，第116 页。

② 刘洪涛、谢丹凌：《十九世纪英国历史小说的发展特征》，载童庆炳《历史题材文学创作重大问题研究》，经济科学出版社，2011，第489 页。

二 政治理想笼罩下的"工具化"个人

其实，小说人物不仅是历史图景的建设者，还是传达小说家意识形态的工具。前文对文类时代意义的分析表明，英国 19 世纪的历史小说多具有强烈的问题意识，对缓解当时复杂的社会矛盾和新旧制度转接时期的思想冲突具有启示性的意义。与此同时，小说家们也通过叙写历史表达自身的政治立场，如司各特的保守主义、狄更斯的人道主义，以及艾略特的宗教救赎等。而小说中形形色色的主人公便成为传达作家政治理想的工具。

肖认为，如果历史小说是用情节或者背景来阐释个人的意识或者道德选择，那么小说的关注点就遭到了破坏，因为在历史小说中，角色是用来阐释历史事件和作者意图的。[①] 读者可以在司各特的小说中看到，每一位人物都绝非孤立抽象的存在。他们身上都打着明显的阶级和利益集团的烙印，充满鲜明的时代和社会特征。这些人物之间的命运交联不仅是为了故事情节发展的需要，还代表了作家对政治事件采取的个人态度和阶级立场。比如，"爱情"这一小说中最为常见的人物情感关系在司各特小说中却具有重要的政治意义。在司各特的小说中，爱情总是和重大的历史事件以及著名历史人物的命运紧密相关。而爱情最终的结局亦是受制于一定政治理想和价值判断，并非如奥斯汀（Jane Austen）或者勃朗特（Charlotte Bronte）小说中那样自由浪漫。司各特笔下男女之间的情感时常表现出强烈的目的性和历史性。比如，《威弗利》中，弗洛娜·麦克伊沃与威弗利二人互相欣赏，但最终麦克伊沃拒绝了威弗利的求婚，她的理由是：

> 我的感情与一般的像我一样大年纪的姑娘大为不同……对于我来说，从我婴孩时期一直到今天，我只有一个愿望——希望我的恩人们重新恢复他们的王位……这件事情占据了我的思想，以至于我完全不会考虑稳定的生活。我只想活到那一天，能够看到幸福的复辟就够了。[②]

---

① Harry E. Shaw, *The Form of Historical Fiction: Sir Walter Scott and His Successors*, Ithaca and London: Cornell University Press, 1983, p. 49.

② Sir Walter Scott, *Waverley*, London: Penguin Books, 1994, p. 216.

　　尽管威弗利再次表明，他的家庭在信念上倾向于斯图亚特家族，只要时机有利，他就会全力支持弗洛娜的事业。然而女方不以为然，她认为像威弗利这样不冷不热的追随者只会对她神圣的事业无动于衷。因为仅仅"无关痛痒地"议论一下是起不到任何效果的。由此可见，作为为争取分裂而不停奋战的高地氏族的后代，弗洛娜同她的父亲和兄弟一样不仅支持氏族的独立事业，而且还表现出了极端的激进态度，历史赋予高地民族的使命在她身上得到显著的体现。在弗洛娜和威弗利的感情中，起决定作用的并不是二者之间或深厚或淡然的情感，而是沉重的历史使命和负担，以及数百年来遗留的民族矛盾。历史在二人的感情发展中起主导的作用，有力地掌控着爱情的命运。

　　与高贵冷漠、志向高远的弗洛娜相反，同样身为高地人的露丝·布雷德沃丁则天真乖巧，性情温柔，没有任何远大志向，极少参与有关政治斗争和民族矛盾，更无任何坚定的政治立场和革命意识。她十分听从命运对其生活的安排，乐于在长辈的呵护下成长。她的阅读习惯也取决于父辈的喜好，"父亲让她看什么书，她就看什么书"。[1] 平日里"总是充满生气，待人待物不犯一点错误"。[2] 她身上有种"难得一见的单纯与好奇"，[3] 并且有一定的文学鉴赏力。她"生来就适于过相亲相爱、温情体贴的幸福家庭生活"。[4] 若非要和政治扯上些关系，她所关注的主要问题便是暴动中父亲和心上人的生命安全。她曾写信给远在高地探险的威弗利："希望你能够平安归来……这关系到你的安全和荣誉问题。"[5] 特别是当威弗利被悬赏缉拿的时候，露丝大胆给查尔斯·爱德华王子写信请求帮助，最终成功地将威弗利救出。而经历波折之后的威弗利也被露丝真切的情感所感动，终于意识到相比于弗洛娜高远偏执的理想，露丝所向往的安定幸福的家庭生活似乎更具有吸引力、更让人心动。因此，二人终于两情相悦，喜结连理。而布雷德沃丁男爵也在威

---

[1]　Sir Walter Scott, *Waverley*, London: Penguin Books, 1994, p. 129.

[2]　ibid, p. 130.

[3]　ibid, p. 131.

[4]　ibid, p. 364.

[5]　ibid, p. 222.

弗利和塔尔伯特上校的帮助下重新获得了失去的庄园。故事最终在庆祝威弗利－昂纳和布雷德沃丁两家联姻的碰杯声中结束，世界上比这样的结局"能更美满的真是不多"。①

然而，最后宴会上布雷德沃丁男爵那滴"与他斟满的酒掺混在一起的"意味深长的眼泪是否真的为女儿终获幸福、失而复得的爵位，以及重新拥有的家园而流，尚且值得深思。同为高地氏族出身，弗格斯和弗洛娜身上体现出极强的民族意识，他们一生都在激烈反抗英国政府的统治，为争取民族独立和自由而战；而布雷德沃丁男爵则选择了妥协，顺从与英国的统治，最终走上同英国结盟的道路。两个氏族不同的选择造成了不同的结局：弗格斯在暴动中被俘，惨遭绞刑；弗洛娜拒绝威弗利的求婚，孤苦终身；布雷德沃丁男爵则重获地位和家园，欢欣嫁女。两种不同的命运恰恰表明了作者在苏格兰和英格兰联盟这一事件上的立场。17 世纪末的苏格兰经济发展水平低下，人民生活极度贫困，同蒸蒸日上的邻国差距甚大，亟须更为先进的技术、更为广阔的市场以及更为有效的政治途径来解决国内现存的诸多问题。因此，就苏格兰当时的情况来看，同英国结盟是大势所趋，符合历史发展的进程。然而符合历史发展进程所付出的代价就是苏格兰民族性面临丧失的危险，或许布雷德沃丁也意识到即使收回了失去的家园，这个被修葺一新的领地已是英格兰统治者的友情赠予，而他也从土地的所有者转变为管理者。那滴婚宴上留下的眼泪里是否存有对世代沿袭身份丧失的失落感，读者就不得而知了。

虽然在同英格兰的结盟过程中，苏格兰的民族性面临丧失的危险，但政治立场保守的司各特依然十分重视结盟后新英国的稳定，并认为两国结盟是符合历史发展规律的。因此，即使软弱天真、钟情于家庭事务的露丝完全不具备弗洛娜那样的民族性，她的性情和品质也有利于联盟的稳定，是象征苏格兰和英格兰未来的理想代表。她与政治立场同样温和保守的威弗利一样，是联盟后"新英国"政局稳定的保证。这就不难理解为何弗格斯对露丝的追求以及威弗利对弗洛娜的追求均获失败了。司各特反对激进暴动，提倡从文

---

① Sir Walter Scott, *Waverley*, London: Penguin Books, 1994, p.471.

化、思想以及传统等方面保持民族性和独立性，只有露丝和威弗利的结合才最符合当时苏格兰的危机局势。因此，与其说威弗利放弃了弗洛娜选择了露丝，不如说历史选择了露丝成为最终的赢家。

第二节　作为附属品的现代主义历史叙述

传统历史小说中个人对于历史的从属关系在司各特之后的英国历史小说中得到了广泛的继承。然而，这种继承并不意味着个人和历史之间的关系是一成不变的。即使同为传统历史观下的小说创作，其中个人与历史的互动关系也有明显的嬗变轨迹。具体说来，在维多利亚中后期，英国历史小说中的人物已逐渐不再是历史的附庸，而被视为"具有责任感的社会动物"，[①] 更为独立地在历史长河中演绎自己的命运。历史小说文类也开始了从描述历史中的个人向讲述个人化历史的转变。

其实，这种转变早在萨克雷的《亨利·艾斯芒德的历史》中就初露端倪。作为萨克雷的代表作，这部小说主要讲述了安妮女王统治时期主人公亨利·艾斯芒德的成长史。艾斯芒德幼年被何尔特神父带到卡斯乌德子爵三世家中收养，但他身份尴尬，地位低下，没有获得应有的仰慕和尊重。子爵三世在为斯图亚特家族争取王权的斗争中丧命，艾斯芒德又被子爵四世收养。他爱上了子爵的女儿毕翠克丝，但毕翠克丝同汉密尔顿伯爵订婚了。后来子爵四世在同摩痕大人的决斗中丧命，临终之前向亨利透露他才是卡斯乌德子爵真正的继承人，但艾斯芒德拒绝了贵族身份。在同子爵夫人的日常相处中，亨利与其感情日益加深，产生了微妙的情感。

围绕评论家对于这部小说属性的不同理解，读者可以发现它与司各特小说之间的不同和转变。比如，有人认为，这部小说算不上真正的历史小说，因为它"主要关注的并非历史而是爱情"。[②] 也有人指出，它是一部历史言

---

① 刘洪涛、谢丹凌：《十九世纪英国历史小说的发展特征》，载童庆炳《历史题材文学创作重大问题研究》，经济科学出版社，2011，第491页。
② John Young Thomson Greig, *Thackeray: A Reconsideration*, London: Oxford University Press, 1950, pp. 159–160.

情小说。① 这些论断表明了爱情成分在小说中的书写甚至超过了作为历史小说理应对历史素材的重视。还有人，如弗莱希曼，将该小说同欧洲成长教育小说（Bildungsroman）相提并论，② 认为主人公艾斯芒德具有成长小说主人公的显著特征。这种成长变化不仅反映在艾斯芒德的私人生活上，如从对毕翠克丝的爱到对瑞秋的爱，而且体现在其政治生活和职业生涯上。他从一个对政治毫不敏感，只是为了拥护抚养人的政治立场才成为托利党的支持者，到通过战争和党派之争开始欢迎汉诺威的改革。这种变化表现了艾斯芒德个人思想和政治意识的成长与改变。因此，同司各特小说人物相比，萨克雷小说中的爱情已经不再为政治理想服务，而是具有了本身的分量和立场，历史成分则时常让位于主人公的情感纠葛。小说很大的篇幅都在描绘毕翠克丝的爱情。在中文版《亨利·艾斯芒德的历史》的《译后记》中，就出现了艾略特对这部小说"史事太多，故事太少"的评价。对此，译者的解释还是颇有道理的："萨克雷叙述了必要的历史背景，只是为了使读者正确地了解这个故事发生的时代；历史只是帮助故事的演变，并不太多；萨克雷最主要的是写故事，写三位主角在1691年至1714年这段时期的悲欢离合。"③

当然，这种转变同萨克雷本人的历史观念有重要关联。他在小说伊始就鲜明地亮出了对待历史的态度：古代悲剧里，演员严格按照一定的调子，戴着面具说话，为的是维护悲剧女神的尊严；历史女神也戴着面具，伺候着帝王，"丝毫不会走近个人的生活"。④ 那么"历史会不会有一天也脱去假发，

---

① 吴文子：《维多利亚小说》，载钱青《英国19世纪文学史》，外语教学与研究出版社，2006，第183页。

② 在有些论述中，如罗伯特·多诺万（Robert A. Donowan）的《愿景的形成：从笛福到狄更斯小说中的想象》（*The Shaping Vision: Imagination in the English Novel from Defoe to Dickens*, 1966）、弗朗西斯·哈特（Francis R. Hart）的《司各特的小说：历史幸存的情节》（*Scott's Novels: The Plotting of Historic Survival*, 1966），以及杰奥佛利·蒂洛森（Geoffrey Tillotson）的《小说家萨克雷》（*Thackeray the Novelist*, 1963）等均否认了《亨利·艾斯芒德的历史》中主人公的自然发展。弗莱希曼正是针对这些否定进行进一步的阐明，认为该小说具有欧洲成长教育小说的特点。

③ 陈逵、王培德：《译后记》，载萨克雷《亨利·艾斯芒德的历史——安女王治下一位陆军上校的自传》，人民文学出版社，1984，第605~606页。

④ William Makepeace Thackeray, "The History of Henry Esmond," Penguin English Library, 1970, p. 45.

不再臣服于宫廷"？[1]　其实安妮女王也不过是一个性急的红脸女人，"教养和智慧并不比你我强"。[2]　"历史女神为什么要一直跪着呢？我赞成她站起来，采取一个自然的姿势，不要像侍女一样卑躬屈膝"。[3]　由此，宏大历史在历史小说中的独断地位逐渐向边缘滑落。直至英国现代主义历史小说出现，这一现象有了更鲜明的体现。

一　现代主义历史的附庸化

英国传统历史小说中，人物的个人命运总是与一些重大的历史事件紧密相连。事件中所展现的民族、政治、宗教斗争等历史事实不仅造成了社会时代的更迭，还深刻影响了人物生命中的悲欢离合。每一个具体的个人都是社会态度和观点的承载者，演绎着历史的关键时刻。[4]　因此，虽说个人是历史事件的主体，但宏大的历史图景才是小说重点描述的对象，是营造历史感的重要方面。一般而言，小说家可以采取多种途径来实现历史感的传达，而对历史时间的描述则是最为常见的手段。曹文轩在研究二十世纪末中国文学现象时曾点明阶段文学论与时间之间的关系：

> 当我们在默诵或聆听"十九世纪文学主流""二十世纪文学史"
> "一九四八年的文学"这样一些短句时，我们就会觉得这种研究注定了
> 是一种很大气的研究，觉得有一种震撼的力量，觉得这个研究者是一个
> 耸立于高处、主宰着时间，从而也主宰着历史的人。形成如此效应，是
> 因为"时间"与"历史"是一对孪生概念。所谓历史就是指在一定的
> 时间长度中所展开的一个过程。由于如此，人们往往就将时间作为历史
> 的一个别称了。主宰时间，就是主宰历史，而主宰历史的行为无疑是一
> 种高贵的冲动，是一种英雄的壮举。[5]

---

[1]　William Makepeace Thackeray, "The History of Henry Esmond," Penguin English Library, 1970, p. 45.

[2]　ibid, p. 46.

[3]　ibid.

[4]　Robert Penn Warren, "Nostromo," *The Sewanee Review*, 1951 (3), pp: 363 - 391.

[5]　曹文轩：《二十世纪末中国文学现象研究》，人民文学出版社，2010，第2页。

因此，作为"历史的一个别称"，时间是历史最为重要和直接的陈述方式。通过时间，历史可以获得最完全的表达。这一论点在英国传统历史小说中有着鲜明的体现。前面在论及历史小说文类的真实性与虚构性时，本书曾详细探讨了19世纪历史小说对于过去时间强调的两种手段：一是直接点明事件发生的确切日期；二是通过叙述者打断叙事进程，向读者展现今昔差异之处来凸显过去的存在。这两种时间表达方式都申明了历史对于小说情节强大的推动作用以及人物命运随历史发展而不断变迁的特征。然而，这种情况在英国现代主义历史小说中发生了改变。

相比数量庞大的传统历史小说，20世纪之交的英国实验文学中历史小说数量大为减少。实验作家对先锋文学技巧的青睐一度造成了文学对历史素材的舍弃，加之西方心理学领域的快速发展揭开了人类意识领域神秘的面纱，现代主义作家对个人意识的探讨远胜于对过去事件的描述。在这种情况下，用来营造小说历史感的历史时间的重要地位首先受到了冲击。

具体来说，现代主义小说中历史时间作为叙写历史的重要载体，其成分地位主要发生了几个方面的改变。现代主义叙述者由于过于重视创作技巧和人物内心世界而使叙述重心发生了偏离，最终导致作者对历史时间的表述时常被遗忘。在现代主义作品中，人物的个体历史很少因受到外部世界的打扰而成为相对独立的静止系统，历史逐渐转向私人化。宏大的历史时间叙写逐渐沦落为私人历史的注脚。以《奥兰多》为例，若非作者特意强调过去的时间（如"实际上这是早上十点钟。这是十月十一日。这是1928年。这就是现在的时刻"[①]"老肯特街在1928年十月十一日星期四非常拥挤"[②] 等），或者历史人物（如伊丽莎白女王、布鲁姆斯伯里成员等），或者过去与现在之间不同（如"伊丽莎白时代根本没有我们现在书本中关于羞耻的概念，也不会像我们现在认为生为屠夫的儿子是件幸事、不会阅读是美德。更没有我们现在所谓的'生活'与'现实'在某种程度上是与无知和野蛮相联系的观念"[③]），读者很难感受到历史同当下的距离和差别以及文本蕴含的历史性意

---

① Virginia Woolf, *Orlando*: *A Biography*, London: Vintage Books, 2004, p. 195.

② ibid, p. 200.

③ Virginia Woolf, *Orlando*: *A Biography*, London: Vintage Books, 2004, p. 14.

义。否则，历史在小说中扮演的角色甚微，更谈不上如传统历史小说中所占据的主导地位了。

另外，现代主义叙述者对历史事件的描述趋于简略化和概括化。仍以《奥兰多》为例，叙述者不再像传统小说家那样对历史阶段的发展大肆渲染和做情节铺垫，而是以近乎应付的方式交代历史时间的流逝："现在是十一月。十一月之后，就是十二月。然后是一月、二月、三月和四月，四月之后就是五月、六月、七月。八月随之而来。接下来是九月。然后是十月。然后我们又回到了十一月，整整一年就过去了。"① 这种历史时间的循环在叙述者的笔下并未获得任何的细节描述，仅仅是一种流水账似的简易铺陈。

而在另一部现代主义小说《诺斯托罗莫》中，历史时间则发生了混乱与模糊。瓦尔坎（Daphna Erdinast-Vulcan）认为，这部小说本身就是一个完美的虚构的历史撰述，并且展现了历史撰述的失败，② 是"一幅斑斓、凌杂、模糊、难以阐释的巨大的现代构图"。③ 这些描述表明历史时间的历时性和有序性遭到了破坏。对此，一方面，已有许多评论者专就小说复杂的叙述时间撰文探讨，④ 比如，柯尔（Richard Curle）就曾指出这部小说让许多人感到困难的原因"或许是因为纷繁杂乱的时间"，比奇（Joseph Warren Beach）则设想"只有那些康拉德最忠实的热爱者才会在这条几乎无径的森林中披荆斩棘地前行"。⑤ 另一方面，《诺斯托罗莫》没有延续使用传统历史小说中精

① Virginia Woolf, *Orlando: A Biography*, London: Vintage Books, 2004, p. 174.
② Daphna Erdinast-Vulcan, "*Nostromo* and the Writing of History," in Jakob Lothe, Jeremy Hawthorn, James Phelan ed., *Theory and Interpretation of Narrative Series*, Columbus: Ohio State University Press, 2008.
③ 虞建华：《解读〈诺斯托罗莫〉：表现手法、人物与主题》（代序），载〔英〕约瑟夫·康拉德《诺斯托罗莫》，刘珠还译，译文出版社，2001，第3页。
④ 如 Norman Page, *A Conrad Companion*, New York: St. Martin's Press, 1986, p. 95; Ben Kimpel and T. C. Duncan Eaves, "The Geography and History in *Nostromo*," *Modern Philology*, 1958 (1), pp: 45 – 54; 杜明业：《诺斯托罗莫》的叙事时间探析，《世界文学评论》2009年第2期，第152~155页；邓颖玲：《论〈诺斯托罗莫〉的螺旋式结构》，《外国文学研究》2010年第6期，第98~103页；陈海天：《时间与历史：论〈诺斯托罗莫〉的叙事艺术》，四川大学硕士学位论文，2005。
⑤ 两处评论皆转引自 Ben Kimpel and T. C. Duncan Eaves, "The Geography and History in *Nostromo*," *Modern Philology*, 1958 (1), pp: 45 – 54。

确至极、不差分毫的时间概念，开篇以"西班牙统治时期"这一笼统时段为起始叙述时间，期间又多次出现模糊的时间段落划分，如"大约在桑·托梅银矿重新开始运作的时候"①"在第一条铁路通车之前"②"在欧洲向里比厄拉政府提供新贷款之后"③"紧接着古斯曼·本托暴政之后"④ 等。这种松散的时间构造摆脱了传统历史小说系统时间架构对读者的牵制，使指引读者前行的历史结点变得模糊，读者被引入迷雾重重的森林深处，历史真实感也变得微弱不堪。

如上，现代主义历史小说中对历史时间的遗忘、简化和模糊直接导致了历史感的减弱，使宏大历史丧失了在小说情节发展中的主导地位。相比细致入微的人物心理描写，历史素材已经沦为情节发展的附属物，成为作者建构小说人物的陪衬。

二 超越时间的历史叙述

宏大历史背景的附庸化意味着历史因素对个人的影响力趋于减弱，个人不再是营造历史感的素材，也不再为展现客观历史规律服务。那么，在现代主义历史小说中个人与历史又以何种姿态相处呢？实际上，讨论个人与历史的关系问题，从某种程度上而言，实则讨论个人与传统的牵连，因为宏大历史也具有传统文学模仿伦的实际特征。1917 年，艾略特（T. S. Eliot）在一篇名为《传统与个人才能》的文章中探讨了文学传统与作家个体的关系。⑤ 在艾略特看来，所谓的"文学传统"并不仅仅限制在前一代成功的地方，而是具有更加广博的意义。真正的文学传统含有重要的历史意识（historical sense），而这种意识又含有一种领悟（perception），即：

> 不但要理解过去的过去性，而且还要理解过去的现存性；历史的意

---

① Joseph Conrad, *Nostromo*, Mineola, New York：Dover Publications, Inc., 2002, p.56.

② ibid, p.57

③ ibid, p.83.

④ ibid, p.85.

⑤ 同样引用此文的还有刘洪涛、谢丹凌，见其出版的《二十世纪英国小说中的历史叙述策略》，载童庆炳《历史题材文学创作重大问题研究》，经济科学出版社，2011。

识不但使人写作时有他自己那一代的背景，而且还要感到从荷马以来欧洲整个的文学及其本国整个的文学有一个同时的存在，组成一个同时的局面。①

…not only of the pastness of the past, but of its presence; the historical sense compels a man to write not merely with his own generation in his bones, but with a feeling that the whole of the literature of Europe from Homer and within it the whole of the literature of his own country has a simultaneous existence and composes a simultaneous order. ②

换言之，这种历史意识包含了永久和暂时的双重概念，它已不再是仅仅针对过去发生事物的感知，而是一种具有当下性和现在性的情感自觉。文学传统并非历时的、一成不变的，而是共时的、不断变化的；它由每个时期重要的文本构成，具有其内在的价值和功用。作家对传统的继承并非机械化地采用历史遗留的伟大作品，而是需要付出艰辛的努力将历时性的文学秩序消化并整合为共时性的文学思想，纳入个体深层次的意识结构。艾略特的这一论述阐明了文学传统在作家意识中的共时性意义，也确立了文学传统的超时间特质。

就在艾略特的《传统与个人才能》问世半个世纪之后，1967年美国学者布鲁姆（Harold Bloom）出版了《影响的焦虑》（The Anxiety of Influence），该书"震动了所有人的神经"。同艾略特一样，布鲁姆也在书中探讨了传统与作家个体的关系问题。只不过他致力于分析"诗人中的强者"，即"以坚韧不拔的毅力向威名显赫的前代巨擘进行至死不休的挑战的诗坛主将们"，③其目的在于指出"一个诗人促使另一个诗人成长"的理论的缺陷。为此，他提出了"克里纳门"（Clinamen）、"苔瑟拉"（Tessera）、"克诺西斯"（Kenosis）等六种修正比来说明诗人应如何避开前代作品的压迫、摆脱前人的影

---

① 艾略特：《传统与个人才能》，载张德兴《二十世纪西方美学经典文本》（第一卷 世纪初的新声），复旦大学出版社，2000，第512页。
② T. S. Eliot, "Tradition and Individual Talent," http://www.bartleby.com/200/sw4.html.
③ 〔美〕哈罗德·布鲁姆：《影响的焦虑——一种诗歌理论》，徐文博译，江苏教育出版社，2006，第5页。

响并对前代作品做出修正。

虽然艾略特和布鲁姆均讨论了 20 世纪西方文学传统与个人创作之间的关系，但二者分别走向了理论的两端：艾略特提倡的是传统（历史）在共时性层面上的沉积，即"对传统顺向接受"；① 而布鲁姆所体现的则是 20 世纪以来西方文学"逆向抗拒甚至解构传统"② 的倾向。当 20 世纪这两种截然不同的文学秩序同英国历史小说文类相遇时，历史小说创作作为西方文学传统的一个重要部分，其各种成分亦发生了明显的改变。

艾略特对文学传统共时性的提倡在历史小说中导致的一个重要结果即历史的超时间性。这里的"超时间性"是同传统历史小说对线性时间的依赖而言的。在英国传统历史小说中，司各特、狄更斯、萨克雷等作家笔下历史人物的命运随着宏大历史事件的发展而改变，使人物成为反映线性历史变迁的重要载体。因而在这种情况下，个体命运成为建构历史的重要因子，历史在个体的举手投足间得以展现，个人命运的起伏沉沦体现的是宏大历史的发展脉络。线性历史的时间性在个人的生命和生活中得到了展现和强化。

然而，在现代主义历史小说中，个人对历史的从属关系被颠覆了。艾略特提出的个人意识是对文学传统的共时性产出的观点表明，作家将文学传统纳入个人意识，再通过个人意识参与文学史上的各个时代，最终继承并丰富发展文学传统的内涵。据此，历史就像文学传统一样，属于个人意识的一部分。由个人命运构成的宏大历史逆转成为建构个人性格的工具，历史不再掌控个人命运的发展方向，反而被后者超越，成为人物性格的注脚。这样一来，传统宏大历史的线性时间深度便转化为个人意识中的共时性平面结构，历史超越了历时性时间的发展，成为个体性格的组成部分。

以《奥兰多》为例，时空穿越的超自然现象时常出现在故事情节中：奥兰多不仅跨越英国历史上的四个世纪，而且身份随着时代不断变换，甚至性别也不确定。不同时代的精神超越了时间的线性发展，融合进意识领域的深层结构，在同一人物生命中获得体现。客观存在的历史真实转而成为主观意

---

① 艾士薇：《"传统与个人才能"与〈影响的焦虑〉之比较》，《世界文学评论》2007 年第 1 期，第 225~228 页。

② 同上。

识的产物，宏大的历史素材则成为构筑个人意识的单位。在小说中，主人公一生神奇地经历了英国历史上的四个世纪。从 16 世纪的伊丽莎白时代到 1928 年的现代社会，奥兰多如幽灵一般穿梭在不同的时代之中，将线性发展的英国历史拉入个体的亲身经历之中，让历史成为个人意识的构筑物。至于在这个建构过程中历史对个人意识塑造的具体方式，则是通过奥兰多不同的身份特征来完成对其性格内涵的全面展现。

综观整部小说，在不同的时代中，奥兰多的身份也不尽相同：他是文艺复兴时期伊丽莎白女王的宫廷男性爱宠，是詹姆士国王宫廷中的王公贵族，是查理国王派往君士坦丁堡的大使，是 18 世纪隐居乡间的落寞女诗人，是 19 世纪和船长夏尔默丁相恋的妙龄少女，还是 20 世纪英国著名的青年女诗人、女作家。众多的历史身份赋予了奥兰多探究多重自我的可能，但更恰当的说法应是，赋予了历史小说家探究多种意识领域问题的可能。

比如，在伊丽莎白时代，深受女王宠爱的奥兰多背着女王在房间偷偷亲吻一个姑娘。对此，叙述者告诫当代读者，不要以现在的道德眼光去审视奥兰多的行为，因为 "那是伊丽莎白时代，他们的道德观念不是我们的"。[1] 随后，奥兰多在一场舞会上邂逅了俄国公主莎莎，渴望用文艺复兴时期最流行的彼得拉克十四行诗向她倾诉衷情。十四行诗音韵优美，常被用来表达对世间美好爱情的赞颂和追寻，也深刻体现出奥兰多内心深处对世俗生活的热爱和赞扬。不仅如此，奥兰多对莎莎的形容和比喻也充满了当时人文主义的强烈色彩："她长得像白雪、奶油、大理石、樱桃、雪花石、镀金的线？都不是。她像一只狐狸，或一棵橄榄树，像你从高处向下看的浪花，像祖母绿宝石，像云雾笼罩的绿色山峦上的太阳……"[2] 这些充满丰富意象的用来形容人间美景的词，被奥兰多用来形容一位曼妙多姿的俄国少女，具有鲜明的文艺复兴人文色彩。在安妮女王统治时期及 18 世纪，奥兰多频繁出入于英国的上流社会，并于 1712 年 6 月 26 日在 R 女士家中结识了如爱迪生、德莱顿、蒲柏等当时如雷贯耳的著名作家。同他们的会面让奥兰多更加深入地了解了当时社会名流鲜为人知的故事："爱迪生、蒲柏、斯威夫特喜欢喝茶。

---

① Virginia Woolf, *Orlando: A Biography*, London: Vintage Books, 2004, p. 12.

② Virginia Woolf, *Orlando: A Biography*, London: Vintage Books, 2004, pp: 24 – 25.

他们喜欢藤架。他们喜欢收集彩色玻璃。他们也酷爱攀爬洞穴。……斯威夫特先生有一柄产自马六甲海峡的精美手杖，爱迪生先生给他的手绢洒香水，蒲柏先生受头疼的煎熬。"① 到了 19 世纪维多利亚时期，"两性越来越远，公开的谈话不被接受和宽容……普通女人的生活就是不断地生儿育女"。② 于是，变为女性的奥兰多在巧遇了夏尔默丁船长之后马上就订婚成为传统的维多利亚女性。时间推至 20 世纪，奥兰多在大街上巧遇了老朋友——诗人尼克·格林，但此时的格林已经是"一位年近古稀的、发福的男人。他变得圆滑：文学明显地曾是一种成功的追求；但是不管怎样，原来的不安的活跃生气已经消失不见了"。③ 奥兰多对于传统文学在新世纪的地位也有了新的体验。

当 20 世纪的奥兰多出版了历时多年创作的诗歌之后，终于"完成了她与时代精神的交易……它的成功正是作家与时代精神之间得到'完美安排'的表现"。④ 这一点从文本分析也可以看出，奥兰多的自我意识随着时代的变迁在相应地发生着变化。伊丽莎白时期宫廷生活的奢华、18 世纪古典文学的兴盛、维多利亚时期标榜的道德风气，以及 20 世纪社会经济发展之下文学的境遇等时代标签都在奥兰多身上有着鲜明的体现。那么，究竟是奥兰多的个人意识受制于历史时代的发展，还是历史时代随其个人意识在不断变迁？

众所周知，任何一个普通的个体生命都不可能经历四百年的漫长人生，而奥兰多却违反自然规律，实现了生命在不同时代之间的穿越。作家如若意图以个人命运反映时代变迁，依据传统历史小说在真实性维度上的原则，自然会选择符合自然规律的生命意识加以表现。而现代主义历史小说对心理真实的追求表明，个体的心灵意识才是客观存在之物，是小说情节想象的根据。这样一来，线性客观的历史时间就只能退为为精神世界服务的时代注脚了。伍尔夫曾指出，"人的自我是多元的，世界上没有一个人的本体是单一

---

① Virginia Woolf, *Orlando: A Biography*, London: Vintage Books, 2004, p. 133.

② ibid, p. 147.

③ ibid, p. 183.

④ 吕洪灵：《〈奥兰多〉中的时代精神及双性同体思想》，《外国文学研究》2002 年第 1 期，第 62 页。

的"。① 因此，奥兰多长达四百年的生活将超越现实的历时性时间纳入个人意识的共时性结构，其真正要反映的实则为奥兰多的多重自我。换言之，伍尔夫借奥兰多之躯展开了对诸如道德、婚姻、女性、文学、诗人等众多主题的讨论。

综上所述，个人与历史的关系在英国现代主义历史小说中发生了新的改变。小说家描述的重点由宏大的国家民族历史图景逐渐转向私人历史的领域。一度受制于历史发展的个人命运走向也开始脱离历史的桎梏，具备了自我展现的能力。与此同时，小说中历史成分相比传统历史小说开始缩水，让位于个人意识的成长。

第三节　后现代历史叙事单位的重新设定

英国后现代主义历史小说在真实性与虚构性以及社会修正功能上所表现出的特征和意义，实际上展现的是后现代主义历史小说的重建本质——多元化的历史真实及由此引出社会意义的实现。这些均反映了后现代主义者对历史知识的重新认识。这种重新认识实则是一种重建行为——对主观意念中历史认知能力的重建以及对客观存在的历史客体的重建。② 社会思潮的更迭与流变造成了人们对历史认识的不断翻新和重建，最终导致客观存在的历史客体发生了"根本性的位移"，③ 讲述历史的单位得到了重新设定。

一　历史原建单位的取消

对于英国传统的历史小说而言，承担历史建设和解释的单位往往是宏大的历史事件和民族发展走向。司各特热衷于苏格兰民族形象的塑造，狄更斯致力于借历史批判英国资本主义的弊端，罗慕拉通过叙写历史来完成现代宗教伦理的探讨，等等。这些宏大的历史主题借助于英国现实主义悠长的传统赋予了历史小说重要的社会借鉴功能，让历史主题最终指向了宏大的社会历

---

① 吴庆宏：《〈奥兰多〉中的文学与历史叙事》，《外国文学评论》2010 年第 4 期，第 112 页。
② 王建平：《美国后现代小说与历史话语》，中国人民大学出版社，2012，第 13 页。
③ 同上。

史规律。然而，这一现象在英国后现代主义历史小说中发生了改变。在经历了现代主义历史小说对心理真实的强调之后，传统小说中以因果逻辑为典型特征的线性宏大叙事链发生了断裂。这成为英国后现代历史文本中最为普遍和明显的特征。

1. 线性叙事的断裂

在西方，"线性叙事"的内涵具有悠久的历史，早在古希腊亚里士多德时期就已经出现对其基本的描述。亚里士多德曾在《诗学》中提出：

> 一个完整的事物由起始、中段和结尾组成。起始指不必承继它者，但要接受其他存在或后来者的出于自然之承继的部分。与之相反，结尾指本身自然地继承它者，但不再接受承继的部分……中段指自然地承上启下的部分。……无论是活的动物，还是任何由部分自成的整体，若要显得美，就必须符合以下两个条件，即不仅本体各部分的排列要适当，而且要有一定的、不是得之于偶然的体积，因为美取决于体积和顺序。[①]

此处亚里士多德虽没有明确提出"线性叙事"的概念，但深刻影响了此后长达两千多年的西方叙事传统，也使之成为西方逻各斯中心主义的典型观点。其实，由此论述我们可以大体归纳出一些形容线性叙事基本特征的词语，如顺时性、有序性、必然性、连贯性、目的性等，其代表的是一种宏大的、完整的、具有主题性和意义生成的叙述形式。它是一种"单向的、不可逆转的流程"，[②] 向来以"故事性、情节性和因果性"为主要叙事特征，也是"经典现实主义的重要艺术特征"。[③]

然而，时至20世纪，伴随着经典现实主义的衰落，线性叙事已"无可挽回地衰落了，'去故事化''淡化情节''反因果关系'等业已成为新的话

---

① 〔古希腊〕亚里士多德：《诗学》，陈中梅译注，商务印书馆，1996，第74页。
② 谭君强：《叙事学导论：从经典叙事学到后经典叙事学》，高等教育出版社，2008，第117页。
③ 杨世真：《重估线性叙事的价值——以小说与影视剧为例》，浙江大学出版社，2007，第1页。

语神话乃至一种霸权话语……成为20世纪最重要的诗学现象"。① 这自然与新世纪以来人们对于时间崭新的体验密不可分，柏格森、乔伊斯、伍尔夫等人对时间概念的重新设定使西方以情节中心主义为特征的线性叙事发生了解构，也彻底否定了亚里士多德对悲剧结构的设定。杨世真在研究中曾援引美国剧作家罗伯特·麦基的"故事三角"原理来阐释从经典故事到现代故事的不同情节处理模式，我们在此将这一模型进行转引，以此来明确说明线性叙事在后现代主义历史小说中的解构，② 详见图4-2。

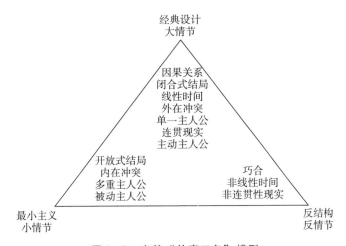

图4-2　麦基"故事三角"模型

　　图4-2清晰地展现了叙事结构由经典设计大情节到最小主义小情节再到反结构反情节的发展线路。在以传统叙事为主的大情节结构中，因果关系、闭合式结局、线性时间、单一主人公、连贯现实等是支撑文本的主要成分。而在现代故事的构架中，无论是"对大情节的突出特性进行提炼、浓缩、削减或删剪"③ 的"最小主义"叙事，还是像反小说或新小说之类的"否认传统形式，以利用甚至嘲弄传统形式原理的要义"④ 为特征的反结构

---

① 杨世真：《重估线性叙事的价值——以小说与影视剧为例》，浙江大学出版社，2007，第1页。

② 〔美〕罗伯特·麦基：《故事——材质、结构、风格和银幕剧作的远离》，周铁东译，中国电影出版社，2001，第53页。

③ 同上书，第54页。

④ 同上书，第55页。

和反情节叙事，均解构了传统现实主义大叙事的线性结构和时间概念，成为现代小说的崭新形式。

如前所述，既然线性叙事是经典现实主义小说的主要艺术形式，那么在英国历史小说研究领域内，该叙事形式同以现实主义和客观实证史观为主要创作技巧和意识的传统历史小说之间的紧密关系就不言而喻了。回顾那些经典历史小说文本，如《威弗利》《艾凡赫》《双城记》等小说，其围绕中心历史人物和事件展开的叙事线索几乎都充盈着严密的因果逻辑关系和完整封闭的情节结构，充分回应了亚里士多德对悲剧起始、中段和结尾的严格框定以及对整体中部分排列顺序的强调。然而，这种情况至后现代主义历史小说形态发生了明显的改变。

在后现代主义历史小说中，很难出现传统小说中完整封闭的故事情节和连贯的现实。拼贴、闪回、跳跃、插入、碎片等后现代创作技巧的使用严重打断了传统线性记述历史的大情节单位，造成历史记述单位被重新分割。对此，笔者试举两例予以说明。

第一例来自斯威夫特的长篇后现代主义历史小说《水域》（又译《水之乡》）。该小说出版于 1983 年，曾获数个欧洲重要文学奖项以及曼布克奖的提名，是斯威夫特的重要代表作品之一。小说讲述的是 20 世纪 80 年代的中学历史教师汤姆·克里克通过回忆自己以及家族的故事来对历史知识的客观真实性提出质疑并逃离不尽如人意的当下现实的故事。小说中存在三条主要的叙事线索：第一条是有关弗雷迪之死案件的侦破以及围绕此案展开的有关汤姆 20 世纪 40 年代童年经历的历史；第二条是作为中学历史教师的汤姆在 20 世纪 80 年代在课堂上同以普赖斯为代表的学生们有关历史知识问题的争论以及其因妻子在超市窃婴而面临事业和婚姻的双重困境；第三条则是阿特金森氏和克利克氏的家族史以及芬斯区的历史。这三条线索分别代表了个人史、家族史、当下现实，对历史真实性和虚构性进行了反思。虽然分开来看共有三条叙事链，每一条都十分完整顺畅，因果顺序和逻辑关系也明晰清楚，但叙述者并未按照线性发展的进程将其逐一排列，而是将三条叙述链穿插交织在一起，打散了完整的历史板块。为了更加清晰地说明这一叙述形式，我们将整部小说的 52 章按线索进行编排，如表 4 - 1 所示。

线索 1：有关弗雷迪的案件及汤姆的童年经历

线索 2：历史教师汤姆的现状及有关历史知识的争论

线索 3：阿特金森家族、克利克家族及芬斯区的历史

表 4－1　《水域》叙事线索分布

章节	线索	章节	线索	章节	线索	章节	线索
第 1 章	线索 1	第 14 章	线索 2	第 27 章	线索 2	第 40 章	线索 2
第 2 章	线索 2	第 15 章	乌斯河的历史	第 28 章	线索 1	第 41 章	线索 2
第 3 章	芬斯区的历史	第 16 章	线索 2	第 29 章	线索 1	第 42 章	玛丽的历史
第 4 章	线索 2	第 17 章	父亲的历史	第 30 章	母亲的历史	第 43 章	线索 2
第 5 章	线索 1	第 18 章	线索 2	第 31 章	线索 2	第 44 章	线索 2
第 6 章	线索 2	第 19 章	外祖父的历史	第 32 章	线索 2	第 45 章	线索 1
第 7 章	线索 1	第 20 章	线索 1	第 33 章	迪克的历史	第 46 章	线索 1
第 8 章	线索 2	第 21 章	线索 2	第 34 章	线索 1	第 47 章	线索 2
第 9 章	阿特金森的历史	第 22 章	外祖父的历史	第 35 章	线索 2	第 48 章	线索 2
第 10 章	线索 2	第 23 章	线索 2	第 36 章	线索 2	第 49 章	线索 2
第 11 章	线索 1	第 24 章	线索 1	第 37 章	线索 2	第 50 章	父亲的历史
第 12 章	线索 2	第 25 章	线索 2	第 38 章	线索 1	第 51 章	线索 2
第 13 章	线索 1	第 26 章	鳗鱼的历史	第 39 章	线索 1	第 52 章	线索 1

　　如表 4－1 所示，叙述者并没有按照三条线索的顺时序列来组织叙述结构，而是将它们按照一定的规律交叉、重合、叠错起来，即将历史、故事、现实融为一体，形成了一种编织型的文本结构，取代了传统历史小说线性叙事的大情节结构。

　　另一例来自 A. S. 拜厄特的重要作品《占有》。该小说一经出版便引起评论界的轰动，并于 1990 年获得曼布克奖。同《水域》一样，《占有》中

也存在三条主要的叙事线索：第一条叙事线索时间设定在 1986 年，讲述的是英国 19 世纪著名诗人伦道夫·艾许研究者、文学博士罗兰·米契尔和维多利亚女诗人兰蒙特研究者莫德·贝利通过对两封艾许写给兰蒙特信件的追踪逐渐让百年之前二人的隐秘恋情浮出水面，而罗兰和莫德也因此获得了现代爱情的故事；第二条线索时间设定在 19 世纪维多利亚时代，讲述了著名诗人艾许和兰蒙特之间一段鲜为人知的浪漫爱情故事；第三条线索则展现了第二条线索所嵌入的众多非小说文本，如对传统童话寓言故事的戏仿、维多利亚诗人之间隐秘的通信和日记，远古时期的诗歌、传说等。这三条线索并不像《水域》那样有规律地穿插一起，而是互相影射、映衬、阐释和照应，形成立体型的文本结构，取代了线性叙事的平面结构。

2. 碎片化的历史

传统线性叙事的断裂在历史小说文类中所造成的一个首要的必然结果即宏大历史的碎片化。不同叙事线索之间相互穿插和影射，将过去、现在和未来拉入同一个平面内，历史的纵深感急剧降低，渐次生成的追溯性被抹平。在这种情况下，完整、连续的历史图景遭到割裂继而转向颗粒化和无序化。历史知识在后现代主义者这里再也无法建立起宏大权威的话语场，取而代之的是代表众声喧哗的碎片化历史。

细究起来，后现代主义历史小说的碎片化首要表现在叙事时间的延宕和混乱上。传统的线性叙事"具有强烈的时间属性"，[1] 这种属性"深深应合了整个人类时空经验的变迁"。[2] 随着 20 世纪人类时间体验的改变，传统叙事中统一、顺时的物理时间流程逐渐被个体意识的潜在流动所取代，叙事时间不再是单一、线性的，而是复合、跳跃式的。时间观念的改变是造成历史碎片化的重要原因。以《水域》为例，汤姆的叙述在时间上就充满了延宕性和跳跃感，在过去和现实之中来回穿梭：

异常的火光那晚照亮了吉尔德赛成片的屋顶。黑黢黢的乌斯河面上散落着炙热的项链……这难道是令人们体内疯狂燃烧的加冕酒又通过一

---

① 杨世真：《重估线性叙事的价值——以小说与影视剧为例》，浙江大学出版社，2007，第 53 页。
② 同上。

种外部的力量，在燃烧的过程中将自己吞没？……因为（请允许你们的历史老师并不恰当地想象）他（欧内斯特）非但不是诅咒的受害者，反而乐意成为它的工具。……也许，在1914年10月的一天，他坐在戴姆勒轿车舒适的座位上扪心自问，阿特金森家族将宽广的世界带到这个偏僻的地方，到底从中获得了什么？[①]

叙事时间的跳跃性和混合性在以上这段叙述中有着鲜明的体现。叙述者汤姆将对阿特金森酿酒厂起火的回忆、在历史课堂上与孩子们对话的现实以及对该起火事件的滞后评论融合在同一个叙述体系中。如此，重大的历史事件、人们对历史知识的现代认知，连同不尽如人意的当下现实搁置在同一时空体系中，形成三棱镜式的反射作用，破坏了宏大历史的整体成像。小说的情节就这样在不同的历史时空和文本领域中穿梭跳跃，历史平面被激荡起层层涟漪，映射出的是碎片化和无序化的片段。

拼贴和戏仿技法在后现代主义历史小说中的频繁使用也是历史碎片化的重要原因之一。西方文学中的"拼贴"（collage）一词最早起源于绘画领域。20世纪初的法国画家毕加索（Pablo Ruiz Picasso）、布拉克（George Braque），以及英国现代波普画家汉密尔顿（Richard Hamilton）等人都在自己的绘画创作中运用过拼贴的技法，将异质的风物拼接在同一画面内，形成现代绘画独特的视觉冲击。而在文学领域中，拼贴技巧的使用已经成为后现代主义作品最为显著的标志之一。

在诸多的拼贴种类中，文本拼贴是最为常见的方式。大量异质的文本穿插在主体叙述之中，构建起松散、随机的故事样式，伴随着叙述者的意识悄然流动，完成了后现代主义幻灭感的营造。当这种松散的文本结构同历史素材结合起来时，传统历史小说赖以建构的宏大完整的情节单位被取消，小情节、小故事开始在历史小说中发挥重要的作用。以《占有》为例，大量的非小说文本在没有预示的情况下介入小说文本，导致统一历史叙事的断裂和错

---

① Graham Swift, *Waterland*, London：Picador，1992，pp：175 – 176；中文译本参考自格雷厄姆·斯威夫特：《水之乡》，郭国良译，译林出版社，2009。以下引文只标注英文版页码，中文版不再标出。

位，如维多利亚诗人艾许和兰蒙特之间的情书、兰蒙特同性恋人布兰奇的日记、艾许和兰蒙特创作的诗歌、萨宾·盖赫考兹的私人日记，还有一些童话、神话故事如《水晶棺》《普罗塞尔皮娜的花园》等，以及其他的一些历史档案等。这些非小说文本的介入，割裂了线性历史整体性的宏大叙述，历史的中心及终极意义遭到了解构和疏离。

因此，无论是线性历史的断裂还是整体历史的碎片化，均导致了传统宏大叙事的消解。哈桑（I. Hassan）指出，比起现实主义者，后现代主义者更加青睐组装、拼凑、偶然发生或断裂的文学形象，他们选择并列关系而非从属关系来表现这些片段。[①] 而正是这种并列关系降低了历史的理性和深度，让整体的民族、集体的历史碎裂成为片段化的微小个人史。宏大的历史构图碎化为细小的颗粒，叙述者就在这些扬起的历史尘埃中捕捉有关历史的只言片语。微观的历史契合了当代人碎片化的感受，被宏大历史遮盖的个人的心理、命运和人性开始受到关注，正如拜厄特在《占有》中所说："一个人就是关于其自身的呼吸、思想、行为、微粒、创伤、爱恋、冷漠以及厌恶的历史。"[②]

二 历史叙事的偶然性和不确定性

回顾此前的研究，我们不难发现，在传统历史小说中，推动叙事情节向前发展的动力系统来自官方话语制定的客观历史规律。小说中几乎所有的历史革命事件都符合并遵循宏大的历史客观规律，如《威弗利》《罗比·罗伊》中对詹姆士党人叛乱的描述、《中洛辛郡的心脏》中对波蒂厄斯暴动的呈现、《双城记》中对法国大革命的评价等，都依据了史实资料的记载，响应了不以人为意志转移的客观现实。事件之间的因果关系、事件影响的波及范围，以及事件本质的重复性验证等历史成分都暗含着历史发展中普遍存在的必然性因素。这些因素如同无形的巨臂操控着事件情节的发展和历史人物

① I. Hassan, *The Postmodern Turn：Essays in Postmodern Theory and Culture*, Ohio State University Press, 1987, p. 73.
② A. S. Byatt, *Possession：A Romance*, New York：Random House, Inc., 1990, p. 12；中文译本参考自 A. S. 拜雅特：《隐之书》，于冬梅、宋瑛堂译，南海出版公司，2010。以下引文只标注英文版页码，中文版不再标出。

的行动。小说人物的言行、命运和下场正是这些抽象规律的具体体现。也正是因为如此，传统历史小说的社会借鉴意义才得以生成。客观历史规律在传统小说中的体现和表达能够充分满足人们通过历史资鉴现实、预示未来的需要。

然而，在后现代主义历史小说中，必然性的历史已被偶然性的历史所取代，偶然性成为主宰历史进程的重要因素。所谓的偶然性历史是与必然性历史相对而言的，它放弃了必然性历史中严密的因果逻辑关系和确定不移的发展规律，赋予不确定性和巧合化的历史关键的决定作用。由此，宏大的历史开始消解为琐碎的生活细节，并以一种个人化和荒诞化的姿态呈现。

但需要说明的是，这里对后现代主义历史小说中偶然性因素的强调并不代表对传统历史小说中偶然性历史存在的否认。恩格斯曾在《自然辩证法》中指出："自然界包含着各种各样的对象和过程，其中有些是偶然的，另一些是必然的。"① 这一论述肯定了必然性和偶然性是事物客观存在的两个方面。而黑格尔在《逻辑学》中说："偶然的东西正因为是偶然的，所以有某种根据，而且正因为是偶然的，所以也就没有根据；偶然的东西是必然的；必然性自我规定为偶然性，而另一方面，这种偶然性又宁可说是绝对的必然性。"② 这段论述明确了必然性和偶然性之间密切的关联和相互之间转化的辩证关系。因此，无论在何种历史小说形式中，偶然性和必然性均是相互依存的共同存在。

只不过，传统小说中的偶然性历史并非决定历史进程的关键因素。它们在官方记录和理性逻辑的压制下化为宏大历史话语的注脚，湮没在滚滚向前的历史潮流中。这种注脚作用时常体现在偶然性历史对小说情节的桥接和推动作用上。比如，在司各特的小说中，为了能使中庸化的主人公起到串联故事情节的作用，巧合性的历史事件时常在这些人物身上发生。以《昆汀·达沃德》为例，达沃德参加皇家卫队的原因实属巧合，其在危难之中被皇家卫队的人搭救，所以不得已加入其中：

---

① 恩格斯：《自然辩证法》，载《马克思恩格斯选集》，第4卷，人民出版社，1994，第324页。
② 同上书，第326页。

　　"绅士们，我珍贵的朋友和救命恩人们，"昆汀犹豫地说，"我还没有决定是否跟你们参加卫队。"

　　"那你自己来决定，"他舅舅说，"无论你是参加我们的卫队还是被绞死，我都可以肯定即使你是我的外甥，我也没有办法使你免受绞刑。"

　　这个毫无疑问的观点使昆汀立刻同意接受一个不怎么令人愉快的建议，但既然他刚逃过一劫，那么即使有更坏的选择他也不得已会接受。[①]

　　正是因为有了这样的巧合性事件，主人公才得以完成带领读者走入宏大历史画卷的使命。这些如达沃德、威弗利、艾凡赫般的人物，身上总是汇聚了各种巧合和偶然性事件，并且在关键时刻总能化险为夷，顺利引领读者领略历史事件的整体过程，其本身并未对历史发展起到实质上的指引作用。因此，尽管在传统历史小说中存在偶然性历史和人物，但这类情况最终的服务对象仍是必然性的历史规律和主流意识形态。特别在着重反映民族或宗教革命的历史小说（如《双城记》《巴纳比·拉奇》《罗慕拉》等）中，偶然性历史对必然性历史的归顺则表现得更为明显。

　　与此大为不同的是，在后现代主义历史小说中，处于附庸地位的偶然性历史被最大限度地放大和强调，转而成为主导历史进程的关键性因素。偶然性事件和人物的频繁出现开始对历史起到实质上的支配作用，宏大的历史话语被解构，理性的历史生活亦被染上了浓厚的故事性色彩。比如，在拉什迪的《午夜的孩子们》中，历史不是确定的、单一的，而是偶然的、巧合的。萨利姆的命运并非是线性历史逐步发展的结果，而是微小历史事件的随机组合。这些微不足道的小事件却在历史发展的过程中产生了巨大的蝴蝶效应，引起一系列连锁反应。如护士玛丽·蓓蕾为了博得心上人的欢心，将英国人威廉·麦斯沃德同卖唱印度人威利·温基的妻子范妮塔通奸所生的孩子同印度商人阿梅德的孩子换了吊牌。这样，贫穷人家的孩子萨利姆同富有商人家的孩子湿婆的命运发生了对调，产生了后来一系列影响历史发展的事件。叙述者意在指出，所谓的"历史真实"是人为安排的一系列具有逻辑关系的因

---

　　① Sir Walter Scott, *Quentin Durward*, London & Glascow Collin's Clear-Type Press, 1954, pp: 132 – 133.

果事件，真正的"历史真实"是不符合任何理论模式的，而是偶然性或巧合促成的，具有随意性和不确定性。这与强调中心话语的霸权主义形成了鲜明的对比。偶然性因素不仅决定了萨利姆的个人命运，而且通过萨利姆间接指引了历史发展的进程。

关于历史著名人物，马克思曾引用爱尔维修（C. A. Helvetius）的话："每个社会时代都需要有自己伟大人物，如果没有这样的人物，它就要创造出这样的人物来。"[1] 换言之，伟大的历史人物是社会时代发展的必然产物，但他们的出现也需要一定的偶然性因素（如机遇、地位、环境），因而是必然性和偶然性合力的结果。正是这些偶然性因素容纳了传统历史小说家想象的空间，搭建了小说家对历史人物虚构的主要场所，但即便如此，历史人物的命运最终还是进入历史既定的轨道，整体命运并未违背历史记载。

然而，这一现象在后现代主义历史小说中发生了巨大的改变。主人公萨利姆充满了神秘化的异己力量，种种巧合与偶然性事件在其身上频频发生：因为恰好出生在印度独立日的午夜，他获得了超常的心电感应能力；因为表哥萨法在楚飞卡尔将军的宴会上吓得尿了裤子，他才得以打入历史重大事件的内部并参与改写官方历史的结论；小说中经常出现的"420"数字在印度实际上是欺诈行为的代称；等等。这些巧合事件在否认官方史料真实性的同时也将历史的进程严重地戏谑化，调侃了历史人物的必然性本质。在萨利姆的叙述中，后现代主义历史小说个人命运中的必然成分已渐渐消退，人物几近成为纯粹的偶然性和巧合化的产物。从巧合性地获得异能、偶然性地介入历史，再到阴差阳错地改变历史，萨利姆的人生彻头彻尾就是一个充斥着偶然性的可能事件。

其实，后现代主义历史小说讲述的是一种历史的可能性，并非真实的历史情况。小说家不承认，也无意于再现历史的真实。那个宏大的、必然的、唯一的、客观的历史逐渐被微小的、偶然的、多元的、主观的历史所代替，真实与虚构之间的沟壑被填平。也正是在这些偶然性、不足为道的

---

[1] 《马克思恩格斯全集》，第 7 卷，1959，第 72 页。

小事件中，个人命运在历史中的阴晴圆缺才得以展现得更有戏剧性。包含个体价值和生命景观的个人话语开始显露出重要的意义，正如偶然性的萨利姆传递出的是作者对于历史理性的反思和宏大历史掩盖下个人微观命运的深刻关照。人物的命运在诸多的巧合与偶然之中捉摸不定，这才是生命最真实的写照。

萨特曾说："存在是自在的，它既无法从可能中产生，亦无法归结于必然性……一个存在的现象无法从同样一个存在中抽离。"① (This means that being can neither be derived from the possible nor reduced to the necessary…An existing phenomenon can never be derived from another existent qua existent.) 这就表明，事物脱离必然性逻辑的偶然性存在之原因是不固定的，对于偶然性的巧合事件的解释也不是唯一的。后现代主义历史小说在强调偶然性历史和人物的同时巧妙地利用了偶然性历史释义的多元化特征，继而导致历史具有不确定性的特征。

比如，在《福楼拜的鹦鹉》中，偶然性的历史贯穿于整个故事的发展过程。历史首先由巧合引起：主人公布拉韦斯特在主宫医院和克鲁瓦塞的博物馆里同时发现了两只外表相似的鹦鹉，而两家博物馆都宣称自己保存的鹦鹉是福楼拜真正用过的"露露"的原型。这一偶然性的巧合事件引起了叙述者对真相狂热的追寻，开启了对福楼拜细致入微的全方面考察。然而故事的最后，又一巧合性的事件终止了叙述者的努力：在自然博物馆里，他发现竟然有五十只类似的鹦鹉，此前两家博物馆里的鹦鹉都是从这里借出去的。因此，若想找出那只真正的"露露"已然成为不可能完成的任务。巧合的开始和巧合的结局戏谑般地完成了整部历史的叙述，它们的存在严重消解了宏大历史统一性和规则性的力量。最终叙述者也未能对历史的真相给出唯一的合理解释，而是以应付般的口吻打发了同样追寻历史进程的读者的疑问。然而，正是在这种不确定性的历史中，历史的理性才被逐渐消解，宏大历史所湮没的个人话语开始得以凸显。布拉韦斯特通过偶然性事件实现了对历史的重新建构和想象，呈现出个人对历史真实的理解和感悟。

---

① Jean-Paul Sartre, *Being and Nothingness*: *An Essay on Phenomenological Ontology*, trans. Hazel E. Barnes, London and New York: Routledge, 1969, p. xiii.

而在《水域》中，多重主人公的出现也彰显了后现代历史的不确定性。虽然整部小说由汤姆·克里克一人承担叙述任务，但汤姆的叙述并不具有完整性。汤姆当下的生活、其妻玛丽的历史、迪克的历史、克里克氏和阿特金森氏的家族史、芬斯区的历史等内容将汤姆连贯完整的往昔追忆割裂成诸多个人历史的影像。其中每一个影像都是反映汤姆历史命运横截面，承载了汤姆对历史的反思和思考。叙述者对每一位人物历史的追溯都同其叙述自身故事一样，给予了几乎等同的重要性。传统小说中作为描述核心的唯一主人公裂变成多个，历史叙述的中心遭到遣散。在麦基看来，多重主人公的出现"大大削弱大情节的那种过山车般的动感力度，创造出一种自20世纪80年代以来渐趋流行的小情节的多情节变体"。[①] 这种变体将读者的情感引向多个方向，分散了聚焦在某一或几个个别人物上的厚重情感，在一定程度上"柔化了故事的讲述过程"。[②] 而当这一柔化过程同历史素材相结合时，宏大的历史就被均分到多重人物身上。围绕某一核心人物的、封闭完整的历史过程展现转变为个人化的小型历史倾诉。人物不再作为叙述者的工具去承担建设政治理想和传达意识形态的宏大历史任务，而是作为历史的重心获得了对个体命运起伏的深刻关照，实现了个人价值的意义。

当然，后现代主义小说中历史的不确定性表现除了结论和主人公的不确定性之外还有很多方面，如在《午夜的孩子们》中，萨利姆频繁地公开承认记忆的不准确性，这也是不确定历史的重要表现：

> 帕德玛很温和地问："那是什么时候的事？"我不假思索就回答："春天里的某一天吧。"我突然想到，自己又犯了一个错误——原来1957年的选举，发生在我十岁生日之前，而非之后，但我仔细回忆，我的记忆就是顽固地不肯更改事件发生的顺序。这真让人担心。我不知道出了什么问题。[③]

---

① 〔美〕罗伯特·麦基：《故事——材质、结构、风格和银幕剧作的远离》，周铁东译，中国电影出版社，2001，第58页。

② 同上书，第59页。

③ Salman Rushdie, *Midnight's Children*, Vintage, 1995, p. 222.

萨利姆记忆的失误表明，来自记忆的历史是不可靠的，因为人的记忆是未经证实、不准确的主观产物。历史中所掺杂的不准确的成分正是人们心理结构的深层体现。随着人类知识特别是心理学领域的发展，作家开始在写作中越来越深地涉及个人经验的潜意识和无意识领域。[①] 意识领域中历史因素的不确定性将后现代主义历史小说对个体生命的关注导入本质层面。在后现代主义历史小说中，淹没在历史洪流中随波逐流的人物命运被放大，人物已不再承担叙述者政治意图的工具化职能，家族或个人的历史成为解释和理解历史的最小单位。

三　体验化与欲望化的历史叙事

国内学者蔡爱国在研究中国当代历史小说时曾提出一个令人深思的问题："我们为什么要读历史小说？"在他看来，阅读历史小说的一个很重要的目的在于"通过了解历史的个人确立自己的位置"。[②] 历史小说通过对历史材料的掌握诠释历史过程，调动起"内心深处的那些沉睡的文化因子"，[③] 敦促读者体味历史的重量。因此，可以说，历史小说存在的一个重要意义即引导读者对历史产生理解、感知、体味和领悟。

然而，在英国历史小说文类中，这种由历史产生的阅读体验对于不同形态的历史小说有很大的差别。为了能够更为清晰地展现这一差别，这里选取叙事学理论为研究的切入点，试图通过小说叙事视角的变化来讨论英国后现代主义历史小说中历史体验的独特性。其实，选取叙事学中视角相关问题来进行阅读体验的论述并非随意性事件，因为叙述者的取位问题本身就是影响读者阅读体验的关键因素。叙述视角在一定程度上决定了历史感的传递方式和程度，也能够反映历史中个人成分随文类形态发生的变迁。

所谓的叙事视角在法国文论家热奈特（Gérard Genette）那里即"聚焦"。热奈特将传统叙事作品中"叙述者比任何人物知道的都多"的类型称

---

① David Lodge, "The Novelist at the Crossroads," *Critical Quarterly*, 2 (1969), pp: 105 – 132.
② 蔡爱国：《中国当代历史小说的叙事策略与文本分析》，苏州大学博士学位论文，2006，第176页。
③ 同上。

为"无聚焦"或"零聚焦"叙事（zero focalization），用公式表示即"叙述者＞人物"；将"叙述者只说某个人物知道的情况"的类型称为"内聚焦"叙事（internal focalization），其中又可分为固定式、转换式和多重式，用公式表示即"叙述者＝人物"；将"叙述者说得比人物知道的少"的类型称为"外聚焦"叙事（external focalization），用公式表示即"叙述者＜人物"。①

照此看来，传统的英国历史小说大多采用"零聚焦"，即全知全能的叙述模式。叙述者已知历史进程的方方面面（比任何人物知道的都多），他相信历史撰述并对自身把握历史真实的能力有极大的自信。此前对于传统历史小说真实性与虚构性关系的研究表明，叙述者全面掌控着小说人物的命运和历史的进程，尽其所能地通过各种方式，如引言、注释、献辞、评论等向读者阐明和强调史料的来源渠道、史料的利用方式，以及所述历史的客观真实性。这一行为在证实故事可信性的同时，也向读者宣告了叙述者针对历史讲述的权威性。叙述者直接在文章中毫不忌讳地现身，与读者讲话正是这种叙述权威性最明显的体现："特别是在叙述以往发生的事件时，叙述人往往通过与（潜在）读者的直接对话来获取某种程度的可信性，叙述人从而通过讲述人与听众之间的默契来获取叙述的权威性。"② 在这些对话中，叙述者或体谅读者的阅读体验（如"但要是将他们的谈话原汁原味地记下来，现代读者可能没法理解，因此我们只能提供以下的译文"③），或为自己对史料的"过分注重"向读者道歉（如"比之组织一个毕竟是矫揉造作和拼凑的情节来，我一直更希望详细描述各种习俗。由于感到自己无法把一本好小说的这两个要求结合起来，我只得感到遗憾"④），表现了作者与读者之间亲和信任的友好关系。

但从另一个角度而言，这些洋溢着对读者"充分关爱"的谦和之辞从侧面彰显了全知叙述者对历史真实和情节进程拥有强大的钳制力，有欲擒故纵之嫌。叙述者表面上的"自揭其短"和"坦承相让"实际上却进一步巩固

① 〔法〕热拉尔·热奈特：《叙事话语　新叙述话语》，王文融译，中国社会科学出版社，1990，第129～130页。
② 王建平：《美国后现代小说与历史话语》，中国人民大学出版社，2012，第23～24页。
③ Sir Walter Scott, *Ivanhoe: A Romance*, New York: Bantam Dell, 1988, p.7.
④ 瓦尔特·司各特：《古董家》，陈漪、陈体芳译，上海译文出版社，1986，第1页。

了历史叙述的真实可信性。这些"瑕不掩瑜"的舛误和偏差是人类在追溯历史过程中不可避免的成分，承认它们存在也就意味着展现了叙写历史的信心。就这样，被宏大历史话语掌控的叙述者也将读者引入了同样话语的影响范围之内，使其与自身一样，成为官方历史话语的持有者和体验者。叙述者的全知全能在向读者灌输官方历史的过程中起到了重要的掌控和引领作用。因此，在传统历史小说中，叙述者以友好的方式向读者传达的是一种集集体化、政治化、民族化于一身的宏大历史体验。

然而，在后现代主义历史小说中，全知全能的叙述者几乎已经销声匿迹，取而代之的是一种"外视角"的历史叙述方式。国内学者申丹在热奈特叙事理论的基础上进一步细化了小说聚焦类型，提出零视角、内视角、第一人称外视角以及第三人称外视角四种聚焦模式。其中零视角即热奈特所指的叙述者知道的比任何人物都多的全知全能叙事视角；内视角则包括了热奈特"内聚焦"中固定式内聚焦、转换式内聚焦以及多重式内聚焦三种类型的聚焦方式，但其中的固定式内聚焦视角除了包括第三人称"固定性人物有限视角"之外，还包括第一人称主人公"我"以及处于故事中心的"我"正在经历事件时的视角；第一人称外视角则包括了回顾性第一人称"我"追忆往事的眼光以及处于故事边缘的观察者"我"的眼光；第三人称外视角即热奈特提出的"外聚焦"视角。①

在这里，申丹明确提出了"第一人称外视角"与"第三人称外视角"，并对二者之间的区别做出重要的阐述。事实上，这两种视角在后现代主义历史小说中都得到了广泛的使用。首先来看"第一人称外视角"：

> 在第一人称回顾性叙述中（无论"我"是主人公还是旁观者），通常有两种眼光在交替作用：一为叙述者"我"追忆往事的眼光，另一为被追忆的"我"正在经历事件时的眼光。这两种眼光可体现出"我"在不同时期对事件的不同看法或对事件的不同认识程度，它们之间的对比常常是成熟与幼稚、了解事情的真相与被蒙在鼓里之间的对比。②

---

① 申丹：《叙述学与小说文体学研究》，北京大学出版社，2001，第 203 页。
② 同上书，第 223 页。

其实，在传统历史小说中，出现第一人称的情况并非完全不存在，只不过即便出现第一人称"我"，那也"只能保持一个谦卑的姿态。……最好销声匿迹，隐于幕后，让历史自行上演；即使被迫上场，'我'也仅能知趣地充当一个局外的记录员"。① 而后现代主义历史小说中的第一人称回顾性叙述同时表述了两种自我：一是当时正在经历事件时的"经验自我"，二是对往事进行追忆和点评的"叙述自我"。两种自我交替出现在第一人称外视角的回顾性叙述中，使叙述展现了"我"在时间发展历程中对事件缘由、经过以及结果的理解、思考和评价，体现了"我"在成长过程中对事件看法的不断改变。

这种兼顾回忆和评论的视角因秉承后现代主义历史小说反思性、自指性的特质而得到了广泛的运用。通过观察，我们发现，相对于传统历史小说而言，叙述者"我"的大量出现成为后现代主义历史小说显著的特征，被传统全知视角所压制的主观视角开始实现历史叙述的权利。比如，在《水域》中，叙述者汤姆从第一人称的角度回忆了包括自身在内的诸多人物的历史，其间还以当下作为历史教师的身份反思了人物历史构成的本质、特征等种种因素：

> 那么，当远方的世界书写着战争的年表，当玛丽告诉我有关她鳏居的父亲和圣·冈希尔达的修女（做一个小圣母多难）的事情，当我告诉玛丽有关我那瘸腿且同样鳏居的父亲的事情时，站在渠边阴凉处的我如何避免口气中带有对哥哥的怜悯？（嫉妒和不断增长的懊悔是如何变成施舍的？）玛丽又是如何避免坦白早在河渠之事那天之前她就已经感到好奇了？②

如此，第一人称叙述者在回顾的行为中除了展示处于事件中的经验自我所经历的故事之外，叙述自我的反思性声音将个人的历史叙述引入更深层次

---

① 南帆：《文学的维度》，中国人民大学出版社，2009，第188页。
② Graham Swift, *Waterland*, London：Picador, 1992, pp：247 – 248.

的探讨和思考。对于经验自我和叙述自我两种视角，申丹专门讨论了"究竟哪一个才是第一人称回顾性叙述中的常规视角"这一问题。她指出，如果传统全知视角是依据叙事常规来叙述事件的话，那么"第一人称叙述者对往事的观察则是自然而然的"。[①] 因此，在回顾性叙述中，"叙述者从目前的角度来观察往事的视角为常规视角"。[②] 而后现代主义历史小说中的元叙述成分将这种常规视角打上了个人历史理解的烙印，回顾性的第一人称历史讲述因而具有了个人历史体验的特质。[③]

视角问题的另一种情况是第三人称外（有限）视角，"在 20 世纪初以来的第三人称小说中，叙述者往往放弃自己的眼光而采用故事中主要人物的眼光来叙事"。[④] 这是一种与第一人称回顾性视角相似的视角类型，因为它们的聚焦者均为故事内的人物。对于传统全知全能的叙述情况，叙述者置身于故事之外，对故事的进程持有极大的权威，掌控情节的发展方向，而在第三人称外视角中，叙述者附身于某一个或多个人物身上，转而用聚焦人物的眼光观察事物，不再全知全能。

这种视角运用在后现代主义历史小说中的一个明显表现是，同一历史事件由不同的人物反复讲述，继而对同一事件产生矛盾的看法。比如，小说《赎罪》中，在叙述的主体部分，始终有三个平行的视角——布里奥妮、罗比，以及塞西莉亚的视角共同讲述故事的发展进程，而这三个视角几乎从未统一过。特别是布里奥妮所观察到的事实同罗比和塞西莉亚所经历的事实之间总是有巨大的偏差。以"喷水池事件"为例，叙述者首先从塞西莉亚和罗比的视角出发，描述了整个事件的经过：塞西莉亚和罗比在争抢一个古董花瓶的过程中不慎将瓶沿的一块瓷片掰落掉入水池中。正当罗比脱掉衣服准备入水打捞瓷片之时，赌气的塞西莉亚却先他一步，"踢掉拖鞋，解开扣子，

---

① 申丹：《叙述学与小说文体学研究》，北京大学出版社，2001，第 227 页。

② 同上。

③ 之所以强调这一点，是因为在传统的历史小说中并非没有出现过第一人称叙述者的情况，如《亨利·艾斯芒德的历史》就是一部以叙述者父亲亨利·艾斯芒德上校为第一人称进行的自传性回忆，但这种回忆多以经验自我，也就是处于故事中心的自我经历为主要内容，偶尔出现的叙述自我并未产生对历史知识本质的评价和理解。因此，传统历史小说中的回顾性叙述依然归顺于宏大的历史话语，并未形成对个人化的反思。

④ 申丹：《叙述学与小说文体学研究》，北京大学出版社，1998，第 222 页。

脱了衣服，又解了裙子，然后朝水池的护墙走去"。① 她认为"拒绝他的帮助，拒绝他任何的补救机会，这就是对他最好的惩罚"。② 然而，当这一过程被站在楼上窗口处的布里奥妮看到时，事件的性质发生了戏剧化的改变。紧接着叙述者又从布里奥妮的视角出发，重新描述了罗比和塞西莉亚在水池边的纠葛：

> 罗比高傲地抬起一只手来，仿佛正向塞西莉亚发号施令。奇怪的是，姐姐竟然拗不过他，开始飞快地脱去自己的衣服。现在她的裙子都滑到了地上，而他则双手叉腰，一脸不耐烦地看着她从裙子里跨出来。他到底向她施展了什么魔力？勒索？敲诈？布里奥妮不禁双手捂脸，从窗口后退了几步。看着姐姐遭受这般羞辱，她觉得自己该把眼睛闭起来。③

又比如在"藏书室事件"中，叙述者首先从布里奥妮的视角出发，描述了她在藏书室门口的所见所闻："她看到了最远处角落里他俩深色的身形。尽管他们一动不动，但她立刻明白是她中断了一次袭击，一场肉搏战。……布里奥妮越过罗比的肩膀，瞪视着她姐姐惊恐的眼睛。……他看上去是那么巨大而狂野，而裸肩细臂的塞西莉亚显得如此虚弱无力。"④ 然而紧接着在第十章中，叙述者却从塞西莉亚和罗比的视角描述了二人相互爱慕的热情举动，情况完全不是布里奥妮所看到的那样。这种由第三人称外视角所产生的叙述偏差同样也发生在拜厄特的《占有》中。在第十五章《北方神秘之旅》中，关于艾许和兰蒙特的约克郡浪漫之行，叙述者也采取了不同人物的观察视角，共有五个人物对这同一事件表达了不同的看法。在艾许日记、布兰奇日记、传记学家克洛伯的作品、艾许写给妻子的信件，以及叙述者的讲述中，众人对此次旅行的性质产生了不一样的观点。

---

① 伊恩·麦克尤恩：《赎罪》，郭国良译，上海译文出版社，第 34 页。
② 同上。
③ 同上书，第 43 页。
④ 伊恩·麦克尤恩：《赎罪》，郭国良译，上海译文出版社，第 136～137 页。

以上分析表明，无论是第一人称回顾性视角还是第三人称外视角，其在英国后现代主义历史小说中产生的一个必然影响就是历史非理性成分的突出。传统历史小说在历史进步观的影响下以因果逻辑关系为串联符码的大情节让位于由人物主观感受导致的私语化个人倾诉。传统全知叙述者冷静、客观的叙事眼光被带有反思性的偏见眼光和感情色彩所取代，理性而宏大的历史话语转化为感性而私密的个人话语。统一的历史陈述主体被矛盾性的主观观察所消解。

如前所述，人们阅读历史为的是从史书中获取对历史知识的理解和领悟。在传统历史小说中，这种理解和领悟对史料具有很强的依赖性。史料的详细与否直接决定了读者对历史理解程度的高低。因此，尽可能地掌握丰富的史料对于传统历史小说创作而言是营造历史感和激发读者历史想象的重要手段。然而通过分析可见，在后现代主义历史小说中，读者对于历史的感悟已经由对史料的依赖转为对叙述者个人历史话语的倾听。宏大整体化的历史碎裂成片段式的私人史，个人化的历史得到了最大限度上的凸显。叙事已经成为"一种个人行为"。[1] "……许多时候，叙事的可信与否代替了历史事实的真实与否。于是，历史退缩到了叙事的阴影下面，等待'我'的驱遣和支配。"[2]

从另一个角度来看，本书对后现代主义历史小说中个人历史叙述视角的分析不仅回答了"为什么要读历史小说"这一问题，还间接回答了"为什么要创作后现代主义历史小说"这一问题。在笔者看来，无论是掺杂个人历史见解的第一人称回顾性视角还是体现同一事件不同看法的第三人称外视角，最终凸显的都是被宏大集体历史话语所遮蔽的个人。传统历史小说讲述的是"我们"的历史，是集体的历史；而后现代主义历史小说中倾诉的是"我"的历史，是个人的历史。因此，当代人书写历史，并非像传统历史小说那样期待立即实现历史的借鉴作用，也并非为了宣扬政治立场和意识形态的主导作用，而是出于一种个人化、私密化的信仰和动机，其中包含着无以言说的个人私欲。比如，《水域》中汤姆重构过去，"从某种意义上说是为

---

[1] 南帆：《文学的维度》，中国人民大学出版社，2009，第188页。
[2] 同上。

了阐释和逃离无法摆脱的现在"；① 《时间箭》中纳粹军医托德逆转时间的矢量性，为的是通过重新叙述大屠杀以洗刷自己罪恶的魂灵；《白色旅馆》中丽莎的历史本身就是一个拯救个人心灵的私密故事；《赎罪》中布里奥妮"试图用小说来纠正她因小说而犯下的错误"。② 这些后现代主义历史小说的主人公身上都带有不同的创伤，都意图通过讲述一个私人化的历史故事来释放缓解创伤的欲望。在回顾往事的过程中，叙述自我不断地纠正经验自我犯下的种种错误，为自我走出创伤提供可能。由此，后现代主义小说在取缔了传统历史建构单位之后，重新构筑了观念中的历史客体：

> 由原来着眼于主体历史的宏大叙事而转向更小规模的家族甚至个人的历史叙事，由侧重于表现外部的历史行为到侧重揭示历史的主体——人的心理、人性与命运；由原来努力使历史呈现为整体统一的景观到刻意使之呈现为细小的碎片状态；由原来表现出极强的认识目的性——揭示某种历史规律——到凸显非功利目的隐喻和寓言的模糊化的历史认知、体验与叙述。③

如此，历史的欲望书写让后现代主义者对历史事件的起因做出了世俗化的解释，从而解构了被宏大话语所把持的历史规律。历史不再是宏大正义、客观公正的，而是隐匿了人性中最为根本的诉说欲望。推动历史洪流滚滚向前的不是客观历史规律而是个人的感情的倾诉欲望，历史走向也是由个人的书写意愿所决定的。集体历史观下对个人的书写导致的是个人心理的集体化和一统化，而体验化和欲望化的历史彰显的是被集体遮蔽的真实人性。于是，大写的、唯一的历史被小写的、多元的历史所取代，历史叙述完成了由宏大化、公共性向个人化、私密化的转变。阅读历史成为一种个人话语的体验。

---

① 郭国良：《译者前言》，载格雷厄姆·斯威夫特《水之乡》，郭国良译，译林出版社，2009，第4页。
② Brian Finney, "Briony's Stand against Oblivion: The Making of Fiction in Ian McEwan's 'Atonement'," *Journal of Modern Literature*, 2004 (3), pp: 68 - 82.
③ 王建平：《美国后现代小说与历史话语》，中国人民大学出版社，2012，第13页。

结　语

自 1814 年《威弗利》出版至今，英国历史小说已经走过了整整两个世纪的发展历程。在经历了现实主义、现代主义以及后现代主义三次重大文化思潮的冲击之后，文类的内涵和外延均发生了变化，具有明显的嬗变痕迹。然而，目前国内外针对英国历史小说的探讨以共时性研究居多，未能充分关注到其在发展过程中存在的连贯性和整体性，最终导致文类概念的模糊和文类独立性的减弱。对此，俄国形式主义程序诗学的文类理念为以上问题开出一剂良方。该诗学强调以发展的眼光看待文类的演变。它不仅承认文类嬗变过程中所产生的新的文本形式，而且以"程序"为单位对文类内涵的传承方式做出清晰的阐释，成为本书重要的理论切入点和研究工具。

俄国形式主义将文类的特征程序称为"规范程序"，即特定时期一种文类的定义内涵以及对其内涵的阐释。规范程序不是静止不变的，而是与时俱进的，它随着理论思潮、社会环境、文化背景的变迁不断变化。据此，在程序诗学的视阈下，英国历史小说文类展现出了完整而连续的发展脉络。卢卡奇、弗莱希曼、柯沃特、斯坎伦、哈琴等理论家相继在不同思潮和史观的影响下对历史小说文类的规范程序做出阐释，表明了文类的阶段性特征。在文类程序的演变过程中，固有不变的通约程序是文类保持其名称的重要依据。史料运用程序、历史想象程序、时距采纳程序，以及主体建构程序是历史小说文类重要的通约程序。而由以上程序所引申出的研究维度，即真实性和虚构性维度、时代性维度、个人与历史关系维度则是本书对英国历史小说文类进行讨论的三大面向。

在真实性和虚构性维度上，英国传统历史小说家受西方批判求真史学精神和 19 世纪客观实证史学的影响，在处理史料过程中表现出肯定、自信和谨慎的态度。小说中的历史想象不仅符合"历史 2"的记载，还受到"历史 2"所容纳的整个社会内部规律的制约，是"历史优先原则"之下的合理想象。进入 20 世纪，西方批判历史哲学开始了对历史知识客观性的质疑，完成了史学理论从 19 世纪科学主义向 20 世纪人文主义的现代转变。在这种情况下，英国历史小说也开始了对历史真实客观性的质疑。代表主观真实的"历史 2'"取代代表历史真实的"历史 2"成为小说创作的指向。历史小说由"客观地反映历史现实"转向"客观地反映历史意识"。叙述的历史由人物史和事件史转向心灵史和心理史。与之相关联，新生成的"历史 3"则成为历史（主观）真实和历史想象统一的产物。相应地，现代主义历史小说中的想象成为"心理真实（历史 2'）优先原则之下的合情想象"。20 世纪中后期，西方史学的叙事主义转向使历史的话语本质得到重视。这在英国后现代主义历史小说中表现为"历史 1"的不可及性和"历史 2"的虚构性，并最终导致了历史的多元化。通过对诸多可能"历史 2"进行展示，后现代主义历史小说中的"历史真实"已被"历史 2*"，即"可能的真实"或"多维的真实"所取代。

在时代性维度上，西方史学自希罗多德时起就强调"经世致用"的社会功能，认为史学必须具备"保存功业，垂训后世"的实际功用。作为同历史素材发生关联的文学类别，历史小说具备一定的社会实践功能。19 世纪英国传统历史小说家怀有强烈的"以史为鉴"的目的和意识。他们立足于现世重访过去，通过讲述一个发展完全的故事为现代境遇寻找前进的方向或向现代危机发出警示，体现了历史小说"以史为鉴"的社会功用。20 世纪西方史学开始了对线性进步史观的质疑。休谟、叔本华、尼采等非理性主义哲学家对机械论科学的批判和否定，打击了科技理性为人们所带来的乐观态度。对主观精神世界的重视、新颖的创作技巧，以及历史小说文类本身对社会意义的指向让现代主义历史小说在实现其时代性功用的过程中产生了三种规避效果，从而导致小说产生了一种超越理性的、不受时间限制的、永恒的凝聚力，为焦虑悲观的时代搭建起临时的心理避难所。后现代主义历史观拒斥了自文艺复兴和启蒙运动以来形成的代表终极理想的"宏大叙述"，历史知识的多元化开始生成，边缘话语的地位逐渐得以凸显。战后英国帝国的没落、移民的涌入、女性的崛起使边缘化的群体发出长久被压抑的声音。后现代历史小说家使历史知识中的叙述成分现身于创作的前台，破坏了历史话语真实可信的权威，从而让历史具有了多维性、多元化的特征。对于边缘群体的重新记载和描写，让读者看到同官方记载不一样的解释。严肃的读者极有可能以实际行动去查阅资料、考证历史，探究真正的历史真相。而这正是后现代主义历史小说重要的时代意义所在。

在个人与历史关系维度上，英国传统历史小说将历史和个人之间的关系诠释为"舞台对演员的掌控"，小说人物的命运受制于重大历史事件的发展进程。他们贴着时代性的分类标签，服务于广阔的历史图景，用自己的命运阐释历史的线性进程。在维多利亚中后期，英国历史小说中的人物不再是历史的附庸，而是更为独立地在历史长河中演绎自己的命运。历史小说文类也开始了从描述历史中的个人向讲述个人化的历史转变。一度受制于历史发展的个人命运走向也开始脱离历史的桎梏，具备了自我展现的能力。小说中的历史成分让位于个人意识的成长，相比传统历史小说开始缩水。在后现代主义历史小说中，理性而宏大的历史话语转向感性而私密的个人话语。历史的欲望书写使后现代主义者对历史事件的起因做出了世俗化的解释，从而解构了被宏大话语所把持的历史规律。历史不再是宏大正义、客观公正的，而是隐匿了人性中最为根本的诉说欲望。大写的、唯一的历史被小写的、多元的历史所取代，历史叙述完成了由宏大化、公共性向个人化、私密化的转变。阅读历史成为一种个人话语的体验。

在以上由通约程序引申出的三大研究维度中，英国历史小说文类伴随着西方史学理论和文学思潮的变迁展现了"同名"下的"异象"之处，完成了一条连贯的发展路线。

按理说，通约程序理应对文类的性质和特征具有决定性的作用，否则便不能作为读者识别文类的依据，但通过研究，本书认为，通约程序对文类的决定作用只是表面的、习俗性的，并非本质性的。当然，这与通约程序本身的性质有关。托马舍夫斯基根据文学界对于具体程序的评价倾向，将体裁的程序分为"可察程序"（perceptible device）和"不可察程序"（imperceptible device）。① 很明显，作为文类的特征程序，规范程序是可察的、表面的程序，主导并支配着其他程序。由规范程序提炼出的通约程序也理应属于文类的可察程序。因而，通约程序对于文类的属性仅仅起到识别性的作用。那么，是否另有他者能够对历史小说文类进行本质性的描述？换言之，在通约程序下，本书讨论了英国历史小说文类的"同名异象"，"异象"之下是否又有"同"呢？

如前所述，受客观史学影响的传统历史小说创作在肯定了"历史2"存在的基础上力求在"历史3"中实现历史真实与艺术想象的统一，达到"历史2"优先原则之下的"合理"想象。此处的"合理"一词表明，在意识到小说中不可避免的虚构成分存在之后，传统历史小说家并未毫无根据地进行任意想象，而是依照"历史2"及其指向的社会内部规约进行有逻辑因果关联的适当推测和虚构。同时，为了保证这一行为的顺利完成，小说家必定要采取一系列的机制和措施实现情节虚构对"历史2"的顺从与和谐。这些机制包括在本章第一节中已经谈到的"非小说文本"的插入、将想象和虚构的重点放在名不见经传的小人物身上、援引相关资料对小说情节进行说明和验证等。这一行为恰恰暴露了历史小说文类所隐藏的另一道重要程序——"可信性"。这道程序的存在是由"历史3"作为历史真实与艺术想象的统一体通往艺术效果的最终审美指向——读者一端的过程中被挖掘出来的。

历史小说作为一种与历史素材发生关联的特殊文类，必然面临着弥合历史真实和想象虚构之间间隙的问题，但这种弥合的最终效果如何还是要由具有审美决断力的读者来评判。与其他小说读者不同，历史小说的读者具有一定的特殊性，因为历史小说书写的题材是"已经存在过的人和已经发生过的事"，而且这些人和事有些可以在现存史书上找到相关记载。即便是虚构的内容，严肃的读者亦能够从史料上了解到与之相对应的社会背景。因此，不仅历史小说家拥有知晓事件发生结果的"特权"，历史小说的读者也有接近史料的可能。

从对历史知识掌握的角度来看，历史小说的读者大体可以分成两类：一

---

① Boris Tomashevsky, "Thematics," in Lee T. Lemon & Marion J. Reis trans., *Russian Formalist Criticism: Four Essays*, Lincoln and London: University of Nebraska Press, 1995, p. 92.

类属于专业读者，即对相关历史事件的概况有所掌握的人；另一类则属于普通读者，即需要通过阅读小说才能知晓当时事件的人。但历史小说的独特性在于，它的第二类读者可以转化成第一类读者。欧文（Carruthers Irwin）就曾指出，历史事实可以被真实或者不真实地展现，但读者总是可以从史书上去核实。虚构的角色可以忠于或者不忠于外部的环境，但读者总是可以察觉其真伪。① 所有的历史，哪怕再远古的历史，再不清晰的表述，都能够被有能力的读者（competent readers）所理解。② 因此，历史小说的读者从来都不是被动的。在这种情况下，传统历史小说家在历史真实优先原则下进行的合理想象就必须要通过读者这一关的"审核"，说服读者相信其历史想象的合理性。如此，历史小说的"可信性"程序就被凸显出来。

"可信性"程序是指小说家在完成"历史3"的建构之后并使其在读者中生效的过程。这一程序之所以不容易被挖掘出来，是因为读者对真实的审美和对可信性的审美是可以交叉重叠的。只有当二者产生分歧的时候，"可信性"的存在才得以凸显。比如，在《艾凡赫》中，当城堡着火之时，丽贝卡没有抛弃受伤的艾凡赫，而是选择和他留在城堡共生死。此时，小说情节的可信性与历史想象的真实性重合在一起，保障了历史真实与艺术虚构在"历史3"中的统一。然而，在故事的结尾，丽贝卡并未同艾凡赫终成眷属而是选择了远走他乡。对此，众多读者扼腕叹息，颇为不满。③ 历史想象与可信性之间又产生了张力。但也正是这种张力暴露了历史小说可信性程序的存在。试想若无"可信性"的约束，仅仅根据作者的艺术想象，艾凡赫与丽贝卡之间的结合自然是毫无遗憾的最佳结局。然而，历史真实却要求在中世纪的历史背景下，作为犹太教徒的丽贝卡不能嫁给基督徒艾凡赫。这一艺术想象同历史真实之间的落差让历史小说文类的可信性程序浮出水面。在可信性的"暗中操作"下，历史真实最终驾驭了艺术想象，造就了"令读者信服"的结局。

---

① Carruthers Irwin, "Historical Novels," *Greece & Rome*, 1936 (15), pp: 177–181.

② Hans Kellner, "Language and Historical Representation," in Keith Jenkins ed., *The Postmodern History Reader*, London: Routledge, 1997, p. 127.

③ Judith Mindy Lewin, "Legends of Rebecca: Ivanhoe, Dynamic Identification, and the Portraits of Rebecca Gratz," *A Journal of Jewish Women's Studies & Gender Issues*, 2006 (10), pp: 178–212.

　　现代主义历史小说由于主观真实的不可查阅性，其可信性的建立则同人物的心境和当下社会的现实具有密不可分的联系。比如，在《奥兰多》中，主人公性别和身份的异变虽然是对主流历史的超越和讽刺，但其蕴含的小说家对于两性关系、文学传统、作家品质等诸多社会现实问题的思考又使得奥兰多的生命轨迹符合当代人心理的现实。因此，即便奥兰多身份的变化已经超出了客观理性的逻辑，但并未违背读者心理实际，依然是让读者信服的。"历史 3"中主观真实与历史想象的统一依然以"可信性"为通达读者端的重要保障。这也是《奥兰多》不同于一般幻想小说的重要特征。

　　在后现代主义历史小说中，历史已经具有了文本的虚构性，是一种虚构的叙事话语，其真实性和客观性遭到彻底颠覆。后现代主义历史小说以多元化的小历史代替了唯一性的大历史，实现了话语权利的下放。不过，后现代主义历史小说家在指出"历史 2"虚构性和文本性的同时是否也掏空了自身构建"历史 2*"的根基？

　　本书对此问题的阐释涉及有关历史文学的一个重要概念：历史客观性。彭刚在《叙事的转向——当代西方史学理论的考察》一书中专辟章节详细讨论了西方史学理论的客观性问题，展现了历史学在不同阶段对于客观性的诉求。19 世纪的历史学家致力于如实呈现过往的历史，因而史学的客观性一方面来自"批判性的经验"，另一方面来自史学家不偏不倚的中立态度。[1] 然而到了后现代主义者这里，历史客观性的定位发生了偏移。他们意识到，历史学家根本不可能在编史的过程中完全控制住自己的喜恶，所有呈现在人们面前的史料都经过人为的选择。对此，"史家的主观因素对于历史认识而言，就终究不过是一种无法摆脱的累赘吗？"[2] 彭刚指出，在德国历史主义看来，历史研究同自然科学研究并不相同，前者研究的主体和对象都指向人类精神，而后者的主体同研究对象之间却是对立的关系。就此而论，"历史学的客观性就应该包括历史学家的主观性在内，真正的客观必须是承认主观因素的客观"。[3]

---

① 彭刚：《叙事的转向——当代西方史学理论的考察》，北京大学出版社，2009，第 159 页。
② 同上书，第 161 页。
③ 同上书，第 163 页。

　　由此，历史客观性的定义发生了重要的转变。主观因素由客观性中被剔除和避免的成分转而成为其中不可缺失的组成部分。如加登纳所说，"要获得对历史解释真正有洞见的看法，只能是接受而不是怀疑历史学家丰富的词汇，避免试图迫使它们落入先入为主的模式"。① 这就意味着，其实传统和后现代史学中都存有主观因素，二者的区别正在于是否承认该因素的存在。传统史学认为，通过一定的努力，史家的主观因素可以避免；但后现代史家却从未承认过主观因素的可避免性。然而，从另外一个角度来看，两类史家也有共同之处，二者最终指向的都是历史客观性的旨归：传统史家追求的是单纯的抛开主观意识的史料之"真"，而后现代史家在承认主观因素的基础上最终指向的亦是史料的"客观性"。只不过前者是"较低的层面"，后者则是"较高的层面"，并"要求整个文本的'恰当性'和'可接受性'"。② 同样地，后现代主义历史小说家作为某种程度上的历史学家也意识到了传统历史编纂过程中的人为主观因素。但即便如此，他们还是未能跳出传统编史的过程。换言之，虽然后现代主义小说家通过采取诸如元叙事等自曝虚构的手段戏仿了传统编史过程，并以此来揭露传统历史真实的虚假性，但此处模仿和暴露的仅仅属于所谓"较低层面"的客观性，在"较高的层面"，后现代主义历史小说并未放弃整个文本的"恰当性"和"可接受性"，即"可信性"。③

　　因此，在承认了主观因素的合法性地位后，后现代主义历史小说家捕获

---

① 〔英〕帕特里克·加登纳：《历史解释的性质》，江怡译，北京出版社，2005，第66页。
② 彭刚：《叙事的转向——当代西方史学理论的考察》，北京大学出版社，2009，第178页。
③ 举例来说，福尔斯在《法国中尉的女人》中通过塑造反叛者萨拉的形象重新叙写了维多利亚时代的历史。萨拉所代表的被男性霸权压抑的边缘之声实际上来自福尔斯。然而，萨拉形象的塑造并非没有依据。首先，福尔斯通过大量的史料整理、收集和分析营造出真实生动的维多利亚时代背景；其次，萨拉身上所具有的对世间芸芸众生的同情与理解，以及对压迫自由力量的权威的反叛完全有可能出现在19世纪的社会中。福尔斯以20世纪人文主义者的身份重新建构虽然同官方记载的发生矛盾，但他的建构是合情合理的，也具备"让读者信"的能力。建构的依据正是来自福尔斯站在20世纪史学观下对维多利亚时代权利与制度的合理思考。正如略萨所说："在任何虚构小说中，哪怕是想象最自由的作品里，都有可能钩沉出一个出发点，一个核心的种子，它们与虚构者的大量生活经验根深蒂固地联系在一起。"（〔秘鲁〕巴·略萨：《中国套盒——致一位青年小说家》，赵德明译，百花文艺出版社，2000，第12页）

的是另一层面的客观真实，即含有主观意义的真实。在这一过程中，历史小说家并未放弃对史料的搜集和加工程序，只是通过重新思考和分析，洞察出其中可能存在的内在逻辑，然后在此基础上通过真实或想象发生的事件传达出对历史新的思考和见解。这种思考"可能不是具体历史事件的真实，却是符合历史逻辑、情感逻辑、人伦逻辑的真实。这便是历史真实性的悖论"。[①]在这里，历史文学同历史撰述之间的差异就体现了出来。理论上讲，一部历史撰述只能代表史家的一种观点，对同一事件不可能同时并存相互矛盾的多种解释。然而在后现代主义历史小说中多种可能的解释却可以并存。每一个小历史的可信性并存，最终指向的是更高层次的可信——包含主观化的可信，实现的是更高层次的历史客观性。

另外，可信性程序对于历史小说文类社会价值的实现也具有重要的意义。传统历史小说通过讲述一个可信的故事，为现代社会困境找寻出路，给读者以启迪；现代主义历史小说在心理空间上所产生的可信性确保了读者在阅读和阐释中能够获得安慰性的力量；而后现代主义历史小说也是在"可信性"的基础上，让边缘文学形象颠覆了主流文学对其的记载和描写，促使严肃的读者以实际的行动去查阅资料、考证历史，探究真正的历史真相，最终实现后现代主义历史小说的时代性意义。因此，"可信性"所容纳的历史逻辑链是后现代主义历史小说社会意义生成的重要前提。

由上，本书提出，"可信性"是英国历史小说文类中一道重要的"核心程序"。正是它规划着小说在真实性和虚构性维度上对于"历史3"的建构，也促使着历史小说社会意义的生成，是文类品质和价值的重要保证。这一程序的暴露在一定程度上也是对俄国形式主义程序诗学系统的完善和补充。俄国形式主义的诞生，为的是反对文学的外部研究，提倡走入诗学语言内部，但它所指向的是一种"本身便具有内容"[②]的形式，并非与"内容"相对立的"形式"。核心程序的提出，进一步体现了作为内容的程序对文类发展的重要性，对俄国形式主义的动态性和历时性也有更深刻的说明。

---

① 王建平：《美国后现代小说与历史话语》，中国人民大学出版社，2012，第239页。

② 鲍·艾亨鲍姆：《"形式方法"的理论》，载茨维坦·托多罗夫《俄苏形式主义文论选》，蔡鸿滨译，中国社会科学出版社，1989，第30页。

　　针对本书的研究对象——英国历史小说文类，核心程序的发掘强调了在可察的、表面程序之下决定文类内涵和价值的关键要素。这让历史小说在长时间的发展过程中延续着源源不断的生命力。特别是在后现代历史真实被消解之后，历史小说还能够保持其文类的社会意义，没有落入历史虚无主义和极端元小说的实验主义，更加明确地表明核心程序对于文类的重要作用。或许这与英国现实主义艺术可信性传统的深远影响有关："英国后现代主义小说与美国及欧洲其他国家的后现代主义小说有一个明显的区别：它不像美国或欧洲其他国家的后现代小说那么激进、先锋，它始终将受到现实主义这种传统血脉的影响。"① 那么，在其他国家历史小说文类中是否也存在此核心程序？又或者除了"可信性"程序之外还有其他的核心程序决定了历史小说文类的演变？对于这些问题的回答将是笔者在历史小说文类研究领域继续前行的动力和目标。

---

① 钟鸣：《英国后现代现实主义小说探析》，《外国文学研究》1999 年第 1 期，第 39 页。

参考文献

一 著作

〔英〕A. S. 拜雅特：《隐之书》，于冬梅、宋瑛堂译，南海出版公司，2010。

〔法〕昂立·柏格森：《创造进化论》，肖聿译，华夏出版社，2000。

〔秘鲁〕巴·略萨：《中国套盒——致一位青年小说家》，赵德明译，百花文艺出版社，2000。

北京大学哲学系外国哲学史教研室：《西方哲学原著选读》（上卷），商务印书馆，2004。

〔意〕贝奈戴托·克罗齐：《历史学的理论和实际》，〔英〕道格拉斯·安斯利英译，傅任敢译，商务印书馆，1986。

〔美〕彼得·盖伊：《历史学家的三堂小说课》，刘森尧译，北京大学出版社，2006。

〔法〕柏格森：《时间与自由意志》，吴士栋译，商务印书馆，1989。

〔古希腊〕柏拉图：《法律篇》，张智仁、何勤华译，上海人民出版社，2001。

〔英〕蔡汀·沙达：《库恩与科学战》，北京大学出版社，2005。

曹文轩：《二十世纪末中国文学现象研究》，人民文学出版社，2010。

〔英〕查尔斯·狄更斯：《巴纳比·鲁吉》，高殿森、程海波、高清正译，上海译文出版社，1998。

〔英〕查尔斯·狄更斯：《双城记》，叶红译，长江文艺出版社，2012。

陈军：《文类基本问题研究》，北京大学出版社，2013。

陈新：《当代西方历史哲学读本 1967—2002》，复旦大学出版社，2004。

〔俄〕茨维坦·托多罗夫：《俄苏形式主义文论选》，蔡鸿滨译，中国社会科学出版社，1989。

〔德〕E. 卡西勒：《启蒙哲学》，顾伟铭译，山东人民出版社，1988。

〔英〕F. R. 利维斯：《伟大的传统》，袁伟译，生活·读书·新知三联书店，2009。

〔英〕弗吉尼亚·伍尔夫：《奥兰多：一部传记》，韦虹、旻乐译，哈尔滨出版社，1994。

〔英〕弗吉尼亚·伍尔夫：《幕间》，谷启楠译，人民文学出版社，2003。

〔英〕弗吉尼亚·伍尔夫：《伍尔夫日记选》，戴红珍、宋炳辉译，百花文艺出版社，2005。

〔美〕弗雷德里克·杰姆逊：《后现代主义与文化理论——弗·杰姆逊教授讲演录》，唐小兵译，陕西师范大学出版社，1987。

〔德〕弗里德里希·尼采：《尼采遗稿选》，虞龙发译，上海译文出版社，2005。

〔美〕格奥尔格·伊格尔斯：《二十世纪的历史学：从科学的客观性到后现代的挑战》，何兆武译，山东大学出版社，2006。

〔英〕格雷厄姆·斯威夫特：《水之乡》，郭国良译，译林出版社，2009。

〔德〕H. 李凯尔特：《文化科学和自然科学》，涂纪亮译，商务印书馆，1986。

〔美〕哈罗德·布鲁姆：《影响的焦虑——一种诗歌理论》，徐文博译，江苏教育出版社，2006。

〔美〕海登·怀特：《元史学：十九世纪欧洲的历史想象》，陈新译，译林出版社，2009。

韩震、董立河：《历史学研究的语言学转向——西方后现代历史哲学研究》，北京师范大学出版社，2008。

何平：《西方历史编纂学史》，商务印书馆，2010。

何兆武：《历史理论与史学理论：近现代西方史学著作选》，商务印书馆，1999。

贺拉斯：《诗艺》，杨周翰译，人民文学出版社，1962。

〔德〕黑格尔：《美学》，第一卷，商务印书馆，1979。

侯维瑞、李维屏：《英国小说史》，译林出版社，2005。

胡强：《康拉德政治三部曲研究》，中国社会科学出版社，2008。

胡全生：《英美后现代主义小说：叙述结构研究》，复旦大学出版社，2002。

胡亚敏：《叙事学》，华中师范大学出版社，2004。

谭君强：《叙事学导论：从经典叙事学到后经典叙事学》，高等教育出版社，2008。

纪树立：《波普尔科学哲学选集》，生活·读书·新知三联书店，1987。

〔印度〕贾瓦哈拉尔·尼赫鲁：《印度的发现》，齐文译，世界知识社出版，1956。

〔英〕卡尔·波普尔：《猜想与反驳——科学知识的增长》，傅季重、纪树立等译，上海译文出版社，1986。

〔英〕卡尔·波普尔：《客观知识——一个进化论的研究》，舒炜光、卓如飞等译，上海译文出版社，1987。

〔英〕科林伍德：《历史的观念》，何兆武、张文杰、陈新译，北京大学出版社，2010。

〔美〕克拉马雷、〔澳〕斯彭德：《路特里奇国际妇女百科全书：精选本》（上卷），"国际妇女百科全书"课题组译，高等教育出版社，2007。

〔英〕克拉潘：《现代英国经济史》（下卷：机器和国与国的竞争 1887—1914 年），姚曾廙译，商务印书馆，1986。

〔英〕克里斯托大·霍洛克斯：《鲍德里亚与千禧年》，王文华译，北京大学出版社，2005。

〔德〕克罗齐：《美学原理·美学纲要》，朱光潜等译，外国文学出版社，1983。

孔明安：《物·象征·仿真——鲍德里亚哲学思想研究》，安徽师范大学出版社，2010。

〔英〕拉曼·赛尔登、彼得·威德森、彼得·布鲁克：《当代文学理论导读》，刘象愚译，北京大学出版社，2006。

李维屏、戴鸿斌：《什么是现代主义文学》，上海外语教育出版社，2011。

李维屏、张定铨：《英国文学思想史》，上海外语教育出版社，2012。

李银河：《女性主义》，山东人民出版社，2005。

〔加拿大〕琳达·哈琴：《后现代主义诗学：历史·理论·小说》，李杨、李锋译，南京大学出版社，2009。

〔匈〕卢卡奇：《理性的毁灭：非理性主义的道路——从谢林到希特勒》，王玖兴等译，山东人民出版社，1988。

陆建德：《现代主义之后：写实与实验》，中国社会科学出版社，1997。

〔美〕罗伯特·麦基：《故事——材质、结构、风格和银幕剧作的远离》，周铁东译，中国电影出版社，2001。

〔英〕罗素：《西方哲学史》（下卷），马元德译，商务印书馆，1976。

《马克思恩格斯选集》，第4卷，人民出版社，1994。

〔法〕米歇尔·福柯，《词与物——人文科学考古学》，莫伟民译，上海三联书店，2001。

苗力田：《古希腊哲学》，中国人民大学出版社，1988。

南帆：《文学的维度》，中国人民大学出版社，2009。

王岳川：《尼采文集：权力意志卷》，周国平等译，青海人民出版社，1995。

〔英〕帕特里克·加登纳：《历史解释的性质》，江怡译，文津出版社，北京出版社出版集团，2005。

彭刚：《叙事学的转向——当代西方史学理论的考察》，北京大学出版社，2009。

钱乘旦、陈晓律：《在传统与变革之间——英国文化模式溯源》，江苏人民出版社，2010。

钱乘旦、许洁明：《英国通史》，上海社会科学院出版社，2012。

钱青：《英国19世纪文学史》，外语教学与研究出版社，2006。

〔英〕乔治·艾略特：《仇与情》，王央乐译，人民文学出版社，1988。

〔英〕乔治·皮博迪·古奇：《十九世纪历史学与历史学家》，耿淡如译，商务印书馆，1989。

全增嘏：《西方哲学史》（上册），上海人民出版社，1983。

全增嘏：《西方哲学史》（下册），上海人民出版社，1985。

〔法〕让·鲍德里亚：《消费社会》，刘成富、全志钢译，南京大学出版社，2000。

〔法〕让-弗朗索瓦·利奥塔尔：《后现代状态》，车槿山译，南京大学出版社，2011。

〔法〕热拉尔·热奈特：《叙事话语　新叙述话语》，王文融译，中国社会科学出版社，1990。

〔美〕撒谬尔·伊诺克·斯通普夫、詹姆斯·菲泽：《西方哲学史》（第七版），丁三东等译，中华书局，2005。

〔英〕萨尔曼·鲁西迪：《午夜之子》，张定绮译，台湾商务印书馆，2005。

〔英〕萨克雷：《亨利·艾斯芒德的历史》，陈逵、王培德译，人民文学出版社，1984。

申丹：《叙述学与小说文体学研究》，北京大学出版社，1998。

〔俄〕什克洛夫斯基等：《俄国形式主义文论选》，方珊等译，生活·读书·新知三联书店，1989。

〔德〕斯宾格勒：《西方的没落》，吴琼译，上海三联书店，2006。

〔英〕司各特：《中洛辛郡的心脏》，章益译，人民文学出版社，1981。

〔英〕斯图亚特·西姆：《德里达与历史的终结》，王昆译，北京大学出版社，2005。

〔美〕J. W. 汤普森：《历史著作史》上卷，第1分册，谢德风译，商务印书馆，1996。

〔美〕唐纳德·R. 凯利：《多面的历史：从希罗多德到赫尔德的历史探询》，陈恒、宋立宏译，生活·读书·新知三联书店，2003。

〔美〕梯利：《西方哲学史》，〔美〕伍德增补，葛力译，商务印书馆，2004。

田汝康、金重远：《现代西方史学流派文选》，上海人民出版社，1982。

童庆炳：《中国古代文论的现代意义》，北京师范大学出版社，2001。

童庆炳等：《历史题材文学创作重大问题研究》，经济科学出版社，2011。

〔英〕瓦尔特·司各特：《艾凡赫》，徐菊译，长江文艺出版社，2011。

〔英〕瓦尔特·司各特：《古董家》，陈漪、陈体芳译，上海译文出版社，1986。

〔英〕瓦尔特·司各特：《惊婚记》，谢百魁译，译林出版社，1999。

〔英〕沃尔特·司各特：《威弗莱或六十年的事》，石永礼译，人民文学出版社，1987。

汪民安：《福柯的界线》，中国社会科学出版社，2002。

王建平：《美国后现代小说与历史话语》，中国人民大学出版社，2012。

王晴佳、古伟瀛：《后现代与历史学：中西比较》，山东大学出版社，2006。

王佐良、周珏良：《英国20世纪文学史》，外语教学与研究出版社，2006。

〔英〕威廉·德雷：《历史哲学》，王炜、尚新建译，生活·读书·新知三联
　　书店，1988。

〔德〕威廉·狄尔泰：《历史中的意义》，艾彦、逸飞译，中国城市出版社，
　　2002。

〔意〕维柯：《维柯自传》，朱光潜译，商务印书馆，1989。

〔德〕文德尔班：《哲学史教程》，罗达仁译，商务印书馆，1997。

文美惠：《司各特研究》，外语教学与研究出版社，1982。

〔英〕沃尔什：《历史哲学——导论》，何兆武、张文杰译，社会科学文献出
　　版社，1991。

吴宓：《文学与人生》，王岷源译，清华大学出版社，1993。

吴于廑：《吴于廑学术论著自选集》，首都师范大学出版社，1995。

夏征农：《辞海》，上海辞书出版社，2000。

〔英〕休谟：《人性论》，关文运译，商务印书馆，1980。

〔古希腊〕修昔底德：《伯罗奔尼撒战争史》（上册），谢德风译，商务印书
　　馆，1985。

〔古希腊〕亚里士多德：《诗学》，陈中梅译注，商务印书馆，1996。

严建强、王渊明：《西方历史哲学——从思辨的到分析与批判的》，浙江人民
　　出版社，1997。

阎照祥：《英国政治思想史》，人民出版社，2010。

杨世真：《重估线性叙事的价值——以小说与影视剧为例》，浙江大学出版
　　社，2007。

杨适：《古希腊哲学探本》，商务印书馆，2003。

叶秀山、王树人：《西方哲学史》（近代：理性主义和经验主义，英国哲学），
　　江苏人民出版社，2004。

〔英〕伊恩·麦克尤恩：《赎罪》，郭国良译，上海译文出版社。

〔苏〕伊瓦肖娃：《狄更斯评传》，广东人民出版社，1983。

易兰：《西方史学通史》，复旦大学出版社，2011。

〔英〕约翰·福尔斯：《法国中尉的女人》，陈安全译，云南人民出版社，2007。

〔英〕约瑟夫·康拉德：《诺斯托罗莫》，刘珠还译，译文出版社，2001。

〔美〕詹明信：《晚期资本主义的文化逻辑》，陈清侨等译，生活·读书·新知三联书店，1997。

〔美〕詹姆斯·哈威·罗宾孙：《新史学》，商务印书馆，1989。

张德兴：《二十世纪西方美学经典文本》（第一卷 世纪初的新声），复旦大学出版社，2000。

张广智：《克里奥之路：历史长河中的西方史学》，复旦大学出版社，1989。

张广智：《西方史学史》，复旦大学出版社，2012。

张文杰：《历史的话语：现代西方历史哲学译文集》，中国人民大学出版社，2012。

张鑫：《英国19世纪出版制度、阅读伦理与浪漫主义诗歌创作关系研究》，复旦大学出版社，2012。

张旭东：《晚期资本主义的文化逻辑》，生活·读书·新知三联书店，1997。

赵炎秋：《狄更斯长篇小说研究》，社会科学文献出版社，1996。

赵毅衡：《文学符号学》，中国文联出版公司，1990。

周兵、张广智、张广勇：《西方史学通史 第六卷：现当代时期》，复旦大学出版社，2011。

〔英〕朱利安·巴恩斯：《福楼拜的鹦鹉》，石雅芳译，译林出版社，2010。

Aitken, George A., *The Life of Richard Steele*, New York：Haskell House Publishers, 1889.

Baldick, Chris, *The Concise Oxford Dictionary of Literary Terms*, New York：Oxford University Press, 2001.

Barnes, Julian, *Flaubert's Parrot*, New York：Vintage Books, 1984.

Beaven, Brad, *Leisure Citizenship and Working-Class Men in Britain, 1850 – 1945*, Manchester：Manchester University Press, 2005.

Boccardi, Mariadele, *The Contemporary British Historical Novel*：*Representation, Nation, Empire*, Palgrave Macmillan, 2009.

Bradbury, Malcolm, *The Modern British Novel*, *1878 - 2001*, Beijing: Foreign Language Teaching and Research Press, 2005.

Brewer, John, *English Culture in the Eighteenth Century*, New York: Farrar Straus Giroux, 1997.

Bury, J. B., *The Idea of Progress: An Inquiry into Its Origin and Growth*, London: Macmillan, 1924.

Byatt, A. S., *Possession: A Romance*, New York: Random House, Inc., 1990.

Byatt, A. S., *On Histories and Stories: Selected Essays*, London: Chatto & Windus Random House, 2000.

Cawood, Ian & David McKinnon, *The First World War*, London: Routledge, 2001.

Chapman, Stanley, *Merchant Enterprise in Britain: From the Industrial Revolution to World War I*, Cambridge University Press, 1992.

Chauhan, Pradyumna S., *Salman Rushdie Interview: A Sourcebook of His Ideas*, London: Greenwood Press, 2001.

Collingwood, R. G., *The Idea of History*, Beijing: China Social and Sciences Publishing House, 1999.

Conrad, Joseph, *Nostromo*, Mineola, New York: Dover Publications, Inc., 2002.

Conrad, Joseph, *Notes on Life and Letters*, New York: Page & Company, 1921.

Cowart, David, *History and the Contemporary Novel*, Carbondale and Edwardsville: Southern Illinois University Press, 1989.

Croce, Benedetto, *History: Its Theory and Practice*, Beijing: Chinese Social Science Publishing House, 1999.

Curthoys, Ann & John Docker, *Is History Fiction?* Sydney: University of New South Wales Press, 2010.

Dacid H. Richter, *The Critical Tradition: Classic Texts and Contemporary Trends*, Boston and New York: Bedford/St. Martin's, 1997.

David Bradshaw, *Virginia Woolf: Selected Essays*, Oxford University Press, 1992.

Deane, Phyllis & W. Cole, *British Economic Growth*, *1688 - 1959*, Cambridge University Press, 1962.

Deleuze, Gilles, *Bergsonism*, trans. Hugh Tomlinson & Barbara Habberiam, New York: Zone Books, 1991.

Dickens, Charles, *A Tale of Two Cities*, Shanghai: World Publishing Cooperation, 2008.

Doak, Robin S., *Thucydides: Ancient Greek Historian*, Minneapolis: Compass Point Books, 2007.

Drabble, Margaret, *The Oxford Companion to English Literature*, Beijing: Foreign Language Teaching and Research Press, 2005.

Dray, William H., *On History and Philosophers of History*, Netherlands: E. J. Brill, 1989.

Eksteins, Modris, *Rites of Spring: The Great War and the Birth of Modern Age*, New York: Mariner Books, 1989.

Elias, Amy J., *Sublime Desire: History and Post – 1960s Fiction*, Baltimore and London: The Johns Hopkins University Press, 2001.

Eliot, George, *Romola*, London: Penguin Books, 1996.

Eric Warner, *Virginia Woolf: A Centenary Perspective*, London: Macillian, 1994.

Fleishman, Avrom, *The English Historical Novel: Walter Scott to Virginia Woolf*, Baltimore and London: The Johns Hopkins Press, 1971.

Foucault, Michel, *The Order of Things: An Archaeology of the Human Sciences*, London and New York: Routledge, 1989.

Fowles, John, *The French Lieutenant's Woman*, New York, Boston & London: Back Bay Books, 2010.

Franco Morett, *The Novel: History, Geography, and Culture*, Princeton University Press, 2007.

Fred & Townshend Dale, *Gothic: Critical Concepts in Literary and Cultural Studies*, London: Routledge, 2004.

Fredric Jameson, *Postmodernism, or, the Culture Logic of Late Capitalism*, Durham: Duke University Press, 1991.

Fussell, Paul, *The Great War and Modern Memory*, New York: Oxford University

Press, 1975.

Greig, John Young Thomson, *Thackeray: A Reconsideration*, London: Oxford University Press, 1950.

Groot, Jerome de, *The Historical Novel*, London and New York: Routledge, 2010.

Hansen, Randall, *Citizenship and Immigration in Post-War Britain*, Oxford University Press, 2000.

Hardach, Gerd, *The First World War 1914 – 1918*, Berkeley and Los Angeles: University of California Press, 1977.

Harold L. Smith, *War and Social Change: British Society in the Second World War*, Manchester University Press, 1986.

Hassan, I., *The Postmodern Turn: Essays in Postmodern Theory and Culture*, Ohio State University Press, 1987.

Hebdige, Dick, *Hiding in the Light: On Images and Things*, London: Routledge, 1988.

Herodotus, *The History*, trans. Thomas Gaiford, Oxford: Henry Slatter, 1846.

Hobsbawm, E. J., *Industry and Empire: The Birth of the Industrial Revolution*, New York: Pantheon Books, 1968.

Houghton, Walter E., *The Victorian Frame of Mind 1830 – 1870*, New Haven and London: Yale University Press, 1957.

Hutcheon, Linda, *A Poetics of Postmodernism: History, Theory, Fiction*, New York and London: Routledge, 1988.

J. H. Stape, *The Cambridge Companion to Joseph Conrad*, Cambridge University Press, 1996.

Jakob Lothe, Jeremy Hawthorn & James Phelan, *Theory and Interpretation of Narrative Series*, Columbus: Ohio State University Press, 2008.

Jeffrey Richards, *The Unkown 1930s: An Alternative History of the British Cinema 1929 – 1939*, London: I. B. Tauris & Co. Ltd., 1998.

John Richetti, *The Columbia History of the British Novel*, Beijing: Foreign Language Teaching and Research Press, 2005.

Julios, Cristina, *Contemporary British Identity*: *English Language*, *Migrants and Public Discourse*, Aldershot: Ashgate Publishing limited, 2008.

Keith Jenkins, *The Postmodern History Reader*, London: Routledge, 1997.

Keyder, Caglar & Patrick O'Brien, *Economic Growth in Britain and France 1780 – 1914s*: *Two Paths towards the 20th Century*, London: Allen & Unwin, 1978.

King, Steven & Groffrey Timmins, *Making Sense of the Industrial Revolution*: *English Economy and Society 1700 – 1850*, Manchester University Press, 2001.

Köhler, Alexandra, *Social Class of the Mid-Victorian Period and Its Values*, GRIN Verlan, 2007.

Lee Erickson, *The Economy of Literary Form*: *English Literature and the Industralisation of Publishing*, *1800 – 1850*, Baltimore: Johns Hopkins University Press, 1996.

Lee T. Lemon & Marion J. Reis, *Russian Formalist Criticism*: *Four Essays*, University of Nebraska Press, 1995.

Lee, C. H., *The British Economy since 1700*: *A Macroeconomic Perspective*, Cambridge University Press, 1986.

Lodge, David, *Working with Structuralism*, London: Routledge & Kagan Paul, 1981.

Lucy Newlyn, *Reading*, *Writing*, *and Romanticism*: *The Anxiety of Reception*, Oxford University Press, 2000.

Lukács, Georg, *The Historical Novel*, 1962, trans. Hannah & Stanley Mitchell, Lincoln & London: University of Nebraska Press, 1983.

Mailloux, Steven, *Interpretation Conventions*: *The Reader in the Study of American Fiction*, Ithaca and London: Connell University Press, 1982.

Marcus, Jane, *The Representation of Women*, Baltimore: Johns Hopkins University Press, 1983.

Margaret Cohen and Coraline Dever, *The Literary Channel*: *The Inter-National Invention of the Novel*, Princeton University Press, 2002.

Mark Currie, *Metafiction*, London and New York: Longman, 1995.

Martha Vicinus, *Suffer and Be Still*: *Women in the Victorian Age*, Indiana University Press, 1972.

Maxwell, Richard, *The Historical Novel in Europe, 1650 – 1950*, Cambridge University Press, 2009.

McCord, Norman & Bill Purdue, *British History 1815 – 1914*, Oxford University Press, 2007.

McCormick, John, *Catastrophe and Imagination*: *English and American Writing from 1870 – 1950*, New Brunswick: Transaction Publisher, 1998.

McHale, Brain, *Postmodernist Fiction*, London and New York: Methuen, 1987.

Mitchell, Sally, *Daily Life in Victorian England*, Westport: Greenwood Press, 2009.

Mokyr, Joel, *Economics of the Industrial Revolution*, Rowman & Allanheld Publishers, Inc., 1995.

More, Charles, *Understanding the Industrial Revolution*, New York: Routledge, 2000.

Nietzsche, Friedrich, *The Gay Science*, ed. Bernard Williams, trans. Josefine Nauckhoff, Cambridge University Press, 2001.

Novic, Peter, *That Noble Dream*: *The "Objectivity Question" and the American Historical Profession*, Cambridge University Press, 1988.

Paul, Kathleen, *Whitewashing Britain*: *Race and Citizenship in the Postwar Era*, Cornell University Press, 1997.

Reeves, Frank, *British Racial Discourse*: *A Study of British Political Discourse about Race and Race-related Matters*, Cambridge University Press, 1983.

Rich, Paul E., *Race and Empire in British Politics*, Cambridge University Press, 1990.

Richard Maxwell and Katie Trumpener, *The Cambridge Companion to Fiction in the Romantic Period*, Cambridge: Cambridge University Press, 2008.

Richards, Jack C., John Platt, & Heidi Platt, *Longman Dictionary of Language Teaching and Applied Linguistics*, Beijing: Foreign Language Teaching and

Research Press, 2000.

Rignall, John, *Oxford Reader's Companion to George Eliot*, Oxford University Press, 2000.

Roberts, Clayton & David Roberts, *A History and England: 1699 to the Present*, *Vol. 2*, trans. Jia Shiheng, Tai Bei: Wu-Nan Publishing Co., 1986.

Roger Wines, *The Secret of World History*, New York: Fordham University Press, 1981.

Rushdie, Salman, *Imaginary Homelands*, New York: Penguin Group, 1991.

Rushdie, Salman, *Midnight's Children*, Vintage, 1995.

Said, Edward, *Beginnings: Intention and Method*, New York: Columbia University Press, 1985.

Samuels, Maurice, *The Spectacular Past: Popular History and the Novel in Nine-teenth-Century France*, Ithaca: Cornell University Press, 2004.

Sanders, Andrew Leonard, *The Victorian Historical Novel 1840 – 1880*, New York: St. Martin's Press, 1979.

Sartre, Jean-Paul, *Being and Nothingness: An Essay on Phenomenological Ontology*, trans. Hazel E. Barnes, London and New York: Routledge, 1969.

Scanlan, Margaret, *Traces of Another Time: History and Politics in Postwar British Fiction*, Princeton: Princeton University Press, 1990.

Scott, Sir Walter, *Ivanhoe: A Romance*, New York: Bantam Dell, 1988.

Shaw, Harry E., *The Form of Historical Fiction: Sir Walter Scott and His Successors*, Ithaca and London: Cornell University Press, 1983.

Souhami, Diana, *A Women's Place: The Changing Picture of Women in Britain*, New York: Penguin Books, 1986.

Spencer, Ian R. G., *British Immigration Policy since 1939: The Making of Multi-racial Britain*, New York: Routledge, 1997.

Stevens, Anne H., *British Historical Fiction before Scott*, Houndmills, Basingstoke, Hampshire; New York: Palgrave Macmillan, 2010.

Stevenson, Randall, *The Last of England*, Beijing: Foreign Language Teaching and Research Press, 2007.

Swift, Graham, *Waterland*, London: Picador, 1992.

Tate, Trudi, *Modernism*, *History and the First World War*, Manchester and New York: Manchester University Press, 1998.

Thackeray, William Makepeace, *The History of Henry Esmond*, Penguin English Library, 1970.

Thomas Macaulay, *The History of England from the Accession of James the Second*, Cambridge: Cambridge University Press, 1960.

Thompson, E. P., *The Making of the English Working Class*, New York: Vintage Books, 1966.

Walsh, W., *Philosophy of History: An Introduction*, New York: Harper and Brothers, 1960.

Watt, Ian, *The Rise of the Novel: Studies in Defoe, Richarson and Fielding*, Berkeley and Los Angeles: University of California Press, 1957.

Watts, Cedric, *A Preface to Conrad*, Peking University Press, 2005.

Wesseling, Elisabeth, *Writing History as a Prophet: Postmodernist Innovations of the Historical Novel*, Amsterdam and Philadelphia: John Benjamins Publishing Company, 1991.

White, Hayden, *The Content of the Form: Narrative Discourse and Historical Representation*, Baltimore and London: The Johns Hopkins University Press, 1987.

Whitehead, A. N., *Science and the Modern World*, New York: The Free Press, 1967.

Williamson, Jeffery G., *Coping with City Growth during the British Industrial Revolution*, Cambridge University Press, 1990.

Woolf, Virginia, *Between the Acts*, London: Granada Publishing Limited, 1978.

Woolf, Virginia, *The Letters of Virginia Woolf*, Vol. Ⅲ, ed. Nigel Nicolson, New York and London: Harcourt Brace Jovanovich Publishers, 1977.

Wugh, Patricia, *Metafiction: The Theory and Practice of Self-Conscious Fiction*, London and New York: Methuen, 1984.

Wussow, Helen, *The Nightmare of History*：*The Fictions of Virginia Woolf and D. H. Lawrence*, London：Associated University Press, 1998.

二 论文

艾士薇：《"传统与个人才能"与〈影响的焦虑〉之比较》,《世界文学评论》2007 年第 1 期。

蔡爱国：《中国当代历史小说的叙事策略与文本分析》, 苏州大学博士学位论文, 2006。

曹莉：《历史尚未终结——论当代英国历史小说的走向》,《外国文学评论》2005 年第 3 期。

陈军：《新变与救赎：俄国形式主义文类思想研究》,《文艺理论研究》2015 年第 3 期。

杜隽：《论〈罗摩拉〉中道德问题的现实意义》,《外国文学研究》2011 年第 5 期。

何西来：《文学中历史的主体意识》,《人民日报》1986 年 10 月 13 日。

贺璋瑢：《圣·奥古斯丁神学历史观探略》,《史学理论研究》1999 年第 3 期。

胡强：《"无信仰时代的牺牲品"——论康拉德〈诺斯托罗莫〉中的怀疑主义》,《上海大学学报（社会科学版）》2007 年第 6 期。

胡全生：《文类、读者与后现代小说》,《英美文学研究论丛》2008 年第 2 期。

李斌：《18 世纪英国民众阅读的兴起》,《历史教学》2004 年第 7 期。

林庆新：《从后现代历史小说的指涉问题看有关欧美文论》,《欧美文学论丛》2004 年第 00 期。

刘国清：《曼布克奖与当今英国历史小说热》,《外国文学动态》2010 年第 6 期。

吕洪灵：《〈奥兰多〉中的时代精神及双性同体思想》,《外国文学研究》2002 年第 1 期。

马振方：《历史小说三论》,《北京大学学报（哲学社会科学版）》2004 年第

4 期。

毛亮：《历史与伦理：乔治·艾略特的〈罗慕拉〉》，《外国文学评论》2008 年第 2 期。

屈光：《中国古典诗词中的意识流》，《中国社会科学》2000 年第 5 期。

特里·伊格尔顿：《叶芝〈1916 年复活节〉里的历史和神话》，《外国文学》1999 年第 4 期。

王云会：《战后英国移民政策中的种族因素透析》，《理论界》2008 年第 7 期。

吴庆宏：《〈奥兰多〉中的文学与历史叙事》，《外国文学评论》2010 年第 4 期。

严幸智：《狄更斯中产阶级价值观评析》，《西北民族大学学报（哲学社会科学版）》2004 年，第 2 期。

杨金才：《当代英国小说的核心主题与研究视角》，《外国文学》2009 年第 6 期。

杨金才：《当代英国小说研究的若干命题》，《当代外国文学》2008 年第 3 期。

张庆熊、孔雪梅、黄伟：《合法性的危机和对"大叙事"的质疑——评利奥塔的后现代主义》，《浙江社会科学》2001 年第 3 期。

张亚：《稀释后的历史——司各特历史小说〈艾凡赫〉中的骑士精神》，《世界文化》2010 年第 4 期。

赵惠珍：《变迁·耦合·共生——论 18 世纪英国妇女及其文学》，《科学经济社会》2008 年第 1 期。

赵文书：《再论后现代历史小说的社会意义——以华美历史小说为例》，《当代外国文学》2012 年第 2 期。

钟鸣：《英国后现代现实主义小说探析》，《外国文学研究》1999 年第 1 期。

周修睦：《伟大人物出现与历史的必然性和偶然性》，《社会科学》1982 年第 3 期。

Allen, Walter, "The Achievement of John Fowles," *Encounter*, 1970（XXXV）.

Barker, Patricia A., "The Art of the Contemporary Historical Novel," Ph. D Diss.

of the University of Texas at Dallas, 2005.

Beiderwell, Bruce, "Review of the Hero of the Waverley Novels: With New Essays on Scott," *Eighteenth-Century Fiction*, 1993 (1).

Bényei, Tamás, "Reading 'Magic Realism'," *Hungarian Journal of English and American Studies*, 1997 (1).

Bramley, J. A., "The Historical Novel," *Contemporary Review*, 1954 (186).

Brantlinger, Patrick, Ian Adam & Sheldon Rothblatt, "The French Lieutenant's Woman: A Discussion," *Victorian Studies*, 1972 (3).

Broomhall, Suan & David G. Barrie, "Changing of the Guard: Goverance, Policing, Masculinity, and Class in the Porteus Affair and Walter Scott's Heart of Midlothian," *Parergon*, 2011 (1).

Cox, Roger L., "Conrad's Nostromo as Boatswain," *Modern Language Notes*, 1959 (4).

Demory, Pamela H., "Making History," *Texas Studies in Literature and Language*, 1993 (3).

Dent, Jonathan, "Rev. of The Historical Novel in Europe, 1650 – 1950," *Women's Writing*, 2012 (3).

Duncan, Ian, "Primitive Inventions: Rob Roy, Nation, and World System," *Eighteenth-Century Fiction*, 2002 (1).

Duncan, Joseph E., "The Anti-Romantic in *Ivanhoe*," *Nineteenth Century Fiction*, 1955 (4).

Engel, Monroe, "Dickens on Art," *Modern Philology*, 1955 (1).

Faktorovich, Anna, "The Development of the Rebellion Novel Genre in Nineteenth Century British Literature," Ph. D Diss. of Indiana University of Pennsylvania, 2011.

Finney, Brian, "Briony's Stand against Oblivion: The Making of Fiction in Ian McEwan's 'Atonement'," *Journal of Modern Literature*, 2004 (3).

Fleming, Thomas, "How Real History Fits into the Historical Novel," *Writer*, 1998 (3).

Folland, Harold F., "The Doer and the Deed: Theme and Pattern in Barnaby Rudge," *PMLA*, 1959 (4).

Frank, Kerstin, "Shifting Conceptions of Englishness: Cultural Manifestations of Multi-Ethnicity, Class, and the City," *Studies in the Novel*, 2008 (4).

Gordon, Jan B., "Affiliation as (Dis) semination: Gossip and Family in George Eliot's European Novel," *Journal of European Studies*, 1985 (15).

Greenstein, Susan M., "The Question of Vocation: From Romola to Middlemarch," *Nineteenth-Century Fiction*, 1981 (4).

Gutheir, A. B., "The Historical Novel," *Montana Magazine of History*, 1954, (Fall).

Hagen, Patricia, "Revision Revisited: Reading and The French Lieutenant's Woman," *College English*, 1991 (4).

Hagopian, John V., "Bad Faith in 'The French Lieutenant's Woman," *Contemporary Literature*, 1982 (2).

Hansen, Randall, "The Politics of Citizenship in 1940s Britain: The British Nationality Act," *Twentieth Century British History*, 1999 (1).

Hurley, Edward T., "Death and Immortality: George Eliot's Solution," *Nineteenth-Century Fiction*, 1969 (2).

Hutter, Albert D., "Nation and Generation in *A Tale of Two Cities*," *Modern Language Association*, 1978 (3).

Irwin, Carruthers, "Historical Novels," *Greece & Rome*, 1936 (15).

Jenks, Edward, "History and the Historical Novel," *The Hibbert Journal*, 1932 (1).

Johnson, A. J. B., "Realism in 'The French Lieutenant's Woman'," *Journal of Modern Literature*, 1980 – 1981 (2).

Jones, Gareth Stedman, "The Redemptive Power of Violence: Carlyle, Marx and Dickens," *History Workshop Journal*, 2008 (65).

Joseph Frank, "Spatial Form in Modern Literature: An Essay in Three Parts," *The Sewanee Review*, 1945, 53 (4).

Junsong, Chen, "Political Engagement in Contemporary American Historiographic Metafiction," Ph. D Diss. of Shanghai International Studies University, 2010.

Kadish, Doris Y., "Rewriting Women's Stories: 'Ourika' and 'The French Lieutenant's Woman'," *South Atlantic Review*, 1997 (2).

Kimpel, Ben & T. C. Duncan Eaves, "The Geography and History in Nostromo," *Modern Philology*, 1958 (1).

Lewin, Judith Mindy, "Legends of Rebecca: Ivanhoe, Dynamic Identification, and the Portraits of Rebecca Gratz," *A Journal of Jewish Women's Studies & Gender Issues*, 2006 (10).

Lodge, David, "The Novelist at the Crossroads," *Critical Quarterly*, 1969 (2).

Lynch, Richard P., "Freedom in 'The French Lieutenant's Woman'," *Twentieth Century Literature*, 2002 (1).

Masson, David et al., "The Historical Novel," *Macmillan's Magazine*, 1887 (57).

McGowan, John P., "The Turn of George Eliot's Realism," *Nineteenth-Century Fiction*, 1980 (2).

Michasiw, Kim Ian, "Barnaby Rudge: The Since of the Fathers," *ELH*, 1989 (3).

Morillo, John & Wade Newhouse, "History, Romance, and the Sublime Sound of Truth in Ivanhoe," *Studies in the Novel*, 2000 (Fall).

O'Malley, Seamus, "'How Shall We Write History?' The Modernist Historiography of Joseph Conrad, Ford Madox Ford and Rebecca West," Ph. D Diss. of the City University of New York, 2011.

Paris, Bernard J., "George Eliot's Religion of Humanity," *ELH*, 1962 (4).

Porter, Joanna & Steve Ellis, "Some Uses of Florence in the Victorian Novel," *Journal of European Studies*, 1985 (15).

Poston, Lawrence Ⅲ, "Setting and Theme in Romola," *Nineteenth-Century Fiction*, 1966 (4).

Putzell, Sara Moore, "The Search for a Higher Rule: Spiritual Progress in the Novels of George Eliot," *Journal of the American Academy of Religion*, 1979

(3).

Ragussis, Michael, "Writing Nationalist History: England, the Conversion of the Jews, and Ivanhoe," *ELH*, 1993 (1).

Rice, Thomas Jackson, "The End of Dicken's Apprenticeship: Variable Focus if Barnaby Rudge," *Nineteenth-Century Fiction*, 1975 (2).

Robinson, Carole, "Romola: A Reading of the Novel," *Victorian Studies*, 1962 (1).

Schmidt, Peter, "Walter Scott, Postcolonial Theory, and New South Literature," *Mississippi Quarterly*, 2003 (4).

Schwarz, Daniel R., "Conrad's Quarrel with Politics in Nostromo," *College English*, 1997 (5).

Simeone, Wiiliam E., "The Robin Hood of Ivanhoe," *The Journal of American Folklore*, 1961 (293).

Sinowitz, Michael Leign, "Walking into History: Forms of the Postmodern Historical Novel," Diss. of University of Miami, 1997.

Sroka, Kenneth M., "The Function of Form: Ivanhoe as Romance," *Studies in English Literature, 1500 – 1900*, 1979 (4).

Thurin, Susan Schoenbauer, "The Madonna and the Child Wife in Romola," *Tulsa Studies in Women's Literature*, 1985 (2).

Trimm, Ryan S., "Belated Englishness: Nostalgia and Postimperial Identity in Contemporary British Fiction and Film," Ph. D Diss. of the University of North Carolina, 2001.

Tseng, Ching Fang, "The Imperial Garden: Englishness and Domestic Space in Virginia Woolf, Doris Lessing, and Tayeb Salih," Diss. University of Wisconsin-Madison, 2003.

Walker, Stanwood S., "A False Start for the Classical-Historical Novel: Lockhart's Valerius and the Limits of Scott's Historicism," *Nineteenth-Century Literature*, 2002 (2).

Warren, Robert Penn, "Nostromo," *The Sewanee Review*, 1951 (3).

White, Hayden, "Historical Pluralism," *Critical Inquiry*, 1986（3）.

三　网站

http：//www. Credore ference. com/ to p ic/historical_ novel.

http：// www. credoreference. com/entry/bl it/historical_ novel .

http：//en. wikipedia. org/wiki/Man_ Booker_ Prize.

http：//en. wikipedia. org/wiki/MV_ Empire_ Windrush.

http：//global. britannica. com/EBchecked/topic/267395/historical – novel.

http：//people. virginia. edu/ ~ jdk3t/eliotulysses. htm.

http：//vidyardhi. org/Resources/books/historycarr. pdf.

http：//www. bartleby. com/200/sw4. html.

http：//www. docin. com/p – 620457671. html.

http：//www. newstoday. com. bd/index. php? option = details&news_ id = 31191&
date = 2011 – 06 – 24.

http：//www. uniset. ca/naty/BNA1948. htm.

后　记

　　本书是在我的博士学位论文基础上修改完成的，同时受到教育部人文社会科学基金青年项目"文化记忆视阈下的英国历史编纂元小说研究"的支持，是该项目的阶段性研究成果。作为我的第一部学术专著，它的完成和出版是对我三年博士生涯刻苦攻读的见证，亦是对我从教以来继续潜心学术研究的鼓励。在书稿出版过程中，我再一次认真梳理了选题的论证思路，重审并丰富了论证过程，对参考文献和采用的数据进行了更新，保证了书稿的学术价值和文本质量。希望此书的出版能够对国内英国历史小说的整体性研究以及西方文类理论的进一步扩展产生些许积极的借鉴意义。

　　所有的果实都是辛勤劳作和幸运眷顾的结晶，我在做博士论文过程中得到了许多师长前辈的悉心指导和谆谆教诲，而这些也正是我在学术道路上的幸运之光。首先，我要特别感谢我的博士生导师王丽丽教授。自 2008 年秋季跟随王老师读研至今，恰好十年整。十年里，我从一个对学术知之甚少的青涩大学生发展成为能够独立进行教学和科研的大学教师，其中来自王老师的教育起到了决定性的作用。王老师对科研的严谨认真、对学生的严格要求、对生活的积极态度，为我们树立了卓越的职业道德榜样。十年以来，我的每一步成长都离不开王老师的关怀与帮助，我始终认为，能够在王老师的门下读书是此生最大的幸事之一。转眼间毕业已经四年有余，往昔的美好时光时常让我留恋不已，而老师对我的关心从未减少。虽不能时常见面，我的心中仍然深深牵挂着老师，愿她身体健康，生活幸福快乐！

　　我还要感谢福建师范大学文学院的葛桂录教授。葛老师学识渊博、温文尔雅，数次在我最为迷茫的时候为我指点迷津。记得博士开题不顺利，我一度非常沮丧。葛老师耐心倾听我的困惑，悉心为我解答，我终于茅塞顿开，拟出一份令人满意的论文大纲。困难之时伸出的援手让人倍感珍惜，非常感谢葛老师每一次在关键时刻对我的启发和帮助！这份师生情谊我将铭记永久。

我要特别感谢扬州大学文学院的陈军教授。陈老师的《文类基本问题研究》以及《新变与救赎：俄国形式主义文类思想研究》等研究成果对我启发很大。在读博期间，我数次通过电话和邮件向陈老师请教，每次他都耐心解答，提出很多宝贵的建议。他还慷慨地将研究心得与我分享，将尚未出版的研究成果发给我阅读。我与陈老师素昧平生，未曾谋面，他这种对后辈坦荡无私的提携和帮助让我感动不已。近年来，陈老师在研究领域不断取得新的成果，获聘"长江学者"青年学者，着实为青年一代树立了卓越的职业榜样。感谢陈老师对我的帮助！

我还要感谢福建师范大学外国语学院的林大津教授、陈维振教授、林元富教授，谢谢他们在书稿撰写过程中给予的支持和鼓励；感谢华中科技大学外国语学院的陈后亮教授，谢谢他为书稿提供宝贵的建议，也感谢他在学术之路上为我答疑解惑。我为能有这样一位良师益友而感到万分荣幸！感谢我的同窗好友张桂珍，难忘我们一起度过的艰辛而又快乐的博士生涯，与她携手并肩、共同进步，很是幸运！

感谢北京第二外国语学院英语教育学院的崔丽莉书记、李向民院长、王磊副院长等领导和同事，以及北京第二外国语学院人事处的王静老师，科研处的陈伟功老师，谢谢他们在此书出版过程中给予的各方面协调和帮助。特别感谢社会科学文献出版社的张萍编辑，她的耐心、细致和热心为此书的顺利出版保驾护航，衷心感谢她为此书付出的辛勤劳动！

最后，我要感谢我的父母，他们的理解和鼓励是我前进的重要动力；感谢我的先生，他是我所有研究成果的第一位读者，总能为我提出许多中肯的建议，并提供各种技术支持。此书的出版也凝结着他的智慧。我还要把此书作为新生礼送给我可爱的宝宝，愿宝贝健康成长，有梦可追。

罗晨

2018 年 9 月

图书在版编目（CIP）数据

程序诗学视阈下英国历史小说文类的发展与嬗变／
罗晨著. -- 北京：社会科学文献出版社，2018.10
ISBN 978 - 7 - 5201 - 3783 - 6

Ⅰ.①程… Ⅱ.①罗… Ⅲ.①历史小说 - 小说研究 -
英国 Ⅳ.①I561.074

中国版本图书馆 CIP 数据核字（2018）第 243602 号

程序诗学视阈下英国历史小说文类的发展与嬗变

著　者／罗　晨

出 版 人／谢寿光
项目统筹／祝得彬　张　萍
责任编辑／张　萍

出　　版／社会科学文献出版社·当代世界出版分社（010）59367004
　　　　　地址：北京市北三环中路甲 29 号院华龙大厦　邮编：100029
　　　　　网址：www. ssap. com. cn
发　　行／市场营销中心（010）59367081　59367083
印　　装／三河市龙林印务有限公司

规　　格／开　本：787mm×1092mm　1/16
　　　　　印　张：20.25　字　数：320 千字
版　　次／2018 年 10 月第 1 版　2018 年 10 月第 1 次印刷
书　　号／ISBN 978 - 7 - 5201 - 3783 - 6
定　　价／98.00 元